OHSAMA BUNKO

眠れないほど面白い
空海の生涯

由良弥生

三笠書房

○はじめに
千二百年前、ケタ外れの万能の天才　弘法大師
空海はこの時代をどう生きたか

千二百年前に実在した空海は真言密教《しんごんみっきょう》の体系を言語化した人物ですが、多彩な顔をもつといわれます。かれの前半生は無名であり、史料はいっさいありません。また、私生活は青年時代から入滅《にゅうめつ》までほとんど伝えられていません。さらに、どこで何をしていたのかわからない空白の時期も多く、実像の見えにくい男性《ひと》です。

先学《せんがく》たちは、これまでじつに種々《しゅじゅ》の言葉で空海を表現しています。

たとえば――。

わけのわからない巨人が空海。おそろしく抽象的な人物が空海。世の中を緩急自在に操作する才知ある資質をもっているのが空海。妖艶《ようえん》で脂《あぶら》ぎっていて虚空《こくう》そのものであるような存在が空海。冷静と熱情とをもちあわせているのが空海。明るさ・快活さ・うさんくささのあるのが空海。二面性のあるのが空海。とらえどころのないのが空海……。

いずれにせよ、空海は異能の持ち主であることは確かのようです。生まれつき語学の才能があったうえ、最初の著作である『三教指帰《さんごうしいき》』（『聾瞽指帰《ろうこしいき》』の改訂）から晩年の『秘蔵宝鑰《ひぞうほうやく》』まですべての著作に、またさまざまな願文《がんもん》（祈願文）や詩文（漢詩）に、仏教僧の枠におさまらない卓越した能力、文筆の才能を示しているからです。

いったい生身《なまみ》の空海とはどんな男性だったのか——。

じつは空海を調べているうち、なんとなく根が明るい男性のように思えました。たとえば、

「あなたは今、きりきり舞いでしょうね」

といわれると、かれはにっこり笑って両手を軽く上にあげ、軽く舞ってみせるような、そんな茶目っ気がありそうなのです。

空海は無常の風に吹かれて世をはかなんで生き死にの迷いを超越しようと出家したわけではありません。そもそもは中央（朝廷）の官吏《かんり》（役人・官僚）になろうと十五歳で讃岐《さぬき》（香川県）から旧都《きゅうと》・平城京《へいじょうきょう》（奈良市西郊）にのぼり、三年間受験勉強をして、十八歳で大学に入学しました。

けれども、在学中に出会った一沙門《あるしゃもん》から密教の修法《しゅほう》の一つ、「虚空蔵求聞持法《こくうぞうぐもんじほう》」のあ

ることを教えられると大学を飛び出し、各地の山林などで修行したとみずから語っています。つまり、空海はもとから僧になることを目ざしていたわけではないのです。沙門とは、出家して仏道修行する人のことで、修法とは、密教で行なう加持祈祷《かじきとう》の方法のことです。

空海は自分の出会った一沙門の名を生涯、明かしませんでした。そのため、一沙門はどこそこの高僧とか、山林修行者の一人とか、男の僧ばかりが取りざたされていますが、わたしの脳裏を一瞬、女性の影がかすめました。

それはそうとして、空海は弘法大師《こうぼうだいし》と呼ばれます。この呼び名は、死後八十年以上も経《た》ってから国家（朝廷）が空海に与えた諡号《しごう》（贈り名）です。それ以後、「弘法大師伝説」が大きくなりすぎ、その神格化は異常なまでに発展して伝説ばかりが一人歩きをし、いっそう実像が見えにくくなり、史実と伝説的要素とが混在して語られるようになったといわれます。

そこで、人から人に口づてに聞かされてきた裏付けのない話や伝説、また今では偽作《ぎさく》とみなされている『遺告《ゆいごう》』（「御遺告《ごゆいごう》」とも）などの「史料」をはずし、できるかぎり歴史的事実に即して空海の足跡を追い、その声と姿から実像に近づこうとしました。

ですけれど、見えにくい実像を追い求めたあと、眼を閉じたり見つめる方向を移したりすると、どうしても浮かんでくる空海像があります。それで、脳裏をかすめた女性の影を思いきって「一沙門」と想定して「善道尼《ぜんどうに》」と名づけ、その女性との物語を混在させながら空海と空海の生きた時代を描いてみました。

仏教と密教と、そして多くの謎に包まれている空海という巨大な人物の一端でも知っていただければ幸いです。

由良弥生

目次

第一部

一沙門《あるしゃもん》との不思議な巡り合わせ

第二部

古代社会と仏教勢力

第三部

大学を飛び出し仏道修行者に転身

第四部

「出家宣言」後の日々

第五部

九死に一生をえるも不運続きの遣唐使一行

第六部 世界最大の文化都市・長安

第七部

帰国後の最澄と空海と天皇家

第八部

入京とその後の日々

第九部

最澄との訣別

第十部

高野山（金剛峯寺《こんごうぶじ》）の開創と終焉

本文イラスト○川口澄子（水登舎）

空海の時代の天皇と藤原一族

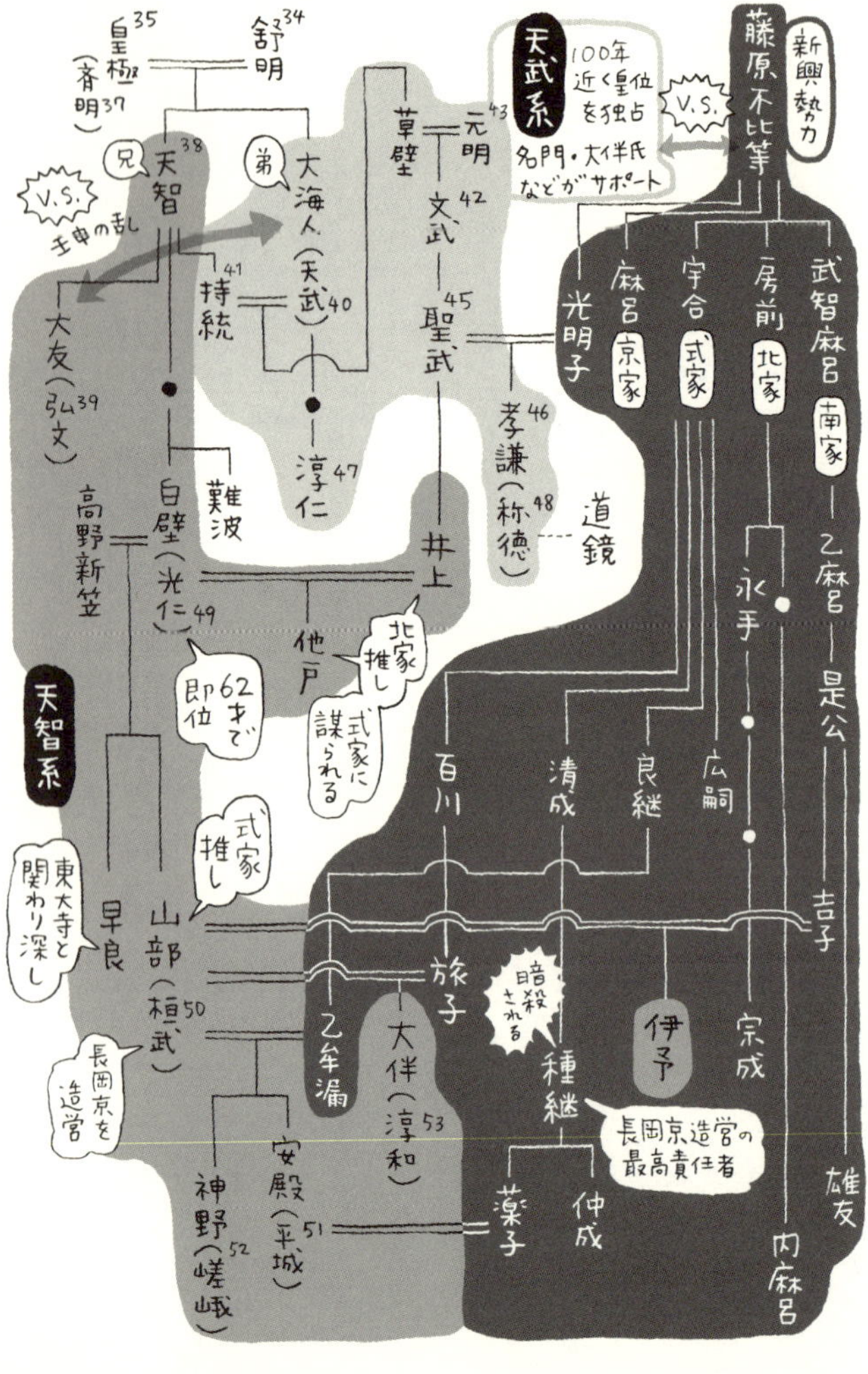

第一部

一沙門《あるしゃもん》との不思議な巡り合わせ

のちの空海、佐伯《さえきのま》真魚《お》の誕生

空海は幼名を真魚《まお》（まいお・まな、とも）といい、俗姓《ぞくしょう》（氏素性《うじすじょう》・家柄）は佐伯直《さえきのあたい》という。直《あたい》（あたえ、とも）とは、臣《おみ》・連《むらじ》・宿禰《すくね》・首《おびと》などと同じ、朝廷から有力な氏族《しぞく》（祖先を同じくする血縁集団）に与えられた姓《かばね》（称号）の一つである。

真魚の父方の家は讃岐国《さぬきのくに》（香川県）の土着勢力で、いわば地方の豪族である。父の名は田公《たぎみ》（たきみ、とも）といい、郡司《ぐんじ》だった。郡司とは、中央から国衙《こくが》（地方の役所）に派遣される地方長官（国司《こくし》）の下にあって郡を統治する地方官のことだ。母は阿刀宿禰《あとのすくね》大足《おおたり》（従五位下）の妹（姉とも）といわれる。宿禰《すくね》とは、直《あたい》より上の姓《かばね》である。阿刀《あと》家《け》は、平城京《へいじょうきょう》（奈良市西郊）および畿内《きない》の中心部を拠点として代々学者を出している家系だった。真魚の叔《おじ》（母の兄弟のこと。以下叔父）にあたる大足《おおたり》は、中央の官吏《かんり》（役人・官僚）であり、また、儒教《じゅきょう》・経学《けいがく》（四書・五経など経書《けいしょ》の解釈学）を研究する儒学《じゅがく》者《しゃ》でもあり、桓武《かんむ》天皇の第三皇子・伊予《いよ》親王《しんのう》の侍講《じこう》をつとめるほどの人物である。侍講とは、親王（天皇の皇子）に学問を講義する人、またはその官職のことだ。

つまり、地方官の家系の父と学者の家系の母とのあいだに生まれた真魚は、経済的にも教育的環境にもめぐまれていた。当時の婚姻は妻問婚《つまどいこん》といい、男が女のもとに通うというものであり、生まれた子どもは母方の家で育てられるのが通例である。したがって、真魚《まお》は幼少年期を母の実家で過ごしていたと考えられる。その後、二人の兄が幼時に亡くなったため、佐伯家で後継者として育てられたようだ。だから、真魚の生地を讃岐国《さぬきのくに》多度郡屏風ヶ浦《たどのごおりびょうぶがうら》（香川県善通寺市）としている資料もある。

それはさておき、『日本書紀』（七二〇年成立）の景行《けいこう》天皇の条《じょう》に、「佐伯」についてこんな内容が記されている。

ヤマトタケルノ尊《みこと》（日本武尊）が毛人《えみし》（蝦夷《えみし》＝北関東以北に居住した人々の総称）を征伐《せいばつ》したさい、捕虜《ほりょ》とした蝦夷を熱田《あつた》神宮（名古屋市）に献上した。のち、かれらを播《は》磨《ま》（兵庫県南西部）・阿波《あわ》（徳島県）・讃岐《さぬき》（香川県）・伊予《いよ》（愛媛県）・安芸《あき》（広島県西半分）の五カ国に配置し、佐伯部《さえきべ》とした――。

このことから、佐伯部は大和朝廷によって征伐された蝦夷《えみし》をさす言葉だとわかる。部《べ》とは、大和朝廷や地方の豪族に従属した農民や漁民、あるいは非農耕民や特定の技能集団に付けられた呼称だ。各国に配置された蝦夷《えみし》集団（佐伯部）の取り締まりや管理をしたのが、その土地の土着勢力、地方豪族である。地方豪族は、非農耕民だった蝦夷に農耕を教え、かれらを農耕生活になじませた。その地方豪族はやがて大和朝廷から佐伯直《さえきのあたい》という俗姓《ぞくしょう》を与えられ、国造《くにのみやつこ》（のち郡司《ぐんじ》）とよばれる地方官となり、その地方を世襲によって支配するようになる。その佐伯直《さえきのあたい》を名乗る地方豪族を統率・管理したのが、軍事をつかさどる名門・大伴氏《おおともうじ》の支族である佐伯連《さえきのむらじ》という中央の豪族である。

つまり、佐伯には佐伯連（中央）と佐伯直（地方）という二種類があり、両者は系列が違う。だが、そのうち混同されてしまい、真魚《まお》の生きた時代になると、佐伯であれば、名門・大伴氏の支族、すなわち中央の佐伯連と同族であるという意識がもたれるようになった。そうした環境下で育てられた真魚は、だから、幼いころからある種の誇りをもって勉学にいそしんでいた。

＊

真魚《まお》の父・田公《たぎみ》は、法名《ほうみょう》を善通《よしみち》といい、善通寺《ぜんつうじ》（四国八十八カ所第七十五番札所＝香川県善通寺市）の名称はここからとったといわれます。

十五歳で旧都・平城京にのぼる

真魚は生まれつき聡明で物わかりが早かった。とりわけ言語の発達が早く、語学に強

かった。五、六歳ごろから漢学《かんがく》（漢文や漢籍《かんせき》について研究する学問）を学び、神童《しんどう》とよばれることもあった。だから、佐伯家の長子《ちょうし》（長男）ではなかったが、将来を期待されて父母や親族からとても大切に育てられた。

　このころには佐伯であれば、中央の佐伯と同族であるという意識がもたれていたので、真魚は父母や親族から中央の官吏《かんり》（役人・官僚）である佐伯今《さえきのいま》毛人《えみし》（今蝦夷《いまえみし》、とも）の噂話をよく聞かされた。それによると――。

　今毛人《いまえみし》は卓越《たくえつ》した能力の持ち主だった。天平《てんぴょう》年間（７２９〜７４９）に大学を出て廷臣《ていしん》（朝廷に仕える臣下）となった。土木建築に精通しており、東大寺や西大寺《さいだいじ》の造営で名高く、大仏殿《だいぶつでん》を建立した立役者だった。その後、六十歳近くになってから遣唐大使《けんとうたいし》（遣唐使の長官）に命ぜられた。だが、唐《とう》（中国）に渡る体力がすでになくなっていたため、病《やまい》を理由に渡唐《ととう》しなかったという。その遣唐使船団が讃岐国《さぬきのくに》（香川県）の屏風ヶ浦《びょうぶうら》の沖を西へと向かったのは、真魚《まお》が四歳のときである。

この時代、中央の官吏《かんり》というのは皇位継承をめぐる争いや政争の渦に巻き込まれて、粛正されたり失脚したりする者が多かった。今毛人《いまえみし》は六人の天皇（聖武《しょうむ》・孝謙《こうけん》・淳仁《じゅんにん》・称徳《しょうとく》・光仁《こうにん》・桓武《かんむ》）に仕えてきたが、その間《かん》、冷静に立ち回り、政争に巻き込まれることはなかった。桓武天皇に仕えたときは六十歳を超えていたが、土木建築についての知識をあてにされ、長岡京《ながおかきょう》（京都府南部）の造営に参画した。その長岡京に遷都《せんと》した翌年、まだ造営途中の新都《しんと》で、桓武天皇の寵臣《ちょうしん》（気に入りの家臣）、藤原種継《ふじわらのたねつぐ》が暗殺される事件が起きた。その情報が讃岐《さぬき》に入ってきたとき、

「こたびは、今毛人殿《いまえみしどの》も苦心なされているそうな……」

と心配げな佐伯の親族に、真魚の父・田公《たぎみ》はこういった。

「とにかく、あのお方はこれまでも政争に巻きこまれず、独力で従三位《じゅさんみ》（公卿の身分）までのぼられた有能な官吏だから心配はない」

この年、十二歳だった真魚は、そのときの父の顔と言葉をはっきり覚えている。

その暗殺事件から三年後――。

七八八年、才気あふれる十五歳の真魚は母方の叔父・阿刀大足《あとのおおたり》に伴われて旧都《きゅうと》・平城京《へいじょうきょう》（奈良市西郊）にのぼった。大足《おおたり》は伊予《いよ》親王（桓武天皇の第三皇子）の侍講《じこう》をつとめる朝廷の高官であり、儒学者でもある。その大足の長岡（京都府南東部）にある屋敷に寄宿し、大学受験までの三年間、叔父から『論語』・『孝経《こうきょう》』・史伝（歴史と伝記）、それに文章《もんじょう》（詩文＝漢詩）などの漢籍《かんせき》（漢文で書かれた中国の書物）を学ぶことになった。受験勉強である。大学に入って卒業し、官吏登用の国家試験を受けて中央の官吏となり、やがては佐伯今毛人《さえきのいまえみし》のような高位高官に出世して生家（佐伯家）の興隆に貢献するためだった。

このころの平城京は都《みやこ》ではないが、あざやかな青《あお》や丹《に》（赤い色）で塗《ぬ》られた異国情緒たっぷりの七堂伽藍《しちどうがらん》が立ち並び、三重、五重、七重の塔が天空を突いていた。その屋根は立派な瓦《かわら》で葺《ふ》かれている。

この時代、地方の農耕民の住居の多くはまだ地面を掘って草葺《くさぶ》きの屋根をかぶせたようなものであり、屋根が瓦で葺かれているのは数少ない寺と国府《こくふ》（地方官庁）の庁舎ぐらいだった。それだけに地方から上京してきた真魚は諸大寺の絢爛豪華なたたずまいに圧倒され、息を呑む。そんな真魚《まお》を、大足《おおたり》は今毛人《いまえみし》の建てた氏寺《うじでら》（佐伯院《さえきいん》）に連れていった。氏寺とは、先祖を祭り、繁栄を願って建てた寺（私寺《しじ》）のことだ。佐伯院は五条六坊にあり、先ごろできたばかりだった。ここに、二人はしばらく滞在した。

大足《おおたり》によると、佐伯院から南都《なんと》（奈良）七大寺の一つ、東大寺までは徒歩《かち》で半時《はんとき》（約一時間）たらずだった。また、西に小半時《こはんとき》（約三十分）も歩くと、八百名を超える僧が居住する大安寺《だいあんじ》がある。大安寺は、唐《とう》の都《みやこ》・長安《ちょうあん》に留学した僧やその弟子たちなど、海外で暮らしたことのある留学僧や海外の著名な僧（帰化僧や留学僧）が多く住んでいる。そのため、大安寺は仏教文化交流の中心的存在となっており、唐から入ってくる最先端技術や知識の宝庫だという。ほどなくして二人は佐伯院をあとにし、山城《やましろ》（京都府南東部）の長岡京へ向かい、一日ほどの旅程で長岡の大足《おおたり》の屋敷に落ち着いた。

遷都してすでに四年が経っているが、長岡京はまだ造営途中だった。三年前に藤原種継《ふじわらのたねつぐ》が暗殺されたとき、真魚の父・田公《たぎみ》は多くを語らなかった。だから、真魚は叔父の大足《おおたり》から暗殺事件の背景にある政治的な争いについて何か聞けるのではないかと思っていたが、叔父は暗殺事件にいっさい触れなかった。

（朝廷の高官である叔父は伊予《いよ》親王の侍講《じこう》もつとめている……だからか）

と、真魚は叔父の気持ちをおしはかり、暗殺事件を口に出すことを控えた。真魚には物事をすばやく理解し、的確に処理する能力があった。

大足《おおたり》は才気あふれる真魚を可愛がり、すこぶる熱心に漢籍を教えた。真魚の暗記力・記憶力はずばぬけていた。そのうえ呑み込みも早かった。それだけに、真魚が中央の官吏となって、やがては佐伯今毛人《さえきのいまえみし》のように高位高官にまで出世することを期待し、三年間というもの、学問の師として真魚の才能を鍛え、練り上げた。のちに触れるように、真魚は唐《とう》（中国）に渡ってその地で漢語（中国語）や文章《もんじょう》（詩文＝漢詩）の才能を発揮することになるのだが、この三年間があったからこそ発揮できたといえる。

＊

今毛人《いまえみし》は、人の名前ですが、当時、精気の強い動物の名前を付けて健康を期待するならわしがありました。毛人《えみし》は動物ではありませんが、最も勇猛と思われていた東国《あずま》（関東地方）の野蛮な人のことで、それにあやかって付けられたようです。空海の幼名、真魚《ま》もそうです。魚《な》というのは下等な魚をさし、魚《いお》あるいは魚《お》というのは上等の魚をさしたと考えられるそうで、真魚とは鯛のことをさすのではないかといわれます。この時代、地方ではまだ古代的な動物名称を名前にする習慣が残っていました。ちなみに、十五歳の真魚が漢籍を学びはじめたころ、天台宗の開祖となった最澄《さいちょう》は七歳年上の二十二歳で、すでに比叡山《ひえいざん》に比叡山寺《ひえいさんじ》（のちの延暦寺《えんりゃくじ》）を開いています。

都に一つしかない大学に入学

真魚《まお》は三年間、叔父の阿刀大足《あとのおおたり》からみっちり漢籍《かんせき》（漢文で書かれた中国の書物）を学んだ。おかげで官吏《かんり》（役人・官僚）養成の最高機関で都《みやこ》に一つしかない大学に入学することができた。

大学は、正式には大学寮といった。規定によれば、入学資格は主に五位《ごい》以上の位階を有する者、すなわち貴族の子弟に限られていた。また、地方には、国ごとに地方の官吏を養成する国学《こくがく》という学校があり、主に郡司の子弟を入学させていた。いずれの学校も入学年齢は十三歳以上、十六歳以下だった。真魚の父は郡司という地方官である。だから、真魚は当初、讃岐国《さぬきのくに》（香川県）の国学に入って学んでいた。

だが、周囲の人々は才気あふれる真魚に、

「大学に入れば中央の官吏になれる。高位高官に出世すれば、佐伯家の名をあげて、一族に繁栄をもたらすことができる」

と、大学入学を強くすすめた。その熱気にあおられて真魚はその気になり、国学を退学して十五歳で上京し、叔父の大足《おおたり》のもとで三年間、みっちり受験勉強したが、すでに十八歳、大学の入学年齢を越えている。だが、中央にあって伊予《いよ》親王（桓武天皇の第三皇子）の侍講《じこう》をつとめる叔父の大足《おおたり》や、前年に没した佐伯今毛人《さえきのいまえみし》の一族につながる中央の官吏勢力など周囲の人々の無理押しによって受験が許され、合格したのだった。

大学にはいくつかの科があった。音韻科《おんいんか》という外国語科もあり、漢字の発音や素読《そどく》（すよみ）を教える教官（音博士《おんはかせ》）もいた。真魚は漢語（中国語）の学習能力に恵まれていたが、音韻科には入らず、明経科《みょうぎょうか》（儒教を学ぶ学科）に入った。明経科は、いわば一般教養学科あるいは行政科のようなところで、朝廷はじめ国レベルの官吏を養成する科である。ここをすすめたのは叔父の大足《おおたり》だが、むろん真魚の両親や親族の意向を汲んでのことだ。

このころ大学はまだ旧都《きゅうと》・平城京にあったので、真魚は今毛人《いまえみし》の建てた氏寺《うじでら》（佐伯《さえき》院《いん》）に寄居《ききょ》（寄宿）し、明経科《みょうぎょうか》に通うことになった。明経科では主に儒教《じゅきょう》の経典《きょうてん》である経書《けいしょ》（四書《ししょ》・五経《ごきょう》など）を学ぶ。儒教とは、孔子《こうし》（中国・春秋時代の思想家）を祖とする儒学《じゅがく》の教えのことで、孔子の教えをもとにした中国の伝統的な政治・道徳思想と教説《きょうせつ》（学説）のことだ。四書とは、儒教の根本経典とされる『大学《だいがく》』・『中庸《ちゅうよう》』・『論語《ろんご》』・『孟子《もうし》』の総称のこと。五経《ごきょう》（ごけい、とも）とは、儒教の教典のうち最も重要な五種の書のことだ。

これらの漢籍を学ぶさい、まず素読《そどく》を習う。つまり、文章の意味は考えずにただ文字を追って声を出して読む。素読したものを暗誦《あんしょう》できるようになってから、部分的な文字や語句の説明を受ける。それをまた一字一句、正確に暗記する。要するに、暗誦と暗記が重要視される教育内容である。

晴れて学生《がくしょう》となった真魚《まお》は、大学を二十五歳までに卒業すればよかった。そして、官《かん》吏《り》登用の国家試験を受けて、受かれば位階を与えられ、中央の官吏としての仕事や地位に就くことができる。その後は本人の才覚しだいで佐伯今毛人《さえきのいまえみし》以上の身分にのぼることも不可能ではない。だから、周囲の人々はこういって真魚を励ました。

「勉励《べんれい》せば、何事か成らざらん」

大学に充たされず、ふさぎ込む日々

真魚の母の生家である阿刀氏《あとうじ》の一族は、大足《おおたり》がそうであるように学者の家系だが、いっぽうで奈良時代からすぐれた仏教僧を世に出している。のちに触れる法相宗《ほっそうしゅう》の僧・玄昉《げんぼう》（?～746）や、その弟子の善珠《ぜんじゅ》（723～797）などである。善珠は光仁《こうにん》天皇（桓武《かんむ》天皇の父）の勅願《ちょくがん》（天皇の祈願）により、七八〇年に秋篠寺《あきしのでら》（奈良市秋篠町）

を開いている。そんな有力な出家者が阿刀氏の一族にいる話を佐伯院で耳にしながら、真魚は大学の官吏コースでひたすら勉学にいそしんだ。

だが、すでに三年間、叔父の大足《おおたり》のもとでみっちり漢籍を学び、素読も繰り返していたので、大学で学ぶ漢籍は学習ずみのものが多く、ほとんどすらすら暗誦《あんしょう》できたし、その内容も理解しているものが少なくなかった。また、文章全体（漢籍の内容）の意義を考えるのではなく、暗誦と暗記を重要視する教育内容だったので、時がたつにつれて真魚は大学の勉強に身が入らなくなった。さらに、儒教（儒学の教え）は人間以外の存在を認めないということもわかり、

（しょせん官吏となるための学問にすぎない……）

と儒学の教えにも満足できなくなった。

この時代の日本人の共通感覚は、

「自然界のあらゆるもののなかに超人間的な能力をもつ目に見えない霊的な存在（天地万物の霊魂・精霊）が宿っている」

というものだった。それら人間以外の霊的な存在を畏怖し、神として崇《あが》め祭ったことから神への信仰がはじまっている。そういう日本古来の神への信仰と外来の仏教との二人三脚的というか、習合的な歩みのなかで真魚は生まれ育っている。成人したころには

地方の有力神社の境内には古来の神を仏の教えによって救済するための寺、神宮寺《じんぐうじ》が次々と建てられている。そんな環境下で、真魚《まお》は大学に入学した。だから、人間以外の存在、霊的な存在を認めようとしない儒教、生命とは何かということに触れない儒教、そんな儒教を中心とした大学教育は満足のいくものではなく、その意義や価値に疑心をもった。また同じころ、大学に入ってくる貴族の子弟が少ないことに気づき、その理由《わけ》を知った。明経科《みょうぎょうか》で漢籍などを教える学者の話によると、貴族の子弟には「蔭位《おんい》」というのがあり、五位以上の貴族の子弟と三位以上の貴族の孫は、二十一歳になると一定の位階を与えられ、それ相当の官職に身をおくことができる。だから、わざわざ大学に入学して学ぶ必要もなければ、大学を出て難しい官吏登用試験を受ける必要もないという。この事実を知ったとき、すでに大学の教育内容に不満を覚えていた真魚は、中央の官吏になるというコースが突然、無意味でばかばかしいものに思えた。以後、充たされない日々が続き、独りふさぎ込んだ。

だが、そのまま下を向くような生き方をしてゆく真魚ではない。自分を奮い立たせようと、明経科《みょうぎょうか》以外の科を学んでみることにした。音韻科《おんいんか》の音博士《おんはかせ》のもとで漢音《かんおん》（漢字の音）の発音を学び、書《しょ》博士からは漢字の書法を学んだ。書法には篆書《てんしょ》・隷書《れいしょ》・楷書《かいしょ》・行《ぎょう》書・草書の五通りがあって最初はとまどったものの、聡明でものわかりの早い真魚はいずれも人よりだいぶ早く会得した。

　また、初めて見る中国の書籍、たとえば医学書や仏教・道教に関する書物などに心が引きつけられ、次々と自力で読み下しては内容の理解に努めた。道教とは、不老長生を目ざす神仙術《しんせんじゅつ》と原始的な民間習俗および老子《ろうし》（中国・春秋戦国時代の思想家）の教えや仏教のもとになっている教えなどが混合して形成されたもので、その主たる目的は不老長生と現世利益《げんせりやく》（この世で受けるさまざまの恵み）である。不老不死の方法を獲得した人のことを仙人とよび、仙人は人の姿をしたかぎりなく神に近い存在だったことから神仙とよばれた。神仙術とはその神仙の術のことだ。

　このように、真魚は明経科から離れていろいろな知識の吸収に励んでいたが、ある日、父がかつて親族にこうもらしていたのを思い出す。

「佐伯今毛人《さえきのいまえみし》殿が参議《さんぎ》（大納言・中納言に次ぐ重職）に昇任されたとき、あの藤原種継《ふじわらのたねつぐ》という男は天皇に、『いまだかつて佐伯氏がこの地位にのぼった例がない』と異議を申し立てた。そのために今毛人殿は参議を辞めざるをえなかった」

　つまり、藤原一族の者でないかぎり、どんなに卓越した能力の持ち主であっても、出世はせいぜい正三位《しょうさんみ》（大納言相当・上級貴族）止《ど》まりということだった。当時、政治の実権を握っているのは藤原一族だった。藤原一族は四家（南家《なんけ》・北家《ほっけ》・式家《しきけ》・京家《きょうけ》）に分かれ、それぞれが自家の繁栄をかけて激しく争っていた。四家のなかで最も勢威を振るっていたのが、式家の藤原種継《ふじわらのたねつぐ》だった。その種継が暗殺されたときの父の言葉を思い出した真魚《まお》は、こんな思いにとらわれる。

（大学を卒業して中央の官吏になることができても、しょせん藤原一族のいずれかのもとで働くだけのこと……藤原氏の出身でない者の出世は先が知れている）

そう考えて大学での勉強にいっそう身が入らなくなり、一年も経つと、これまでの気迫が嘘のように消えてしまった。代わりに少年期の記憶——四国の山々で修行を積んで下りてきた仏教僧が験力《げんりき》（霊験《れいげん》をあらわしうる能力）を身につけた者として扱われていたことや、かれらの彫り上げた菩薩《ぼさつ》の像が修行する神の姿（神像《しんぞう》）として扱われていたことなどの記憶がよみがえり、母方の阿刀氏出身の玄昉《げんぼう》や善珠《ぜんじゅ》など仏教僧に心を向けるようになった。真魚は佐伯院《さえきいん》（佐伯氏の氏寺《うじでら》）に寄宿している関係から、これまでもときおり経典には目をとおしていたが、ここにきて本格的に読みはじめた。そのうち、大《だい》安寺《あんじ》や東大寺、法輪寺《ほうりんじ》など著名な大寺《だいじ》の経蔵《きょうぞう》（経典を納める建物＝経堂《きょうどう》）にある経典も読みたくなり、佐伯院や叔父の大足《おおたり》の仲立ちを頼りに寺めぐりをはじめる。

やがて佐伯院から西へ小半時《こはんとき》（約三十分）で行ける大安寺に頻繁《ひんぱん》に出入りするようになった。大安寺は叔父の大足《おおたり》が教えてくれたとおり仏教文化交流の中心的存在で、異国の言葉や文化にあふれていた。真魚《まお》はとりわけ仏教のインド的思考法や修行法に圧倒され、引きつけられた。そんな真魚の前に一人の女性《にょしょう》があらわれる。

十九歳、性への関心と欲望

出会いというのは予想もしないときに予想もしない仕方で起こる。つまり、智恵の及ばない不思議な巡り合わせというものがある。

大安寺《だいあんじ》によく出入りするようになった真魚は、ある日、一人の女性《にょしょう》に心を奪われる。大学の勉強から離れた真魚に勢いよく芽生えたのは異性への関心だった。このとき、真魚ははじめて官能を現実の感覚としてとらえる自分を意識する。

（こ、これはいけない……）

と思うが、奔放な思いが次から次に湧いてくる。それは、理性や教養があろうと抑えられない感情だった。

その女性《ひと》はえもいわれぬ品格をそなえていた。この女性を目にするのは、この日で三度目だった。最初は一昨日《おとつい》、二度目はきのうで、きょうと同じように大安寺近くの往来で行き合った。つまり、三日連続で同じ女性を目にしたのだった。

(三度目か……きょう声をかけねば、おそらく潮合《しおあい》を失う)

と真魚《まお》は自分を説きふせた。

女性は大安寺のほうからこちらに向かって往来の右端をうつむきかげんに歩いてくる。真魚は大安寺に向かって往来の左端を歩いていた。それほど広くない道幅である。

(……)

すれ違って数歩も歩かないうちに真魚は振り返り、

「もうし……」

と女性の背に声をかけた。

背後から声をかけられて女性の歩みが止まった。だが、振り向こうとしない。その背に真魚はもう一度、

「無作法ながら……こなた様は」

と声をかけた——。

この日のことを、善道尼《ぜんどうに》は今でもよく覚えている。振り返ると、生き生きとした気力

を感じさせる若者がいた。それが十九歳の真魚だった。その真魚の全身から、まるで草からあがる地息《じいき》（地面から立ちのぼる水蒸気）のように熱が発し、それが自分に向かってくるのがわかった。善道尼は二十四歳だった。のちに善道尼はこういう。

「あのときはわたくしの胸のなかにぽっと火がついたような、そんな感じでございました」

これが、真魚と一沙門《あるしゃもん》との出会いだった。この出会いで、真魚は己《おのれ》の欲望の深さを実覚《じっかく》する。実覚とは、実際に身をもって感じられることだ。これまでの真魚は異性と接する機会に恵まれることのない環境にいた。寄宿先は佐伯院であり、大学には異性の学生《がくしょう》がいない。つまり、官能の実覚《じっかく》からはるか遠いところにいた。

とはいえ、十八歳という真魚《まお》にはそれ相当の性への関心と知識があった。大学にいる貴族や高官の子弟である学生たちは、その屋敷内に婢女《はしため》（召使いの女・下女）をかかえている。異性との交遊に不自由しない。そのつど田舎育ちの真魚に話を聞かせる。だから、真魚は異性との交わりの感覚と情景を想像することができた。想像力は知識より強い。

讃岐《さぬき》（香川県）から上京してきた田舎育ちの真魚が、かれらと同じ感覚を味わおうとするなら、浮《う》かれ女《め》（遊女）のいる家に行くしかない。けれども、ひたすら勉学にいそしむ日々だったし、金銭的なこともあったので、これまで足を運んだのは二度しかない。しかも、目的を果たせず一夜を明かした。

初回は、何もしない真魚にじれた浮《う》かれ女《め》に、「酒は命をあたためてくれるよ」といわれて酒を呑まされ、目覚めたらもう朝だった。二度めのときは、宵《よい》の口《くち》から降り始めた雨が地面をひたひたとたたく音を聞きながら、浮《う》かれ女《め》と夜を明かした。初対面だというのに、おしゃべりな浮《う》かれ女《め》だった。そんなおしゃべりから仕入れた話は、目を開けたまま眠る女もいるとか、硬くなった男性自身を指で握るのが好きな女がいるとか、しょっちゅう男をたぶらかしている女がいるとかという類《たぐ》いのものだった。

それ以後、真魚は浮《う》かれ女《め》のいる家に行かなくなった。今まで会ったことも見たこともない知らない女と示し合わせて男女の交わりをすることが、自分にはできないとわかったからだ。だからといって、欲望を感じないわけではない。欲望は潮《うしお》のように若い身体の中心に満ちてくる。瞑想《めいそう》のまねごとなどをしてみるが、効果はない。そのたびに水を浴びに走る。

だが、性欲というものにひたったり、悩んだりすることはなかった。すでに触れたように、真魚は大学で初めて見る中国の医学書に心ひかれ、自力で読み下して内容を理解している。だから、人間の身体についての知識もあり、五臓六腑《ごぞうろっぷ》のかたちと働きは万人共通であることを知っている。ならばと真魚は自分の性欲を客体として観察してみる。その結果、性欲はあくまでも個人に宿るものであるが、特殊なものではなく、誰の性欲も性欲であることにおいては同じもの、普遍的なものだと判断する。いっぽうで、

（五臓六腑にしても性欲にしても、万人に共通のものであるならば、自他の区別はどこでつくのだろうか……）

と疑問に思う。考え込んだ真魚は、

（五臓六腑も性欲も、自他の区別などつくはずがない）

という考えにたどりつく。

また、生命とは何かということに触れない儒教に飽き足りなさを感じていた真魚《まお》は、生命というものにいっそう関心を払うようになった。そもそものきっかけは、卓越した能力の持ち主である佐伯今毛人《さえきのいまえみし》の死だった。今毛人は真魚が大学に入る前の年に亡くなった。そのときから真魚は死ぬということはどういうことか、生命とは何か、ということを真剣に考えるようになった。

(死ねば、佐伯今毛人という高位高官といえども無力ではないか……)

そう思うようになって真魚の心はますます大学の官吏コースから離れてゆき、頻繁に寺をめぐり歩くようになった。そんなときに善道尼《ぜんどうに》と出会い、

「無作法ながら……こなた様は」

と初めて異性に声をかけたのだった。

そのとき、真魚はつづけてこういっていた。

「どちらにお住まいのお方で、何をされているおひとでしょうか」

そのことばを背に受けて善道尼はゆるりと振り返り、真魚の顔をじっと見つめながらこういった。

「あなた様は、何を」

逆に聞き返されて真魚はいささかうろたえ気味に、

「あ、わたしは大学の学生《がくしょう》です」

と答えた。善道尼は驚いている様子だった。目を見はるようにして真魚を見ている。

「お聞きしてはまずかったでしょうか」

と真魚が慎み深い物言いをすると、善道尼はこういった。

「いいえ、お聞きになるのはかまいません。ですけれど、お答えいたしかねます」

（……ッ）

一瞬、このまま去られてしまうのかと真魚が案じたとき、善道尼はこうつけくわえた。

「わたくしはそんなにあなた様と親しくありませんから」

それを聞いて真魚は、

「親しくなりたかったので、お声をかけたのです」

と、すばやくやりかえし、さらに単刀直入にこういった。

「大安寺《だいあんじ》にお出入りされているようですが、仏教において愛は異性・金銭・名声などへの執着心の意味で欲望の一種であり、煩悩《ぼんのう》の一つにすぎません。つまり、愛は男女が離れがたく思う性愛としてとらえられていますから、必ずしも高貴な感情とされていませんん。愛という激しい欲望にとらわれることは、葛《かづら》（つる草）がはびこるようなものだといわれます。ですが、愛というのは人間の生まれついての感情であり本能です。万人に共通のもので、否定すべきものではありません。また、愛は瞬間のなかの永劫《えいごう》（永遠）とも……」

真魚《まお》は医学書のほか、仏典《ぶってん》（仏教に関する書物）も自力で読み下しているので、仏教における愛（執着・欲望）についてはおおよそを理解している。そんな真魚を、怖くて愛らしい男性《ひと》のように善道尼《ぜんどうに》は思えた。真魚に声をかけられたときから胸のなかにぽっと火がついたような感覚でいたからだった。

こうして、二人は何度か逢瀬を重ねるうちに互いの鼓動が溶け合うような、ひとつになるような、そんな心持ちになっていった。

真魚は形成されつつあった自分の性欲が善道尼との出会いで完成されたことを実覚《じっかく》し、充たされなかった日々は充たされた。

善道尼《ぜんどうに》の告白

大安寺《だいあんじ》は、真魚の寄宿先の佐伯院から歩いて小半時《こはんとき》（約三十分）ほどのところにある。その大安寺の近くにある神社の敷地内に善道尼は小さな庵《いおり》を結んでいる。庵といっても立派な家屋で、見かけは小さい寺である。渡り廊下があり、その先は食事の準備など雑事をする建物につながっており、そこには善道尼の世話をする老夫婦が住んでいる。

真魚は善道尼と親しくなると、毎夜《まいや》のように庵に通い、互いにうちとけて楽しんだ。

善道尼は大安寺の主座《しゅざ》（トップの地位）にある勤操《ごんぞう》（758〜827）という僧に、近事女《ごんじにょ》として仕えている在俗《ざいぞく》（在家《ざいけ》＝出家していない人）の仏教信徒の一人だった。近《ごん》事《じ》とは、女性・男性を問わず五戒《ごかい》を誓った在家《ざいけ》信徒のこと。女を近事女《ごんじにょ》、男を近事男《ごんじなん》という。五戒とは、次の五つの戒《いまし》めのことだ。
①不殺生戒《ふせっしょうかい》（生き物を殺してはならない）、②不偸盗戒《ふちゅうとうかい》（他人のものを盗んではいけない）、③不邪淫戒《ふじゃいんかい》（不道徳な性行為をしてはならない。とりわけ強姦や不倫を指すが、他にも性行為に溺れるなどの行為も含む）、④不妄語戒《ふもうごかい》（嘘をついてはいけない）、⑤不《ふ》飲酒戒《おんじゅかい》（酒を飲んではいけない）。
また、可能であれば在家信徒は五戒に三つの戒めを加えてつごう八つの戒め、八斎戒《はっさいかい》を授かることになり、次の三つが加わる。正午過ぎから翌朝までは食事をしない。歌舞《かぶ》音曲《おんぎょく》を見たり聞いたりせず、装飾品・化粧・香水など身を飾るものを使用しない。天蓋《てんがい》付きで脚《あし》の高い寝台（ベッド）に寝ない。ただし、五戒の③不邪淫戒が不淫戒《ふいんかい》となり、あらゆる性行為が禁止される。

善道尼《ぜんどうに》は八斎戒《はっさいかい》を受けていない在家信徒である。だから、あらゆる性行為が禁止されているわけではない。

善道尼によると――。

大安寺《だいあんじ》の東西にある塔や金堂・講堂・食堂《じきどう》・経蔵《きょうぞう》・鐘楼《しょうろう》などの仕上がりの形や構造、またそれらの配置は、唐《とう》の都《みやこ》・長安《ちょうあん》の西明寺《さいみょうじ》とそっくりに造られている。その西明寺は、インドの祇園精舎《ぎおんしょうじゃ》（資産家が釈迦とその弟子たちのために建てた寺）をまねて造られた。その祇園精舎は兜率天《とそつてん》を模して造られたものだという。兜率天とは、将来、仏となるべき菩薩《ぼさつ》の住む所で、ここには七宝《しちほう》（七つの宝物＝金・銀・瑠璃《るり》・玻璃《はり》・硨磲《しゃこ》・瑪瑙《めのう》・珊瑚《さんご》）でできた宮殿があり、内院《ないいん》と外院《げいん》がある。内院には弥勒菩薩《みろくぼさつ》が住んでいて説法を行なっている。外院には天衆《てんしゅ》（天に住むものたちの総称）の遊楽の場所がある。ここでは寿命は四千歳で、その一日は人間界の四百年に相当する。だから、大安寺はそこここにきらびやかな象徴に満ちたインド的世界を見せているのだという。善道尼は仏の教えを直《じか》に勤操《ごんぞう》から聞ける立場にいるので、仏教について相当の知識がある。

真魚は自分が大安寺に頻繁に通うようになったのは、そのインド的世界に引かれたからだといってから、

「しかも、大安寺のインド的世界よりも関心をもたせる女性《ひと》にわたしは出会えた」といい、固く口をつぐむようにしてにっこり笑った。また、自分が十五歳で讃岐国《さぬきのくに》（香川県）から上京して十八歳で大学に入学したことや、中央の官吏《かんり》になるための勉強にむなしさを感じて寺めぐりをはじめたことなどを打ち明けた。さらに、浮《う》かれ女《め》とのことを正直に告白し、自分は会ったことも見たこともない女性《ひと》と示し合わせて男女の交わりをすることはできないといい、だから、あなたと出会うまで愛を知らなかった、もうあなたなしの人生は考えられないといった。それを聞いて善道尼は、自分を想ってくれる男性《ひと》がいてほしかったので、心を許せる相手が見つかり、ほんとうにうれしいといった。

ある晩、床についた真魚は気になっていること――立派な庵《いおり》のことや暮らし向きのこと、また俗姓《ぞくしょう》と俗名《ぞくみょう》について教えてほしいといった。すると善道尼はおもむろに寝間《ねま》（寝床）から身を起こして端座《たんざ》（正座）し、はだけた寝間着《ねまき》の胸元をつくろいながら、

（心を許せる相手《ひと》になると、いなくなってしまう……）

とつぶやくようにいい、それからこういった。

「わたくしの俗名は容子です。父は藤原種継《ふじわらのたねつぐ》の暗殺に関与したとして捕縛され、桓武《かんむ》天

皇によって淡路国《あわじのくに》（兵庫県淡路島）に配流《はいる》された早良《さわら》親王です……」

（あの暗殺事件の……ッ）

事件の起きた当時、十二歳の真魚《まお》は父からその詳しい内容を教えてもらえなかったが、あの種継という男のために佐伯今毛人《さえきのいまえみし》は参議《さんぎ》を辞めざるをえなかったと父が悔しそうにいっていたのを覚えている。

（……）

真魚は固唾《かたず》を呑んで善道尼《ぜんどうに》を見守った。闇のなかの燭台《しょくだい》の灯《あか》りが寝床に正座した善道尼をうっすら浮き上がらせている。

その夜、善道尼は親王禅師《しんのうぜんじ》とよばれた早良《さわら》親王と自分の生い立ちについて語った。

＊

早良《さわら》親王は、その生年に異説がありますが、本書では七五〇年生まれとしています。また、早良親王はのちに触れるように、じっさいに皇太子（次代の天皇となるべき皇子）に立てられて還俗《げんぞく》（いちど出家して僧籍に入った者が俗人《ぞくじん》に戻ること）しますが、皇太子にもかかわらず、妻を迎えたり、子をもうけたりした記録は存在していません。その理由は不明です。本書では子がいたと想定し、「物語」を展開しています。

光仁天皇の第二皇子早良《さわら》親王の生い立ち

善道尼によると――。

早良親王（750～785）は光仁《こうにん》天皇（709～781）の第二皇子で、第一皇子は山部《やまのべ》親王（のちの桓武《かんむ》天皇）といい、実兄（同母兄）にあたる。

光仁天皇は名を白壁《しらかべ》といい、天智《てんじ》天皇（626～671）の孫にあたり、白壁王《しらかべおう》とよばれていた。その白壁王時代、皇位継承をめぐる内紛で次々と皇族が粛清されていくのを見て、そんな争いに自分は巻き込まれまいと用心し、昼日中から酒を呑んではだらしなく酔っぱらい、行方をくらましたりして、いつも自分にはその気がないことを示していた。

また、二人の息子（山部と早良）は生母の身分が低かったので、将来、皇位を継承する見込みはなかったが、政争などに巻き込まれて粛清される可能性があった。だから、長男の山部《やまのべ》には政治から遠い教育機関の官吏《かんり》（役人・官僚）としての人生を歩ませようと考え、学問を修めさせた。二男の早良《さわら》には正式な僧、官僧《かんそう》（官許《かんきょ》をえて公に出家した僧）としての道を歩ませようと、十二歳（異説あり）のとき、仏門に入れた。この出家は在俗《ざいぞく》（在家《ざいけ》）から離れるだけのことで、早良は俗名《ぞくみょう》・俗体《ぞくたい》のまま華厳宗《けごんしゅう》の大本山である東大寺の羂索院《けんじゃくいん》に身を寄せて暮らしはじめた。それから七年後、東大寺の羂索院《けんじゃくいん》から大安寺《だいあんじ》の東院に移った。

この年、十九歳の早良は大安寺近くの神社の宮司《ぐうじ》（神官）の娘に心をひかれて深い仲となり、翌七六九年、女の子を授かる。だが、生母は産後の肥立《ひだ》ちが悪く、まもなく病没。そのため、早良が東大寺に深くかかわっていた関係から、娘は東大寺の敷地内にある手向山《たむけやま》神社（東大寺八幡宮）に預けられる。

このころ、平城京では皇位継承をめぐる不穏な動きがあとを絶たず、政局は不安定だった。また、傲《おご》り高ぶった僧尼《そうに》（僧と尼）の堕落が目立つようになり、僧尼を統制する法令、僧尼令《そうにりょう》が施行《しこう》された。僧尼令は、僧尼の犯罪・破戒行為などに対する処置を規定したもので、違反者は俗人に戻され、法律によって処断される。そういう状況下、まだ正式な僧、官僧《かんそう》ではなかった早良は、その翌年、考えぬいた末に、父・白壁王が望んだとおり官僧としての道を歩んでゆく決心をし、得度《とくど》（剃髪して正式に出家すること・仏門に入ること）して世俗を離れた。

だが翌年、白壁王が六十二歳という高齢で即位し、光仁《こうにん》天皇となった。この即位は誰にとっても青天《せいてん》の霹靂《へきれき》だった。というのも、白壁王は現政権にとって敵にあたるからだ。

その事情《わけ》は、およそ百年前に起きた皇位継承争いが尾を引いていると善道尼はいい、当時の天皇家の兄弟対立について語った。それによると――。

＊

東大寺の羂索院《けんじゃくいん》は、現在は法華堂・三月堂と呼ばれています。

天皇家の兄弟対立

およそ百年前、白壁王《しらかべおう》の祖父にあたる天智天皇《てんじ》が即位したさい、天皇には大友《おおとも》という二十一歳になる皇子がいたが、生母の身分が低かったため、皇太子に立てられなかった。代わりに、天皇の実弟（同母弟）である大海人皇子《おおあまのおうじ》が皇太子に立てられた。けれども、天智天皇が大海人皇子の夫人《ぶにん》だった女性（額田王《ぬかたのおおきみ》）を召し出したり、都《みやこ》を大和《やまと》（奈良県）の飛鳥《あすか》から近江《おうみ》（滋賀県）の大津《おおつ》に移したりしたことなどから、兄（天智天皇）と弟（大海人皇子）の仲は悪くなり、対立するまでになった。夫人《ぶにん》とは、天皇の後宮《こうきゅう》（宮中の奥御殿）の女官のことだ。とくに皇妃《こうひ》（天皇の正妻・皇后）以外の妃《きさき》・女官などのことで、いわゆる愛妾・側室のこと。

実弟の大海人皇子《おおあまのおうじ》と対立した天智天皇は、わが子（大友皇子《おおとものおうじ》）を即位させるべく政権内にその体制をととのえるが、六七一年の冬、病没（享年四十六）。すると翌年、吉野《よしの》（奈良県南部）に隠棲《いんせい》していた大海人皇子《おおあまのおうじ》が挙兵し、大友皇子の軍と戦って勝利、二十五歳の大友皇子は自害した（「壬申の乱《じんしんのらん》」）。

翌年正月、大海人皇子は即位して天武天皇《てんむ》となった。それ以来、天智天皇系（天智系）の皇族にとって天武天皇系（天武系）の皇族は敵に相当する者となった。天武系にとっても同じである。その後、百年近く天武系の皇族が皇位を独占してきた。だから、ここにきて天智天皇の孫にあたる白壁王《しらかべおう》に皇位を継承させたくなかった。白壁王でさえ、自分は現政権の敵にあたるので粛清されることはあっても皇位の継承はありえないと考えていた。だが、前代の女帝、称徳《しょうとく》天皇は生涯独身で子女がなかった。また、政変による粛清が相次いだことから、天武系の嫡流《ちゃくりゅう》（男系）にあたる皇族がとだえていた。女子では称徳天皇の異母姉である井上《いのえ》内親王（聖武天皇の第一皇女）がいたが、白壁王の夫《ぶ》人《にん》となっていたので皇位の継承はできなかった。こうした状況下、新興勢力の藤原一族（南家《なんけ》・北家《ほっけ》・式家《しきけ》・京家《きょうけ》）が白壁王を強く推した。その結果、誰も考えていなかった光仁《こうにん》天皇の即位が実現したという。

白壁王が六十二歳で即位したとき、息子は一人ふえて三人になっていた。三十四歳の山部《やまのべ》と二十一歳の早良《さわら》のほか、十歳になる他戸《おさべ》がいた。三人は親王《しんのう》とよばれることになった。山部・早良の両親王の生母は高野新笠《たかののにいがさ》といい、百済《くだら》系渡来人出身の帰化人で、下級官吏《かんり》の娘だった。百済《くだら》は古代の朝鮮半島にあった国の一つだ。

他戸《おさべ》親王の生母は井上《いのえ》といい、聖武《しょうむ》天皇の第一皇女だった。その身分差から、光仁天皇は即位と同時に井上を皇后とし、翌年早々、十一歳の他戸《おさべ》親王を皇太子に立てた。当時としては順当な判断だった。だから、光仁天皇は山部《やまのべ》・早良《さわら》両親王に、「家系のことは忘れて自分の人生を生きろ」と言い聞かせた。

前年に得度《とくど》している早良《さわら》は、親王となったこの年に、大安寺《だいあんじ》で受戒《じゅかい》（守るべき戒を受けること）し、正式な僧（官僧《かんそう》）となった。以後、親王禅師《しんのうぜんじ》とよばれることになった。また、早良の実兄（同母兄）である山部《やまのべ》は、このころ政治から遠い教育機関、大学で大《だい》学頭《がくのかみ》（大学の長官）などの職を歴任していたという。

ついで善道尼は光仁天皇の即位後にあった不吉な密告について語りだした。

それによると――。

他戸《おさべ》親王即位後の不吉な密告

密告があったのは、他戸《おさべ》親王が皇太子に立てられた翌年正月から二カ月ほどたった三月のことだった。密告によれば、井上《いのえ》皇后はわが子・他戸親王の即位を願い、夫である光仁天皇を呪い殺そうとしたという。こうして、「魘魅大逆《えんみだいぎゃく》事件（巫蠱大逆《ふこだいぎゃく》事件とも）」が発覚した。魘魅《えんみ》とは、妖術《ようじゅつ》（幻術《げんじゅつ》）で人を呪《のろ》い殺すことだ。妖術とは、相手に危害を加えようと意識すると、超自然的な霊力が発動し、相手に災いがもたらされる呪術《じゅじゅつ》のこと。大逆《だいぎゃく》とは、天皇や親を殺すような重い罪のこと。巫蠱《ふこ》とは、まじないで人を呪うことだ。

この事件の探索に動いたのは、光仁天皇の即位に尽力した藤原一族、式家《しきけ》の藤原百川《ふじわらのももかわ》らだった。百川らは探索の結果を光仁天皇にこう報告した。

「密告どおり、井上皇后は天皇を呪い殺す祈祷《きとう》を妖術《ようじゅつ》の使える巫女《ふじょ》（みこ）に一度や二度ではなく、たびたび行なわせていたことが判明いたしました」

巫女《ふじょ》とは、神に仕えて神楽《かぐら》・祈祷《きとう》を行ない、また、神託《しんたく》（託宣《たくせん》）を告げる女性のこと。

神託とは、神が人に乗り移り、あるいは夢などに現われて、神意《しんい》（神の意志）を人に告知することで、いわゆる神のお告げ（夢のお告げ）のことだ。

光仁天皇は百川《ももかわ》の報告に疑いをさしはさまず、ただちに井上《いのえ》皇后と他戸《おさべ》皇太子を廃し、翌七七三年一月、第一皇子の山部《やまのべ》親王を皇太子に立てた。三十七歳で皇太子となった山部親王は式家《しきけ》の藤原良継《ふじわらのよしつぐ》（百川《ももかわ》の兄）の娘、乙牟漏《おとむろ》を夫人《ぶにん》として後宮《こうきゅう》（宮中の奥御殿）に迎え入れた。

また、同年十一月に光仁天皇の実姉《じっし》（同母姉）である難波内親王《なにわないしんのう》が死去すると、式家の面々は、もと皇后の井上《いのえ》が巫女《ふじょ》に呪い殺させたと断定した。そのため、井上とその子・他戸《おさべ》の母子は幽閉された。母子は二年後の七七五年四月二十七日、幽閉先で同時に急死したという。

（同じ日に、同時に……）

と怪訝《けげん》そうにつぶやく真魚《まお》に善道尼《ぜんどうに》はうなずき、

「この事件の背景には藤原一族の意図が隠されているのです」

といい、引き続き天皇家と藤原一族について語りだした。

それによると――。

光仁天皇は即位と同時に井上《いのえ》を皇后としたが、立太子《りったいし》（皇太子を定めて正式にその地位につけること）は遅れて、翌年の正月、他戸《おさべ》親王を皇太子とした。この遅れは、宮中における政治権力を握った藤原一族の内部で意見の対立があったからだという。北家《ほっけ》の藤原永手《ふじわらのながて》らは天武系につながる他戸親王を推し、式家《しきけ》の藤原百川《ふじわらのももかわ》らは山部《やまのべ》親王を推した。けっきょく光仁天皇は天武系の天皇に戻る見込みが濃くなる他戸《おさべ》親王を皇太子に立てた。というのも、藤原一族とは関係のない高位高官のほとんどが天智系の皇族の擁立に否定的だったからだ。もし天智系で生母の身分が低い山部親王を皇太子に立てれば、将来、皇位継承をめぐる争いが起こって凄惨な粛清が行なわれる見込みがあり、それを光仁天皇は避けたかったのである。

だが式家の百川《ももかわ》らは、

（百年近くも続いた天武系の天皇をようやく天智系に戻したというのに、なぜまた……）

と、納得がいかなかった。それに他戸《おさべ》親王が皇太子に立てられたことで、式家が北家に後《おく》れをとるのは明白だった。だから、百川らは井上《いのえ》皇后と他戸《おさべ》親王の母子に面白からぬ感情を抱いた。いっぽう北家の永手《ながて》らは、自分たちの推した他戸《おさべ》親王が皇太子に立てられたので、今後は自家の繁栄を期待できるうえ、天智系の皇族に対する高位高官たちの反発もなくなり、皇位継承をめぐる血なまぐさい争いが起きる心配もなくなったと安堵していた。そんな状況下で魘魅大逆事件《えんみだいぎゃく》が起きた。だから、この事件の背景には式家の兄弟（兄・良継《よしつぐ》と弟・百川《ももかわ》）の陰謀があったと、善道尼《ぜんどうに》はいう。

「陰謀……ッ」

おもわず声をあげる真魚《まお》に、

「光仁天皇は六十二歳という高齢でした。わざわざ呪い殺す必要があるでしょうか。また、井上《いのえ》皇后だけでなく、十二歳の他戸《おさべ》親王まで捕らえています。さらに、この呪殺《じゅさつ》事件は密告からはじまっています。そうしたことから陰謀があったと考えられるのです」

と善道尼はいい、式家の兄弟がくわだてた陰謀について語りだした。

それによると——。

＊

他戸《おさべ》親王の生年は、七五一年という説もあります。本書では七六一年生まれで解説しています。

天武系皇族の廃絶をくわだてる式家《しきけ》の陰謀

山部《やまのべ》親王を皇太子として強く推した式家《しきけ》の藤原百川《ふじわらのももかわ》らは、

（このままでは、またもや天武系の天皇が続く。そうなれば……）

北家《ほっけ》は娘を後宮《こうきゅう》（宮中の奥御殿）に入れるだろう。その娘が皇太子である他戸《おさべ》親王の夫人《ぶにん》となって子女をもうけ、のちに皇后に立てられたりすれば、北家は天皇家の外戚《がいせき》となり、宮中における政治権力を握り、繁栄が保証される——。

と悔しがった。外戚とは、母方の親戚のことだ。

ところが、他戸《おさべ》親王が皇太子に立てられた翌二月、北家の藤原永手《ふじわらのながて》が病没した。それをきっかけに式家の百川《ももかわ》らは天武系の皇族をいっきに廃絶しようとくわだてた。成功すれば、北家に代わって式家が宮中における政治権力を掌握できると踏んだからだ。そして、

（光仁《こうにん》天皇にしても……誇り高いだけの聖武《しょうむ》天皇の娘である井上《いのえ》皇后より、初めての夫人《ぶにん》である高野新笠《たかののにいがさ》のほうに愛着を抱いているはず。その息子・山部《やまのべ》親王を皇太子とすることに異存はあるまい）

と読んで、光仁天皇の意向をそれとなく打診した。以心伝心だった。こうして、式家の百川《ももかわ》らは魘魅大逆《えんみだいぎゃく》事件をでっちあげ、井上皇后とその子・他戸《おさべ》親王の地位を剥奪《はくだつ》した。それだけでなく、難波内親王《なにわないしんのう》の死を利用して口実をつくり、母子を幽閉したうえ、同じ日に同時に母子を毒殺し、天武系の皇族を廃絶したという。

これを聞いて真魚《まお》は、

「でっちあげではなく、本当にあったと考えられないだろうか」

といううと、善道尼はこうも考えられるという。それによると——。

井上《いのえ》皇后は天武《てんむ》天皇直系の聖武《しょうむ》天皇の娘であるが、夫の白壁王《しらかべおう》は傍系の天智《てんじ》天皇の孫にすぎない。誇り高い井上《いのえ》は三十一歳で白壁王の夫人《ぶにん》となってからずっと、血筋は自分のほうが上だと意識していた。また、井上皇后より一つ年下の異母妹は二度も皇位についている。最初は孝謙《こうけん》天皇、再び皇位について称徳《しょうとく》天皇となっている。

（それなのに自分は敵にあたる天智系の白壁王のもとに嫁《ゆ》かされた……）

という思いにとらわれた。さらに、生涯独身で子女のなかった異母妹の称徳天皇が五十三歳で病没したと知らされたときには、

（自分は夫のある身、それゆえ皇位にはつけない。それに自分はもう五十四歳……）

と物思いに沈んだ。そんなとき突如として夫の白壁王に皇位が舞い込んだ。あるはずのないことが起きた。けれども、井上は皇后という地位を素直に喜べなかった。

（なぜ、こんな老夫《ろうふ》に皇位が……）

と気分が晴れず、独りふさぎ込むばかりだった。そんな日々を送っているうち、

（わが子・他戸《おさべ》親王が即位すれば……自分は皇太后《こうたいごう》となれる）

と気づいた。皇太后《こうたいごう》とは天皇の生母で、皇后であった人のことだ。けれども、わが子の即位がいつになるかわからない。そのうえ皇后となって二年が経つ。

（もう、自分は五十六歳……）

そう思うと心が乱れ、

（いっそのこと、夫が呪《のろ》い殺されてしまえばいいのに……）

という邪心《じゃしん》を起こし、その邪心を除くことができず、とうとう天皇を呪い殺す祈祷《きとう》を巫女《ふじょ》にさせたが、密告されて露見したとも考えられるという。

「いずれにしても……」

と善道尼はいい、こうつづける。

「他戸《おさべ》親王の代わりに山部《やまのべ》親王が皇太子に立てられ、ひいてはそれが早良《さわら》親王の死につながったのです」

（何ですって……ッ）

驚きのあまり声のでない真魚に見つめられて、善道尼はおもむろに口を開いた。

それによると――。

善道尼の父、早良《さわら》親王の悲劇

光仁《こうにん》天皇は即位して十一年後、七八一年の四月、病《やまい》を理由に譲位し、太上天皇《だいじょう》（＝上皇《じょうこう》）となった。皇太子の山部《やまのべ》親王が即位して、桓武《かんむ》天皇となった。この年、四十五歳の桓武天皇は二年後に夫人《ぶにん》の乙牟漏《おとむろ》（式家《しきけ》の藤原良継《ふじわらのよしつぐ》の娘）を皇后に立てた。皇太子には乙牟漏の生んだ第一皇子（安殿《あて》親王）を立てたかったのだが、まだ八歳と幼かったので、父・光仁上皇の意向を受け入れて、三十二歳となる実弟（同母弟）の早良《さわら》親王を皇太子に立てた。親王禅師《しんのうぜんじ》とよばれていた早良親王は、このころすでに南都《なんと》（奈良）仏教界において重きをなし、東大寺運営の主導権を握っていた。だが皇太子ともなれば、即位する見込みがある。そのため、還俗《げんぞく》した。

その後、桓武天皇は神野《かみの》・伊予《いよ》・大伴《おおとも》と三人の男子をもうけた。いずれも藤原一族の娘を生母としていた。神野の生母は安殿《あて》親王と同じ式家の藤原良継《ふじわらのよしつぐ》の娘・乙牟漏《おとむろ》。伊予の生母は藤原吉子《ふじわらのよしこ》といい、南家《なんけ》の藤原是公《ふじわらのこれきみ》の娘で、大伴の生母は藤原旅子《ふじわらのたびこ》といい、式家の藤原百川《ふじわらのももかわ》の娘だった。天皇家の外戚《がいせき》となることを狙って後宮《こうきゅう》（宮中の奥御殿）に自家の娘を入れた成果だった。こうして、藤原一族は宮中に揺るぎない地盤を築いたという。

「けれども順調に事が運ぶということはありませんでした」

　と善道尼はいい、こうつづける。

「この間《かん》、式家の藤原種継《ふじわらのたねつぐ》が暗殺され、皇太子の早良親王もその事件に関与したとして捕らえられたのです」

「なぜ、親王が……」

　といいかける真魚に善道尼は、

「早良親王は、かつての名門・大伴氏と新興勢力の藤原一族との争いに巻き込まれて犠牲になったのです」

　といい、その経緯《いきさつ》を語った。それによると――。

　桓武天皇は即位して三年後、七八四年十一月、遷都《せんと》に反対する勢力（大伴氏・佐伯氏など）を押し切って、大和国《やまとのくに》（奈良県）の平城京《へいじょうきょう》から山城国《やましろのくに》（京都府南東部）の長岡に造営している完成途中の新都《しんと》・長岡京（京都府南部）に移った。遷都の主な目的は、平城京の地理的弱点を克服するためだった。平城京は全国からの物資を運び込むさい陸路を使うしかなく、効率が悪かった。長岡には大きな三本の川が流れ、淀川となる合流点がある。そこに物資を荷揚げする港「山崎津《やまさきのつ》」を設け、ここで小さな船に積み替えて川をさかのぼれば、直接、新都の中に入ることができた。

また、天皇の血統が天智《てんじ》系に戻ったので天武《てんむ》系の勢力を排除して人心を一新するためでもあった。さらに、強大になりすぎた南都《なんと》（奈良）仏教勢力の政治への影響力を排除するためでもあった。


桓武天皇が重用したのは式家《しきけ》の藤原百川《ふじわらのももかわ》の甥《おい》、藤原種継《ふじわらのたねつぐ》だった。桓武天皇は皇太子である実弟（同母弟）の早良《さわら》親王と種継《たねつぐ》に政務（政治上の事務）を任せた。また、遷都に反対する勢力を退《しりぞ》けるため、種継を長岡京造営の最高責任者とした。この年、四十八歳の種継は桓武天皇の寵臣《ちょうしん》（気に入りの臣下）として、また文官《ぶんかん》の人事一般をつかさどる式部省《しきぶしょう》の長官として、さらに長岡京造宮の最高責任者として、周囲の信望を集めた。それをいいことに、種継は早良親王をないがしろにした。それというのも、

（皇太子にふさわしいのは早良親王より安殿《あて》親王のほうだ……いずれそうなる）

と考えていたからだった。

長岡京の造宮が進むにつれて種継はいっそう早良親王を侮《あなど》り、軽んじるようになった。いっぽう早良親王は還俗《げんぞく》したとはいえ二十年近くも仏教僧としての生活をしており、悟

りの境地というものを知っている。だから、種継の態度など意に介さなかった。

種継が暗殺されたのは遷都の翌年、七八五年の九月だった。長岡京の造営現場を巡回中、突然、弓で打ち殺された。この日、桓武天皇は大和国《やまとのくに》（奈良県）に出かけていて、造営途中の長岡京にはいなかった。この暗殺事件は遷都に反対していた春宮坊《とうぐうぼう》（皇太子の事務をつかさどる役所）の長官・大伴家持《おおとものやかもち》が計画したとされた。だが、家持《やかもち》は事件の二十日前に病没していた。そのため、暗殺は大伴氏や佐伯氏の一族の者たちによって実行されたものと断定されたという。

「佐伯氏もッ」

と思わず声をあげる真魚に、善道尼はうなずき、「かれの名は佐伯高成《さえきのたかなり》、かれは捕らえられた数十人とともに斬首《ざんしゅ》されたが、累《るい》は佐伯今毛人《さえきのいまえみし》には及ばなかった」といい、さらに話をつづけた。それによると――。

捕らえられた数十人のなかに皇太子・早良《さわら》親王の側近がいた。また、旧都《きゅうと》・平城京《へいじょうきょう》の一番の仏教勢力である東大寺にかかわる役人も複数いた。早良親王は昔から東大寺に深くかかわっている。親王禅師《しんのうぜんじ》とよばれるようになったころには、良弁《ろうべん》（689～774）という東大寺を開いて初代の別当《べっとう》となった華厳宗《けごんしゅう》の高僧からその死の間際に後

事を託され、東大寺運営の主導権を握るまでになった。別当とは、僧に与えられる官職の一つで、諸大寺の三綱《さんごう》(三種の役僧)の長のことだ。だから、東大寺は早良親王が還俗《げんぞく》してからも、寺の大事に関しては必ず皇太子の早良親王に相談してから行なっていた。そうしたことから、早良親王も暗殺事件に関与したと疑われ、捕らえられて皇太子を廃され、長岡京内の乙訓寺《おとくにでら》(京都府長岡京市)に幽閉された。早良親王は無実を訴えるために食を断ったが、淡路国《あわじのくに》(兵庫県淡路島)へ配流《はいる》と決まった。その配流の途中、高瀬橋《たかせばし》(大阪府守口市高瀬町付近)あたりで絶命した。享年三十六。遺体は長岡京に戻

されず、そのまま配流先の淡路国まで運ばれ、その地に葬られたという。

それを聞いて真魚《まお》は、早良親王がその短い生涯でただ一人愛した女性《ひと》の生んだ子が、善道尼《ぜんどうに》だとわかった。また、暗殺事件に中央の佐伯氏がからんでいたことを知って、当時、父が暗殺事件について多くを語らなかった理由《わけ》がいまにしてわかった。固唾《かたず》を呑んで見守る様子の真魚に善道尼はさらにこういう。

「わたくしが父の死を教えられたのは十七歳のときでした。そのときからわたくしは近事女《ごんじにょ》となって大安寺《だいあんじ》の勤操《ごんぞう》さまに仕えるようになり、善道尼と名乗っています。科人《とがにん》の娘となりましたけれども、わたくしは父の無実を信じています」

そういってこうつづける。

「あの暗殺事件はたまさかに起きたことで、その犠牲になったのが早良親王なのです。この機をとらえて早良親王を皇太子の地位から引きずり下ろそうと、式家《しきけ》の人たちと桓武天皇周辺の人たちが企んだことなのです。安殿《あて》親王を皇太子にするために……ここまで包み隠さずお話ししたのは初めてです。心を許せる相手《ひと》と思えたからですが……」

と、そのとき真魚は、

「わたしがいなくなってしまうことはありません。あなたに、心を許せる男《ひと》と思われて、わたしは有頂天《うちょうてん》になっています」

といって善道尼を見つめ、さらにこういう。

「今、わたしは三界《さんがい》の最上位にある天《てん》にいる気分です」

それを聞いて善道尼の表情がようやく美しい色を見せる。すでに夜が明けていた。二人の寝床には光が射し込んでいる――。

＊

有頂天《うちょうてん》は、仏教でいうところの三界《さんがい》という衆生《しゅじょう》（あらゆる人々）が死んでは生まれ変わってさまよう三つの世界（欲界《よっかい》・色界《しきかい》・無色界《むしきかい》）の最上位にある無色界《むしきかい》の天のことです。最上の場所に登りつめることから、得意の絶頂で無我夢中である・いい気になる、という意が生まれたといわれます。

ちなみに、欲界《よっかい》とは、淫欲《いんよく》・食欲など欲望のある衆生の住む世界で、六種の世界（六道）のこと。色界《しきかい》は、「物質的な世界（清らかで純粋な物質だけがある世界）」の意味で、淫欲と食欲の二つの欲を脱していますが、物質の制約から逃れていない衆生の住む世界のこと。無色界《むしきかい》は、物質的なものから完全に離れた衆生の住む世界（物質が全然存在しない世界）のことです。

第二部

古代社会と仏教勢力

神への信仰と仏教の流入

日本の古代社会が仏教を受け入れてからというもの、仏教僧の発言力が強まった。というのも、僧には仏教の威力（呪力）を引き出す呪術的機能があると考えられたからだ。その事情《わけ》を知るには古代社会に流入した仏教と古来の神への信仰について触れておく必要がある。

神への信仰というのは真魚《まお》の生きた時代以前から現代まで、多かれ少なかれ日本人の意識しない意識のなかに伝承されている。

その神への信仰はきわめて原始的なアニミズム、すなわち自然現象から動植物まで自然界のあらゆるもののなかに目に見えない霊魂《れいこん》（アニマ＝霊的存在＝超自然的存在）が宿っており、諸現象はその働きによるとして霊的存在を畏怖《いふ》し、崇《あが》めることからはじまった。

その原始的なアニミズムはやがて霊的存在と直接的に接触・交渉を行なうシャーマン（巫者《ふしゃ》）を中心とする宗教現象（シャーマニズム）に発展してゆく。それは稲作・農耕生活（定住）のはじまる弥生《やよい》時代ごろ（紀元前四世紀ごろ〜後三世紀ごろ）とされている。巫者《ふしゃ》とは、神がかりの状態で神託《しんたく》（託宣《たくせん》）を告げる者のことだ。すでに触れたように女性の場合は巫女《ふじょ》（みこ）という。ちなみに、古代社会において夢というのは自分が見るものではなく、神から見せられるものだった。つまり、夢を仲立ちとして神意《しんい》を人に知らせていると理解されていた。

それはともかく、人々の生活様式が狩猟採集生活から稲作・農耕生活（定住）へと変化してゆく過程で地域共同体（村落）が生まれ、やがて人々の日常生活のなかに神への信仰が根づいてゆく。

その神というのは、村落の人々を結びつけていた農耕の神、いわゆる山の神（山神《さんじん》）である。山の神は先祖の集合的な霊（祖霊・神霊とも）であり、村落の守り神だった。春には山から下りてきて「田の神」となり、稲の成長を見守って、秋には実りという恵みをもたらして再び山に帰ると信じられた。

また、山の神は生と死をつかさどる女神《めがみ》として理解され、嫉妬心から同性の入山を嫌うとされた。だから、女性は神聖な山に足を踏み入れなかった。さらに、神はケガレ（不浄《ふじょう》）を嫌うとされたので、男性でも山に踏み入るときには必ず心身を清浄な状態にしてから入った。神は恵みをもたらす母のように慈悲深いが、いったん怒らせたら、不意に立ち現われてタタリ（災禍・とがめ）をもたらすと信じられた。風・雨・雷・地震などの自然現象はもちろん、狩猟・農耕の収穫にいたるまですべて神意によるものとされた。神意は気まぐれで制御しえない。そんな神を畏怖して人々はやがて社《やしろ》をつくり、春と秋に神を祭るようになった。つまり、時と場所を定めて神を招き、神といっしょに酒食を楽しみながら自分たちの村落が災禍に見舞われぬように願い、稲の成長と豊作を祈願した。

そういう日本の古代社会では自分たちの祭る神を中心として、神威《しんい》（神の威力・威光）で秩序を維持していた。

つまり、祭政一致という政治形態である。その古代社会に六世紀半ば近く、経典《きょうてん》（仏の教えが記された典籍《てんせき》）とともに仏像が流入した。これらの品《しな》は百済《くだら》（朝鮮半島にあった三国の一つ）の王から大和《やまと》朝廷に献上されたものだった。大和政権を担う人々は、ぴかぴかと金色《こんじき》に輝く仏像とその金属鋳造技術に目を見はった。また、渡来僧《とらいそう》が仏像を拝む儀式に心を奪われた。さらに、経典という文書化された仏の教えにはあらゆる人々を救済する威力があると教えられ、声を呑んだ。

これまで自分たちが祭ってきた神というのは目に見えない存在であり、神の像というものはない。また、神の教えというものもない。さらに、神の恵みや怒り・タタリといった超自然的な力（威力）は依《よ》り代《しろ》（憑代《よりしろ》＝神のよりつく物・人など）を離れて発揮されることはない。けれども仏教には仏像があり、経典がある。また、仏像を安置する建物（仏堂や寺）さえあれば、そこが仏法《ぶっぽう》（仏の教え）の場となって、僧は仏教の威力を引き出せるという。

大和政権を担う人々は圧倒され、仏教の威力を一種の呪術《じゅじゅつ》による力（呪力）とみなし、仏教を古来の神々と同じように超自然的な力を発揮するものと理解し、蕃神《ばんしん》（外国から渡来した神・外国人の祭る神）として受け入れた。

その結果、僧には仏教の威力を引き出す呪術的機能があるとされ、僧が仏像を拝み、経典を読誦《どくじゅ》（読経《どきょう》）し、種々の法要（仏教の儀式）を行なえば、古来の神々より強い超自然的な力、威力（呪力）を発揮するとされた。

その仏教を、政治に取り入れたのが、女帝・推古《すいこ》天皇（554〜628）の摂政《せっしょう》となった聖徳太子《しょうとくたいし》（574〜622）である。摂政とは、天皇が幼少または女帝である場合、代わって政治を行なう人のことだ。仏教を政治に取り入れたのは、現世利益《げんせりやく》（この世で受けるさまざまの恵み）や呪術的な効験《こうけん》（ききめ・効果）を求めたからではない。仏の教えを中央集権的な国づくりの規範・理念といったものに使うためだった。

こうして国家に保護された仏教は飛鳥《あすか》時代（592～710）に根づき、繁栄してゆくのだが、そのいっぽうで傲《おご》り高ぶって堕落する僧尼《そうに》（僧と尼）や世俗的な利益を求めて政界に進出する僧が現われ、弊害が生じてくる。

仏教の繁栄と僧尼の堕落

仏教の流入当初、僧というのはほとんどが大陸からの渡来僧《とらいそう》だった。だが、しだいに出家して僧尼《そうに》となる者が増えてゆく。出家して僧尼となるには官許《かんきょ》（国の許可）が必要だった。国の許可をえて正式に僧尼となることを公度《こうど》といい、反対に国の許可をえずに自分勝手に出家して僧尼となることを私度《しど》といった。公度の僧は官僧《かんそう》、私度《しど》の僧《そう》は私度僧とよばれた。官僧は課役《かやく》（国家が人々に課した諸税）が免除され、身分や生活が保証される。

だから、官僧の数は奈良時代（710～784）に入るとさらに増えた。そのため仏の教えの整備はすすんだが、同時に仏教は密教化し、その威力の及ぶ範囲を広げてゆく。鎮護国家《ちんごこっか》（仏教により国を守り安泰にすること）のほか、上層階級の人々（中央の豪族・貴族など）の病《やまい》や災《わざわ》いなどの除去、さらには五穀豊穣にまでその威力が広がる。それには事情《わけ》がある。

密教というのは仏教の流派の一つだが、解脱《げだつ》（俗世間の迷いや苦悩から脱して悟りの境地に入ること）より人間の煩悩《ぼんのう》を肯定する立場、すなわち現世《げんせ》の人間の肉体や心の欲望などを肯定する立場をとっている。だが、奈良時代、日本に入っていた密教は初期の密教とか古密教《こみっきょう》といわれるもので、まだ体系化されていない原始的な呪術性の強い密教（雑密《ぞうみつ》）だった。しかも、理解されていたのは原始的な呪術性だけだった。その結果、呪術的な効験《こうけん》すなわち現世《げんせ》利益《りやく》が期待されて仏教は密教化し、その威力の及ぶ範囲が広がったのである。したがって当時の官僧の役目は現世利益を求めてひたすら経典を読誦《どくじゅ》（読経《どきょう》）し、祈祷《きとう》することだった。

この奈良時代、仏教は国家から全面的な援助を受けて繁栄をきわめ、六つの仏教集団、南都《なんと》（奈良）六宗（倶舎《くしゃ》・成実《じょうじつ》・律《りつ》・法相《ほっそう》・三論《さんろん》・華厳《けごん》）が形成された。

平城京《へいじょうきょう》には七大寺（東大寺・興福寺・元興寺・大安寺・薬師寺・西大寺・唐招提寺）が造営され、絢爛豪華《けんらんごうか》な七堂伽藍《しちどうがらん》が立ち並んだ。

だが、南都（奈良）の六つの仏教集団が強大になるにつれ、傲《おご》り高ぶった僧尼の破戒《はかい》無慚《むざん》（戒律を破る行為をしながら心に恥じないこと）が目立つようになる。僧尼の堕落である。また、世俗的な利益を求めて政界へ進出する仏教僧が増えてくる。その代表が玄昉《げんぼう》（?~746）と道鏡《どうきょう》（?~772）だった。

玄昉は七一六年に唐《とう》（中国）に渡り、七三五年に帰国した法相宗《ほっそうしゅう》の僧である。すでに触れたように、真魚《まお》（空海）の母方の叔父・阿刀大足《あとのおおたり》と同じ阿刀氏の出身である。この玄昉《げんぼう》が、初期の密教とか古密教といわれる原始的な呪術性の強い密教（雑密《ぞうみつ》）の文献的な根拠となる真言陀羅尼《しんごんだらに》をまとまった形で日本にもたらしたといわれる。真言とは、呪文的語句の短いもので、陀羅尼は長いものだ。

唐から帰国した玄昉《げんぼう》は僧正《そうじょう》（僧官の最上位）に任じられ、聖武《しょうむ》天皇の生母である藤原《ふじわらの》宮子《みやこ》の病《やまい》（鬱病《うつびょう》といわれる）を特異な治病の能力で全快させて出世し、その後、政権の担い手の一人として権勢をふるい、仏教重視の政策を推しすすめる。その玄昉に反感を抱いたのが式家《しきけ》の藤原広嗣《ふじわらのひろつぐ》で、広嗣《ひろつぐ》は玄昉を排除しようとして反乱を起こすが、失敗して処刑されてしまう。その後、玄昉は筑紫《ちくし》観世音寺《かんぜおんじ》（福岡県太宰府市）に左遷され、翌七四六年、当地で没した。

奈良時代半ば（八世紀半ば）になると、傲《おご》り高ぶった僧尼たちの破戒無慚《はかいむざん》はいっそう目立つようになる。そうした流れのなかで、仏教僧の道鏡《どうきょう》が未婚の女帝・称徳《しょうとく》天皇（聖武天皇の第二皇女）に寵愛《ちょうあい》され、朝政《ちょうせい》（朝廷の行なう政治）に関与して権勢をふるう。

いったい、仏教僧・道鏡はどのようにして政界に進出し、称徳天皇に寵愛されるに至ったのか――。

未婚の女帝・称徳天皇と仏教僧

女帝・称徳《しょうとく》天皇（718～770）は三十二歳のとき、父である聖武《しょうむ》天皇の譲位を受けて即位し、孝謙《こうけん》天皇となった。その九年後、孝謙天皇は譲位し、淳仁《じゅんにん》天皇（733～765）が即位した。淳仁天皇の即位は式家《しきけ》に代わって政界へ進出した南家《なんけ》の藤原仲麻呂《ふじわらのなかまろ》（恵美押勝《えみのおしかつ》）の尽力によるものだった。仲麻呂は栄進して朝廷内の実権を握るや、仏教ではなく儒教《じゅきょう》を重視する政策を推し進めた。いっぽう譲位した孝謙上皇は病《やまい》に冒《おか》されてしまう。

そのころ、宮中の内道場《ないどうじょう》（仏事を行なう建物）に仏教僧の道鏡《どうきょう》が現われる。道鏡は玄昉《げんぼう》同様、病の床についた孝謙上皇の看病にあたり、特異な治病能力を発揮する。以来、孝謙上皇は道鏡を信任するだけでなく、寵愛するようになった。二人の醜聞を耳にした淳仁《じゅんにん》天皇は黙って見のがすことができず、十五歳も年上の孝謙上皇をとがめた。とがめられた孝謙上皇は激怒し、出家して法華寺《ほっけじ》（尼寺）に入ってしまう。道鏡との関係を続けるという意志表示だった。すなわち淳仁天皇と対決する姿勢を見せたのである。そのため窮地に立った藤原仲麻呂《ふじわらのなかまろ》は、かくなるうえは道鏡を排除すべく乱を企てた。だが、捕らえられて、妻子らとともに殺害されてしまう。それを知って道鏡はひそかにほくそえみつつ、ただちに僧の山林修行を禁じた。殺害された仲麻呂の残党がひそかに山林に寄り集まることを恐れたからだという。

いっぽう勢いを増した孝謙上皇は淳仁《じゅんにん》天皇を廃位に追い込み、出家した身でありながら重祚《ちょうそ》（一度退位した天皇が再び皇位に就《つ》くこと）し、四十七歳で称徳《しょうとく》天皇となった。以後、ますます道鏡を寵愛し、かれを太政大臣禅師《だいじょうだいじんぜんじ》、ついで法王《ほうおう》位に任命して皇位に準じさせた。また、道鏡の一門である南都《なんと》（奈良）の仏教僧十人に五位以上の位階を与えて優遇し、再び仏教重視の政策を推しすすめた。こうして有頂天になった道鏡は政治にたずさわり、権勢をふるうようになったのである。

このころ朝廷周辺では皇位継承をめぐる不穏な動きが絶えなかった。というのは、未婚の称徳天皇に子女がなかったうえ、天武系の皇族がとだえていたからだ。ならばと道鏡は自分が皇位を継承することを企み、「宇佐八幡宮神託事件《うさはちまんぐうしんたくじけん》（道鏡事件）」を起こす。

道鏡事件と藤原一族

その日——。

大宰府《だざいふ》（地方官庁）の習宜阿曾麻呂《すげのあそまろ》という主神《かんづかさ》（祭祀をつかさどる職員）が、「道鏡を皇位に就ければ天下は泰平になる」という宇佐八幡神《うさはちまんじん》の神託《しんたく》を受けたと称徳天皇に報告した。称徳天皇は宇佐八幡神の意志（神意《しんい》）を確かめようと、廷臣《ていしん》（朝廷に仕えている臣）の和気清麻呂《わけのきよまろ》を勅使《ちょくし》（天皇が派遣する使者）として宇佐八幡宮（大分県宇佐市）に差し向けた。清麻呂が宇佐八幡宮で神託を受けた結果、主神《かんづかさ》の受けた神託が虚偽であることが判明した。清麻呂はただちに大和国《やまとのくに》（奈良県）に戻り、称徳天皇に報告した。

謀《はかりごと》を見破られた道鏡は激怒して和気清麻呂の名を別部穢麻呂《わけべのきたなまろ》と変えさせ、清麻呂を大隅国《おおすみのくに》（鹿児島県東部と洋上の大隅諸島・奄美諸島の地域）に左遷《させん》した。それを許した称徳天皇は、翌七七〇年三月半ばに発病し、道鏡の看病も甲斐なく八月に没した。享年五十三。道鏡はいっきに権勢を失った。代わりに北家《ほっけ》の藤原永手《ふじわらのながて》や式家《しきけ》の藤原良継《ふじわらのよしつぐ》・百《もも》川《かわ》兄弟など道鏡に反感をもつ新興勢力の藤原一族が台頭し、かれらが天智天皇の孫にあたる白壁王《しらかべおう》を擁立して百年ぶりに天智系の天皇、光仁《こうにん》天皇を誕生させたことはすでに触れたとおりだ。

光仁天皇は白壁王とよばれていた時代から、世俗の利益を求める仏教僧の政界進出や、堕落した僧尼の破戒無慚《はかいむざん》（戒律を破りながら心に恥じないこと）を知っている。だから、どんなに僧尼が祈祷しても疫病《えきびょう》や災禍《さいか》はなくならず世の中は安定しないのだと考えていた白壁王は、即位すると、僧尼の取り締まりを厳しくした。

また、道鏡が禁止した僧の山林修行を解禁した。それにも事情《わけ》がある。山林修行は道鏡によって禁止されていたにもかかわらず、官寺《かんじ》（国家によって維持・経営されている寺）をひそかに脱け出して、山林修行の生活に入る官僧《かんそう》が少なくなかった。世俗にまみれて堕落することを嫌ったからだ。また、密教系（雑密系）の僧や遊行《ゆぎょう》の僧も多くいた。そうしたことから、光仁天皇は新しい仏教・新しい僧の出現を期待し、僧の山林修行を許可したのである。

ところで、玄昉や道鏡はもちろん最澄《さいちょう》など名だたる僧はほとんどが、若いころに山林修行を経験している。のちに真魚《まお》（空海）も虚空蔵求聞持法《こくうぞうぐもんじほう》という密教の秘法を実践するため山林修行の生活を送ることになる。

このように古来、山にこもって修行する者は少なくなかった。その山林修行と密教の関係について、ここで触れておくことにする。

山林修行と密教

山というのは仏教の流入以前から先祖の集合的な霊（祖霊・神霊とも）が集まり、霊気や霊力の満ちているところ、すなわち神の宿る清浄《せいじょう》な一帯（神域《しんいき》）と見られていた。いっぽう人々は自分のなかに神の嫌うケガレ（不浄《ふじょう》）と清浄とが混在していると意識していた。だから、ケガレを祓《はら》いおとせれば、神と同じ清浄な心身となり、霊験《れいげん》（神が示す不思議な効験《こうげん》＝しるし・ききめ）がえられると考え、山にこもって修行する者（山岳《さんがく》修験者《しゅげんじゃ》）があとをたたなかった。

やがて仏教が流入してくると、かれらは受け入れ、神仏両方に仕えた。その仏教では、罪の原因となる業《ごう》（行為）は「悪」、覚《かく》（悟り）は「善」とされている。その考え方に影響されて、ケガレ（不浄）は「悪」、「悪」は罪、清浄は「善」、「善」は覚（悟り）、したがって清浄は悟りという意識をもつようになった。その結果、山岳《さんがく》修験者《しゅげんじゃ》はあえて自分を極限の自然にさらして肉体にきびしい苦痛を与え、それに耐える苦行《くぎょう》をすることによってケガレ（不浄＝悪＝罪）を祓《はら》いおとせると考えた。祓いおとせれば、清浄（善

＝覚＝悟り）となり、神仏がその身に依《よ》り憑《つ》いて、常人《じょうじん》（普通の人）には手に入れにくい超自然的な力（呪力《じゅりょく》）、霊験をあらわしうる能力（験力《げんりき》）がえられる、と。

こうして、山は験力《げんりき》を身につける修行の場として理解されるようになった。七、八世紀ごろ大和国《やまとのくに》（奈良県）の葛城山《かつらぎやま》にこもって修行していたといわれる役小角《えんのおづの》（おづぬ、とも）も、そういう修験者《しゅげんじゃ》の代表的な人物である。

奈良時代になって初期の密教とか古密教とかいわれる呪術性の強い密教（雑密《ぞうみつ》）が入ってくると、まず山岳修験者がそれを受け入れた。かれらは呪術性の強い密教の教えに従って山にこもり、呪法《じゅほう》を実践した。呪法とは、身体を使ってする修法《しゅほう》のことで、本尊（大日如来など仏の姿・仏身）を安置し、護摩《ごま》を焚《た》き、口に呪文《じゅもん》（真言陀羅尼《しんごんだらに》）を唱え、手で印を結び、心に本尊を念じて行なう加持祈祷《かじきとう》の法のことだ。目的により息災《そくさい》法《ほう》・増益法《ぞうやくほう》・祈雨《きう》（雨乞い）法《ほう》などがある。その呪法をかさねることで、本尊とした仏の姿と一体化するのを感得すれば、安全息災・増益・祈雨《きう》などに効験《こうげん》（ききめ・しるし）のある験力《げんりき》がえられるとされた。

やがて山岳修験者だけでなく、官僧《かんそう》や密教系の僧、それに遊行《ゆぎょう》の僧や私度僧《しどそう》も山林にこもって呪法を実践するようになった。かれらは山林に食糧などの調達ができる山寺《やまでら》とか山房《さんぼう》とよばれる居をかまえ、山林をめぐり歩きながら、あるいは岩窟《がんくつ》にこもったりしながら、真言《しんごん》とか陀羅尼《だらに》とよばれる神秘な呪文《じゅもん》を唱える修法をかさねた。とりわけ密教系の僧は法華経《ほけきょう》を読誦《どくじゅ》し、呪文《じゅもん》を唱え、不動法《ふどうほう》をかさねた。不動法とは、怒りの表情を浮かべる不動明王《ふどうみょうおう》（不動尊）を本尊として、安全息災などを祈祷《きとう》する息災法《そくさいほう》のことだ。そうした呪法をかさねて山から下りてくれば、神への信仰の厚い村落の人々から、神と同じような超自然的な力を身につけた者として扱われた。

山林修行する僧が増えたのには事情《わけ》がある。奈良時代に入ってまもなく、七一八年のことだが、大安寺《だいあんじ》の道慈《どうじ》という学問僧が留学先の唐《とう》（中国）から帰国した。道慈は十七年間の留学中に三論《さんろん》（三論宗《さんろんしゅう》の根本経典）と密教を学んだ。その密教は善無畏《ぜんむい》というインド僧から学んだもので、『大日経《だいにちきょう》』という経典にもとづく密教であり、初期の密教とか古密教とかいわれる呪術性の強い雑密《ぞうみつ》とは違うもので、体系化された密教だった。だが、道慈が日本に持ち帰ってきたのは大日経ではなく、『虚空蔵菩薩能満諸願最勝心陀羅尼求聞持法《こくうぞうぼさつのうまんしょがんさいしょうしんだらにぐもんじほう》』という経典だった。この経典はとても規模の小さいものだが、ここに「虚空蔵求聞持法《こくうぞうぐもんじほう》」という呪法が書かれていた。この呪法は、虚空蔵菩薩《こくうぞうぼさつ》を本尊として行なう修法《しゅほう》で、その目的は、智慧《ちえ》と慈悲《じひ》を虚空《こくう》（大空）のように無限にもつという虚空蔵菩薩の智慧を獲得することだった。獲得すれば、あらゆる経典を暗記し、その内容を理解できるとされた。だから、その教えを行動に移そうと山林にこもって修行する僧が増えたのである。

もともと僧尼の自由な外出や呪術的な行為は禁止されているが、虚空蔵求聞持法《こくうぞうぐもんじほう》は経典の暗誦力《あんしょうりょく》を高めるというのでひそかに官寺《かんじ》を脱け出し、一年の半分ほどを山林にこもって修法をかさね、あとは所属する官寺で鎮護国家と上層階級の現世利益の実現を求めて祈祷したり、経典を学んだり、あるいは写経したり翻訳したりという生活を送る官僧が少なくなかった。

いっぽう日本に持ち込まれなかった大日経《だいにちきょう》だが、その教えの断片は口伝《くでん》により道慈《どうじ》から善議《ぜんぎ》→勤操《ごんぞう》というぐあいに大安寺の高僧に伝わった。大日経そのものが日本に入ってくるのは道慈の帰国後十二年を経《へ》た七三〇年ごろである。これはサンスクリット（梵語《ぼんご》）を漢訳した翻訳本で、その書写もされた。だが、梵語がそのまま出てくる部分があり、また論理が複雑で難解だったため、読解できる者がいなかった。じつは、密教の根本経典には大日経のほかにもう一つある。それは、のちに真魚《まお》（空海）が唐に留学して学び、日本に持ち帰ってくるまで知られなかった『金剛頂経《こんごうちょうぎょう》』という経典である。この二つの経典をよりどころとして雑密《ぞうみつ》（古密教・初期の密教）に代わる二つの新しい密教がインドで別々に起こって成立したのだが、その経緯はのちに詳述するので、ここではこれ以上は触れず、大日経の話に戻る。

日本に入ってきた大日経はその後、忘れ去られてしまう。というのも、大日経は難解だったうえ、官許《かんきょ》を受けて正式な僧尼《そうに》（僧と尼）となるために必要な経典ではなかったからだ。必要とされたのは、南都《なんと》（奈良）六宗がよりどころとする経典や釈迦の教えを解釈し体系化した各宗の論《ろん》（論書《ろんしょ》）だった。当時、仏教関係の経典は次々と輸入されており、片っ端から諸官寺の経蔵《きょうぞう》にしまい込まれていた。その大量の経典のなかに大日経はうずもれてしまい、所在さえわからなくなった。だから、密教といえばこれまでどおり呪術性の強い初期の密教とか古密教といわれる雑密のことで、しかも理解されているのはその原始的な呪術性だけだった。

こうした流れのなかで仏教は奈良時代に繁栄をきわめてゆくが、同時に密教化がすすむ。また、玄昉《げんぼう》や道鏡《どうきょう》などのように世俗の利益を求める仏教僧の政界進出や、傲《おご》り高ぶった僧尼の堕落が目立つようになる。さらには課役《かやく》（国家が人々に課した諸税）や農作業から逃れるため私度僧になる者が増える。私度僧のなかには山林をめぐり歩きながら修行して身につけたという呪力をひけらかして、里人に食物を乞う者もいた。また、堕落ではないが、自分の身を焼いたり自分の命を捨てたりする焚身捨身《ふんじんしゃしん》（焼身行《しょうしんぎょう》と捨身行《しゃしんぎょう》）をする僧も少なくなかった。というのも、仏教では俗人《ぞくじん》（世間一般の人々）の自死《じし》は厳禁されているが、他人や生き物を救うために修行者みずからが命を投げ出すことは認められているからだ。また、仏教への献身的な信仰を表わすためにも行なわれていたという。

いずれの行為も律令国家は見過ごせなくなった。そのため奈良時代半ば（七五七年）、僧尼の寺院生活についての禁制と罰則からなる僧尼令《そうにりょう》という法令を施行《しこう》し、取り締まりを強化した。私度僧となることはもちろん、呪力を手段として使う布教や僧尼の自由な外出、また焚身捨身《ふんじんしゃしん》などを厳しく取り締まった。違反者は還俗《げんぞく》させられ、処罰された。その後、七六四年九月、山林修行は道鏡によって禁止されるが、それから六年後の七七〇年四月、光仁天皇によって解禁されたことはすでに述べたとおりである。

ところで、仏教が中央から地方へ浸透しはじめるのは奈良時代に入るころからだが、地方の豪族たちが仏教をどのようにとらえていたのか触れておくことにする。地方豪族の一人だった真魚《まお》の父・佐伯田公《さえきのたぎみ》も仏教や山林修行者との交渉《こうしょう》（かかわりあい・関係）

があったと考えられるし、また、のちに仏教僧となる真魚の生きた時代を知ることにもなるからだ。

＊

虚空蔵菩薩《こくうぞうぼさつ》は、記憶力・理解力をつかさどる菩薩ですが、「そらでいう」「そらんじる」などの言葉は、虚空蔵菩薩の「空」から来ているといわれます。菩薩とは仏（仏陀《ぶつだ》）に次ぐ存在です。

仏教の威力（呪力）と地方豪族

仏教は八世紀に入るあたり、すなわち奈良時代に入るころから地方へ広がりはじめる。また、しだいに仏教の密教化がすすみ、その威力（呪力）の及ぶ範囲が鎮護国家から上層階級の人々の現世利益（この世で受けるさまざまの恵み）にまで広がったことはすでに触れた。その仏教が地方に浸透しはじめると、有力な地方豪族のなかには仏教のもつ威力（呪力）で、古来の神のもつ威力（超自然的な力）を補強しようと氏寺《うじでら》を建立し、仏像を安置する者が現われる。というのは、毎年のように起こる疫病《えきびょう》や災禍《さいか》は神の威力の衰えが原因と考えたからだ。氏寺《うじでら》とは、先祖を祭り、繁栄を願って建てた寺（私寺《しじ》）

のこと。

また、有力な神社の境内に堂を建てて仏像を安置する者が現われる。この堂はのちに触れる神宮寺《じんぐうじ》という寺の起こりで、神仏習合《しんぶつしゅうごう》（神仏混淆《こんこう》とも）による最初の現象といわれる。神仏習合とは、日本古来の神への信仰と外来の宗教である仏教への信仰とが融合調和することだ。

やがて、奈良時代も半ばをすぎると——。

中央の有力な貴族や寺院が荘園《しょうえん》（私的に領有した土地）をもちはじめる。同じころ、地方の村落では有力者による土地の私的所有がはじまる。その結果、富《とみ》を蓄える富農が現われる。そのいっぽう貧農が増えて農民の逃亡や浮浪《ふろう》・流浪《るろう》があいつぐ。さらに富農による私的所有が広がりだすと、地方の有力な豪族も富農にならって土地の私的所有と農民の支配を行なうようになり、富を蓄積する。だが、この時代は「公地公民」制であり、原則、すべての土地・人民は国家（天皇）の所有物である。私的所有という行為は禁止されているし、重い罪となる。その私的所有を続けているうち、かれらは罪を意識するようになる。なぜなら、地方に浸透しはじめた仏の教えのなかにこうあったからだ。

『自分たちを苦しめるのは、自分たちの欲望（煩悩）から生まれる罪の意識である』

かれらは仏の教えを深く理解していなかった。理解していたのはその威力だけだった。

だから神への信仰が厚いかれらは、

（神を中心とせずに、自分の欲望を中心に土地の私的所有と農民の支配をしているのは、神の怒りとタタリを招くのではないか……）

と懸念するようになる。そんな地方の有力な豪族の前に現われたのが、山から下りてきた密教系の僧や遊行の僧だった。かれらは「滅罪生善《めつざいしょうぜん》」という教え（この世で犯した罪の意識を消滅させる教え）を示して、こう説いた。「心から懺悔《ざんげ》して三宝《さんぼう》に帰依《きえ》し、喜捨《きしゃ》や供養《くよう》に励めば救われる」

三宝とは、仏（釈迦）と仏の教え（法）とその教えを実践する修行者（僧）のことだ。帰依とは、仏の教えを信じ、それに頼り従うこと。喜捨とは、金銭や物を寄付することだ。かれらはまた、「神というのは仏の教えを守護し助けるもの。神も衆生《しゅじょう》と同じように仏の教えによって悟りをえて救われる」と、説いて歩いた。やがて地方の有力な豪族のあいだに、

（いっそ神から離れて三宝《さんぼう》に帰依《きえ》したい……）

という気持ちが高まってくる。同じころ、地方の有力な豪族の祭る氏神《うじがみ》が、神託《しんたく》というかたちでその胸の内を山から下りた密教系の山林修行者や私度僧、また豪族自身に告知しはじめる。その奇妙な告知は、まず七六三年に起きた。

氏神《うじがみ》の奇妙な告知

言い伝えによると――。

その年、伊勢国《いせのくに》（三重県）の豪族の祭る氏神《うじがみ》、多度《たど》神社（桑名市）の多度神《たどのかみ》（神体《しんたい》は多度山《たどやま》）が神託《しんたく》というかたちで満願《まんがん》（生没年不詳）という私度僧《しどそう》にこう告知したという。

（われは古来、神としてあったが、重い罪業《ざいごう》を行なったため、今や災禍《さいか》や疫病《えきびょう》に苦しむ人々を救えない。今、冀《こいねがわ》くは永く神の身を離れんが為《ため》に仏法《ぶっぽう》に帰依《きえ》せんと欲《ほっ》す）

罪業とは、罪の原因となる業《ごう》（行為）のこと。仏法とは、仏の教えのこと。つまり、自分は重い罪となる土地の私的所有と農民の支配をしたので、もう神として人々を救えない。だから、今、願うことは、永久に神の身を離れたいがために、仏の教えに頼り従いたい、というのである。

以後、このような氏神の告知が次々と行なわれるようになる。この奇妙な告知は、私的所有を望む豪族の気持ちを受けとめた密教系の僧が、豪族の気持ちを氏神の気持ちに置きかえて神託というかたちで示したものといわれる。密教系の僧たちは菩薩《ぼさつ》の像を彫り上げて修行する氏神《うじがみ》の姿とみなし、神像《しんぞう》として祭り、同時に有力な地方豪族にも祭るようはたらきかけた。

やがて、地方豪族のなかには有力な神社の敷地内に神像を安置するための寺を建てる者が現われる。この寺は、神社の祭る神を仏の教えによって救うためのもので、神宮寺《じんぐうじ》（別当寺《べっとうじ》・神護寺《じんごじ》とも）とよばれたが、神社と見まがうほどで、社僧《しゃそう》とよばれる者が神社の祭祀を仏式で行なっていたという。

奈良時代の終わり、八世紀末に近づくと、ひそかに官寺《かんじ》を脱け出して山林修行に打ち込む官僧や密教系の僧がいっそう多くなったことはすでに触れた。道鏡によって禁止された山林修行が、光仁天皇によって解禁されたからだ。

その奈良時代の終わり、七八一年のことだが、朝廷は宇佐八幡宮《うさはちまんぐう》の祭る宇佐八幡神《うさはちまんじん》（応神《おうじん》天皇）に「八幡大菩薩《はちまんだいぼさつ》」という称号を贈り、鎮護《ちんご》国家《こっか》・仏教守護の神とした。つまり、国家みずから神仏習合の考え方を受け入れたのである。

だが、この「神＋菩薩（仏）」という八幡大菩薩の神格（神としての地位）というか身分というものは、仏教の立場からすれば、仏教を守護する護法善神《ごほうぜんじん》（梵天《ぼんてん》・帝釈天《たいしゃくてん》・四天王《してんのう》など）と同じである。つまり、仏教はこれまで蕃神《ばんしん》（外国から渡来した神・外国人の祭る神）として神と同じようなものとして扱われてきたが、ここにきて神に守護される立場になったのである。

その後、仏教は平安時代に入るあたりから全国の豪族に浸透し、同時に密教系の僧や遊行の僧がこう説きはじめる。

「神も、もとをただせばみな仏。仏は衆生《しゅじょう》を救うために神の姿であらわれた」

これは本地垂迹説《ほんじすいじゃくせつ》というもので、すでに奈良時代に成立して説かれていたのであるが、ここにきて本格的に説かれだした。本地《ほんじ》（本来の姿）である仏・菩薩が日本の衆生《しゅじょう》を救済するために、仮に神の姿（垂迹《すいじゃく》）となって出現したとする説で、いわば神仏同体説である。その後、神は「権現《ごんげん》」とよばれることになる。権現とは、本地垂迹説から生まれた神の尊号で、「権《かり》（仮）」にこの世に「現《あら》」われるという意である。

このように、神は神仏習合の進展につれて神格というか身分を変えてゆく。やがて、寺院は仏の仮の姿である神を祭る神社を寺院の敷地内に建てるようになる。この神社は寺院の鎮守《ちんじゅ》（守護）のために建てられたものなので、鎮守社《ちんじゅしゃ》とよばれた。

九世紀に入ると、神社の祭る神を仏の教えによって救うための神宮寺が有力な神社の敷地内に次々と建てられてゆく。以後、神社には神宮寺が、また寺院には神社（鎮守社）があるというのが当たり前になる。そのため、神社（神）と寺院（仏）との境界は

見えなくなる。神と仏は一体化し、それは「神仏分離令」の出される明治維新まで続くのである。

　こうしたことから、真魚《まお》（空海）も神への信仰と仏への信仰との習合的な環境のなかで生まれ育ったことがわかる。だから、真魚の意識しない意識のなかにも古来の神々への信仰が伝承されているのは確かである。大学での勉強に熱が入らなくなって寺めぐりをはじめたとき、少年のころの記憶として、四国の山々で修行を積んで山を下りてきた僧が験力《げんりき》（霊験《れいげん》をあらわしうる能力）を身につけた僧として扱われていたことや、かれらが菩薩《ぼさつ》の像を彫り上げて、これは修行する神の姿、神像だといっていたことなどがよみがえってくるのは当然といえる。

善道尼《ぜんどうに》と出会ったころには、山林修行に打ち込む密教系の僧がいっそう増えている。また、各地の有力神社には神を救うための神宮寺が建てられている。そうした状況下、真魚は大学に魅力を感じなくなって仏教に強くひかれ、ついに大学を飛び出して山林修行に没頭することになるのだが、それには一沙門《あるしゃもん》（本書では善道尼）が深くかかわっている。

第三部

大学を飛び出し仏道修行者に転身

強くひかれた華厳経《けごんぎょう》の世界

南都《なんと》（奈良）の東大寺や大安寺《だいあんじ》には、生前の親王禅師《しんのうぜんじ》（早良親王《さわら》）をよく知る高僧が複数いた。かれらは親王禅師の無実を信じ、その落胤《らくいん》である善道尼《ぜんどうに》を見守っている。大安寺の勤操《ごんぞう》もその一人だった。

善道尼《ぜんどうに》はかれらから仏の教えだけでなく、宮中や朝廷内の情報も直《じか》に聞いているので、仏の教えにも中央の官吏《かんり》（役人・官僚）の動きにも詳しい。真魚《まお》は毎夜のように善道尼の庵《いおり》に足を運んでは仏教や将来について語り合った。また、中央の佐伯今毛人《さえきのいまえみし》の人生や早良親王の絶命の事情《わけ》を知ってからは、死について深く考えるようになった。

ある夜、真魚は寝物語で善道尼にこういう。

「皇族でも高位高官でも誰でも、死ねば無力となるのは同じです。また、殺されずとも必ず死はやってくる。死は誰にも避けられない。万人共通のものということは……」

「生命も万人共通のものです」

とすかさず善道尼がいう。

「ならば、自他の生命の区別はつかないのではないか。つまり、天皇になろうと、皇族の一人として生まれようと、官吏《かんり》となって高位高官にのぼろうと、生命がほかのものと異なるものになるということはない」

という真魚に、善道尼はうなずきながらこういう。

「まことにそうでございます」

「ならば……人間の役《やく》（役目・仕事）もことごとく同じものであり、違いがないのではないか」

と真魚はいい、さらにこういう。

「違いがあると思っているのは人間の思い違いにすぎず、世の中はその思い違いの上に成り立っているのではないか……」

「では、わたくしのことをいとおしく想ってくださることも……」

「いや、けっしてそれは思い違いではありません。恩愛《おんあい》（情愛）の道だから、わたしのような者の心にも、愛（執着・欲望）があるのです」

それを聞いて、

「永遠の真理を悟っている者（覚者《かくしゃ》）は恩愛より慈悲《じひ》という精神を尊びます。つまり」

といいかける善道尼を真魚はさえぎり、いっきにこういう。

「つまり恩愛は仏教では悟りを妨げるものとされています。けれども、恩愛は深いつながりのある者どうしの断ちがたい親愛の情の切なさを表わすものとして使われています。また、慈悲とは、もともと仏・菩薩が衆生《しゅじょう》（あらゆる人々）に楽しみを与え（＝慈）、衆生の苦しみを除く（＝悲）ことですが、あわれみ・なさけのことでも使われています」

そういって口をつぐみ、燭台の灯りを頼りに横に寝ている善道尼《ぜんどうに》の横顔を見やったとたん、自分を見つめている善道尼と目が合い、思わず二人は笑みをこぼしながら、互いの胸元のはざまで互いの手を握りあう。

こうして、この夜は明けていく――。

善道尼は真魚《まお》の仏教知識に驚き、真魚は真魚で善道尼の『華厳経《けごんぎょう》』についての知識の深さに驚く。華厳経は、南都《なんと》（奈良）の仏教界で最高の権威と権力をもつ華厳宗《けごんしゅう》のよりどころとする経典である。その華厳宗の総本山である東大寺で、早良《さわら》親王は華厳経を学んでいる。それで善道尼も学ぶようになったという。

善道尼によると――。

華厳経は、正式名称を『大方広仏華厳経《だいほうこうぶつけごんぎょう》』といった。大方広仏《だいほうこうぶつ》とは、広大な真実の世界を内部に包み含んでいる仏のこと。すなわち、この経典は時間も空間も超越した絶対的な存在としての仏、毘盧遮那仏《びるしゃなぶつ》（華厳経の本尊）という仏の存在について説いている。この世界（宇宙）を毘盧遮那仏《びるしゃなぶつ》の顕現《けんげん》（現われ出ること）とし、一塵《いちじん》（一個の塵《ちり》）の中に全世界（宇宙）が宿り、一瞬の中に永遠があるという。

それを聞いて真魚は、

「愛というのは瞬間の中の永遠とか……。そういう瞬間をわたしは育てていきたい」

と照れずにいう。すると、

（まあ……）

と善道尼はなんとなくはにかんだ様子をみせてから、さらに話を続ける。

それによると――。

毘盧遮那仏《びるしゃなぶつ》は釈迦《しゃか》のように実在した人物ではない。この世界（宇宙）の永遠の真理を表わした仏身《ぶっしん》（法身《ほっしん》・真理そのもの・宇宙仏）としての存在である。また、天地万物をあまねく照らす太陽の意味がある。その光によって、毘盧遮那仏《びるしゃなぶつ》の智慧《ちえ》が限りなく広く果てしないことを表わしている。

華厳経《けごんぎょう》は、毘盧遮那仏が一切《いっさい》の衆生《しゅじょう》・万物とともにあることを説いている。また、一切の衆生・万物も毘盧遮那仏を共有しうること（一即一切《いちそくいっさい》・一切即一《いっさいそくいち》）を華《はな》の美しさにたとえて説いている。

一即一切・一切即一とは、一がじつは一切であるとの教えのことで、一と一切とが融《ゆう》通無碍《ずうむげ》であることを教えている。つまり、一つの個体（自己）のなかに全体（一切の他者）があり、全体（一切の他者）はまた一つの個体（自己）の中にあり、全体と個体は何ものにもとらわれることなく自由に互いに関係しあっているという考え方だという。

（むむ……）

釈迦の仏教からかなり離れた考え方に真魚《まお》は強くひかれた。なぜなら、この世界（宇宙）の不思議なとらえ方に人間の智恵でははかり知ることのできないもの、神秘を見たからだ。

真魚は佐伯今毛人《さえきのいまえみし》と早良《さわら》親王の人生を聞き知って栄華や富貴は無益だと判断してからというもの、中央の官吏《かんり》となる道へすすむことがいっそう無意味なものに思えた。だが、生きていることがつまらなくなったわけではない。もっと意味のある世界、自分の欲求を満たしてくれる世界へすすみたかった。そんなとき華厳経の世界を知ったのである。

ある夜、真魚は儒学《じゅがく》の教え（儒教《じゅきょう》）の無意味さについて善道尼に語った。

それによると――。

大学で学ぶ儒教というのは人が作った政治・道徳を説いたもので、俗世《ぞくせ》（この世の中・俗世間）の取り決めだけを重んじ、世渡りの工夫しかしていない。その教えの暗記とその文字や語句の説明をどんなにできるようになっても、教え全体の意義を考えることはしない。それは、物事について深く考えたり調べたりして人間とこの世界（宇宙）を成り立たせている真理を明らかにしないということだ。だから、どんなに儒教を学んでも、この世界（宇宙）とか生命の神秘とかを探ることはできないという。

「そんな儒教を学んで、いったい何になるのか……」

とひとりごとのようにつぶやく真魚に、

「ですから、儒教や儒学者の世界は色あせて見えるのでしょう」

と善道尼はいい、さらにこういう。

「すべての事物の存在あるいは真理が成り立つためには、十分な理由（原因）がなければならないといわれます」

そういう善道尼に、真魚はこういう。

「その真理……人間とこの世界（宇宙）を成り立たせている真理を、わたしは明らかにしたい」

するとと善道尼はこういう。

「ですけれど、中央の官吏になろうと血がにじむほどの勉強をして大学に入られたのでしょう。それをお捨てになるのですか」

そういう善道尼に真魚は、

「自分の生命を官吏となる道に託すことはもうできません」

という。すると善道尼はこういう。

「わたくしは自分の生命を仏教に託そうと思い、まず在家信者となって華厳経《けごんぎょう》を学びはじめました」

そういってから、

「それで生命の未来が決定往生《けつじょうおうじょう》（必ず極楽に往生すること）するとは限りませんが、仏道修行に励んでいます」

といい、さらにこういう。

「……官吏というのは栄達だけを求める人たちです。けっして真理を明らかにしようなどとは考えません。あの人たちは高位高官にのぼることばかりを考えています」

最後に善道尼はこういう。

「早良《さわら》親王は祖父（光仁天皇）から、家系のことは忘れて自分の人生を生きろといわれたと聞いております」

（自分の人生……）

そのことばを聞いて真魚の心は定まる。

この夜、官吏への道を捨てた真魚に、善道尼は高級官吏だった藤原種継《ふじわらのたねつぐ》が暗殺されたあとの天皇家の不幸について語った。

それによると――。

天皇家の不幸は怨霊の祟《たた》り

式家《しきけ》の藤原種継《ふじわらのたねつぐ》が暗殺された事件を契機として、早良《さわら》親王に代わって桓武《かんむ》天皇の第一皇子・十二歳の安殿《あて》親王が皇太子に立てられた。だが、順調に事が運ぶことはなかった。その後、桓武天皇の身辺に不幸が続発した。

まず暗殺事件の三年後、七八八年に桓武天皇の年若い夫人《ぶにん》（愛妾・側室）で式家出身の藤原旅子《ふじわらのたびこ》の死、その翌年に桓武天皇の生母・高野新笠《たかののにいがさ》の死、ついで七九〇年には、皇后で式家出身の藤原乙牟漏《ふじわらのおとむろ》の死というように次々と天皇の近親者が亡くなった。また、皇太子に立てられた安殿《あて》親王も体調を崩し、健康がすぐれなかった。さらに疫病《えきびょう》が流《は》行《や》った。同じころ、長岡京は二度にわたって洪水に見舞われた。

こうしたことから、朝廷周辺では早良親王の怨霊《おんりょう》の祟《たた》りではないかとささやかれた。

その噂に、桓武天皇や皇太子の安殿《あて》親王は怯《おび》えた。そんなとき、陰陽師《おんみょうじ》（おんようじ、とも）の占いの結果が報告された。それによると、安殿《あて》親王の病弱の原因は早良親王の怨霊《おんりょう》の祟《たた》りだという。

（怨霊のタタリ……ッ）

驚いて寝床から半身を起こす真魚に、うなずくようにしてから善道尼はこういう。

「最初に怨霊が問題にされたのは聖武《しょうむ》天皇の時代（奈良時代初め）でした。長屋王《ながやおう》（天武《てんむ》天皇の孫）が謀反《むほん》の疑いをかけられ、自刃《じじん》に追い込まれました（「長屋王の変」）。その後、平城京は天変地異《てんぺんちい》や疫病《えきびょう》に見舞われたため、長屋王の霊《れい》の祟《たた》りではないかとささやかれました。やがて長屋王の謀反は事実ではなく、藤原不比等《ふじわらのふひと》（藤原四家の生みの親）の息子らの陰謀《いんぼう》と判明します。それ以後、怨《うら》みを抱いて死んだ人の霊はこの世に現われ、祟りをなすと……。ですから、必ず早良親王の無実が晴れるとわたくしは信じています」

そういって善道尼は口をつぐみ、まぶたを閉じる。

真魚は燭台《しょくだい》のほのかな灯《あか》りに浮かぶ善道尼の顔を見つめながら、その胸元にそろえておかれてある両の掌《てのひら》に自分の掌を重ねてこういう。

「わたしは私度僧《しどそう》となってでも、あなたのおそばにいたい。自分の人生を生きたい」

それを聞いて善道尼は寝床から半身を起こして端座《たんざ》し、真魚を見つめながら、

「本当にわたくしのことをいとおしく思ってくださるなら、立派な仏教僧になってください な」

といい、さらにこういう。

「そのときにこそ、わたくしはあなたのおそばでお世話する身になりたい……」

＊

陰陽師《おんみょうじ》は、陰陽寮《おんみょうりょう》という占い・天文・時・暦などを担当する役所に属した官職のひとつで、陰陽道《おんみょうどう》にかかわった役人（技官）のことです。陰陽道とは、中国の陰陽五行説《いんようごぎょうせつ》にもとづいて天変地異・吉凶を説明しようとする方術《ほうじゅつ》（方法・技術）のこと。陰陽師の行なう占いと併用されていたのが、亀卜《きぼく》という亀の甲を焼いて、そのひび割れで吉凶を判断する占いです。

この時代、朝廷は自然災害（日照り・長雨・地震など）や疫病《えきびょう》の流行などが続くたびに、亀卜で吉凶を人々に知らせていました。

密教の秘法

善道尼は近事女《ごんじにょ》というかたちで大安寺《だいあんじ》の勤操《ごんぞう》に仕えている。その大安寺にはかつて道慈《どうじ》という学問僧がいた。かれはすでに触れたように唐《とう》（中国）で密教を学び、虚空蔵求聞持法《こくうぞうぐもんじほう》という呪法《じゅほう》の書かれている経典を持ち帰ってきた。それは代々、大安寺の高僧に伝えられた。むろん勤操にも伝えられた。そのことを善道尼は勤操から聞いているし、その経を写す手伝いをしたこともある。だが、そのことを真魚に話したことはない。

ある日、大安寺にやってきた真魚は善道尼に、

「いったい経典はどのくらいあるのだろうか……」

とつぶやくようにいう。

いく日か前の夜以来、真魚は立派な仏教僧になろうと心に決め、それには経典をできるだけたくさん読んで理解し記憶する必要があると自分にいいきかせていた。というのも、難解な経典はもちろん、より多くの経典についてよく知っていることが徳の高い僧になる条件とされているからだ。

真魚のつぶやきに善道尼はこう答える。

「八万四千《はちまんしせん》の法門《ほうもん》（釈迦の説いた教えの全体の総称）があるといわれます。また、千七十六部（五千四十八巻）とも」

（そんなに……ッ）

真魚はひどく驚いた。いくら暗記力・記憶力に自信のある真魚でも、それだけの量の経文《きょうもん》（仏教の経典の文章）を暗記して記憶するのは至難の業《わざ》、というより不可能である。

「それだけの量を記憶し理解するのは、わたしの一生という時の長さでは足りません」

と真魚はいい、うなだれたまま黙ったかと思うとすぐに面《おもて》を上げ、にこやかに打ち笑《え》みつつ気力のこもった口調でこういう。

「ですが、血のにじむような努力をしてでも、わたしはより多くの経文を記憶し理解しようと思う。そのときにこそ、あなたと本当の夫婦の交わりができるのだから」

（まあ……）

と善道尼はあたりをはばからぬ真魚の言葉に驚くが、そのいちずな思いを感じとることができて、まんざらでもない感情を顔に出す。

そんなことがあって数日後の夜――。

「あなたが、そこまで熱心に仏法《ぶっぽう》（仏の教え）を学ぼうとされるなら……これを」

　といって、善道尼は一冊の経典を真魚に差し出した。それは、『虚空蔵菩薩能満諸願最勝心陀羅尼求聞持法《こくうぞうぼさつのうまんしょがんさいしょうしんだらにぐもんじほう》』という経典の写しだった。それが大安寺にある事情《わけ》を話してから善道尼はこういう。

「勤操《ごんぞう》さまによると、この経にはインド伝来の虚空蔵求聞持法《こくうぞうぐもんじほう》という秘法が書かれています。これは釈迦牟尼《しゃかむに》（釈迦の尊称）の仏教に由来するものではなく、インドに起こった密教に由来するものだそうです」

「密教……虚空蔵求聞持法……」

　とつぶやく真魚に、善道尼はさらにこういう。

「虚空《こくう》とは、大空（宇宙）を意味しているそうです。その大空には、日・月・星をはじめ山・川・土地・動植物など、天と地の間のあらゆるものが存在しています。それはちょうど、大きい宝蔵《ほうぞう》に多くの財宝を納めているのと同じです。ですから、虚空の姿を宝蔵になぞらえて虚空蔵というそうです。虚空蔵菩薩《こくうぞうぼさつ》は大空のように智慧《ちえ》と慈悲《じひ》を無限にもっていて、それを人々の望みに応じて分け与えてくれるといわれます。つまり、人々にご利益《りやく》を与えてくれるのです」

（虚空蔵菩薩……ッ）

　その名を聞いて真魚はある日の記憶をよみがえらせる。善道尼に出会うまえ、寺めぐりで法輪寺《ほうりんじ》（奈良県生駒郡斑鳩町）を訪れたさい、派手な装いの立像《りつぞう》を目にした。

（やや……これはッ）

と不思議に思った。

というのも、これまで見てきた仏像はすべて、身につけている衣装が苦行僧《くぎょうそう》のように簡素なものだった。だが目の前に立つ虚空蔵菩薩は頭に五智宝冠《ごちほうかん》をつけ、右手に智慧《ちえ》の宝剣、左手に福徳《ふくとく》の蓮華《れんげ》と如意宝珠《にょいほうじゅ》を持っている。

五智とは、密教の根本最高の仏である大日如来《だいにちにょらい》のもつ智を五つに分けたもの。智とは、真理を見通す精神のはたらき（慧《え》）の一つ。智慧とは、迷いを断ち、煩悩《ぼんのう》（肉体や心の欲望・怒り・執着など）を消滅させ、真理を悟る精神の力（精神のはたらき）のこと。福徳とは、善《よ》い行ないとそれによってえられる功徳《くどく》（果報）のこと。蓮華とは、蓮《はす》の花《はな》のことだが、極楽にはこの花が咲いているとされ、仏の教えの象徴である。如意宝珠とは、これに祈ればすべてが思いどおりになるという不思議な宝珠の玉《たま》のこと。

宝冠・宝剣・宝珠というのは、財産があって、しかも身分の高い人の持ち物である。いわば欲望をかなえた人々のものだ。ということは煩悩を肯定しているのかといぶかしく思い、この立像の名を法輪寺の僧にたずねたところ、衆生《しゅじょう》の望みに応じて福と智を分け与えてくれる虚空蔵菩薩だと教えられた。また、密教の秘法を行なってこの菩薩に通じれば、理解力・記憶力を高めてくれるという。

（この世での利益《りやく》がかなうというのか……そんなことがあるのだろうか）

と真魚は疑わしく思った。

なぜなら、仏教における利益《りやく》といえば、人々の煩悩《ぼんのう》をなくし、悟りに導いてくれることだけしか頭になかったからだ。しかも、悟りに達するには気の遠くなるほどの長い年月がかかり、この世で悟りを成就するのは困難とされている。それなのに、望みに応じてこの世での利益《りやく》がかなうという。

（いったい密教は、仏教なのだろうか……）

という疑問をもった。

そうした記憶をよみがえらせている真魚に、善道尼はこういう。

「虚空蔵求聞持法《こくうぞうぐもんじほう》とは密教の呪法《じゅほう》であり、秘法です。これは、虚空蔵菩薩《こくうぞうぼさつ》を本尊《ほんぞん》として心に念じ、手に印《いん》を結び、本尊に向かって真言《しんごん》（呪文《じゅもん》）を一日一万遍、百日間かけて百万遍唱《とな》えるというものです。これをやりとげた修行者は、心のはたらき（精神のはたらき）が目ざめ、この菩薩のもつ智慧《ちえ》を獲得することができて、八万四千といわれる経《きょう》文《もん》のすべてを暗記してその内容を理解することができ、けっして忘れることがないといわれます」

（真言を百万遍……ッ）

途方もない回数にひどく驚きながら、

（この実践的な秘法は本当に人間の功利的な考え方に応えるものなのだろうか……）

と思案をめぐらす真魚に、善道尼はこういう。

「ただ、この行法《ぎょうほう》（修業の方法・仕方）は平生《へいぜい》の暮らしのならわしを断ち切らなければできません。なぜなら、深山幽谷《しんざんゆうこく》に踏み入って山林を住まいとし、修行の場を求めて山野を駆けめぐったり、洞窟《どうくつ》にこもったりしてやりとげなければならない苦行《くぎょう》だからです」

（山林修行か……ッ）

その修行の厳しさを、真魚は聞き知っている。自分をあえて極限の自然にさらして肉体にきびしい苦痛を与え、それに耐えなければならない。そのうえ真言を百万遍も唱えなければならない。だが、この行法に精通する先達《せんだつ》はいないと善道尼はいう。

「ですから、この経典を読み解いて修行の方法を身につけ、その教えのとおりにするしかないのです」

といい、さらに、

「修行の場の周囲が千尋《せんじん》の谷《たに》ということも多く、死と隣り合わせの修行となるそうです。

ですから、油断すれば……」

そういいかける善道尼に、

「あなたがここにいるとわかってさえいれば、死は怖くありません」

と真魚はいい、

「それより百万遍という気の遠くなる回数をいったいどうやってかぞえたらいいのか」

とつぶやくようにいう。すると善道尼はたやすくこういう。

「真言《しんごん》を繰《く》ればいいのです」

(繰《く》る……はて)

という面持ちの真魚に、

「真言を一遍唱《とな》えるごとに百八つある数珠《じゅず》の玉を一つずつ繰《く》ればいいのです」

と善道尼はいって、わかるように話してきかせる。

それによると――。


一つ二つと繰《く》っていって五十四まで繰《く》り終わると、玉を繰《く》っている指先が親玉とよばれる大きな玉にぶっつかる。そうしたら、そこから引き返して逆に一つ、二つと繰《く》りはじめる。そして、また五十四まで繰《く》り終わると、出発点の親玉にぶっつかる。これで、百八遍唱えたことになる。百八を百とみなして、親玉のところからぶらさがっている二条の紐《ひも》に五つずつ通してある小さな玉を一つ、そろばん玉を上げるように引き上げる。これが百をかぞえたというしるしになる。同じようにして、二つ上げれば二百、三つ上げれば三百をかぞえたことになる。二条の紐《ひも》に五つずつ通してある小さな玉は合計十《とお》あるので、百×十で、千まであらわせる。千になったら、引き上げた小さな玉を全部引き下ろしてもとの姿に戻し、代わりに反対側の親玉からぶら下がっている二条の紐《ひも》に五つずつ通してある小さな玉を一つ上げる。これが千をかぞえたしるしになる。こちらも小さな玉は合計十あるので、一万まであらわせる。このように、おのずと一万までの数が一つの数珠《じゅず》にあらわされる仕掛けになっているという。

だが、百日間で百万遍を唱えるには一日一万遍唱えなければならない。

（そんなことができるのだろうか……）

と、真魚は絶望感に襲われるが、これをやりとげて生きて帰らなければ、善道尼との本当の夫婦としての交わりができない。

（やるしかない……ッ）

こうして真魚は虚空蔵求聞持法《こくうぞうぐもんじほう》という秘法の書かれてある漢訳の経典から修行の方法

を学びとろうと、漢語の読解に日夜をわかたぬ努力をする。

一月半《ひとつきはん》ほども経ったある日――。

ようやく虚空蔵求聞持法の作法をおおむね知り得た真魚は、その夜、久しぶりに善道尼の庵《いおり》を訪《たず》ねた。

「まあ、もう読み解かれたのですかッ」

と善道尼は驚き、改めて真魚の語学力の優れていることに心を動かされる。

「いや、漢語の部分はあらかたわかったのですが、すべてというわけではありません」

といってから、こういう。

「真言《しんごん》とは釈迦牟尼《しゃかむに》（釈迦の尊称）のしゃべる言葉ではなく、永遠の真理そのものとしての仏（法身《ほっしん》・法身仏《ほっしんぶつ》）がしゃべる言葉なので漢訳されていません。ですから梵語《ぼんご》（サンスクリット）の、ノウボウ　アキャシャ　キャラバヤ　オン　アリ　キャ　マリ　ボリ　ソワカという真言の意味はわかりませんでした。けれども、虚空蔵求聞持法の作法はおおよそ身につけられました」

そういう真魚に、善道尼はこういう。

「真言《しんごん》には呪文《じゅもん》としての力があるといわれます。ですから、その意味がわからなくても、ひたみち唱《とな》えることで心のはたらきが目ざめるのではないでしょうか」

そのことばに真魚はうなずきながら、

「この秘法を通して密教に強く引きつけられてしまった。すぐにでもこの行法《ぎょうほう》に没頭したい」

といい、山林にこもって禅定《ぜんじょう》に身を置く覚悟を善道尼に伝えた。禅定とは、精神をある対象（この場合は虚空蔵菩薩）に集中させて宗教的な精神状態に入ることだ。真魚の覚悟を知って善道尼は、

「人の行ないは、その人を写し出す鏡といいます」

といい、打《う》ち笑《え》む。その善道尼に真魚は、

「こもる山ですが……大和国《やまとのくに》（奈良県）の葛城山《かつらぎさん》（奈良県と大阪府の境にある金剛山地の一峰）を考えています」

といってから、さらにこういう。

「あそこは神が宿る一帯（神域《しんいき》）といわれ、霊気や霊力の満ちる清浄な山として知られていますから」

善道尼はうなずきながらこういう。

「最良の場所は、あなたご自身で見つけてくださいな。旅支度はわたくしが整えます」

＊

真言《しんごん》は、一日に一万遍唱《とな》えるのに八〜十時間かかるといわれます。

厳しい山林修行の旅へ

明朝には久修練行《くしゅれんぎょう》（仏道に入って長いあいだ修行を積むこと）の旅に出るという前夜、身ごしらえをした真魚《まお》は寄宿先の佐伯院《さえきいん》を脱け出し、善道尼《ぜんどうに》の庵《いおり》に向かった。善道尼はすでに真魚の旅支度を整え終えていた。

その夜、これまでにもまして二人は親しく交わり、楽しんだ。この夜、善道尼は真魚の放つ匂いになぜか懐かしさを感じ、こういう。

「あなたと出会った日のことを思い出しているだけで一日が終わってしまいそうです」

真魚はすぐさま、

「わたしの胸のなかについた火は燃えさかるばかりです。この炎が、苦行《くぎょう》に耐えさせてくれるばかりか、死の恐怖も払ってくれます」

と照れることなく返す。すると善道尼はこういう。

「あなたを待って、わたくしは石になることも覚悟しております……」

それを聞いて真魚はおもむろに半身を起こし、夜具に横たわる善道尼の、その胸におかれた両の掌《てのひら》に自分の掌をそっとかさねたそのとき、善道尼の放つ匂いになぜか懐かしさを感じ、こういう。

「山林修行をはたして必ず戻ります」

こうして、この夜は明けていく――。

翌早朝、

「お会いできる日を、お待ちいたしております」

と言葉涼しくいう善道尼に見送られて十九歳の真魚は旅立った。

この日、真魚という一人の優秀な学生《がくしょう》が、約束されていた人生、高級官吏への道を捨てて在家のまま乞食同然の山林修行者に転身した。

以後、真魚は国家の許可なく勝手に出家した私度僧《しどそう》として山林に踏み入り、密教の秘法といわれる虚空蔵求聞持法《こくうぞうぐもんじほう》の修法《しゅほう》に没頭する。

すでに触れたように、ここでいう密教とは、古密教《こみっきょう》とか初期の密教といわれる雑密《ぞうみつ》のことで、呪術性の強いものである。雑密の修法は、虚空蔵求聞持法を含めてすでに山林修行者に受け入れられていた。したがって、最初に真魚の踏み入った紀伊半島の山々――大和国《やまとのくに》（奈良県）の葛城山《かつらぎさん》や紀伊山地の山々には山岳修験者《さんがくしゅげんじゃ》をはじめ官僧《かんそう》や遊行《ゆぎょう》の僧や私度僧、とりわけ密教系の僧が多くいた。そうした山林修行者の一人となった真魚は、だからけっして孤独というわけではない。かれら山林修行者は、修行をやりとげて山から下りると験力《げんりき》（霊験をあらわしうる能力）を身につけた者として、里の人々から呪詛《じゅそ》や平癒《へいゆ》（病気が治ること）、安全息災を期待される存在である。そのことを知っている真魚は、自分も立派な仏教僧となって自分の人生を生きていきたいと心を新たにする――。

このころの真魚は虚空蔵求聞持法を通して密教の魅力を知ったばかりで、その教義《きょうぎ》（中心となる教え）について詳しく理解していない。だから、密教系の僧と知り合うたびに、その教義について教えを請うた。するとかれらは一様に、「肉体を通して悟りをえること、すなわち体感することだ」とか、「神秘《しんぴ》とか神変《しんぺん》というものを体験すれば、験力《げんりき》がえられる」というばかりで、それ以上のことを口にしなかった。また、体感や神秘とか神変とかの内容について聞いても、かれらは言葉にすることができなかった。大《だい》日経《にちきょう》を見たこともなく、聞きかじりの密教の知識しかなかったからだ。

かれらとの接触で確信できたことはただ一つ、密教は釈迦の仏教とはまるで違うということだった。釈迦は人間の幸福は肉体や心の欲望から離れて解脱《げだつ》（悟りの境地に入る

山林修行、解禁しておいてよかった〜
by 光仁天皇

こと）をえることにあるとし、現世《げんせ》（この世・生きている世界）に否定的だった。だが、密教はこの世を否定せず、この世の肉体と生命を肯定し、この世で悟りや験力《げんりき》がえられるとしている。

密教の秘法に没頭した真魚は、大和《やまとの》国《くに》の葛城山《かつらぎさん》や紀伊山地の山々を駆けめぐり、肉体と精神を駆使しながら、ただひたすら真言を一日一万遍唱《とな》えるという難行苦行《なんぎょうくぎょう》に耐えた。だが、いっこうに神秘《しんぴ》や神変《しんぺん》という、人知《じんち》でははかり知れない不思議な変異は起こらず、また何かを体感するということもなかった。

それでも絶え間なく努力しようと、

真魚は生まれ育った郷土の四国に渡ることにした。四国の中央部には各国を分断するようなかたちで山々がそびえている。古来、その山々で修行する者が少なくなかった。かれらも密教的な修法《しゅほう》を実践し、この世で悟りや験力《げんりき》をえようとしていた。また、四方を海に囲まれている四国は、黒潮が流れているので冬でも暖かく、樟《くす》の木の葉が光り輝く土地である。

かつて真魚は、「日本で最初の仏像が造られたのは樟の木からです」と善道尼に教えられたことがある。それによると、欽明《きんめい》天皇の時代、五五三年に茅渟海《ちぬのうみ》（大阪湾）で光り輝く樟の木の流木が見つかり、天皇はその流木で仏像を造らせたと、『日本書紀』に記されているという。

そうしたことからも四国は修行に似つかわしい土地だと真魚は思う。

強烈な神秘体験

真魚は阿波国《あわのくに》（徳島県）の大瀧嶽《だいりょうだけ》（徳島市の南方で阿南市の西方の山）に行くことにした。そこへ行くには、まず瀬戸内海航路の拠点といわれる難波津《なにわづ》（大阪湾の入り江の港）から淡路国《あわじのくに》（兵庫県淡路島）に渡る。当時、瀬戸内海を渡るには、島々をぬってこ

真魚の故郷と修行の地

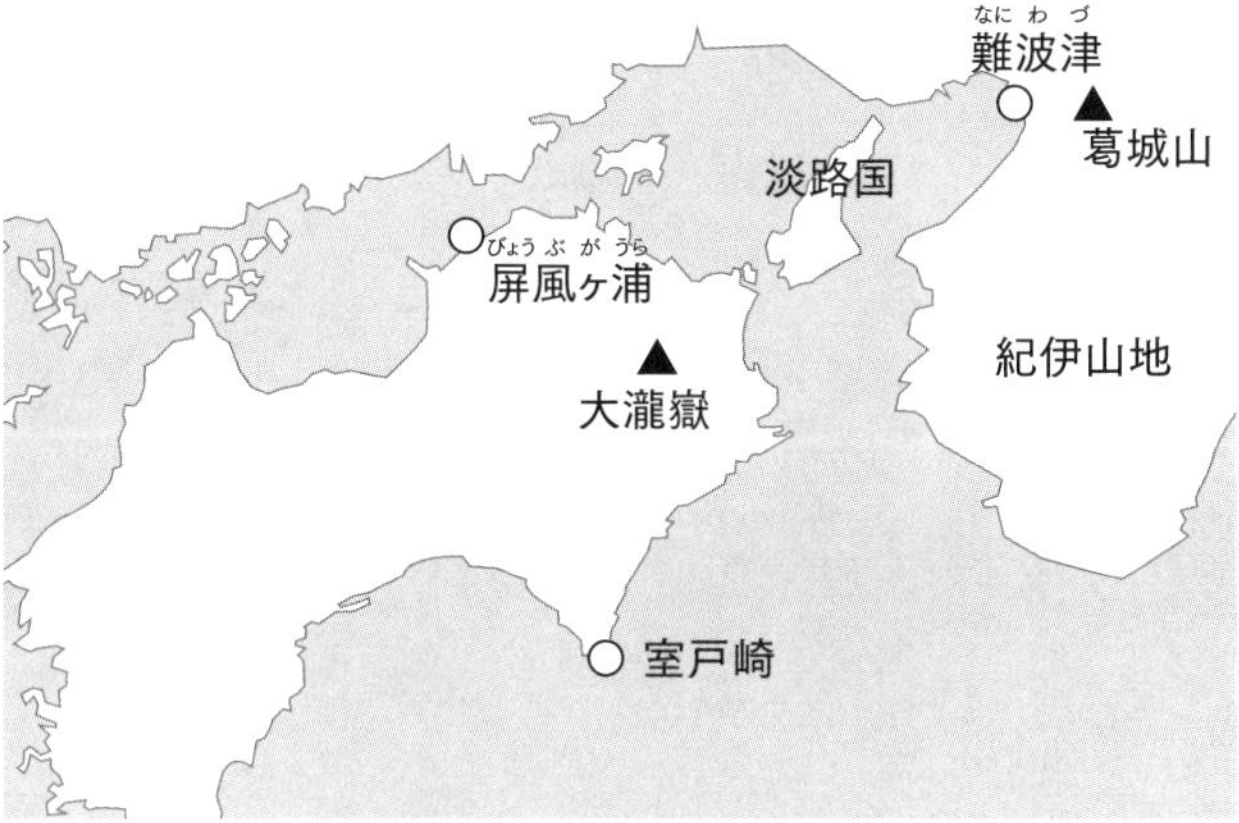

ぎまわる海人《あま》（海部《あまべ》に属す漁師）の小船を利用するか、あるいは公船《こうせん》（公的な用途に使用される船）に便乗するしかない。海部《あまべ》とは、大和朝廷に漁業をもって仕える部民《べみん》（べのたみ、とも。官人・人民の総称）のこと。たいていの人は海人の小船ではなく、公船に便乗したという。公船は難波津から出て瀬戸内海の浦々に立ち寄り、地方官庁への派遣者や荷物・手紙を降ろしてゆく。むろん、その逆もある。

いずれにしても淡路国に渡った真魚は、そこからまた船で海上四里（約一六キロ）を行き、阿波国《あわのくに》の浦《うら》（入り江）に上陸して、陸路で大瀧嶽《だいりょうだけ》に向かった。この山は標高が六〇〇メートル余で、人里からあまり離れていないところにある。だが、山中には崖《がけ》や洞窟《どうくつ》があって容易に踏み入れない。

その大瀧嶽《だいりょうだけ》を、真魚は湧き水で喉《のど》をうるおしながら攀《よ》じ登り、山中を駆けめぐり、あるいは洞窟にこもりながら、低い声をだして真言《しんごん》を一日に一万遍唱《とな》えるという修行に打ち込んだ。だが、神秘《しんぴ》とか神変《しんぺん》というものを体験したり体感したりすることはなかった。そこで大瀧嶽《だいりょうだけ》をあとにして、隣の土佐国《とさのくに》（高知県）の室戸崎《むろとざき》（室戸市南端の岬）に行くことにした。

室戸崎は南海《なんかい》（太平洋）に大きく突き出ている岬《みさき》である。冬でも温暖なので亜熱帯植物が繁茂している。標高一〇〇～二〇〇メートルに達する数段の海岸段丘の三方が、急傾斜をなして海へ落ち込んでいる。だから海岸沿いはほとんどが断崖か、海食《かいしょく》によってできた奇岩《きがん》・岩礁《がんしょう》で、いつも激しい波に洗われている。そのうえ大風《おおかぜ》（強く激しく吹く風＝暴風）にさらされているので、海岸伝いに土佐国《とさのくに》へ行くのは難しい。それゆえ山道を行くしかなかった。だが、土佐は大部分が山地《さんち》で、しかも亜熱帯性樹林におおわれている。だから、斧《おの》や鎌《かま》といった道具で樹林を切り開いて道をつくりながらすすむしかない。すすみながら真言を唱えることも忘れなかった。ようやく室戸崎に出た。その突端は鋭角になった黒い岩礁（最御碕《ほつみさき》）で、南海の激しい波と大風《おおかぜ》にさらされていた。大地

はそこで終わっていた。あとは空と海が広がっているばかりである。

（やや……あれはッ）

空と海が一体となって迫ってくる黒い岩礁の断崖に二つの穴があいている。近づいてみると、穴は自然にできた洞《どう》窟《くつ》（御厨人窟《みくろど》）の入り口だった。奥は深く、向かって左の洞窟は天井から地下水が滲み出ている。右の洞窟内は乾いている。洞窟内から外を見ると、広大な空と海しか見えない。

（ここなら、風や波、それに雨もしのげる……）

真魚は修法を実践する最良の場所を見つけ出した思いだった。

（虚空蔵菩薩のお導きがあったのかも

しれない……）

と感じる真魚の心に、「空海」という法名《ほうみょう》が浮かぶ——。

この日から、真魚は洞窟内に座して真言を一日一万遍、百日間かけて百万遍唱えるという苦行の日々を送ることになる。

すでに触れたように、古来、自然現象から動植物まで自然界のあらゆるもののなかに目に見えない霊的存在、霊魂（アニマ＝超自然的存在）が宿っており、自然界の諸現象は霊的存在のはたらきによるものとして、霊的存在を畏怖《いふ》し、神として崇《あが》めるという意識が伝承されている。そういう神への信仰は多かれ少なかれ真魚の僧衣《そうい》の下の身体《からだ》にも滲《し》み込んでいる。だから、真魚は毎日、洞窟内でひたすら真言を一万遍唱えるという苦行を続けているうちに、山神《さんじん》（山の神・人々の先祖の集合的な霊＝祖霊）などあらゆる霊的存在を瞬間的に知覚するようになる。

（やや……ッ）

あれは山の神か——。

（やや……ッ）

あれは岩の霊か——。

ふりむけば、

（やや……ッ）

あれは草木の霊か――。

また、あるときは奥深い静かな谷が声を発するのを聞き、またあるときは地の底から湧き上がってきたような不思議なものを見る。このような自然界の怪異な諸現象、いわゆる「対象なき知覚」をしばしば体験した真魚は恐れるどころか、

（これなら、そのうち神秘とか神変というのを体験するのではないか……）

と希望がわく。

そんなある日の夜明け――。

谷で叫ぶとこだまが返ってくるように、めくるめくような音と光とともに明星《みょうじょう》が東の空に姿をあらわした。明星は息を詰めて見守っている真魚に向かって飛んでくる。

（あ……ッ）

というまに明星の光に包まれたことを体感した真魚は、自分の身に起きた不思議なこと（神秘・神変の体験）を忘れずに言葉にしようとするが、できない。ただ、「谷響《ひびき》を惜しまず、明星来影《らいえい》す」と記すことしかできなかった。かつて密教系の山林修行者たちが神秘とか神変、あるいは体感の内容について言葉で説明できなかったことが、今にしてようやくわかった。強烈な神秘体験を体感した真魚は山林修行に一区切りついたと考

え、いったん旧都《きゅうと》・平城京《へいじょうきょう》に戻ることにした。

この時期の真魚《まお》(空海)は虚空蔵求聞持法《こくうぞうぐもんじほう》という秘法を通じて密教に接しているが、密教系の山林修行者と同じように大日経《だいにちきょう》を目にしたこともないし、その教えについて聞いたり学んだりしたこともない。善道尼に出会う前、寺めぐりをしていたとき、法輪寺で虚空蔵菩薩の立像を目にし、「密教は仏教なのだろうか」と疑問を抱いている。

ここでいう密教系の密教も、真魚の接した密教も、まだ体系化されていない呪術性の強い密教のことで、雑密《ぞうみつ》(初期の密教・古密教《こみっきょう》)とよばれるものだ。雑密はやがて体系化されて新しい二つの密教が別々に成立するのだが、その一つが大日経にもとづくもので、もう一つが金剛頂経《こんごうちょうぎょう》にもとづく密教であることはすでに触れた。だが、密教と仏教の違いや、体系化された新しい密教の成立事情などについては触れていない。そこで、次項で触れておくことにする。

*

明星《みょうじょう》は、仏教では虚空蔵菩薩《こくうぞうぼさつ》の応化《おうげ》とされています。応化とは、仏や菩薩が衆生《しゅじょう》(あらゆる人々)を救うために時機に応じた姿となってあらわれること。つまり、明星の本来の姿(本地《ほんじ》)は虚空蔵菩薩ということで、すでにこのころ本地垂迹説《ほんじすいじゃくせつ》が説かれていたことを示しています。

対象なき知覚は、現実にはない対象があたかも存在するかのように知覚されることです。仏教では心を一つのものに集中させて安定した精神状態、すなわち瞑想《めいそう》の境地に入ることを三昧《さんまい》といいます。神秘体験をいくども体感することで修行が深まり、三昧に入ることができるのですが、その一歩手前で、言葉や心のはたらきが途絶えるそうで、そのときに現実にはないさまざまな対象が知覚されるようです。

仏教と密教の違い

仏教というのは釈迦《しゃか》（前565?～前485?）の入滅後、五百年ちかく経った紀元前後ごろ、大乗《だいじょう》仏教と小乗《しょうじょう》仏教（伝統仏教）と大きく二つに分かれた。大乗仏教は自分一人の悟りのためではなく、他者の救済を重視し、多くの人々を彼岸《ひがん》（涅槃《ねはん》＝悟りの境地）に導く立場、利他《りた》（他者を救済すること）の立場をとっている。いっぽう小乗仏教は利他の立場をとらない。その主な目的は自分のための修行と釈迦の教えの注釈的な研究である。また、小乗仏教では釈迦《しゃか》以外は仏陀《ブッダ》（覚者《かくしゃ》＝真理を悟った者・煩悩《ぼんのう》を打ち消し完全な真理を実現している者・悟りをえた者）になれないとされている。

この大乗仏教と小乗仏教という呼び方だが、古代インドで新しく起こった仏教集団が従来の伝統仏教を批判して、小乗《しょうじょう》（小さな乗り物、あるいは劣った乗り物）とよび、それより自分たちはすぐれているという意味でみずからを大乗《だいじょう》（大きなすぐれた乗り物）と称した結果である。ちなみに、日本に伝来したのは大乗仏教である。

仏教集団はいくども分裂を繰り返すが、大乗仏教の最後の仏教として登場したのが密教といわれる。つまり、密教は仏教の流派の一つなのである。その密教が現われたのには事情《わけ》がある。仏教は釈迦以来、この世を苦しみと迷いの世界と見ている。だから、仏道修行によって煩悩《ぼんのう》（肉体や心の欲望、他者への怒り、執着など人間の心身を悩ませ迷わせるもの）から解放されて安らかな悟りの境地に入ること（解脱《げだつ》）を目ざしている。だが、解脱というのはこの世でできるものではなかった。輪廻転生《りんねてんしょう》を繰り返してはじめてかなうことで、気の遠くなるほどの年月を必要とする。だから、古代インドのごくありふれた人々は、この世を否定するような釈迦の教えを受け入れがたかった。そんな人々の望みに応えようとして密教が起こった。だから、密教はこの世で受けるさまざまの恵みを尊び、人間の煩悩を肯定した。とりわけ祈祷《きとう》を重視し、そのための呪文的な言葉や儀式を整えた。さらに、民間で行なわれていた呪文《じゅもん》や呪い《まじな》（呪術《じゅじゅつ》）なども取り入れて手の込んだものにした。

けれどもそれら一つ一つを、すじみちを立てて秩序づけたものではなかった。すなわち一つ一つがバラバラで、体系化されてなかった。そのため論理的な整合性がとれていない。また、密教の根本最高の仏とされる大日如来《だいにちにょらい》という永遠の真理をあらわす法身《ほっしん》（法身仏《ほっしんぶつ》）の説く言葉（真言陀羅尼《しんごんだらに》）も民間信仰の呪文と区別しにくいものだった。そうしたことから呪術的な面ばかりが目立ち、きわめて呪術性の強い密教（雑密《ぞうみつ》＝古密教・初期密教）となった。その密教がインドから中国（唐《とう》）に伝わり、その後、日本に伝わったのである。

やがてインドで雑密《ぞうみつ》に代わる二つの新しい密教思想が別々に起こり、別々に成長した。大日経《だいにちきょう》にもとづく密教と金剛頂経《こんごうちょうぎょう》にもとづく密教である。その両方が、七世紀になると前後して唐に伝えられ、漢訳された。この新しい密教は雑密を越えるものだったので、のちに純密《じゅんみつ》とよばれた。

それはさておき、大日経は奈良時代に入ってから二十年後、七三〇年には日本に入っていたが、すでに触れたように論理が複雑で難解だったことや、正式の僧尼（官僧《かんそう》）となるために必要な経典ではなかったことから忘れ去られ、所在さえわからなくなった。

そのため、その内容を理解する者はいなかった。のちに触れることになるが、真魚《まお》（空海）に入唐《にっとう》（中国の唐に行くこと）を決意させる経典が、この大日経である。いっぽう金剛頂経は、入唐した真魚が持ち帰ってくるまで日本には入ってこなかった経典である。

いずれにしても、雑密《ぞうみつ》に代わる新しい二つの密教は、この世界（宇宙）の構造（働き）と運動の体系をつくりあげ、この世とこの世の諸現象、すなわち生命という具体的なものを含めてこの世界に実在するあらゆるものが大日如来《だいにちにょらい》という永遠の真理をあらわす法身《ほっしん》（法身仏《ほっしんぶつ》）のあらわれであるとしている。さらに、修法《しゅほう》をかさねることによって大日如来と一体となることができれば、たちどころにこの世においてその身そのまま仏に成《な》りうるという「即身成仏《そくしんじょうぶつ》」の考え方を示している。こうしたことから、密教は仏教の流派の一つとはいえ、釈迦以来の仏教とはまるで違うということがわかる。

その密教にのめるようにして入り込み、強烈な神秘体験を体感した真魚の、その後の話に戻ることにする。

「空《そら》と海《うみ》」と「空《くう》の海《うみ》」

土佐国《とさのくに》（高知県）の室戸崎《むろとざき》の突端、最御碕《ほつみさき》の洞窟《どうくつ》で神秘体験を体感した真魚は、いったん旧都《きゅうと》・平城京《へいじょうきょう》（奈良）に戻ることにした。善道尼《ぜんどうに》に見送られて久修練行《くしゅれんぎょう》の旅に出てから足掛け二年という歳月が流れている。真魚は佐伯院に向かわず、善道尼の庵《いおり》に直行する。

（まあ……ッ）

帰ってきた真魚の体は痩《や》せこけ、ごつごつと骨張っていて、目だけがらんらんと輝き、異様な雰囲気を漂わせている。だが、真魚であることはまぎれもない。心にぽっかりあいていた穴が埋められ、善道尼の胸がはずむ。

二人は互いに相手の放つ匂いになつかしさと心地よさを感じながら、夜のふけるのも忘れて語りあう。真魚は深山幽谷《しんざんゆうこく》での修行や室戸崎《むろとざき》（岬）の突端の洞窟《どうくつ》で経験した怪異な自然現象や神秘体験などを話して聞かせた。また、洞窟から見えるのは水平線で区切られた空と海だけだったことを語り、だから法名《ほうみょう》を「空海」にしたいと打ち明ける。すると善道尼は、

「まあ、美々《びび》しうて風情のある法名ですこと」

といい、

「大安寺《だいあんじ》の勤操《ごんぞう》さまに引き合わせたい」

といって口元に笑みをたたえる。その頬辺《ほおべた》は削《そ》げている。この半年ちかく、月《つき》（月経）

のころでもないのに寝《ね》驚《おどろ》くことがたびたびあった。眠っている途中で何度も目がさめてしまうのである。また、食も細くなっている。山林修行の旅に出た真魚の身が心がかりだったからだ。

真魚の話がひときりつくと、

「そういえば……」

と善道尼はいい、真魚の山林修行の行き先について聞き合わせる者が大安寺《だいあんじ》に勤操《ごんぞう》を訪ねてきたという。善道尼によると、真魚が旅に出て半年ほど経ったころだった。尋ねられた勤操は真魚について大学の学生《がくしょう》ということ以外、何も知らないので何も答えられなかった。だが、善道尼が真魚と親しくしていたのを知っているので、後日、それとなく善道尼に聞いてきた。それで、山林修行の旅に出たことは知っているが、行き先については聞いていないと答えたという。

真魚は旅立つ前、山林修行の生活を送りたいのでしばらく留守にするという書き置きを寄宿先の佐伯院に残していたようで、佐伯院から母方の叔父・阿刀大足《あとのおおたり》へ、大足から讃岐国《さぬきのくに》（香川県）の真魚の両親へと情報が伝わったようだった。真魚は自分の大学入学に便宜をはかってくれた周囲の人々の思いが手に取るようにわかる。その思いにとらわれている真魚に、善道尼はこういう。

「この年の秋には、都《みやこ》が長岡（京都府南部・長岡京）から山城国《やましろのくに》の葛野《かどの》（京都市街・平安京）に移ります」

「……なんですって、また遷都《せんと》ですかッ」

驚く真魚に善道尼はいう。

「長岡京は早良《さわら》親王の怨霊《おんりょう》に祟《たた》られているのではないかという噂が朝廷周辺で立ちました。その噂に桓武《かんむ》天皇はとりわけ怯《おび》え、遷都を決めたのです。それほど怯えるのは、早良親王が無実の罪で配流《はいる》され絶命したことを知っているからでしょう。ですから、いずれ早良親王の無実が明らかになると信じています」

真魚は力強くうなずいてみせる。その真魚に善道尼はこういう。

「まことに勤操《ごんぞう》さまとお会いしてくださいな。屹度《きっと》あなた様の仏道修行の力になってくださいますから」

真魚は首をたてに振る。善道尼によると、勤操は十二歳で出家し、大安寺で学んでいたが、十三歳で宮中および興福寺《こうふくじ》の、規定されている官僧《かんそう》の定員の一人に選ばれた。また、十六歳で山林修行に入り、その後、二十三歳のころに東大寺の戒壇で具足戒《ぐそくかい》（僧の守るべき戒律）を受けた。戒壇とは、僧尼に戒律を授ける儀式を行なう壇のこと。具足戒は僧の守るべきすべての戒律のことで、一般に男僧に二五〇戒、尼僧に三四八戒がある。

勤操《ごんぞう》は親王禅師《しんのうぜんじ》とよばれていたころの早良親王をよく知っている。早良親王が配流《はいる》の途中、三十六歳で絶命したとき、勤操は二十八歳だった。そのころすでに三論宗《さんろんしゅう》の有力な学問僧として大安寺で頭角をあらわしていた勤操は、早良親王の無実を信じる一人だったが、おくびにも出さなかった。大安寺という官大寺《かんだいじ》（大きな官寺《かんじ》）の官僧だったからだ。官寺とは、すでに触れたように、国家によって維持・経営されている寺で、大安寺のような大きい寺や国分寺《こくぶんじ》（国ごとに建てられた官寺）などのこと。

大安寺は国の第一位の寺院で、八百人を超える僧が居住している。唐《とう》の都《みやこ》・長安《ちょうあん》など、海外で暮らしたことのある留学僧や海外の著名な僧（帰化僧・留学僧を含む）が多くいて、仏教文化交流の中心的存在であるだけでなく、唐の最先端技術や知識の宝庫だということを、真魚は上京したおりに叔父の阿刀大足《あとのおおたり》から聞いている。もともと真魚は最先端技術や知識、それに渡来人や漢語など語学に強い関心があった。だから寺めぐりをはじめたとき、頻繁に通ったのは大安寺だった。大安寺には道慈《どうじ》という学問僧が唐《とう》から持ち帰ってきた密教の秘法、虚空蔵求聞持法の記された経典がある。それを勤操は受け継いでいる。その勤操に会うようにというのだから、真魚にとって願ってもないことである。

それならばと、善道尼は真魚を勤操に引き合わせることにした。

その日——。

勤操は真魚を目の前にするなり、

(むむ……ッ)

真魚の全身から「気」というか「気力」というか、そういうものが発散されているのを感じとり、

(気は天を衝《つ》くというが……)

とつぶやきをもらす。勤操は真魚のことを知らないわけではない。真魚の大学入学前後、伊予《いよ》親王（桓武天皇の第三皇子）の侍講《じこう》をつとめる阿刀大足《あとのおおたり》や佐伯今毛人《さえきのいまえみし》の一族から真魚の能力、とりわけ漢籍を暗記・理解する能力について聞かされたことがある。しかし、会ったわけではないので顔見知りではなかった。

この日、初めて真魚と顔を合わせた勤操は、真魚から直《じか》に虚空蔵求聞持法《こくうぞうぐもんじほう》の行法《ぎょうほう》を実践したときの奇々妙々な体験を聞き、真魚の知力・体力・精神力が並外れて高いことに驚く。また、「空海」という法名《ほうみょう》にしたいと打ち明けられたときには、

(空海か……)

られているとあるが、「空《く》の海《うみ》」という意味がこめられていると勤操はとらえたからだ。ということを、のちに善道尼は勤操から聞いて、真魚に教えた。それによると——。

と感心した。「空《そら》と海《うみ》」からなる「空海」にはもう一つ、「空《く》の海《うみ》」という意味がこめ

仏教というのは世の中に存在するすべてのもの（万物）は、因縁《いんねん》（物事を発生させたり成立させたりする直接・間接の原因）によって起こる仮の姿と見る。すなわち、いっさいの存在を「空《くう》」、実体のないものであると見る。そう見ることによって、煩悩《ぼんのう》（肉体や心の欲望、怒りや執着など）を取り除こうとする。

また、仏教の経典に「生死《しょうじ》の苦海《くがい》」（生死の海）ということばがある。このことばは、生死流転《しょうじるてん》すなわち衆生《しゅじょう》（あらゆる人々）が煩悩を捨てきれず、悟ること（解脱《げだつ》）もなく、果てしなく輪廻転生《りんねてんしょう》（生まれ変わり死に変わる）を繰り返す「苦しい生死の世界」を、「深い海」にたとえたもの。その「苦しい生死の世界」を気の遠くなるような長い時間をかけてめぐり、彼岸《ひがん》（悟りの境地・涅槃）に到ることが釈迦以来の仏教の目的である。そうしたことから、「空海」は「生死の苦海」の「生死」を「空《くう》」に転じた「苦海」、すなわち「空《くう》の海《うみ》」という意味にもとれるという。

いずれにしても、勤操は真魚に仏道修行への熱意と機根《きこん》（仏の教えを聞いて理解し修

行しうる能力）、そのうえすぐれた才能と智恵のあることを認めた。だが、公度《こうど》（官許をうけて僧尼となること）をすすめなかった。真魚は大学の学生《がくしょう》であり、中央の官吏《かんり》となるために官費《かんぴ》（国家の費用）で学んでいる。いわば準官吏の身分を与えられている。にもかかわらず、その身分を勝手に捨てて大学を飛び出した。そういう若者に、大安寺という官大寺《かんだいじ》の官僧《かんそう》が公度をすすめるのは差し障りがある。そこで近事男《ごんじなん》（五戒を受けた在家の信者）というかたちで真魚の寺への出入りを許し、見習い僧とすることにした。

こうして真魚は善道尼と同じ立場になり、勤操から直《じか》に仏の教えについて聞くことができるようになった。それだけではない。大安寺に自由に出入りできるようになったので、海外で暮らしたことのある留学僧やその弟子たちなど、さまざまな僧と知り合い、かれらから唐の最先端技術や知識、語学などを学ぶことができた。

また、真魚は自分が虚空蔵求聞持法《こくうぞうぐもんじほう》の行法《ぎょうほう》で強烈な神秘体験を体感したことをかれらに打ち明けて、それがどういうことであるのか知ろうとするが、納得できる答えは返ってこない。また、大安寺の経蔵《きょうぞう》（経典を納める建物・経堂《きょうどう》）にこもってさまざまな経典を読み解いてみるが、答えを見出せない。そこで、学問仏教といわれる南都《なんと》六宗（三論《さんろん》宗《しゅう》・法相宗《ほっそうしゅう》・成実宗《じょうじつしゅう》・倶舎宗《くしゃしゅう》・律宗《りつしゅう》・華厳宗《けごんしゅう》）をすべて一から学ぶことを決意する。

以後、勤操は真魚こと空海に力を貸すようになるが、善道尼との関係にはいっさい口をはさむことはしなかった。この年、真魚（以後、空海）は二十一歳、勤操は三十七歳だった。善道尼は二十六歳となる。

秋には善道尼のいっていたとおり遷都が行なわれた。桓武《かんむ》天皇は実弟（同母弟）の早良《さわら》親王の怨霊《おんりょう》に怯《おび》え、完成したばかりの長岡京をわずか十年で廃都《はいと》にした。新都は平安京とよばれ、早良親王の怨霊が入って来られないように風水《ふうすい》を取り入れて造営されたという。風水とは、地勢や水勢を占って、都城《とじょう》（城郭に囲まれた都市）や住居、墳墓《ふんぼ》などの地を選定する術のことである。

＊

伊予《いよ》親王（783?～807）は、本書では桓武天皇の第三皇子、生年は七八三年としていますが、異説もあります。

南都六宗の修得

南都《なんと》六宗をすべて学ぶことにした空海は、まず自由に出入りできるようになった大安《だいあん》寺《じ》の経蔵《きょうぞう》（経典を納める建物・経堂《きょうどう》）にこもって三論宗《さんろんしゅう》について学んだ。勤操《ごんぞう》が三論宗の有力な学問僧だったからだ。わからないことがあれば勤操にたずねてはっきりさせた。

また、他宗を独習するには南都（奈良）のほかの官寺《かんじ》の経蔵に出入りする必要があるが、自由に出入りするにはよほどの立場にある者でなければ難しかった。だが、大安寺の勤操の使いということで、空海は諸官寺の経蔵に比較的自由に出入りすることができた。だから、諸官寺を訪ねてはその経蔵にこもって万巻の経典を読みあさり、その理解につとめることができた。

南都六宗のうち、三論宗・法相宗・成実宗・倶舎宗は、釈迦の説法を記録した経典《きょうてん》よりも、釈迦の教えを解釈し体系化した論《ろん》（論書《ろんしょ》）を重視していた。律宗は、自分を律する内面的な道徳規範としての戒律を重視し、華厳宗は華厳経《けごんぎょう》を重視していた。

（なるほど……ッ）

善道尼から聞いていたとおり、華厳経というのは釈迦以来の仏教からかなり離れた経典で、この世界（宇宙）のすべて（万物）の存在とその動きについて説いていた。この経によると、万物は相互にその自己の中に一切の他者を含み、摂《と》りつくし、相互に無限に関係し合い、完全に溶け合って、一切の障害がなく円を描くように回っている。この世界（宇宙）に存在する万物とその動きは、毘盧遮那仏《びるしゃなぶつ》（華厳経の本尊。全世界をあまねく照らす仏）の悟りの表現であり、内容であるという。

（うむ……）

難解だった。

空海は華厳宗の総本山である東大寺に何度も足を運んだ。東大寺は日本国の一等の官《かん》大寺《だいじ》である。ちょっとやそっとではその門をくぐれない。だが、善道尼や勤操の伝《つて》をたよって経蔵《きょうぞう》に潜り込み、華厳経の理解につとめた。

こうして、一宗を修めるだけでも難しいとされていた南都六宗を、空海はそのすぐれた頭のはたらきで独習した。また、仏教・儒教と並ぶ三教のひとつ、道教《どうきょう》についても再び独習した。すべてを独習しおえたとき、足掛け三年という月日が流れていた。空海は二十四歳になっていた。その間《かん》、寄宿先の佐伯院《さえきいん》や大安寺の僧房《そうぼう》（僧坊）に寝泊まりしながら善道尼の庵《いおり》を訪ねては南都六宗や儒教・道教について語り合い、夜を明かすこともあった。また、ときおり紀伊山地《きいさんち》（紀伊半島の山地）へ入って山林修行することもあった。その行動力は図抜けていた。

だが、大学へは一度も足を運ばなかった。そのため、無理を押して空海を大学に入れた叔父の阿刀大足《あとのおおたり》をはじめ親戚や多くの知人が、

「身体が悪いというわけでもないのに、なぜ大学に戻らない。なぜ高級官吏への道を捨てるのだッ」

と仏道修行に没頭する空海を責めた。空海の両親は佐伯家の繁栄が望めなくなると失望落胆した。

この年、二十四歳の空海は高級官吏への道を進むかどうかの境目にいた。官吏採用の年齢制限が二十五歳だったからだ。それなのに、空海は周囲の人々の期待と努力を裏切るようなことをしていた。

いっぽう空海は出家に反対するかれらの気持ちが痛いほどわかっていた。それでも、かれらの声に耳を傾けようとしなかった。

「だから、わたしが救われることはないかもしれない」

と、空海はある夜、寝物語で善道尼にいう。すると善道尼はこういう。

「仕組まれた困難を乗り越えてやりとげようという気持ちが湧いたとき、すでに救われているのです」

それを聞いて空海は真剣な顔でこういう。

「わたしが大学で習っていたものは昔の人の滓《かす》であり、生きているこの瞬間にとってさえ役に立たない。死後においては、なおさらのこと。この肉体はやがて消えてしまう。真理を仰《あお》ぎみるに越したことはない。それゆえ優婆塞《うばそく》になろうと考えている」

優婆塞とは、在家のままで五戒を受けて仏門に帰依した男性・近事男《ごんじなん》のことだ。つまり、かたちだけの近事男ではなく、五戒を受けて正式の近事男になることを考えているというのである。

そんな状況下、この夏の五月（旧暦）、空海は秋篠寺《あきしのでら》（奈良市秋篠町）を開いた善珠《ぜんじゅ》という仏教僧の入滅《にゅうめつ》を知った。享年七十五。善珠は安殿親王《あて》（桓武天皇の第一皇子、のちの平城《へいぜい》天皇）の病気全快を祈願し、その功により僧正《そうじょう》（僧官の最上位）に任命されたばかりだった。すでに触れたように、かれは大和国《やまとのくに》（奈良県）の阿刀氏《あとうじ》の出身で、同じ家系の玄昉《げんぼう》から仏教を学び、法相宗《ほっそうしゅう》の学問僧となった。阿刀氏は空海の母方の家系だ。その善珠の死を知って、空海は皇位継承争いに巻き込まれて粛清された皇族や早良《さわら》親王、また高級官吏・佐伯今毛人《さえきのいまえみし》に思いをはせ、

（肉体はやがて消えてしまう……死ねば、無力ではないか）

と改めて思い、ついに胸にしまっておいたことを吐き出す決心をし、この五月から筆をとって、自分の思いや自分の固い意志を周囲の人々に伝えるために書きはじめる。

こうして十二月一日、初めての著作『聾瞽指帰《ろうこしいき》』が書き上がる。聾《ろう》とは、耳の聞こえない人のこと。瞽《こ》は、目の見えない人のこと（指帰《しいき》は不明という）。この題名には、仏の教えに暗く、その教えに聞く耳を持たない者に、その教えを指し示すという意味がこ

められている。この書は、空海の「出家宣言」といわれる。儒教・道教・仏教の三教のうち、仏教がもっともすぐれていることを論じ、俗世の教えが真実でないことを明らかにしている。のちに空海はその序文と巻末の詩に手を加え、『三教指帰《さんごうしいき》』三巻とするが、日付はどちらも同じ年月日（七九七年十二月一日）のため、以後、三教指帰とする。この本文は、五人の登場人物が対話・討論する戯曲体裁で書かれているが、全体に奇妙な明るさがあり、面白い展開を見せる。しかも、文芸家顔負《かおま》けの、文章力であることがわかる。その内容のあらましに触れておくことにする。

＊

空海は、十八歳で大学に入学してから、二十四歳で『三教指帰《さんごうしいき》』を書き上げるまでの間に、出会った一沙門《あるしゃもん》から「虚空蔵求聞持法」の存在を教えられ、大学を飛び出し各地の山林で修行しますが、それらの正確な時期は不明です。また、『三教指帰』以後、八〇四年の四月まで、空海の消息は不明です。後述するように、その四月、三十一歳の空海は東大寺で出家・得度します。翌五月、難波津《なにわづ》（大阪湾の入り江にあった港）で遣《けん》唐使《とうし》の船に乗り、七月六日、肥前国《ひぜんのくに》（佐賀県と長崎県の一部）の田浦《たのうら》を経て唐《とう》（中国）へと向かうことになります。いずれにしても、空海は謎の多い人物なのです。

初めての著作『三教指帰《さんごうしいき》』

空海は『三教指帰《さんごうしいき》』の序文で、こんなようなことを述べている。

「自分は十五歳で母方の叔父・阿刀大足《あとのおおたり》について学んだ。十八歳で都《みやこ》に一つしかない大学に入学を許され、講義を聴いた。昔の人は家が貧しくて油が買えないために雪の明かりや蛍《ほたる》の光で勉強したり、眠気を払うために縄を首に巻きつけたり、錐《きり》で膝《ひざ》を突いたりして勉強したと伝えられているが、そういう人々すら怠《なま》けていると思われるほど、わたしは自分を叱咤《しった》して勉学に励んだ」

だが、血のにじむような努力をしても充足感をえることができなかった。仏教に関心を抱き、南都《なんと》（奈良）の寺をめぐり歩きはじめる。そして、

「自分は一沙門《あるしゃもん》に出会い、その人はわたしに虚空蔵菩薩能満諸願最勝心陀羅尼求聞持《こくうぞうぼさつのうまんしょがんさいしょうしんだらにぐもんじ》法《ほう》という経典を差し出した」

と述べている。すでに触れたように、この経典を差し出した沙門の名を空海は生涯、明かしていない。

ともかく、その経典に記されている虚空蔵求聞持法《こくうぞうぐもんじほう》という秘法を実践するため大学を

飛び出し、山林修行に没頭する。ところが、親戚と多くの知人たちは、仏道修行を断念させようと、儒教《じゅきょう》（儒学《じゅがく》の教え）でいう人が常に守るべき五つの徳目（仁・義・礼・智・信）を持ちだして、不忠不孝の者と非難する。けれども、どんなに非難されようとも周囲の人々の期待に沿うことはできなかったと空海はいい、こう述べる。

「およそ生き物の情《こころ》は一つに固定していない。鳥は空を飛び、魚は淵《ふち》にもぐるように、それぞれ性質がちがう。だから、聖人がその教えに人を導く場合にも、教えの網《あみ》は三種類ある。釈尊《しゃくそん》（釈迦の尊称）の教えと老子《ろうし》の教えと孔子《こうし》の教えである。教えに浅い深いがあるとはいうものの、すべてみな聖人の説かれたものである。だから、この教えの網の一つに入っているなら、どうして忠孝に背《そむ》くことになるのか」

背くことにはならないというのである。そして、

「わたしには一人の甥《おい》っ子《こ》がいる。性格がねじれていて人の言葉に耳を貸さず、狩猟や酒色を昼夜の楽しみとし、いつも博打《ばくち》をして子分たちと遊んで暮らしている。その習性をふりかえってよくよく考えてみると、甥っ子はよき薫陶《くんとう》を受けずに育ったからそうなったということに思い至った。わたしを日ごとに悩ませるのは、この放埒《ほうらつ》な暮らしをする甥っ子と、仏道修行を断念させようとする人々のことだった。だから、この文章を作って三巻とし、三教指帰《さんごうしいき》と名づけた。ただ、憤懣《ふんまん》に駆られてはやる心のままに書き記

したものであり、決して他の人々に読んでもらおうと思っているわけではない」

また、「暑い夏（旧暦五月）にうるさい蛙《かわず》を黙らせながら書きはじめ、年も押し詰まった十二月一日に書き上げたものだ」というようなことを述べてから、戯曲体裁の本文に入っていく。そこに登場するのは五人である。放埒《ほうらつ》な生活をする甥っ子は蛭牙公子《しつがこうし》という名で登場する。ほかに儒教を代表する人物が亀毛《きもう》先生、道教を代表する人物が虚亡隠士《きょぶいんし》、仏教を代表する人物が仮名乞児《かめいこつじ》、蛭牙公子の伯父《おじ》（架空の人物）が兎角公《とかくこう》という名で登場する。蛭牙公子《しつがこうし》は空海の母方の甥、亀毛《きもう》先生は阿刀大足《あとのおおたり》、仮名乞児《かめいこつじ》は空海自身をモデルにしたといわれる。面白いことに、本文は男女の性的な欲望にかこつけて述べることが多い。たとえば、勝手気ままな暮らしをする甥っ子の蛭牙公子《しつがこうし》については、「頭髪がよもぎのように乱れて汚らしい女を見てさえ欲情を起こすというほど好色な男である」と記し、「異性とみれば美醜の見境もなく手を出し、娼家《しょうか》にゆけば遊女《あそびめ》を買い、猿のように騒ぐという色情《しきじょう》の族《やから》（輩・徒）である」と述べている。

また、亀毛《きもう》先生にはこんなことをいわせている。

「男というのは女を恋い慕わざるをえないものであり、かりそめにも男は独《ひと》り寝《ね》できるものではない」

さらに、虚亡隠士《きょぶいんし》にはこんなことをいわせている。

「蟬鬢《せんびん》蛾眉《がび》の美女は命を伐《き》る斧《おの》であり、精液というものは漏らしてはならない」
蟬鬢《せんびん》とは、蟬《せみ》の羽のように透き通って美しく見える髪のこと。蛾眉《がび》は、細く美しい眉のことだ。

この書は、高級官吏となる道を捨てた空海の出家宣言といわれるが、気持ちが高ぶったり暗くなったりするところがなく、妙に明るい。登場人物の名前からして面白い。蛭《しっ》牙《が》公子《こうし》の蛭《しっ》は蛭《ヒル》のことで、ヒルは吸いつくものであり、キバで噛むものではない。それなのに蛭に牙をつけている。公子とは貴族の子弟のこと。だから、蛭牙《しつが》公子《こうし》はありえない貴族の子弟ということになる。仮名乞児《かめいこつじ》の仮名は、文字どおり仮の名で、乞児は年少の乞食《こつじき》ということだ。年少とは、年の若いこと。亀毛《きもう》先生の亀毛は、毛がない亀《かめ》の甲羅《こうら》に毛をつけている。兎《と》角公《かくこう》も、角《つの》があるはずのない兎《うさぎ》に角《つの》をつけている。公とは、貴公というように他人を敬っていう語だ。虚亡《きょぶ》隠士《いんし》の虚亡は、虚妄《きょもう》（うそ・いつわり）とか、虚無《きょむ》（何もなくむなしいこと）に通じる。隠士は俗世間との交わりを断ち、隠れ住む人、仙人のことだ。ちなみに、亀毛《きもう》は亀毛《べつもう》、虚亡《きょぶ》は虚亡《きょむ》（こもう）、仮名《かめい》は仮名《けみょう》ともよむ。

いずれにしても、このような名前の登場人物が対話・討論する本文には、たわむれているような、おどけているような明るさがある。この明るさは、一沙門《あるしゃもん》と出会い、高級官吏となる道を捨てて山林修行に没頭したあとの、自由で晴れ晴れとした気持ちの表われなのかもしれない。あるいは、ぴかぴか光る金色の仏像から、仏教というのはもともと明るいものだと感じられて、そうしたのかもしれない。だが、空海の生まれつきの明るい性格がそうさせたように思える。

それはさておき、この本文は甥《おい》の蛭牙《しつが》公子《こうし》の勝手気ままな生活を改めさせようと考えた伯父の兎角公《とかくこう》が、亀毛《きもう》先生に儒教《じゅきょう》を説いてもらうところからはじまる。亀毛《きもう》先生が蛭《しっ》牙《が》公子《こうし》に、人が常に守るべき五つの徳目（仁・義・礼・智・信）を説いたところ、蛭牙公子は自分の生活がその教えにそむくことを悟って儒教に従おうとする。けれどもそこに道教《どうきょう》を代表する虚亡《きょぶ》隠士《いんし》がやってきて、「儒教はただの世間的な教えであり、いわば世渡りの工夫しかしていない。人間としての真実の教えを説いたものではない」などと批判し、亀毛先生の説を論破する。するとそこに仏教を代表する仮名乞児《かめいこつじ》が現われる。

仮名乞児《かめいこつじ》は一見、目をそむけたくなるような乞食《こつじき》の身なりの、年若い私度僧《しどそう》として登場する。あまりに見すぼらしい身なりなので、市場《いちば》にいる本物の乞食《こつじき》ですら恥ずかしくて下を向いてあざ笑う。市場を通ると石が飛んでくるし、渡し場では馬糞《まぐそ》を投げられる。その頭は黒髪を剃りおとしてあり、まるで銅《あかがね》の甕《かめ》のようである。甕とは、水・酒・塩などを入れる底の深い容器のこと。まったく潤いのない顔は土鍋《どなべ》のよう。顔はやつれ、風《ふう》采《さい》があがらない。長い脚《あし》は骨張り、まるで池のほとりの鷺《さぎ》の脚のよう。そんな風体の仮《か》名乞児《めいこつじ》に、道教の道士《どうし》（修行者）ふうの虚亡隠士《きょぶいんし》が不審の目を向け、さげすむようにこういう。

「お前さんの頭には毛が一本もないが……坊主《ぼうず》か」

さらに、

「いったい、お前さんはどこの国の者で、だれの子で、だれの弟子なんだい」

と追及する。

この時代、私度僧になることは僧尼令《そうにりょう》で禁じられているので犯罪行為といえる。だから、私度僧を乞食《こつじき》とさげすむようなところがある。だが、若い私度僧は何ものも恐れない様子で明朗快活にこういう。

「仏陀《ブッダ》（釈迦の尊称）の教えによれば、もともと三界《さんがい》（あらゆる人々が死んでは生まれ変わってさまよう三つの世界）に安住の場所（家）はない。あると思っているのは思い違いだ。人の住む六道《ろくどう》（人が生前の行ないによって死後におもむく六つの苦界＝地獄《じごく》道《どう》・餓鬼道《がきどう》・畜生道《ちくしょうどう》・修羅道《しゅらどう》・人間道《にんげんどう》・天道《てんどう》）は、仮の宿にすぎない。人は、あるときは悪行《あくぎょう》は善行《ぜんこう》の果報《かほう》として六道のうち最も苦悩の少ない天道に生まれ変わり、あるときは悪行（あっこう、とも）の応報《おうほう》として地獄道に生まれ変わる。そこでもまた、生と死を繰り返す。だから、この輪廻転生《りんねてんしょう》の理《ことわり》をよくよく味わえば、餓鬼《がき》や畜生《ちくしょう》のようなものも、その世界に生まれ変わったあなたの父や母、あるいはあなたの妻や子であるかもしれないということになる」

それを聞いて虚亡隠士《きょぶいんし》も亀毛《きもう》先生も衝撃を受け、呆然とする。その二人に向かって仮《か》名乞児《めいこつじ》はさらにこういう。

「よくお聞きなさい。輪廻転生の姿というのは三界・六道をぐるぐるとめぐり歩き、始めも終わりもない。つまり、時間には始めというものがなく、あなたたちも貧道《ひんどう》（自分のこと）も無始《むし》（無限に遠い過去）からさまざまな世界に生まれ変わり死に変わり、無《む》常《じょう》転変《てんぺん》のもの（万物は生滅流転《しょうめつるてん》し永遠に変わらないものは一つもないということ）。それゆえ、どちらが年上とか年下とかいうのは無意味であり、どこの生まれとか、だれの子とかいうことも、なんの意味もない」

そう述べてから、こう自己紹介する。「貧道《ひんどう》、ちかごろ一瞬、幻のように人間の住むこの世界（人間道＝人間界）に生《せい》を享《う》け、日出《ひい》ずるところ、日本国《やまとのくに》の玉藻《たまも》（藻の美称）よる讃岐《さぬき》の、樟《くす》の木が日をさえぎる多度《たど》に居住。いまだ望むところに到らないうちに、いつのまにか二十四歳になってしまいました」

それを聞いて、ようやく落ち着きを取り戻した虚亡隠士《きょぶいんし》が、今度は仮名乞児《かめいこつじ》の身なり

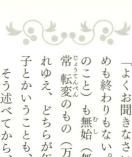

「三教指帰」を著す

に目をつけてこう問う。

「それにしても、なぜそんなに多くの道具をもっているんだい」

　すると仮名乞児《かめいこつじ》は、

「貧道《ひんどう》、皇帝（仏陀《ブッダ》のこと）の勅《ちょく》（仏陀の仰《おお》せのこと）によって急ぎの旅をしている。これは旅姿ですよ」

　と明るく快活に答えてからこういう。

「仏陀《ブッダ》は入滅《にゅうめつ》された。その入滅されんとするとき、自分の後継者は弥勒菩薩《みろくぼさつ》であると仰《おお》せになり、弥勒菩薩に印璽《いんじ》を与えられた」

　弥勒菩薩とは、釈迦の入滅後、五十六億七千万年ののちに、人々を救うために仏となってこの世に現われるという菩薩のことで、今は兜率天《とそってん》（将来、仏となるべき菩薩の住む所）で説法しているといわれる存在である。印璽《いんじ》とは、天皇の印と国家の印のこと。つまり、弥勒菩薩が仏陀の正統の相続者であることを証明するための印（判）のことだ。

「それゆえ貧道《ひんどう》、弥勒菩薩のおられる兜率天《とそつてん》へゆくためこんな旅姿をしている」

と仮名乞児《かめいこつじ》はいう。

（いったい何をしに……）

という顔つきの虚亡隠士《きょぶいんし》らに、仮名乞児はこんなことをいう。

「仏陀《ブッダ》は弥勒菩薩に印璽《いんじ》をお与えになったあと、文殊菩薩《もんじゅぼさつ》や自分の弟子たちをそばに呼び寄せてこういわれた。〝わが意志を世界の諸地方に伝え、弥勒こそ仏陀《ブッダ》の後継者であり、その弥勒が即位するということを人々に知らせよ〟と。貧道《ひんどう》も、その知らせを受けたので、急いで身ごしらえをして出立し、兜率天《とそつてん》へ向かっているのです」

ところが、

「途中の道は険しく、しかも道を訊《き》こうにも人里離れているので教えてくれる者がいない。車も馬も失ってしまい、仕方なく夜具や食器などこまごましたものを背負ったり、身体にくくりつけたりしている。食糧は底をつき、道に迷い、どんぐり飯や苦菜《にがな》のおかずが月に十日も食べられない。葛布《くずふ》（くずぬの）の着物を着ても両肩はかくれない。恥ずかしくて人に合わせる顔がないけれども、人の家の門口《かどぐち》に立って物乞《ものご》いをしているしだい」

というと、亀毛《きもう》先生も虚亡《きょぶ》隠士《いんし》もこれまでの態度を改めるような顔つきになり、

「……そういうことでしたか」

とつぶやくようにいう。ついで仮名乞児《かめいこつじ》は儒教や道教が浅薄な教えであることを説き、最もすぐれているのは仏教であることを明らかにする。

亀毛《きもう》先生たちは仮名乞児《かめいこつじ》の説いた仏の教えに納得し、このようなことをいう。

「長いあいだわたしたちは瓦礫《がれき》のごとき儒教や道教の教えを自由にあやつり、満足していました。その様子は、たとえていえば蓼《たで》の葉《は》を好む虫が辛《から》みをいとわずに食べつづけ、厠《かわや》に住む蛆虫《うじむし》が臭気をいとわずに住みつづけるようなものです。めくら（盲人）が危険な道をすすみ、びっこ（片足が不自由なこと）の駄馬《だば》（荷物を運ぶ馬）を走らせて暗い夜道を行くように、どこに行き着くのか、どこに転落するのか、まったくわかりませんでした。今、思いがけないことに和尚《わじょう》のお説を聞きまして、自分たちが固く信じて大事にしていた道が浅薄なものであるとわかりました。これからは正しい道に励みたく、どうか慈悲深き大和尚よ、さらに仏の教えを垂《た》れてください」

この申し出を聞いて、仮名乞児《かめいこつじ》が仏の説いた教えの究極である悟りについて教え示し

たところ、蛭牙《しつが》公子《こうし》も亀毛《きもう》先生も虚亡《きょぶ》隠士《いんし》も納得して仏道《ぶつどう》に入るという筋書きである。

ところで、この本文のなかで空海は仮名乞児《かめいこつじ》に「万物は生滅流転《しょうめつるてん》し永遠に変わらないものは一つもないゆえ、どちらが年上とか年下とか、どこの生まれとか、だれの子とかいうことは、なんの意味もない」といわせながら、最後に自分はどこのだれで、年齢は何歳かということを明らかにしている。それはなぜかというと、この書を読むことになる叔父の阿刀大足《あとのおおたり》に、仮名乞児《かめいこつじ》が空海自身であるということをわからせ、同時に自分のすすむ道が正しいことを示そうとしたからだといわれる。

いずれにしても、この書で出家宣言した空海は大学の学生《がくしょう》から仏道修行者に転身し、以後、仏教徒の学ぶべき学問などに没頭する日々を送ることになるのだが、そんなある日、重大な転機が訪れる——。

＊

貧道《ひんどう》は、僧が自分をへりくだっていう語（一人称）です。

空海は、『三教指帰《さんごうしいき》』を書くにあたり、中国の三史《さんし》（中国古代の三つの史書＝史記・漢書・後漢書）や五経《ごきょう》（儒教の最も重要な五種の経典）、それに仏教経典、さらに通俗的な民間の類書や説話集なども活用しているそうです。そのことから、二十四歳の空海が並はずれの博覧強記《はくらんきょうき》の人だったことがわかるといわれます。

第四部

「出家宣言」後の日々

五明《ごみょう》と六波羅蜜《ろくはらみつ》

空海は『三教指帰《さんごうしいき》』を書き上げたことを勤操《ごんぞう》と善道尼《ぜんどうに》に伝え、その動機と本文の内容をことこまかに語る。それでも、勤操は空海に公度《こうど》（官許《かんきょ》を受けて僧尼となること）をすすめなかった。出家宣言したとはいえ、官費《かんぴ》（国家の費用）で学んでいる学生《がくしょう》が自分勝手に大学を飛び出したことに変わりない。その若者に、官僧《かんそう》である自分が公度をすすめるのはやはり差し障りがあると思ったからだ。だからといって出家させないというわけではなかった。

（時機を待つしかない。それまでに空海の周囲の人々に根回しし、そのうえで出家させよう）

と考えていた。周囲の人々とは空海の叔父・阿刀大足《あとのおおたり》や大学の岡田牛養《おかだのうしかい》という空海と同じ讃岐国《さぬきのくに》出身の学者、それに今は亡き佐伯今毛人《さえきのいまえみし》の一族につながる中央の官吏《かんり》たちである。

いっぽう空海はこう思う。

（善道尼との暮らしができるなら、官許《かんきょ》を受けて官僧にならずとも優婆塞《うばそく》でいい……）

優婆塞とは、かたちだけの近事男《ごんじなん》ではなく、在家のままで五戒を受けて仏門に帰依した正式の近事男のことだ。だから、空海は官僧になる国家試験を受けるつもりはなく、自分なりに仏教をきわめるつもりでいる。いつか善道尼に、「立派な仏教僧になってくださいな……そのときにこそ、わたくしはあなたのおそばでお世話する身になりたい」といわれてから毎日、善道尼の望む立派な仏教僧になってみせると決意を重ねている。

すぐれて立派な僧というのは必ず仏教徒の学ぶべき五明《ごみょう》という五つの学問を身につけている。また、修行して仏に成《な》ることを立証するために六波羅蜜《ろくはらみつ》という六種の修行を実践する。それゆえ空海も大安寺《だいあんじ》の見習い僧として五明を修め、同時に六波羅蜜を実践することにした。

五明とは、古代インドで用いられた学問の分類法のことだが、仏教では、仏教徒が学ばなければならない五明として、次の五つをあげている。①声明《しょうみょう》（文法・文学）、②工巧明《くぎょうみょう》（工学・数学・暦学）、③医方明《いほうみょう》（医学）、④因明《いんみょう》（論理学）、⑤内明《ないみょう》（哲学・教義学）。

空海は、大学の教育内容に満足できなくなったとき、医学書や仏書など初めて見る中国の書籍にひかれ、自力で読み下し理解している。そのすぐれた頭のはたらきで五明《ごみょう》を修めた。

当時、寺院というのは鎮護《ちんご》国家《こっか》や現世《げんせ》利益《りやく》を求めて祈祷《きとう》する道場であると同時に先端技術や知識を学ぶ一流の学問所であり、一般の人々（庶民）が近よりがたい存在だった。官僧はいわば一流の知識人だった。とりわけ大安寺は仏教文化交流の中心的存在であり、唐から入ってくる最先端の科学技術や知識の宝庫だった。

たとえば、工巧明《くぎょうみょう》には高等数学で習う平方根《へいほうこん》を求めることなども入っている。だから、工巧明を身につけた仏教僧は耐震性のある五重塔など高層建築に詳しかったし、土木技術にも精通していた。また、医方明《いほうみょう》（医学）に精通した仏教僧、たとえば玄昉《げんぼう》や道鏡《どうきょう》などは、治病《ちびょう》（病気治療）の能力で立身出世して政界にまで進出し、権勢をふるったことはすでに述べた。したがって明晰な頭脳の持ち主である空海も五明を修めて相当な知識を身につけた。のちに触れるように土木技術で故郷の讃岐《さぬき》を救うことになる。

それはともかく、空海は五明《ごみょう》を学ぶと同時に六波羅蜜《ろくはらみつ》という次の六種の修行も実践する。

①布施《ふせ》（完全な恵み・施し）、②持戒《じかい》（戒律を守ること）、③忍辱《にんにく》（侮辱や苦しみを耐え忍ぶこと）、④精進《しょうじん》（ひたすら修行につとめ励むこと）、⑤禅定《ぜんじょう》（心を一つに集中させ動揺させないこと。またその精神状態のこと）、⑥智慧《ちえ》（仏の教えに即して物事をありのままに把握し、真理を見きわめる認識力をはたらかせること）。

この修行を実践するにあたり、守った戒律は善道尼と同じ、五戒である。さらに諸大寺の経蔵《きょうぞう》にこもって経典をむさぼり読み、すでに独習した南都《なんと》（奈良）六宗の中心となる教えの研究に改めて没頭する。そのうえ、ときには紀伊山地《きいさんち》の山々――生駒山《いこまやま》（奈良県生駒市）・大峯山《おおみねさん》（奈良県南部）・玉置山《たまきさん》（大峯山系の霊山の一つ・奈良県吉野郡）といった山々を駆けめぐり、山林修行をかさねる。大峯山は古くから山岳修験者《さんがくしゅげんじゃ》の修行が行なわれている山である。空海も、大和国《やまとのくに》（奈良県）の葛城山《かつらぎさん》から近い吉野《よしの》（奈良県南部・紀伊山地中北部）から修験者《しゅげんじゃ》のように早足で大峯山《おおみねさん》・玉置山《たまきさん》の険しい道のりを歩きとおし、途中で山を下りて十津川村《とつかわむら》（奈良県吉野郡）の付近から、熊野古道《くまのこどう》の一つ小辺路《こへじ》あたりを通り、いっきに高野《たかの》の山地《さんち》（和歌山県北部・紀の川の南）にまでゆくという修行を行なう。高野の山地はのちに空海が高野山金剛峯寺《こうやさんこんごうぶじ》を開く土地である。

過ぐる月日は早い。

ある日、空海はふとこう思う。

（同じ仏教でもさまざまな教えがあるが、究極の教えというものはないのだろうか……）

究極の教えとの出会い

その日、空海は改めて華厳経《けごんぎょう》の研究をしていた。その教えには世界（宇宙）の神秘が見てとれる。だから強くひかれていたのだが、

（待てよ。この経があるのなら、もっとこの世界の深奥に踏み込んだ体系があるのではないか。それこそが究極の教えではないか）

と思った。それ以来、空海は折りにふれて周囲に聞いて回り、手探りの状態をつづけている。

ある日、大安寺《だいあんじ》の勤操《ごんぞう》がこういう。

「そういえば、そのような教えを説いた経があった……。あれはたしか大日経《だいにちきょう》という密教の経典だ」

そういってから、

「あの経は、インドの諸宗教の一切を包み込んで一つにまとめようという意図をもっていると聞いている」

だが、論理が複雑で難解だったため、詳しい内容もその所在もわからないという。

勤操は大日経を読解したわけではないが、その教えの断片は口伝《くでん》で大安寺の高僧に伝わっている。それを思い出し、こういう。

「なんでも、この身このままこの世で成仏《じょうぶつ》できるとか」

（この身このまま……この世で……ッ）

空海には思い当たるふしがあった。山林修行に没頭しているときに知り合った密教系の僧は、その教えについて聞かれると一様に、「肉体を通して悟りをえること、すなわち体感することだ」とか「修行によって神秘を体験すれば、験力《げんりき》がえられるということだ」と答えたが、神秘や体感の内容について聞いても説明できなかった。そのころの空海は虚空蔵求聞持法《こくうぞうぐもんじほう》の修法《しゅほう》を実践しはじめたばかりで、まだ神秘体験を体感していなかったが、のちに体感したとき、空海もそれを言葉で説明できなかった。

そんなことを思い出した空海は、

（そうか……ッ）

肉体を通して悟りをえるとは、この身このままこの世で成仏できるということではないかと直感し、

（その大日経の教えこそ、究極の教え……それさえあれば）

もっとこの世界（宇宙）の深奥がわかるだけでなく、その説く行法《ぎょうほう》（修行の方法・仕

方）も神秘体験の中身も、とにかく何もかもがわかるにちがいないと確信し、

（わかれば日本で最初の密教的世界を言葉にして、日本で最初の密教僧になることができるッ）

と奮い立つ。以後、空海は大日経の所在を必死に探し求めるが、とんとわからない。そのうち夢にさえ大日経を見るようになった。その夢のなかに、「おまえの求めるものはあそこにある」と所在を教えてくれる者が現われたりする。目覚めてみれば、それがどこかも、誰がいったのかもわからない。しまいには真っ昼間、幻聴が起こるようになり、また実際には見えないのに大日経が見えるように感じられたりする。空海は日夜、悶々として過ごし、まるで魂が抜けた人のようになった。そんな空海を見ているのはつらい。だから善道尼もその所在をつきとめようと、八方、手を尽くす。

そんなある日――。

善道尼《ぜんどうに》に朗報が飛び込んでくる。それによると、亡き早良《さわら》親王に崇《す》道《どう》天皇という称号が贈られ、その名誉が回復された。それだけでなく、亡骸《なきがら》は配流《はいる》先の淡路国《あわじのくに》（兵庫県淡路島）から大和国《やまとのくに》（奈良県）に改葬されるという。善道尼の喜びはひとしおである。これで墓に詣《もう》でることもできる、と。これまでは淡路国に埋葬されていたうえ、科人《とがにん》とされていたので、詣でるのを控えていたからだ。

この朗報をいちはやく書簡で伝えてくれたのは、東大寺の初代別当《べっとう》となった華厳宗《けごんしゅう》の高僧、良弁《ろうべん》の世話をしていたことのある老僧である。すでに触れたように、親王禅師《しんのうぜんじ》とよばれていた早良親王は生前、良弁からその死の間際に後事を託され、東大寺運営の主導権を握るまでになった。その早良親王の配流の事情《わけ》を知っている東大寺の老僧は、これまでも善道尼を丁重に取り扱っている。

（そうだ……ッ）

善道尼は時を移さず東大寺に足を運ぶ。そして朗報を伝えてくれた老僧に感謝の言葉をていねいに述べてから、

「じつは探しものがありまして……」

と思いきって大日経の所在について聞いてみると、老僧は調べてみるのでしばらくお待ちいただきたいという。数日後、大安寺の善道尼のもとへ東大寺から使いの小僧がやってきて、口頭でこう伝える。

「お探しのものは西大寺《さいだいじ》と唐招提寺《とうしょうだいじ》にその写しがあるはずです、ということでございます」

この情報を勤操《ごんぞう》と空海に伝えると、勤操はさっそく披見《ひけん》の許可を乞う書状をしたため、空海に持たせる。披見とは、書籍や手紙を開いて見ることだ。

こうして、ようやく七巻三十六品《ほん》（章）からなる大日経に出会うことができた空海の顔に生気がよみがえる。

＊

空海と大日経《だいにちきょう》との出会いは、実際のところ不明で、さまざまな仮説が独り歩きをしています。今では偽作《ぎさく》とみなされている『御遺告《ごゆいごう》』によれば、空海が仏前で「願わくは、まことの智慧《ちえ》を授けたまえ」と祈っていたところ、夢に仏が現われ、「汝《なんじ》の求めるもの（大日経）は大和国《やまとのくに》（奈良県）の久米寺《くめでら》（奈良県橿原市）にある」とお告げがあったという。ちなみに、西大寺《さいだいじ》と唐招提寺《とうしょうだいじ》にその写しがあるのは判明しています。

大日経《だいにちきょう》の世界

大日経を目の当たりにした空海は知的興奮を抑えられず、佐伯院《さえきいん》に身をとどまらせて日夜、その読解に魂を注ぎ込む。三カ月が経ち、そして半年が過ぎたころ、ようやく大日経に説かれている要旨を理解できるまでになった。

この経は、大日如来《だいにちにょらい》（摩訶毘盧遮那仏《まかびるしゃなぶつ》）を根本最高の仏（万物の慈母《じぼ》・宇宙の本体）としている。大日如来というのは密教によって生み出された存在であり、釈迦のように

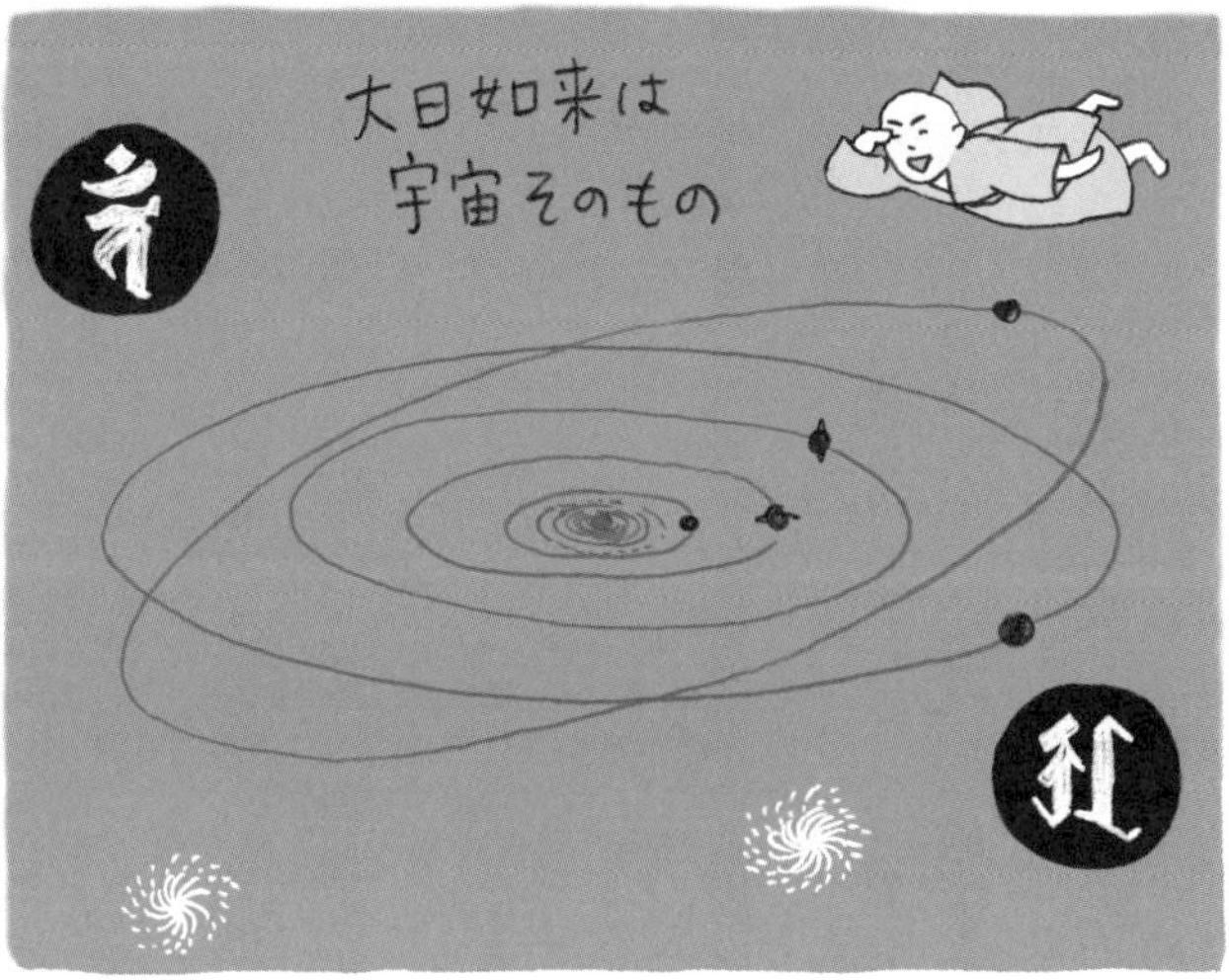

実在した人物ではない。この世界（宇宙）の実相《じっそう》（真実でありのままの姿）を体現する仏身《ぶっしん》（法身《ほっしん》・法身仏《ほっしんぶつ》）で、永遠の真理そのものとしての仏のこと。同時に一切の現象世界そのもののことである。太陽や星や動植物や鉱物や山河……ありとあらゆるもの、森羅万象《しんらばんしょう》（万物）に内在し、たえまなく万物を育成する。そのいっぽう万物に対して限りない智慧《ちえ》と慈悲《じひ》を与える。智《ち》とは真理を見通す心のはたらき（慧《え》）の一つ。したがって智慧とは迷いを断ち、悟りを開き、真理に達する力のこと。この力によって物や心への執着から生ずるあらゆる欲望（煩悩《ぼんのう》）を消滅させることができる。慈悲とは楽《らく》を与える

慈《じ》と、苦《く》を除く悲《ひ》のことで、仏・菩薩が衆生《しゅじょう》（あらゆる人々）をあわれむ心のこと。

（むむ、これは……ッ）

空海は大日経が華厳経《けごんぎょう》と同じような論理の展開をしていることに気づいた。しかも、この世界（宇宙）のすべて（万物）の存在とその動きを説く華厳経の本尊である毘盧遮《びるしゃ》那仏《なぶつ》という仏身《ぶっしん》が、大日経では摩訶毘盧遮那仏《まかびるしゃなぶつ》（大日如来）として出てくる。だから、大きな違和感を覚えることなく読みすすむことができた。

（大日如来《だいにちにょらい》というのは、この世界に存在するあらゆるものに内在するものなのか……）

ならば、わかりやすいと空海は思う。

というのは、空海のなかには日本古来のアニミズム、すなわち自然現象から動植物・山や川まで自然界に存在するあらゆるもののなかに目に見えない霊的な存在、霊魂や精《せい》霊《れい》（超自然的存在）、すなわち八百万《やおよろず》の神が宿っているという意識が受け継がれているからだ。また、仏教の流入後、神と仏は同じようなものとみなされ、さらにこのころは「神も、もとをただせばみな仏。仏は衆生《しゅじょう》を救うために神の姿で現われた」という本地《ほんじ》垂迹説《すいじゃくせつ》、いわば神仏同体説が本格的に説かれているのでなおさらわかりやすい。

それはさておき、大日経は三十六章からなるが、教えを説いているのはたった一章だけだった。残りの三十五章ぶんが、仏智《ぶっち》（仏の欠けたところのない智慧《ちえ》）をえるための実践的な修行方法（修法《しゅほう》）の具体的な説明だった。修法《しゅほう》（すほう・ずほう、とも）とは、加持祈祷《かじきとう》など身体を使ってする密教の行法《ぎょうほう》（修行の方法・仕方）のことだ。それによると――。

人間（修行者）が身《しん》・口《く》・意《い》（心）の三つを使ってする行為を三密《さんみつ》という。手で印契《いんげい》を結ぶ身密《しんみつ》、口に真言《しんごん》を唱える口密《くみつ》、心に本尊（大日如来）を観ずる意密《いみつ》、この三つの行法を積むことで、大日如来と呼応して融合すること（三密瑜伽《さんみつゆが》）により、この世においてこの身このままで成仏《じょうぶつ》できる。これら三つの行為は人間の理解を超えているので、「密」という。真言とは、仏・菩薩《ぼさつ》の誓いや教え・功徳《くどく》などを秘めているとされる呪文的な語句のこと。瑜伽《ゆが》とは、心を統一することによって絶対者と融合、すなわち仏と一体となる境地のこと。成仏《じょうぶつ》とは、文字どおり仏と成《な》ることで、それはとりもなおさず煩《ぼん》悩《のう》の束縛から脱し（解脱《げだつ》）、無上の悟りを開くこと。つまり、三密瑜伽《さんみつゆが》によって絶対者である大日如来《だいにちにょらい》と一体となることで、この世で即時に悟りの境地に入れるというのである。

悟りの境地に入ることは、釈迦以来の仏教の目的であるが、その境地に達するには気の遠くなるほどの年月を必要とし、この世では達しえないとされている。しかも、死後に必ずその境地に達することができるかといえば、そうではない。輪廻転生《りんねてんしょう》（死後、次の世に向けて生と死を繰り返すこと）がある。

だが、大日経《だいにちきょう》は、すべての人間はもともと仏性《ぶっしょう》（仏としての性質・仏と成《な》れる可能性）を内に秘めているので、三密という三つの行為を完璧に行なうことで、この世においてこの身このままで仏と成れると説き、その修法《しゅほう》を具体的に説いていた。

また、教えを説いている一章には、「三句《さんく》の法門《ほうもん》（教え）」という仏智《ぶっち》をえるための教えが書かれていた。それによると——。

①菩提心《ぼだいしん》（悟りを求める心）を起こし、②衆生《しゅじょう》をあわれみ（大悲《だいひ》）、③それらを実現するための方便《ほうべん》（悟りへ近づく方法・悟りへ近づかせる方法）を用いることを究極とする。大悲とは、人々の苦しみを救おうとする仏・菩薩の広大な慈悲の心のこと。この「三句《さんく》の法門《ほうもん》（教え）」を実践し、三密の行法《ぎょうほう》を積むことによって、この世においてこの身このままで仏と成《な》れる。すなわち、悟りの境地に入ることができる。同時に法身《ほっしん》大日如来の応身《おうじん》（化身《けしん》）としての諸仏・諸菩薩と感応《かんのう》しあうとき、かれらの智慧をえることができる。それによって霊験《れいげん》（神仏などが示す不思議な反応＝しるし）をあらわしうる能力、験力《げんりき》がえられるという。

この「三句《さんく》の法門《ほうもん》（教え）」を読んだ空海は、「これこそがわたしの求めていた究極の教えだッ」と思わず声を出す。華厳経《けごんぎょう》を乗り越えるものに出会え、気持ちが高ぶるのがわかった。

空海ははじめて華厳経に接したとき、この世界（宇宙）の不思議なとらえ方に神秘さを感じ、強くひかれるいっぽうで、「だからどうなのか。人はどうすればいいのか」という思いにとらわれたが、それに応える教えは説かれていなかった。その華厳経を山林修行の旅から戻って改めて研究したとき、

（人の生命もこの世界に実在するものである以上、人に備わっている煩悩《ぼんのう》もこの世界にあまねく存在する毘盧遮那仏《びるしゃなぶつ》という法身《ほっしん》の一つの表われではないか……ならば、煩悩もありのままに肯定《こうてい》すべきではないか）

と思い、さらにこう思った。

（悟りというものから、なんらかの利益《りやく》が生じてもいいのではないか……）

そういう自分の気持ちに、大日経の教えは応えているように受け取れた。だから、興奮した空海は大日経の世界をいちはやく善道尼に教えたくなり、半年ぶりに庵《いおり》を訪ねた。

その日――。

空海は大日経の世界について諄諄《じゅんじゅん》と善道尼に話して聞かせ、

「この世においてこの身このままで成仏できるということは、現世《げんせ》（この世・生きている世界）に対して肯定的であり、情念を認めるようです」

といい、どうも煩悩を肯定しているようだとつぶやき、ついで明るくほがらかにこういう。

「煩悩を肯定するということなら、禁欲は徒労ということになります」

夜は、はじまったばかりだった。

以後、空海はこれまでのように佐伯院に身をとどまらせることなく、ときおり庵を訪ねては大日経について語り、善道尼と夜を明かす——。


空海は、大日経が人間に備わっている煩悩を否定していないように思われて、(ならば人間の欲望、とりわけ性的欲求も、肉体の活力をすべて使ってする三密瑜伽《さんみつゆが》の修行を積むことによって、より純粋なより高度な状態に高められるのではないか)と考え、その状態に高めることこそが大日経の説く「即身成仏《そくしんじょうぶつ》」、すなわち「この世においてこの身このままで成仏すること」ではないかと思いつく。

仏教は釈迦以来、人間の欲望を煩悩《ぼんのう》とみなし、智慧《ちえ》で抑《おさ》えることを理想としている。欲望のうち、とりわけ性的欲求を抑えることをすすめている。そのため、出家者の戒律《かいりつ》(守らなくてはならないおきて)には性欲を刺激するおそれのある行為に厳しい制限がある。だが、大日経は論理が複雑で難解だが、人間の欲望を抑えるのではなく肯定して

いるように受け取れる。また、仏教はこのところいちだんと密教化をすすめている。そうしたことから空海は、
(大日経の世界を自分の言葉で自分なりに単純化し、わかりやすくまとめあげて密教を興《おこ》し、日本で最初の密教僧になろう)
と、初めて野望を胸に秘める。その野望が入唐《にっとう》(中国の唐《とう》に行くこと)を決意させ、やがて転機を迎えることになる。

遣唐使派遣情報

大日経の世界をわかりやすくまとめるにはその一字一句をかみしめて読み、理解しておく必要がある。そうでなければ、大日経にもとづく空海なりの密教経典ができあがっても、他者にはわかりにくいものとなるし、密教を興したとしても国家に公認されるはずもない。だから、空海は大日経の読解に魂を注ぎ込んだ。

だが——。

大日経は古代インドを起源とする密教の経典である。記号のようなサンスクリット(梵語《ぼんご》)で書かれていたものが漢語(中国語)に訳された。その漢訳本を日本の写経生《しゃきょうせい》

が写したものを空海は手に入れた。だから、翻訳本のもつ限界と写経のさいの誤字・脱字があり、文意の不明なところや疑問点が多くあった。

文意のはっきりしないところや疑問点を南都《なんと》（奈良）の諸大寺の高僧に聞いて回ったが、無駄足をふんだ。すでに触れたように、論理が複雑で難解な大日経は流通していなかったので、この経に詳しい者がいなかったからだ。また、大日経は三十六章からなるが、そのうちの三十五章ぶんが、仏智《ぶっち》（仏の欠けたところのない智慧《ちえ》）をえるための実践的修行方法（修法）の具体的な説明やこまかい規則で、しかもその細部の多くがサンスクリット（梵語）のままだった。そのため、サンスクリットを習い覚えようと多くの時間を費やしたが、読み解くのは困難で、理解が及ばなかった。だから、曼荼羅《まんだら》（曼陀《まんだ》羅《ら》）や印契《いんげい》（指をさまざまの形に折り曲げて仏や菩薩の悟りや力を象徴的に表わすもの）、法具などをどう扱ったらいいのか。また、どのような身のこなしで祈祷するのか。とにかくわからないことだらけだった。

空海は窮した。修法を正確に行なえなければ、大日経を自分のものにすることができない。また弟子に教えることもできない。教えることができなければ、かつて出会った密教系の山林修行者の度合《どあい》と変わらない。変わらなければ、日本で最初の密教僧にはなれない。だから、どうしてもサンスクリットを習い覚え、そのうえで大日経を知り尽く

した密教僧から直《じか》に実践的修行方法を教えてもらう必要があると空海は痛切に感じ、

(かくなるうえは、唐《とう》に渡る以外に方法はない)

と決意する。

こうして唐に渡る決意を毎日かさねていた空海は、その年(八〇二年)の夏も終わろうとしていた六月のある日、自分の決意を勤操《ごんぞう》と善道尼《ぜんどうに》に伝える。勤操が驚いたのはいうまでもない。空海は大学を自分勝手に飛び出した学生《がくしょう》という立場である。そのうえ出《しゅっ》家《け》・得度《とくど》もしていない。いったいどうやって唐へ渡るつもりでいるのかと、あまりのことにあっけにとられる。

じつは、前年の八〇一年に藤原葛野麻呂《ふじわらのかどのまろ》(755~818)が遣唐大使《けんとうたいし》(遣唐使の長官)に任命されたという情報が、その年の終わりに入ってきた。だが、勤操は空海に教えていなかった。だから、勤操は今年になって空海がその情報をどこかから入手し、入《にっ》唐《とう》(中国の唐に行くこと)を決意したのかと思った。だが、そうではなかった。近いうちに遣唐使が派遣されるようだがと水を向けると、

「何ですって……ッ」

と空海は驚き、それはいつになるのかと真顔で聞いてきたからだ。

秋が終わろうとしていた九月、第十六次遣唐使派遣の詳しい情報が大安寺《だいあんじ》に入ってきた。それによると、遣唐使船《けんとうしせん》は前回の派遣以来、二十四、五年ぶりのもので、来年（八〇三年）三月の出航だった。比叡山《ひえいざん》の最澄《さいちょう》が還学生《げんがくしょう》として入唐《にっとう》し、天台山《てんだいさん》（中国・浙江省）で天台宗《てんだいしゅう》を学ぶという。還学生《げんがくしょう》とは、遣唐使の帰り船で帰国する短期滞在（一～二年）の学生《がくしょう》のこと。

　空海はついひと月ほど前に、最澄が入唐求法《にっとうぐほう》（唐《とう》に行き仏の教えを学ぶこと）を朝廷に願い出たということを勤操から聞いていたので、ついに勅許《ちょっきょ》（天皇の許可）が下りたかとうらやましく思った。この年、最澄は三十六歳、空海は二十九歳。このころの最澄はすでに内供奉十禅師《ないぐぶじゅうぜんじ》の一人に選ばれていて、仏教界に確固たる地位を築いている。桓《かん》武《む》天皇や貴族の後援があったからだ。内供奉十禅師とは、宮中で天皇の安穏を祈ることを職務とし、天皇の看病などにあたるほか、読師《とくし》の役目などを受けもつ高徳の僧十人のこと。読師とは、御斎会《ごさいえ》という宮中の法会《ほうえ》（正月八日～十四日まで）のときに経文・題目を読み上げる役目の僧のこと。

　空海にとって最澄は雲の上の存在《ひと》であるが、のちに空海は最澄と切っても切れない交《こう》渉《しょう》（かかわりあい・関係）をもつことになる。そこで、最澄と最澄の入唐求法《にっとうぐほう》（唐《とう》に行き仏の教えを学ぶこと）の経緯について触れておくことにする。

＊

得度《とくど》は、本来、官許《かんきょ》をえて出家してから沙弥戒《しゃみかい》（生活規則としての十戒《じっかい》）を受け、沙弥《しゃみ》（女性の場合は沙弥尼《しゃみに》）になること、その儀式のことです。

十戒《じっかい》は、ふつう二十歳未満の出家者（沙弥・沙弥尼）が守るべき十の戒《いまし》め（戒律《かいりつ》）のことで、在家信者が守るべき五戒に次の五つの戒めが加わります。①不非時食《ふひじじき》（食事は一日二回でそれ以外に間食をしてはいけない）、②不歌舞観聴《ふかぶかんちょう》（歌舞音曲《かぶおんぎょく》を見たり聞いたりしない）、③不塗飾香鬘《ふずじきこうまん》（装飾品や化粧や香水など身を飾るものを使用しない）、④不坐高広大牀《ふざこうこうだいしょう》（膝よりも高い寝具や装飾を伴う寝台に寝てはいけない）、⑤不蓄金銀宝《ふちくこんごんほう》（金銀財宝を蓄えてはいけない）。ただし、五戒の一つ「不邪淫戒《ふじゃいんかい》（不道徳な性行為を行なってはならない。これはとくに強姦や不倫を指すが他にも性行為に溺れるなどの行為も含む）が「不淫戒《ふいんかい》」となり、あらゆる性行為が禁止されます。

最澄の入唐求法《にっとうぐほう》

最澄《さいちょう》は幼名を広野《ひろの》といい、近江国《おうみのくに》（滋賀県）の比叡山麓《ひえいさんろく》の出身で、俗姓《ぞくしょう》（氏素性・家柄）は三津首《みつのおびと》という。首《おびと》とは、臣《おみ》・連《むらじ》・宿禰《すくね》・直《あたい》などと同じで、朝廷から有力な氏族《しぞく》

（祖先を同じくする血縁集団）に与えられる姓《かばね》（称号）の一つである。

空海の場合、十八歳で大学に入ってまず官吏《かんり》としての道を歩みはじめ、途中で大学を飛び出して私度僧《しどそう》となったが、最澄はそうではない。はじめから正式の僧（官僧《かんそう》）としての道を歩んでいる。十二歳で官許《かんきょ》をえて近江国《おうみのくに》の国分寺《こくぶんじ》（官寺《かんじ》）に入り、出家した。十四歳のときに国分寺の官僧の定員に欠員が生じたので、その補充として得度し、沙弥《しゃみ》戒《かい》（生活規則としての十戒）を受けて法名《ほうみょう》を最澄とした。国分寺に所属して五年後、七八五年の四月、十九歳の最澄は東大寺の戒壇《かいだん》で具足戒《ぐそくかい》を受けた。

この年、空海は十二歳である。この前年に、都《みやこ》は平城京《へいじょうきょう》（奈良市西郊）から長岡京（京都府南部）に遷《うつ》されている。また、南都《なんと》（奈良）仏教は繁栄をきわめつつあり、いっぽうで傲《おご》り高ぶって世俗にまみれる僧尼《そうに》（僧と尼）がはびこり、破戒無慚《はかいむざん》（戒律を破りながら恥と思わないこと）が目立つようになる。

具足戒を受けて官僧として歩みだした最澄だが、三カ月後の七月、世俗にまみれる僧尼を嫌って避けるかのように国分寺を去り、人の往来もまれな比叡山《ひえいざん》（京都市北東方の山）に分け入って草庵《そうあん》をかまえ、山林修行に励む生活をはじめる。その二カ月後の九月、新しい都《みやこ》・長岡京で、桓武《かんむ》天皇の寵臣《ちょうしん》・藤原種継《ふじわらのたねつぐ》が暗殺されるが、比叡山中で修行に没頭している最澄は知る由もない。最澄は南都仏教に代わる新しい仏教の宗派を開こうと、山林修行に励みながら法華経《ほけきょう》をよりどころとする天台宗《てんだいしゅう》（天台法華教学《てんだいほっけきょうがく》）の教義《きょうぎ》（中心となる教え）を組み立てていた。

三年後（七八八年）――。

二十二歳になった最澄はみずから刻んだ薬師如来《やくしにょらい》の像を安置する小さな堂を比叡山中に建立し、一乗止観院《いちじょうしかんいん》（比叡山寺とも。のちの延暦寺《えんりゃくじ》）と名づけた。そして、法華経の注釈書である『法華経義疏《ほけきょうぎしょ》』（聖徳太子著）をもとに、こんな内容を主張する。

「仏教というのは煩悩《ぼんのう》の束縛から解放されて解脱《げだつ》（悟りの境地に達すること）する方法を教える道である。それゆえ仏陀《ブッダ》（釈迦の尊称）から自分はこう聞いたということが書かれている経典をよりどころとするべきである。だが、東大寺の華厳宗《けごんしゅう》は別として、他の南都諸宗、とりわけ法相宗《ほっそうしゅう》・三論宗《さんろんしゅう》・成実宗《じょうじつしゅう》・倶舎宗《くしゃしゅう》は釈迦の説法を記録した経典をよりどころとせず、釈迦の教えを解釈し体系化した独自の「論《ろん》」（論書《ろんしょ》）をよりどころとしている。だから、それらは論宗《ろんしゅう》にすぎない。法華経《ほけきょう》にこそ、仏陀の出現の本来の意図がある。その法華経をよりどころとする天台宗こそ、唯一の仏教の宗派である」

この最澄の主張を最初に理解するのは、山城《やましろ》（京都府南東部）の高雄山《たかおさん》の中腹にある高雄山寺《たかおさんじ》（たかおやまでら、とも。現・京都神護寺《じんごじ》）を私寺《しじ》（氏寺《うじでら》）としている和気清《わけのきよ》麻呂《まろ》である。清麻呂は南都仏教勢力に対して批判的・否定的だったからだ。すでに触れたように、清麻呂は南都の仏教僧・道鏡《どうきょう》の野心を打ち砕き、激怒した道鏡によって大隅《おおすみの》国《くに》（鹿児島県東部と洋上の大隅諸島・奄美諸島の地域）に左遷されたが、道鏡を寵愛《ちょうあい》した女帝の称徳《しょうとく》天皇の病没後、百年ぶりの天智系の天皇である光仁天皇の即位で復活した。その後も桓武《かんむ》天皇（光仁天皇の第一皇子）に仕え、重用された。

桓武天皇も、光仁天皇や清麻呂と同じように南都の仏教勢力を嫌っていた。平城京には傲《おご》り高ぶって堕落した僧尼や、世俗の利益を求めて政治に関与する仏教僧がはびこっている。また、即位した翌年（七八二年）、天武系の貴族（氷上川継《ひかみのかわつぐ》）に謀反《むほん》を起こされている。さらに凶作や疫病《えきびょう》の流行もあり、世の中は騒然としている。こうしたことから、ついに桓武天皇は遷都《せんと》を決意し、長岡京の造営を命じた。そして即位後三年、七八四年十一月、まだ完成していない長岡京へ移った。

だが、翌年九月、寵臣《ちょうしん》の藤原種継《ふじわらのたねつぐ》が暗殺された。そのうえ捕縛した実弟（同母弟）の早良《さわら》親王が絶命するという後味の悪い出来事が起きた。その後、桓武天皇の身辺に不幸があいつぎ、朝廷周辺では早良親王の怨霊《おんりょう》の祟《たた》りではないかとささやかれた。とりわけ桓武天皇は怯《おび》え、怨霊退散《おんりょうたいさん》のあらゆる手を打たせた。だが、どんなに僧尼が息災《そくさい》（仏の教えと仏像の威力で災害・病気など災いを除くこと）を祈祷しても、依然として長岡京は災厄《さいやく》（災《わざわ》い・災難）に襲われ、忌まわしい事態が発生する。験力《げんりき》（霊験をあらわしうる能力）があらわれない。そのため、長岡京は桓武天皇にとってそれ以上とどまっていられない都《みやこ》となった。

（いっそ怨霊のはびこる長岡京を捨てれば……）

南都の仏教勢力も天武系の勢力も退《しりぞ》けることができると、桓武天皇に遷都《せんと》を建議したのが和気清麻呂《わけのきよまろ》だった。こうして再び遷都することになった。

遷都を決意した桓武天皇は仏教そのものを否定していたわけではない。南都仏教に代わる新しい仏教を求めていた。その桓武天皇に和気清麻呂は新しい仏教の担い手として最澄《さいちょう》を推挙した。南都仏教を批判し否定し、天台宗を提唱する最澄の姿勢に好感をもった桓武天皇は、都《みやこ》を平安京に遷《うつ》した三年後、最澄を国家的権威のある内供奉十禅師《ないぐぶじゅうぜんじ》の一人に任命した。この年、最澄は三十一歳。空海はこの年の十二月一日に『三教指帰《さんごうしいき》』を書き上げるが、まだ無名の二十四歳の私度僧《しどそう》にすぎない。

平安京の西北にそびえる高雄山《たかおさん》の中腹にある高雄山寺《たかおさんじ》を私寺《しじ》（氏寺《うじでら》）としている和気清麻呂は、最澄が内供奉十禅師に選ばれた二年後、七九九年に病没した。その三年後、八〇二年の八月末、清麻呂の遺児（広世《ひろよ》・真綱《まつな》・仲世《なかよ》）で長男の広世《ひろよ》が桓武天皇の勅《ちょく》（天皇命令）を受けて、南都仏教界の代表的な学問僧十余人を高雄山寺《たかおさんじ》に招き、法華会《ほっけえ》（法華経《ほけきょう》を講義し説明する法会《ほうえ》）を行なった。最澄はこの法会の講師として招かれ、初めて天台宗の教えを講義し、南都仏教界に新風を吹き込んだ。以後、桓武天皇は直《じか》に最澄を支援するようになり、最澄は仏教界における確固たる地位を確立する。

最澄が入唐求法《にっとうぐほう》を願い出たのはこの法華会《ほっけえ》の直後だった。朝廷に差し出された上表文《じょうひょうぶん》（請願書）の内容によると――。

仏法《ぶっぽう》（釈迦の教え）は経典をよりどころとしなければならない。だが、日本に定着しているのは論《ろん》（論書《ろんしょ》）であるにすぎない。天台《てんだい》（天台宗）は経典を中心にしており、その全部の関係の書物はすでに日本にも多少は渡ってきているが、誤字や脱字が多く、その全部を理解することができない。また、解脱《げだつ》のための体系が日本には存在しない。それらは唐《とう》（中国）の天台山《てんだいさん》（中国・浙江省《せっこうしょう》東部の山で天台宗の中心地）にある。それゆえ入唐《にっとう》し、天台山においてその関係の書物を学び、またそれらの書物を日本にもたらすことによって真の釈迦の教えを日本に広めたいという。

このころ最澄は内供奉十禅師の一人で、仏教界の名士である。はたして翌九月、最澄に入唐の勅許《ちょっきょ》が下りた。そのうえ、通訳をかねる弟子を伴うことを許され、渡航費用として多額の金銀が与えられることになった。

そうした事実を知って、空海は自分もそうありたいと思うが、自分の立場を考えるとどうしようもなかった。

起死回生の策で空海の入唐申請

唐《とう》は偉大な異国で、この時代、文明は唐にしかない。その唐へ渡って学ぶ者には二種類あった。還学生《げんがくしょう》（還学僧《げんがくそう》）と留学生《るがくしょう》（留学僧《るがくそう》）である。還学生《げんがくしょう》は短期滞在（一〜二年）で、同じ遣唐使船《けんとうしせん》で帰国することになっている。留学生《るがくしょう》は長期滞在で、少なくとも二十年は日本に帰って来ることができない。むろん、両者とも官許《かんきょ》が必要だった。

第十六次遣唐使派遣を知った空海は熱烈に入唐《にっとう》を願った。唐の都《みやこ》・長安《ちょうあん》に行けば、サンスクリット（梵語《ぼんご》）に通じたインド僧や大日経《だいにちきょう》を知りつくした人物がいる。また、日本にはまだ伝来していない多くの密教経典があるはず。だから、

（入唐してサンスクリットを一から学び、また大日経の教えを伝授されている高僧から直《じか》に、どのような作法で三密瑜伽《さんみつゆが》の修行を積むのかを学び、さらに帰国するときには多くの密教経典を持ち帰りたい）

という思いがぐんぐん膨らみ、入唐願望はつのるばかりだった。

空海は十五歳から三年間、母方の叔父の阿刀大足《あとのおおたり》から漢籍をみっちり学んでいる。大学では正規課程以外の音韻科《おんいんか》の音博士《おんはかせ》のもとで漢音《かんおん》（漢字の音）の発音を学んだ。また、

書《しょ》博士からは漢字の書法を学んだ。さらに、ここ十年間で身につけた漢訳の仏教経典の知識は膨大である。それほど漢語（中国語）になじんできた空海には、

（わたしなら、最澄とちがい通訳なしでも日常会話ぐらいできる……）

という自信がある。

だが、官許を受けた僧ではない。大学を中途で飛び出し、山野を放浪して勝手に仏道修行にはげんでいる私《し》度《ど》僧《そう》にすぎない。

当時、南都《なんと》（奈良）の諸大寺には新しい教えをえようとして入唐《にっとう》を望む仏教僧が少なくなかった。大安寺《だいあんじ》の勤操《ごんぞう》も、あるいは入唐を望んで申し出ていたのかもしれないと空海は思う。だが、それについて勤操は何もいわないし、空海も聞こうとしなかった。大安寺の有力な僧である勤操には、僧の人事をあつかう僧綱所《そうごうしょ》や官吏《かんり》（役人・官僚）社会、さらに宮中にも、後ろ盾となる人たちがいる。

（にもかかわらず、銓衡《せんこう》にもれたのなら……）

自分のような立場の者が入唐を望んでもかなうはずがないと、空海は屈辱感のような悔しさを噛みしめる。はじめてこの世での自分の生活が止まった気がする。以後、空海は入唐の話をいっさいしなくなった。

だが、空海の抜群の頭脳、読解力、理解力など、その異能に注目している人たちが、

起死回生の策を講じる。時機を見て空海を得度《とくど》させるつもりでいた勤操はじめ、叔父の阿刀大足《あとのおおたり》や故・佐伯今毛人《さえきのいまえみし》の一族につながる有力な官吏《かんり》、それに東大寺の別当などが動いた。

それぞれがそれぞれの伝《つて》をたよって遣唐使派遣に関与する階級の高い官吏に根回しをし、空海の入唐《にっとう》を願い出た。その目的を、大日経《だいにちきょう》を学ぶことと日本に伝来していない多くの密教経典を持ち帰ってくることとした。

だが、入唐目的を聞いた官吏はいずれも、

(大日経……はて)

いったいどういう経典なのだという反応を示した。すでに触れたように、論理が複雑で難解な大日経は諸大寺の高僧たちにも知られていない。その大日経の内容を空海に代わって朝廷の官吏にわかるように説明することなどできない。だから、

「経典なら最澄《さいちょう》が持ち帰ってくるし、それほど必要な経典なら、短期滞在で帰ってくる最澄に頼んでおけばいいのではないか」

という話になって埒《らち》があかない。

そうこうしているうち、けっきょく派遣する還学生《げんがくしょう》と留学生《るがくしょう》の銓衡《せんこう》はすでに終わっているので、たとえ空海が得度しても遣唐使船の一員となることは無理だということに

なった。それを勤操から聞かされた空海は納得するしかなかった。

第十六次遣唐使船団の出航

翌八〇三年四月、藤原葛野麻呂《ふじわらのかどのまろ》を遣唐大使《けんとうたいし》（遣唐使の長官）とする四艘《そう》の遣唐使船《けんとうしせん》が順次、難波津《なにわづ》（大阪湾の入り江の港・瀬戸内海航路の拠点）を出航した。遣唐使船は四艘で編成されるため、「よつのふね」とよばれた。四艘で五百人ちかくになる大使節団である。

第一船に乗るのは、桓武天皇から節刀《せっとう》を与えられている遣唐大使である。節刀とは、全権を委任するしるしとした刀のことだ。それゆえ天皇の名代《みょうだい》がつとまる朝廷の高官が任命される。

第二船に乗るのは、遣唐大使を補佐する副使である。副使は遣唐大使より位階が下の朝廷の高官が任命される。第三船・四船に乗るのは、副使に次ぐ立場の行政官、判官《はんがん》（じょう、とも）である。遣唐使節の判官は遣唐使一行のまとめ役で、四等官の第三位の官職のことだ。これらの人々の随員もいる。その随員以外にも、録事《ろくじ》（文章の記録や雑務の役をする人）・薬師《くすし》（医師）・通訳・神職（神主）・卜部《うらべ》（占い師）・還学生《げんがくしょう》・

留学生《るがくしょう》・楽師《がくし》（音楽を演奏する人）・陰陽師《おんみょうじ》（天文暦数《てんもんれきすう》の算定と吉凶を占う呪術師）・各種工人《こうじん》（職人）、船を操る船師《ふなし》（船長）・船匠《せんしょう》（船大工）・その他の水手《かこ》（漕ぎ手など）や射手たちなど、一艘《いっそう》あたり百人〜百二十人前後が乗っていたという。

日本（難波津《なにわづ》＝大阪湾の港）から、目ざす中国沿岸（揚子江下流域）まで直線距離でおよそ一三五〇キロある。遣唐使船は瀬戸内海を西進して、響灘《ひびきなだ》（山口県）から玄界灘《げんかいなだ》（福岡県）に出て、博多津（博多の港）に入り、そこから五島列島を経て、いっきに西進して東シナ海を横断する。その大海原《おおうなばら》をゆくあいだ、船は風や波にもてあそばれる。

日本の遣唐使船は作りがあまりよくなかったため、難破や漂流は珍しくなかった。だから、遣唐使に随行する人々のあいだでは昔から、「日本の船は危ない。新羅船《しらぎせん》に乗りたい」とささやかれていたという。日本の造船技術は新羅《しらぎ》（朝鮮半島の国の一つ）より劣っていたからだ。日本の遣唐使船は舟底がたらいのように扁平《へんぺい》だった。つまり、平底《ひらぞこ》の船だったので波を切ってすすむことができないし、大波をかぶれば転覆してしまう。帆はあるが、順風しかとらえることができない。逆風になれば帆を倒し、櫓《ろ》を出して水手《かこ》が漕《こ》いですすむしかなかった。また、遣唐使船《けんとうしせん》には必ず陰陽師《おんみょうじ》と卜部《うらべ》を乗せていたが、かれらは太陽や月や星の位置を測ったりはしても、そこから導き出されてくる判断、すなわち方角の見定めは呪術作法（占い）にたよる。つまり、かれらが吉《きち》と出す方角に船を進ませる。日没前なら大まかな方角はわかるが、夜ともなれば、とんでもない方角に舳先《へさき》を向けてしまうこともある。だから、遣唐使というのは命がけの仕事だった。また国家的な事業であるので、出航前には天皇が大使と副使を宮中に招いて餞《はなむけ》の宴《えん》を設けたという。

それはさておき、第一船から第四船の第十六次遣唐使船団は難波津《なにわづ》を出て、おだやかな追い風にのって瀬戸内海を沿岸づたいに小倉《こくら》（福岡県北九州市）へ向かった。還学生《げんがくしょう》の最澄は遣唐大使が乗る第一船に乗っていた。

遣唐使船は小倉へ向かう途中であっても、波や風の起こり具合によっては帆を下ろして最寄りの浦《うら》（入り江）の津《つ》（港）に避難することになっている。さいわい第十六次遣唐使船団は順調に瀬戸内海を西進し、小倉を経て大海原へ出ることができた。

だが、日本を離れてから六日めのことだった。大風《おおかぜ》を伴う激しい雨に遭遇し、難破や漂流の恐れが生じた。そのため四艘の遣唐使船は日本各地の浦《うら》（入り江）に引き返した。遣唐大使一行の乗った第一船は筑紫《つくし》（福岡県太宰府市）に引き返し、大使はいったん平安京に戻った。だが、最澄はそのまま筑紫の大宰府《だざいふ》にとどまった。大宰府とは、筑前国《ちくぜんのくに》（福岡県）に置かれている役所（地方官庁）のことだ。ここは九州諸国の行政の統轄や外国使節の接待などのほか、海辺《かいへん》防備などにあたっている。

その大宰府にとどまっていた最澄に、夏の初めごろ、中央の官吏《かんり》から知らせが届いた。それによると、遣唐使船は翌年七月ごろに改めて唐へ向けて出航する。その間《かん》、遣唐使船の修理や乗組員・留学生《るがくしょう》の欠員補充をするという。

今回、多くの者が命を失わずに日本各地の入り江に避難することができた。だが、もう一度、入唐《にっとう》を試みるとなると、命がけの渡航であるだけに、ただでさえ少なくなっていた乗組員・留学生の志願者がさらに少なくなった。そういう事情《わけ》で、欠員補充が行なわれることになった。これが、空海にとって千載一遇の好機となる。

＊

第十六次遣唐使は、第十八次という説もあります。入唐《にっとう》しなかったり中止になったり、その回数の数え方により諸説あります。

新羅船《しらぎせん》は、朝鮮半島にあった新羅《しらぎ》という国の船ですが、新羅の船大工は中国式の造船技術を、また船師《ふなし》（船長）は航海術を習得していたそうです。ですから日本の船と比べたら格段に安全だったといわれます。日本には中国式の造船技術と航海術が、十分に入ってきていなかったようです。

大宰府は、北九州の地方官庁、地名は太宰府と書くのが通例です。

千載一遇の好機

　第十六次遣唐使船団の出航が来年の七月まで延期されたことや、乗組員・留学生《るがくしょう》の欠員補充があることを知った大安寺《だいあんじ》の勤操《ごんぞう》は、

（欠員補充……ッ）

　これこそ千載一遇の好機と再び関係者へ根回しをはじめる。善道尼《ぜんどうに》も再び力を尽くす。

　このころ勤操と阿刀大足《あとのおおたり》は大日経《だいにちきょう》についてだいぶ語れるようになっていた。だから、わが国の仏教界にとって空海の入唐《にっとう》は必要であると階級の高い官吏《かんり》に粘り強く力説することができた。また、故・佐伯今毛人《さえきのいまえみし》につながる一族の有力な官吏らも再び積極的に動いた。かれらは、「空海という若者は佐伯の支族の者で、かつて今毛人《いまえみし》もその行く末を楽しみにしていた」などと述べ、欠員補充の一人として強く推した。

　今毛人《いまえみし》の卓越した能力は桓武天皇にとって忘れがたいものだった。その今毛人《いまえみし》につながる若者と知れば、桓武天皇の心が動くと読んだからだ。その桓武天皇にとりわけ可愛がられていた第三皇子・伊予《いよ》親王にも、ことあるごとにこう説いた。

「空海というのは阿刀大足《あとのおおたり》の甥っ子で、図抜けた才能の持ち主であり、欠員補充の一人

として適任だ」

伊予親王にとって阿刀大足《あとのおおたり》は学問の師にあたり、忘れがたい存在である。それゆえ桓武天皇や朝廷に働きかけてくれると読んだからだ。

空海は勤操ら周囲の人々の奔走を知って、不安と期待の入り混じる日々を過ごす。その空海に、入唐《にっとう》の勅許《ちょっきょ》が下りたのは年が明けてからだった。一般の留学生《るがくしょう》（留学僧《るがくそう》）として二十年の入唐を認めるというものだった。それを知って空海は、

（二十年……そんなに要《い》るものかッ）

折りをみて二、三年で帰ってこようと思う。二、三年もあれば、サンスクリット（梵語《ぼんご》）も大日経《だいにちきょう》も十分に学べる自信があったからだ。

その日、意気に燃え、心のはやる空海は善道尼の庵《いおり》を訪ねた。善道尼は二十年という在唐期間に、この生別は死別を兼ねるかもしれないと思い、こういう。

「わたくしには、その日から永遠がはじまる気がいたします……」

そういってから、

「もう胸がはずんでも、あなたはいらっしゃらない」

といい、口をつぐむ。そんな善道尼に、空海はこういう。

「かの地（長安《ちょうあん》）で老いるわけにはいきませんよ。二、三年で帰るつもりです」

そう打ち明けて、「これは他言無用ですよ」と注意をうながすことも忘れない。善道尼は驚き、

「わたくしをからかっているのですか」

という。すると空海は、

「いいえ、わたしは自分のやり方で人生を生きたい。ですから、あれこれ考えずにわたしを信じてほしいのです」

といって善道尼の手をとる。この年、空海は三十一歳、善道尼は三十六歳となる。

空海は入唐《にっとう》の実現に尽力してくれた人々——讃岐国《さぬきのくに》（香川県）の生家はもちろん、母方の叔父である阿刀大足《あとのおおたり》や大安寺《だいあんじ》の勤操《ごんぞう》、それに諸大寺の高僧、また中央の故・佐伯今毛人《さえきのいまえみし》につながる有力な官吏《かんり》らに、留学資金の工面を頼んで回った。また、勤操や大足《おおたり》や善道尼らの口利きであちこちに出向き、留学資金の寄進を依頼して回った。

というのも、入唐《にっとう》する空海の身分は一般の留学生、つまり私費の留学生であるため、最澄《さいちょう》のように朝廷から多額の金銀が出るわけではなかったからだ。餞別《せんべつ》として、絁《あしぎぬ》（紬《つむぎ》に似た絹の織物）が四十疋《ひき》（＝八十反《たん》）、綿が百屯《とん》（一屯＝百五十グラム、よって十五キログラム）、布が八十端《たん》（八十反）ほど与えられるだけだという。しかも、それ

らは唐で世話になる役所や寺院への心付けとして使われるものなので、留学期間二十年ぶんの生活費や学費は自分で調達しなければならない。

あわただしい日々が続いた。またたくまに春がすぎ、初夏のさわやかな風が心地いい四月（陰暦）になった。空海は勤操や善道尼らの尽力で、南都《なんと》（奈良）の東大寺で出家《しゅっけ》・得度《とくど》する。出家とは、この場合、世俗の生活を捨てて剃髪染衣《ていはつぜんえ》（頭髪を剃《そ》りおとして墨染《すみぞ》めの法衣《ほうえ》を着ること）して仏道に入るということだ。得度とは、僧になるための受戒の儀式のこと。頭髪をきれいに剃りおとして墨染《すみぞ》めの法衣《ほうえ》を身につけた空海の晴れ晴れとした顔を見ると、善道尼は複雑な心もちになった。得度すれば十戒《じっかい》を授かる。十戒では不邪淫戒《ふじゃいんかい》が不淫戒《ふいんかい》となり、あらゆる性行為が禁止される。だから善道尼は、

（本当に二、三年で帰国されても、もうこれまでのように庵《いおり》で夜を徹して語り明かすこともできない）

と思うと、空海と出会ってからの十二年間の出来事が走馬灯のように浮かび、痛切にこう感じる。

（思い出とは負担にもなる厄介なもの……）

そんな善道尼を空海は気遣うようにこういう。

「わたしは官僧になりたいから得度したのではなく、入唐《にっとう》するための手段として得度し

たのです」

　この日、頭髪をきれいに剃りおとした空海は善道尼の庵《いおり》で夜を明かす――。

船上の人

　出家・得度してからの一カ月間はさらにあわただしいものとなった。頭髪を剃って墨《すみ》染《ぞ》めの法衣《ほうえ》を着た姿でひたすら挨拶に歩き回った。多くの人たちから留学資金を援助されたからだ。南都《なんと》（奈良）の諸大寺、それに僧綱所《そうごうしょ》などからも援助された。僧綱所とは、僧尼の取り締まりや諸大寺の管理・運営にあたる僧の役職（僧綱《そうごう》＝僧正《そうじょう》・僧都《そうず》など）の事務所（役所）のことだ。また、伊予《いよ》親王や故郷の佐伯氏と行き来のある讃岐国《さぬきのくに》の豪族からも金銀を贈られた。

　空海は、二、三年で帰国するつもりでいるとはおくびにも出さなかった。だから、莫大な資金をかき集めることができた。

　翌五月――。

　空海は叔父の大足《おおたり》や勤操《ごんぞう》、善道尼らとともに平安京を出発した。橘逸勢《たちばなのはやなり》（782？〜842）という空海より八つか九つぐらい年下の若い官吏《かんり》（役人・官僚）も一緒だった。

一行は住吉津《すみのえのつ》（大阪市住吉区を西流する川の河口に形成されていた入り江の港）に行き、そこから小船に分乗して難波津《なにわづ》（瀬戸内海航路の拠点・大阪湾の入り江の港）へ向かう。遣唐使船《けんとうしせん》は難波津から出るのが慣例になっているからだ。

橘逸勢《たちばなのはやなり》は学術・技術などを学ぶ留学生《るがくしょう》として入唐《にっとう》するという。逸勢《はやなり》は細かいことにはこだわらないとても大胆な性格のようで、空海とは初対面にもかかわらず、

「自分は漢語（唐語＝中国語）が苦手なので唐の学校では自由に勉強ができない」

と嘆いて見せ、

「だから、語学をあまり必要としない書《しょ》と琴《きん》（弦楽器）を学ぶつもりだ」

などという。そんな逸勢《はやなり》に空海は、

「自分は漢語で日常会話ぐらいはできるし、文章も書ける」

と教えると、

「それは心強いことだ」

と逸勢《はやなり》はいってから、

「唐では習慣として文章によって相手がどんな人物かを推《お》しはかるということだ」

といい、じっと空海を見て笑った。中央の官吏《かんり》である逸勢《はやなり》は儒教《じゅきょう》（儒学《じゅがく》の教え）を修めている。その儒教では、人間以外の存在（天地万物の霊魂）を認めない。だから、逸《はや》

勢《なり》も鬼神《きじん》を認めていない。こんなことをいう。

「自分は天地万物の霊魂、すなわち鬼神《きじん》と感応しあうという陰陽師《おんみょうじ》を信じていない。それゆえ遣唐使船《けんとうしせん》に陰陽師を乗せるというのはどうも納得できない」

陰陽師は陰陽寮《おんみょうりょう》（天文・暦数・時刻・占いなどに関することをつかさどった役所）に所属するれっきとした役人である。暦《こよみ》を仕立てたり、占いや土地の吉凶などを見たりする。空海は権威ある役所の役人を否定する逸勢《はやなり》に、

（変わった官吏だが……）

面白い奴だと快い気持ちになった。そうこうしているうち難波津に到着し、五月十二日、逸勢《はやなり》とともに遣唐大使《けんとうたいし》・藤原葛野麻呂《ふじわらのかどのまろ》の乗る第一船に乗り込んだ。この年、葛野麻《かどのま》呂《ろ》は五十歳、逸勢《はやなり》は二十二、三歳（生年不詳）、空海は三十一歳である。

空海にとって『三教指帰《さんごうしいき》』を書き上げてから今日までのおよそ六年半はけっして長い歳月ではなかった。この間《かん》、南都《なんと》（奈良）諸大寺の経蔵《きょうぞう》にこもって経典をむさぼり読んだり、大日経《だいにちきょう》の読解に取り組んだり、南都六宗すべてを独習したり、五明《ごみょう》を学んだり六《ろく》波羅蜜《はらみつ》を実践したり、あるいは紀伊山地の山々で山林修行をしたり、さらに善道尼との逢瀬を欠かさなかったりと、次から次にてきぱきとこなし、時間を持て余すようなことはなかった。

それらの出来事を思い返しながら、空海は感慨深い面持ちで遣唐使船団の第一船の船上にいた。

いよいよ唐を目ざす。

その日、第一船から第四船までの四艘の第十六次遣唐使船団は難波津を出て、瀬戸内海を沿岸づたいに西へ向かった。見送りにきた善道尼は時を忘れたかのように遣唐使船団の船影《ふなかげ》が見えなくなるまで難波津に立ち尽くし、生別が死別を兼ねないようにと祈った。その善道尼の姿が見えなくなるまで船上の空海は船内に入らなかった――。

第五部

九死に一生をえるも不運続きの遣唐使一行

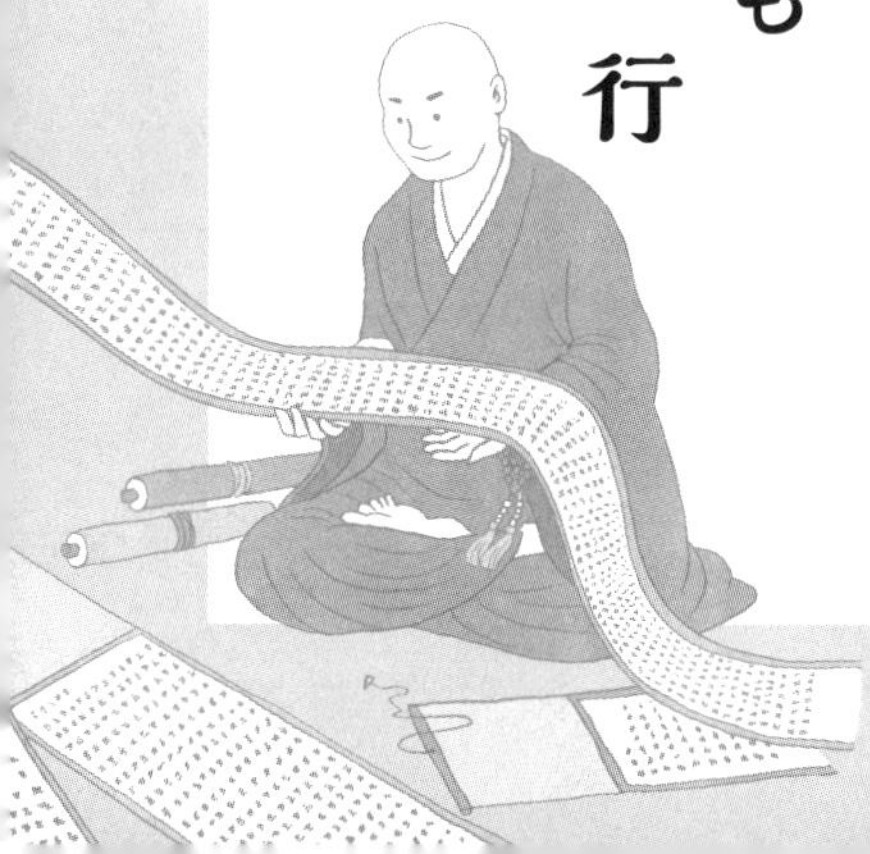

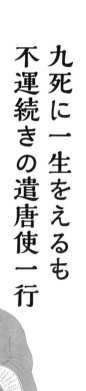

運を天に任せて大海原へ

瀬戸内海を西へ向かった遣唐使《けんとうし》船団《せんだん》はいったん九州の北部、小倉《こくら》（福岡県北九州市）に立ち寄り、それから肥前国《ひぜんのくに》（佐賀県と長崎県の一部）の田浦《たのうら》の津《つ》（港）で水と食糧を積み込んで、船の修復などをしてから風の吹きぐあいを見て大海原へすべりだすことになる。

小倉に立ち寄るのは、前年から筑紫《つくし》（福岡県太宰府市）の大宰府《だざいふ》（地方官庁）にとどまって遣唐使船の来るのを待っている最澄《さいちょう》を第二船に乗せるためだった。

最澄は還学生《げんがくしょう》（短期の国費留学生《るがくしょう》）として短期の滞在予定である。短期の国費留学《るがく》生《しょう》は、請益生《しょうやくしょう》（請益僧《しょうやくそう》）とよばれた。請益僧は、遣唐使に随行して唐の文化の一専門分野を持ち帰ってくるよう国家に命じられた身分で、受け入れ側の唐もこれを承知し、その便宜をはかることになっている。

短期の国費留学生と長期の私費留学生とのあいだには身分（地位や待遇）の大きな差がある。一説によれば、有名教授と貧乏学生ほどの差があるという。それだけではない。私費留学生の空海は留学資金の調達に走り回らなければならなかったが、最澄は入唐《にっとう》

(中国の唐へ行くこと)が決まったとき、すでに宗教的な権威も社会的な地位もあり、名が知られていたので、皇族や貴族など後援者から多くの金銀を寄付され、そのうえ潤沢な官費《かんぴ》(国費)を支給された。だから留学資金の調達に走り回る必要がなかった。このように最澄と空海とのあいだには雲泥の差があった。

第一船に乗っている空海は大安寺《だいあんじ》の勤操《ごんぞう》から最澄についていろいろ聞かされていたので、その存在に無関心ではいられなかった。だから小倉に寄港するや、目をこらして第二船の船着き場を見つめた。

(やや……ッ)

一人の僧が、船着き場で多くの人たちに取り囲まれている。しかも、丁重に取り扱われている様子が遠目にもわかる。最澄は国家がつけてくれた通訳や従者の弟子たちを引き連れて入唐《にっとう》すると聞いていたので、

(ああ、あれが第二船に乗る最澄にちがいない……)

と空海は思う。

と、そのとき背後からこんな声が聞こえる。

「あのお方が、最澄さんですよ」

振り返ると橘《たちばなのはやなり》　逸勢がいた。

中央の官吏である逸勢《はやなり》は最澄を見知っている。内供奉十禅師《ないぐぶじゅうぜんじ》の一人である最澄は南都《なんと》（奈良）諸宗を批判・否定する、いわば有名人だった。

その最澄の一行が第二船に乗ると、遣唐使船団は肥前国《ひぜんのくに》（佐賀県と長崎県の一部）の田浦《たのうら》の津《つ》（港）に向かい、入船《にゅうせん》した。ここで準備をととのえ、風の吹きぐあいを見て七月六日、大海原《おおうなばら》を順調にすべりだした。

そのとき空海は船上に立つ遣唐大使・藤原葛野麻呂《ふじわらのかどのまろ》の顔を微《かす》かな翳《かげ》りがかすめて過ぎるのを見逃さなかった。

当時、遣唐使は千に一つの思いがけない幸運をあてにして渡海するといわれた。それほど渡海は命がけで、難破や漂流が当たり前だった。だから、この仕事をすすんで引き受ける官吏《かんり》（役人・官僚）などいない。だが、遣唐使の派遣は国家的事業であり、その使節に任命されて拒否するのは難しい。葛野麻呂《かどのまろ》の場合、前年に遣唐大使に任命されたとき、両眼から涙をあふれさせ、その涙は頰を流れ、その様子は「雨の如し」といわれた。感激したわけではない。

（これで、自分の人生がとまる……）

と思ったからだ。

身内や縁者や友人らも、葛野麻呂《かどのまろ》の不幸に同情してもらい泣きしたという。そうして

出航したものの、暴風雨に遭《あ》って引き返した。葛野麻呂は命拾いしたと喜んだが、それも束の間だった。遣唐使派遣は中止にならず、再出航が決まった。だから今、船上に立つ葛野麻呂《かどのまろ》の顔をかすめた微《かす》かな翳《かげ》りは悲痛な心の状態からくるものだと空海は察し、その様子を見ながらこう思う。

（大使は命がけの渡海をしてまで唐に行きたがる僧たちを信じられない気持ちで見ていることだろう）

大海原をすべりだした第一船から第四船までの四艘《そう》の遣唐使船団は、運を天に任せて沖へと出ていった。

だが――。

遣唐使船の行方《ゆくえ》

早くも翌日、遣唐使船団は暴風雨に見舞われ、たちまち第三船と第四船の二艘《そう》の行方がわからなくなる。空海の乗る第一船も舵《かじ》をとられて漂流をはじめ、やがて最澄の乗る第二船を見失う。

以後、第一船は三十四日間も漂流した。この間《かん》、生きた心地がしなかったと、のちに空海はこう記している。

「浪《なみ》に随《したが》って昇沈し、風に任せて南北す。ただ天水の碧色《へきしょく》のみを見る」

また、

「水尽き人疲れて、海長く陸遠し」

とも書いている。

つまり、船体は風と波のうねりのままに上下しながら、南に漂い北に漂い、見えるのは空と海の碧色《あおいろ》だけで、飲み水はなくなり、ひどく疲れ苦しくて、大海原がずっと続くだけで陸地はまったく見えない、というのである。そのうち食糧の支給も減ってゆき、体力・気力が衰え、赤痢《せきり》のような激しい腹痛や下痢をともなう病《やまい》にかかる者が続出する。

死の不安が船内いっぱいに満ちる。渡航の安全を願って船内の僧はみな一日中、誦経《ずきょう》（読経《どきょう》）し、仏に祈っている。

だが、空海はというと、船内の僧たちに対して批判的、否定的だった。かれらは国家試験を受けて正式の僧（官僧《かんそう》）となり、衣食住を国家に保障されている。その生活は鎮《ちん》護国家《ごこっか》および上層階級の人々の現世利益《げんせりやく》の実現を求めて祈願する毎日で、なかには傲《おご》り高ぶって堕落する僧も少なくない。そんな南都諸宗の僧たちが、どんなに読経しようが、かれらの信心が仏天《ぶってん》（仏を天として尊んでいう語）に通じるはずがないと思っている。だから空海は船内の僧たちの読経に加わらなかった。かれらに背を向けて片隅にひとり坐し、土佐国《とさのくに》（高知県）の室戸崎《むろとざき》（室戸市南端の岬）の洞窟で体感した神秘体験についで考えたりしている。そして、

（あれは、わたしの信心に虚空蔵菩薩《こくうぞうぼさつ》が応《こた》えてくれたのだろう……）

ならば、大日経《だいにちきょう》を学ぶために入唐《にっとう》しようとしているわたしを仏天《ぶってん》が見殺しにするわけがない――。

ということに思いおよぶ。さらに、こう信じる。

（わたしが乗っている以上、この船は漂流しようが、必ず唐土《もろこし》にたどり着く）

いっぽう橘逸勢《たちばなのはやなり》は不機嫌な顔をして腕を組み、横になっている。不機嫌なのは下痢

や腹痛のためだけではない。船のすすむ方角を判断する卜部《うらべ》や陰陽師《おんみょうじ》を信じていないので、かれらのために船がやみくもに走らされ、位置を見失ったと思っているからだ。

いずれにしても、第一船は三十四日間も漂流して八月十日、到着予定地の揚子江《ようすこう》沿岸地方の蘇州《そしゅう》からかなり南方の、福州長渓県《ふくしゅうちょうけいけん》の赤岸鎮《せきがんちん》（福建省《ふっけんしょう》寧徳市）ちかくに流れ着いた。

いっぽう遣唐副使一行と最澄らの乗った第二船は五十日余り漂流して九月一日、到着予定地より約四三〇キロ北方の明州《めいしゅう》の寧波《にんぽう》（浙江省寧波市《せっこうしょうねいはし》）に流れ着いた。また、行方のわからなくなった第三船と第四船はというと、遣唐使節の判官《はんがん》が乗っていた第三船はのちにわかったことによれば、孤島に流れ着いたあと命からがら日本へ戻った。第四船は消息不明（沈没）となった。

福州《ふくしゅう》の赤岸鎮《せきがんちん》ちかくに流れ着いた第一船の大使一行およそ百二十人は九死に一生をえるも、上陸許可が下りず、船内に留め置かれることになった。

（なんだって……そんな莫迦《ばか》なッ）

第一船の通訳が当地の役所に掛け合ったところ、ここでは判断できないので長渓県の役所へ行くようにいわれる。その役所へ行くと、今度は県令《けんれい》（県の長官）から福州へ行けといわれる。そこへ行くには峻険な山を二つ越えなければならない。だから陸路では無理なので、海路を行くように助言される。こうして九月下旬、第一船は赤岸鎮を出て再び海路二五〇キロを十日余りかけて、十月三日、福州の町のある河口の港に入ることができた。赤岸鎮《せきがんちん》に流れ着いてからすでに二カ月ちかくが経っている。

大使一行およそ百二十人は過酷な旅づかれで全身の力が抜けてしまうほどだったが、

（これで、ようやく上陸できる……ッ）

という思いから、表情が明るくなった。

だが——。

それでも下りない上陸許可

大使一行は全員、三十四日間の漂流と二カ月ちかくの船上生活で衣服も顔つきもすっかり変わり果てている。そんな大使一行を目にした福州の役人は、公式の日本使節団と認めず、あろうことか海賊の嫌疑をかけて上陸を許可しなかった。

遣唐大使・藤原葛野麻呂《ふじわらのかどのまろ》は再三、福州の観察使《かんさつし》（地方行政官の最高責任者＝長官）あてに窮状を訴える嘆願書を書いては差し出した。だが、ことごとく黙殺された。しかも、船内に荷物を置いたまま全員が船から出され、河口の湿った砂上にとめ置かれた。福州の役人によって船内が詳しく調べられ、終わると船は封印された。そのため一行は船内に戻れなくなり、手ぶらで湿った砂上にとどまっているしかなかった。まるで罪人扱いだった。大使は通訳を通じて、「自分は日本国の遣唐大使である」と必死に訴えた。だが、役人は強い態度でこういう。「ならば国書《こくしょ》（国の名をもって発する外交文書）なり、印符《いんふ》（日本国とわかる文字を書いた銅製のハンコ）を見せろ」

大使は応じることができなかった。というのは、国書は持参しないのが日本の遣唐使の慣例だったし、印符《いんふ》は第二船の遣唐使の判官《はんがん》・菅原清公《すがわらのきよとも》が携帯しているからだ。大使は窮地に陥った。

そんな大使を空海は手をこまぬいて見ている。通訳なしでも日常会話ぐらいできるし、漢語《かんご》（中国語）で文章も書ける。それにもかかわらず、手助けしようとしなかった。

それには事情《わけ》がある。これまでずっと大使は空海の存在を無視、というより見下すような態度をとっていたからだ。大使にしてみれば、乗員名簿からわかる空海についての知識は、私費の留学僧で大日経《だいにちきょう》を学びにゆくということと、大学を中途で退学し最近まで僧尼令《そうにりょう》で禁じられている私度僧だったということぐらいである。そういう空海を、中央の官吏《かんり》（役人・官僚）である大使は快く思っていなかった。大使は折りに触れて、第二船に乗っている最澄《さいちょう》のような僧こそが国にとって重要な存在であるといった感情を、空海の面前で露わにした。つまり、空海は大使に嫌われていることを知っていたので、手助けする気にならなかった。

だが、河口の湿った砂上にとめ置かれたまま埒《らち》が明かないことに業《ごう》を煮《に》やした留学生《るがくしょう》の橘《たちばなの》逸勢《はやなり》が大使にこういう。

「この国は文章を貴《たっと》ぶとか。空海に書かしてみたらどうですか。しくじって元々ですよ」

じつは、大使は逸勢《はやなり》から、「空海は能筆《のうひつ》（文章を書くのが巧みなこと）で、日常会話ぐらいは漢語《かんご》でできる」ということを聞き知っている。また、逸勢《はやなり》から聞かされるまでもなく、唐は文官《ぶんかん》の統治する国で、能筆《のうひつ》や文章を貴《たっと》ぶだけでなく、習慣として文章によって相手がどういう人物であるかを推しはかるということも知っている。それなのに、空海に嘆願書の代筆を乞う気になれなかった。空海を快く思っていなかったこともあるが、なによりも自分の文章が巧みでないことを認めることになり、自分の誇りが傷つくからだ。

けれども、逸勢《はやなり》に背を押されてついに大使は決心する。辞を低くして空海に嘆願書の代筆を依頼した。命令したのではない。儒教に精通している大使は唐の知識や教養を身につけている。だから文章を頼む以上、自分より低い立場の者であっても辞を低くして頼むのが礼にかなっているということを知っている。

空海は大使が嘆願書の代筆を頼み込んでくると快くひきうけ、ひそかにほくそ笑《え》んだ。また、逸勢《はやなり》も溜飲《りゅういん》が下がる思いを味わった。葛野麻呂《かどのまろ》に対して内心、反抗的な感情を抱いていたからだ。というのは、逸勢《はやなり》の出自である橘氏は葛野麻呂《かどのまろ》の属する藤原一族（南《なん》家《け》・北家《ほっけ》・式家《しきけ》・京家《きょうけ》の四家）の力に圧《お》されて往年の勢威を失ったからだ。その葛野麻《かどのま》呂《ろ》（北家）が今、一介の私費の留学僧にすぎない空海に頭を下げたので、胸がすっとしたのである。

空海の絶大な代筆効果

文章を書くのが巧みな空海が代筆した嘆願書（漢文）は、

「唐の文明は偉大な光明である」

という趣意の文章ではじまる。ついで、唐の偉業を賞賛して相手を持ち上げ、それから唐の朝廷に貢物《こうもつ》（みつぎもの）を差し出すために派遣された使節一行の漂流の苦難を述べ、そうまでして唐にやって来たにもかかわらず、自分たちは不当な処遇を受けたと嘆いてみせ、使節一行を受け入れるよう要求するというものだった。

この嘆願書は対句《ついく》を用いた格調高い名文で、見事な筆跡の文章といわれる。対句とは、並置された二つの句が語形や意味の上で対応するように作られた表現形式のことだ。たとえば「万丈《ばんじょう》の山、千尋《せんじん》の谷」「帯《おび》に短し、襷《たすき》に長し」などの類《たぐ》いで、修辞法の一つである。空海の書状（訓《よ》み下《くだ》し）でいえば、「浪《なみ》に随《したが》つて昇沈し、風に任せて南北す」というものだ。

それはさておき、空海は国書《こくしょ》や印符《いんふ》のないことについてはこう述べる。

「なぜ、そのようなものが必要なのか、根本《もと》を考えたい。それらはもともと悪だくみ・偽《いつわ》りに備えるために用意されるもの。もし、世の中が誠実で人心が素直なら、そういうものは必要ないはず」

だからこそ、

「わが国は未開のころからこのかた、もっぱら隣国と仲のよい交際をしてきた。貢物《こうもつ》を差し出すにも、印《いん》のある親書《しんしょ》（天皇の署名のある手紙）を用いない。派遣する使者にも、よこしまで偽りのある者はいなかった。この気風を受け継いで今日まで絶たれることはなかった」

という。つまり、われわれは誠実な国の善良な使節であるので国書や印符を持っていないというのである。

すると、嘆願書を読んだ観察使（地方行政官の最高責任者＝長官）はその文章の格調の高さや力強い筆跡の見事さなどに感心し、大使一行への態度を変えた。すぐさま船の封印を解いて全員を船内に戻し、大使一行の上陸を許可したうえ、急造の宿舎を全員に与えて食糧を提供した。同時に急使《きゅうし》（急ぎの使い）を唐《とう》の都《みやこ》である長安《ちょうあん》（西安市《せいあんし》）にやり、大使一行の来唐《らいとう》を伝えるとともに取り扱いの指示を求めた。時を移さず、大使一行を国賓《こくひん》として礼遇せよとの勅命《ちょくめい》（皇帝の命令）が下った。大使一行の扱い方ががらりと変わった。観察使は毎夜のように宴席を設けて大使以下、上級官吏を招いて丁重にもてなした。そのさい、必ず空海も招かれた。というのも、観察使ほどの高官ともなると教養があり、福州の文壇の長《ちょう》（頭《かしら》）のような存在で、当地の教養ある人々と詩文（漢詩）の才を磨き合ったり、文芸を語り合ったりしている。それだけに、見事な筆跡の格調高い文章を書いたのが空海であると聞き知って、空海と話を交わしたくなり、空海を招いたのである。結果、空海は福州の多くの文壇人と交渉《こうしょう》（かかわり合い・関係）をもつことができた。また、かれらの主催する「詩を作り、酒を呑む会」などにも招かれ、詩（漢詩）を作るたびにかれらを唸らせたという。

空海はもともと言語の音《おん》に敏感だったといわれるが、十五歳から三年間、叔父の阿刀《あとの》大足《おおたり》からみっちり漢籍や詩文を学び、大学では音博士《おんはかせ》から発音を学んでいる。また、漢訳の多くの経典を独習している。さらに、勤操《ごんぞう》を通じて大安寺《だいあんじ》で渡来僧や渡来人と知り

合いになっている。それらがすべて空海の文才や語学能力を鍛え、向上させたといえる。

いずれにしても、空海の代筆した嘆願書がもたらした効果は絶大だった。だが、順調に事が運ぶことはなかった。またもや問題が生じる。

一難去ってまた一難

空海の代筆のおかげで、交渉の行き詰まりを打開することができた。これをきっかけに、遣唐大使・藤原葛野麻《ふじわらのかどのま》呂《ろ》は空海の文章力と語学力を思い知った。以後、空海を自分のそばにおくようになった。空海も葛野《かどの》麻呂《まろ》に付き従い、自分の文章力と語学力を生かして大使一行の手助けに努めた。

そんな空海を、橘《たちばなのはやなり》逸勢はひややかな態度で見守っていた。逸勢《はやなり》は藤原一族にわだかまりを残しているだけに、

（おい、おい……そこまで葛野麻呂《かどのまろ》に奉仕することはないだろう）

という気分だった。

だが、空海には事情《わけ》があった。唐《とう》の都《みやこ》・長安《ちょうあん》に入ることができるのは、第一船のおよそ百二十名中、大使以下随行員の上級官吏と正式の留学生《るがくしょう》や留学僧《るがくそう》ら二十数名だった。あとは福州に残って船の修理や船荷などの整理にあたり、帰国の準備をする。長安に入る二十数名の旅費・滞在費などの費用は受け入れがわの唐が負担することになっている。したがって、その人員名簿を作成する権限は唐、すなわち福州《ふくしゅう》の観察使にある。ということを、空海は葛野麻呂《かどのまろ》に教えられた。空海は正式の留学僧ではなく、一般の、私費の留学僧である。そのため、唐がわが受け入れないこともありうる。

（長安に行けなければ、入唐《にっとう》の目的を果たすことができない……）

と、空海はこれまでに見せたことのないほど狼狽した。その空海に、なんとかすると葛野麻呂《かどのまろ》が請け合った。だからこその、奉仕だったのである。

そうこうしているうち、十月も終わるというころになり、長安から大使一行を迎えに

勅使《ちょくし》がやってきた。同じころ、長安に向かう二十数名の人員名簿ができあがり、福州の観察使から葛野麻呂《かどのまろ》のもとに届けられた。このときに問題が生じた。

（……ッ）

人員名簿に空海の名前がなかった。名前がないのは長安行きを許可しないということだ。福州の観察使にしてみれば、国費を使って一般の、私費の留学僧《るがくそう》を長安に行かせるわけにいかなかった。

空海の名が名簿に載《の》らなかったのは、葛野麻呂《かどのまろ》が観察使にきちんと根回しをしていなかったからだ。

（なんたる不手際ッ）

と空海は葛野麻呂《かどのまろ》を激しくなじりたかった。

窮地に追い込まれた空海に逸勢《はやなり》がこういう。

「唐では習慣として文章によって相手がどんな人物かを推しはかります。もう一度、得意の文章で嘆願書を書いてみたらどうですか」

空海はうなずいた。自分でもそうしようと思っている矢先だった。ただちに空海は福州の観察使あてにこんな内容の嘆願書を書きあげる。

「日本国の留学僧《るがくそう》である沙門《しゃもん》空海が申し上げる。わたし、空海は才能が世に知られることもなく、その言行《げんこう》もなんの取《と》り柄《え》もない。たまたま人材の少ない時代にめぐりあったので、留学生《るがくしょう》の末席につらねてもらえた。留学の任期は二十年を限度としているが、求めているのは大乗仏教の極致である。その任の重さにくらべてわたしの力は弱く、そのため早朝から夜半まで寸陰《すんいん》（わずかな時間）を惜しんで努めている。今、遣唐使に随行して長安に入ることが許されないということをお聞きした。その理由はいろいろあるでしょう。あるでしょうが、歳月は過ぎ行き、年月はわれわれのところにとどまってくれません。わたしとしては、国家から担《にな》わされている大任を負いながら空しく矢のように速い年月をむだに投げ捨てることがどうしてできるでしょうか。こたびのとめ置きを嘆き、早く長安に入りたいと乞い願うものです」

そう述べてから、

「わたし、空海がひれ伏して考えるのに、閣下《かっか》（観察使のこと）」

と観察使によびかけて、その人徳の高さを讃《たた》える文章を続け、最後にこういう。

「わたしは真理の道を弘《ひろ》めるために海を渡ってきました。伏して願わくは長安に入ることをお許しいただきたい」

この嘆願書には密教や大日経《だいにちきょう》という文字はひとつも見られない。ただただ唐に大乗仏教を学びにきたという内容の、すぐれて格調の高い文章が力強い筆跡で書かれている。

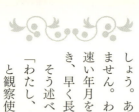

先に大使から受け取った処遇の改善を要求する嘆願書と同じようにみごとな出来ばえだった。

（むむ……ッ）

またもや感嘆した観察使はついに空海の長安入りを許可する。

こうして空海を含めた二十数名の大使一行は世界最大の文化都市・長安を目ざして、十一月三日、福州を出発した。

福州から長安までおよそ二四〇〇キロある。その道程《みちのり》を馬と馬車を使って行く。ときには船で河を渡りながら昼夜兼行で旅をつづける。下痢《げり》に食欲不振、また睡眠不足、さらに筋肉疲労で動けないほど疲れ果て、顔色《がんしょく》が青くなり、言葉を交わす余裕もなくなる。まさに過酷な旅である。

福州を出てから五十日余りが経った十二月二十三日、ようやく唐土《とうど》（中国本土）の西部（現在の陝西省西安《せんせいしょうせいあん》）に造営された都城《とじょう》（城郭《じょうかく》をめぐらした都市）、長安《ちょうあん》に到着する。日本を出てからすでに半年ちかくが経っていた。

長安は、東西約一〇キロ、南北約八キロの世界最大の文化都市で、周囲約三七キロが城郭で囲まれている。東西中央の奥（北側）に宮殿があり、城郭内の東側は貴族や官吏《かんり》（役人・官僚）が住む官庁街、西側は庶民が住む一般街（西街七条の延康坊）に区画されている（P.217参照）。

その壮大なたたずまいに一行は息をのむ。最初に馬車から降りて歩き出したのは山林修行の旅で肉体を酷使した経験のある三十一歳の空海である。そのあとに大使や随行員、それに留学生たちがつづく。かれらは唐の文化に関する事柄に詳しい。だから世界最大の文化都市・長安のたたずまいが知識として頭の中に収まっている。その知識と現実とが一致するので感情が高まり、過酷な旅疲れも忘れたかのように立ちつくす。


いっぽう最澄が乗った第二船の副使一行だが――。

副使一行は九月一日に明州《めいしゅう》の寧波《にんぽう》（浙江省寧波市《せっこうしょうねいはし》）に流れ着いたが、遣唐使の判官《はんがん》・菅原清公《すがわらのきよとも》が印符《いんふ》を携帯していたので海賊に見まちがえられることもなく、十五日には寧波《にんぽう》を出発して長安に向かった。長安に入ったのは第一船の大使一行より一カ月余り早い十一月十五日だった。

けれども、最澄とその随行の僧たちは長安に向かわず、副使一行と別れて寧波《にんぽう》から十日ほどで行ける台州《だいしゅう》に向かった。というのは、最澄の入唐《にっとう》目的は台州《だいしゅう》の天台山《てんだいさん》（浙江省東部の山）で、行満《ぎょうまん》や道邃《どうずい》という僧のもとで天台宗《てんだいしゅう》の法門《ほうもん》（仏の教え）を受けることだったからだ。したがって、空海が大使一行と長安に入ったころには、最澄はすでに

空海と最澄の足取り

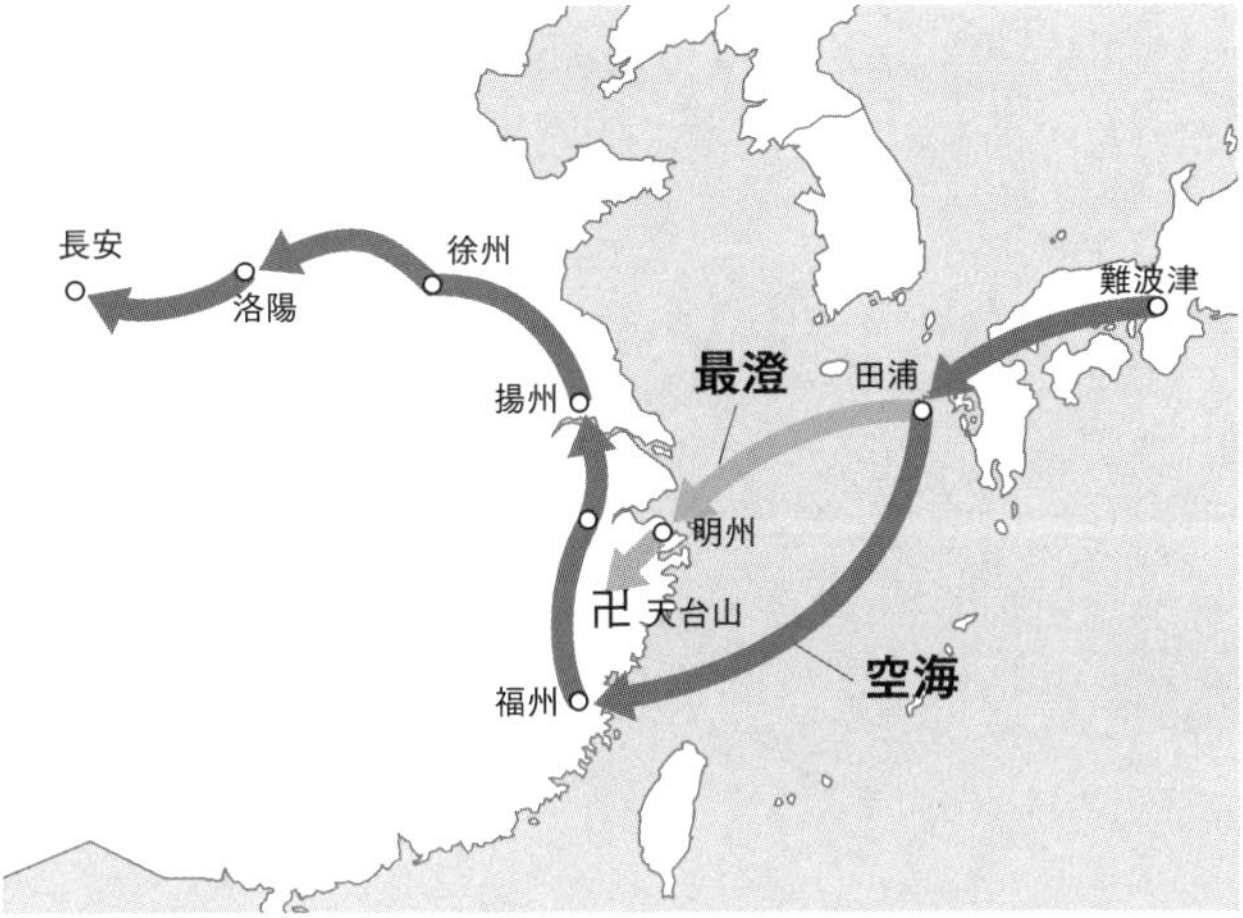

天台法華宗《てんだいほっけしゅう》の基礎固めをし終えて天台山を下り、海のそばにある龍興寺《りゅうこうじ》（官立寺院）に入って日本に持ち帰る仏典の書写に専念している。

　そのころ世界最大の文化都市・長安に入った空海は、大路《おおじ》（大通り）を行き来する青い目をした西域《せいいき》（中央アジア・西アジアなど）の男や女、それにラクダやラバ、馬などに目を見はっている。胡姫《こき》（イラン系の女子）とよばれる女たちはその身に色鮮やかな胡服《こふく》（西域のイラン・トルコの人々が着た衣服の総称）をまとい、とりわけて官能的であることに度肝《どぎも》を抜かれる――。

第六部

世界最大の文化都市・長安

止宿《ししゅく》先は西明寺《さいみょうじ》

唐《とう》の都《みやこ》・長安《ちょうあん》に到着した遣唐大使・藤原葛野麻呂《ふじわらのかどのまろ》は、すでに長安に入っていた第二船の遣唐使《けんとうし》の判官《はんがん》・菅原清公《すがわらのきよとも》が携帯していた印符《いんふ》と、日本からの貢物《こうもつ》（みつぎもの）を徳《とく》宗《そう》皇帝に差し出し、その翌日には皇帝の接見が行なわれたので遣唐大使としての責任を果たし終えた。

ほどなくして新しい年を迎えた。だが、一月二十三日、病床にあった徳宗《とくそう》皇帝が崩御《ほうぎょ》した。そのため皇太子が即位、順宗《じゅんそう》皇帝となった。翌二月早々、たまたま長安に来ていた渤海《ぼっかい》（高句麗《こうくり》族・靺鞨《まっかつ》族の国）の皇太子あてに、空海が葛野麻呂《かどのまろ》に代わって手紙を書き送った。この代筆が、空海の最後の奉仕となった。というのも、大使一行は二月十日に長安の宣陽坊《せんようぼう》という官宅《かんたく》（公館）を発《た》ち、帰国の途に就いたからだ。

翌三月二十九日、大使一行は越州《えっしゅう》（浙江省紹興県）に到着、そこから帰りの遣唐使船が回航されている明州《めいしゅう》に向かった。台州《だいしゅう》の龍興寺《りゅうこうじ》（官立寺院）で仏典の書写に専念していた最澄も帰国のため明州に戻ってきたが、遣唐使船の出航準備が整っていなかったので、越州《えっしゅう》に出向き、当地の官立寺院の順暁《じゅんぎょう》という僧から一カ月間ほど密教の伝授を受けた。

このとき最澄の学んだ密教と長安で空海が学んだ密教との大きな差が、のちに二人を近づけることになるが、訣別のもとにもなる。

それはさておき、二艘《そう》の帰りの遣唐使船は五月十八日、明州から日本に向けて出航し、六月五日、無事に対馬《つしま》（九州と朝鮮半島との間にある島）の津《つ》（港）に入った。

いっぽう帰国する大使一行を見送った空海は、翌日、留学生《るがくしょう》の橘逸勢《たちばなのはやなり》とともに官宅《かんたく》（官舎・公館）を出た。空海は長安の一般街（西街七条の延康坊）にある西明寺《さいみょうじ》（陝西省西安市）の一室に止宿《ししゅく》（仮住まい・居住）することになり、逸勢《はやなり》は教育行政機関が指定している寮に入って大学へ通うことになった。

空海は西明寺の境内に足を踏み入れたとき、

（なんて、大安寺《だいあんじ》に似ているのだろうッ）

と声を上げそうになるほど驚いた。西明寺の壮大さは別にして、伽藍《がらん》の配置といい、造作《ぞうさく》といい、南都《なんと》（奈良）の大安寺にそっくりだった。

（そうか……ッ。大安寺は西明寺をまねて造られたものだった）

と空海は善道尼《ぜんどうに》から教えられたことを思い出した。西明寺は弥勒菩薩《みろくぼさつ》が日夜説法しているという兜率天宮《とそってんぐう》（将来、仏となるべき菩薩が住むところの宮殿）を模して造られたものでﾞ、それをまねたのが大安寺だった。

西明寺は古代インドのサンスクリット（梵語《ぼんご》）で書かれた多くの経典の漢訳を行なっている。また、密教情報の収集・調査の施設としても機能している。さらに、かつて大安寺の僧・道慈《どうじ》が止宿《ししゅく》したように日本からの留学僧《るがくそう》のほとんどが止宿した寺院である。

その西明寺の一室に空海も止宿することになったのだが、空海と入れ違えに、永忠《えいちゅう》（743〜816）という日本人の留学僧が西明寺から出ていった。永忠は大使一行が乗る帰りの遣唐使船に便乗して三十年ぶりに帰国するという。

空海は大使一行を見送るさい、すっかり老いた永忠から、

「励まれよ」

と言葉をかけられるが、

（わたしは老いるまでここで励む気はない……）

と思いながら、そんなことはおくびにも出さず、ただただうなずくばかりだった。

＊

永忠《えいちゅう》（ようちゅう、とも）は、南都《なんと》六宗の一つ、三論宗《さんろんしゅう》の僧です。三十すぎに入唐《にっとう》して六十三歳まで唐に滞在し、八〇五年に藤原葛野麻呂《ふじわらのかどのまろ》や最澄らとともに帰国しました。

空海は帰国後、永忠と親しく交わります。

空海入唐時の長安

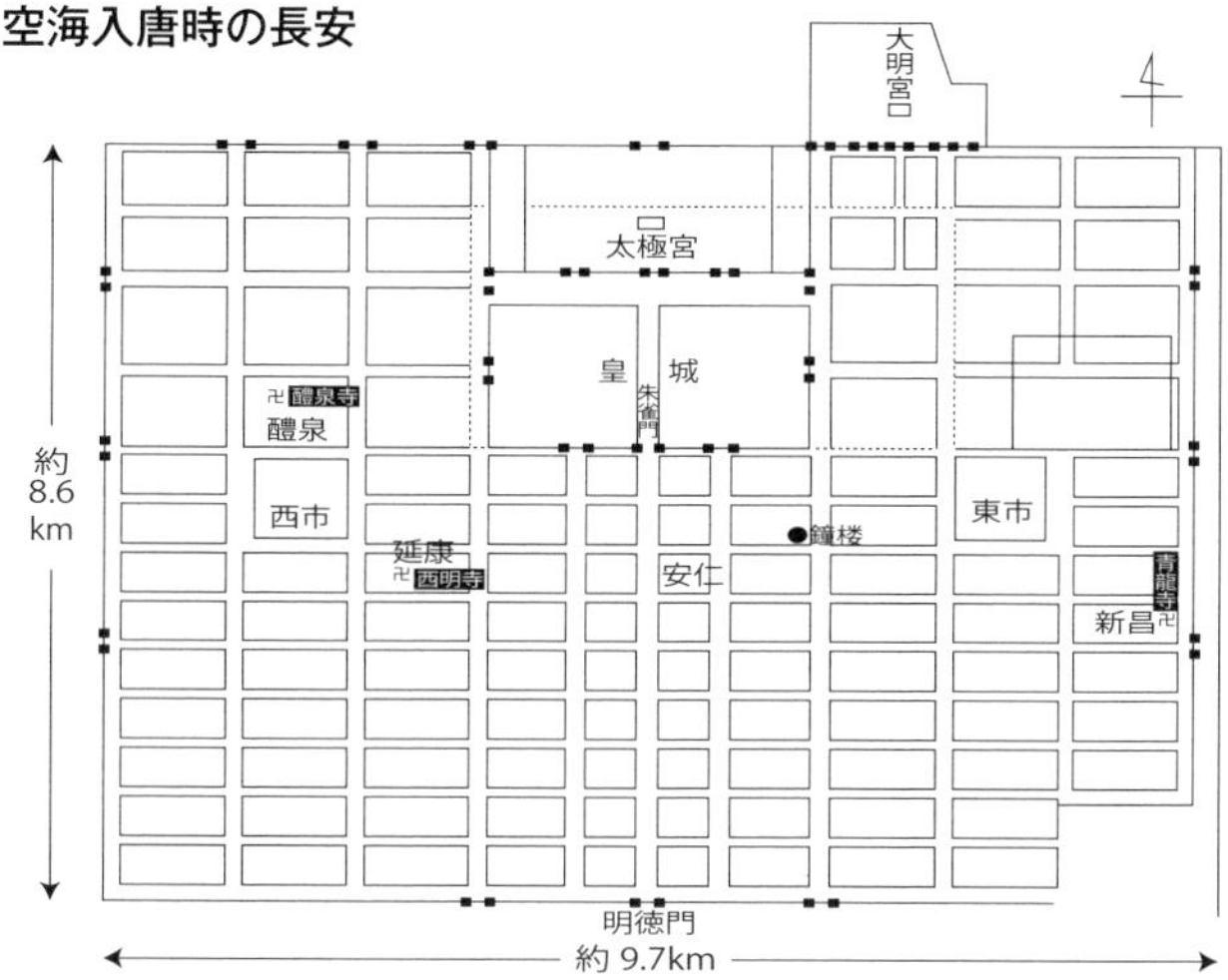

『空海と高野山の謎』（『歴史読本』編集部／KADOKAWA）より

青い目の女たち

当時、唐は世界の一大文明国だった。シルクロードを伝って西域《せいいき》（中央アジア・西アジアなど）からありとあらゆるものが長安に流れ込み、漢民族の文化と入り混じった。東西文化の交流が広く行なわれた結果、商業上の勢力範囲が拡大し、庶民や商人が進出して長安は世界最大の文化都市になった。

その都市は城郭《じょうかく》をめぐらし、城郭内は東西二つの街に区画されている。都市の東側は貴族や官僚が住む官庁街、西側は庶民が住む一般街。官庁街には地方の役人や旅客を泊める旅館街や歓楽街、高級料亭、それに飛銭《ひせん》（送銭手形）を発行する役所などがある。街のなかは大路《おおじ》（大通り）で区切られている。大通りはさらにいくつもの狭い路地につながっている。そういう狭い路地には遊郭《ゆうかく》や酒場が軒《のき》を並べていて、夜ともなれば城郭内でいちばん繁華な盛り場となる。

また、一般街は多くの商店・食堂・両替商・宝石商などの店があり、庶民や商人が行き交っている。大通りを行き来するのは青い目をした西域の男や女、ラクダやラバや馬。胡姫《こき》（イラン系の女子）とよばれる西域の女たちは肉付きがよく、その身に色鮮やかな胡服《こふく》（イラン・トルコの人々が着た衣服の総称）をまとい、しなやかな姿態を見せている。胡とは、肌の白い西域民族の総称である。

このころの長安の人口は百万といわれる。そのうちの一パーセントが漢民族以外の民族で、とりわけ容貌と文化の異なる西域の人々が多く、他の都市とはちがう色合いを放っていたといわれる。

さて、一般街にある西明寺《さいみょうじ》の一室に移り住んだ空海は、そこを拠点として動き回ることにした。この時代の日本の文化水準は平安京の一部をのぞいて、唐とはくらべものにならないほど低かったといわれる。だから、空海にとって見るもの聞くものすべてが珍しく、心ひかれるものばかりだった。

空海は一般街のさまざまな店や、青い目をした若い女たちに刺激されながら城郭内を歩き回っては経典や漢籍を買い集めたり、墨や筆を売る店に出入りしてはその製法を見たり聞いたり、また諸寺をめぐり歩いたりした。

（やや、あれは……ッ）

軽羅《けいら》（軽くて薄い白い絹布《けんぷ》）で体をつつんだ西胡《イラン》の青い目をした若い女がつま先を立てて激しく舞っている。集まった人たちに舞いを見せていた。その官能的な舞い姿に空海は目を奪われる。空海は善道尼《ぜんどうに》と出会って己の性欲の強さを知ったが、性的欲求を恥ずべきものととらえていない。大日経《だいにちきょう》に出会った空海は、人間の欲望とりわけ性的欲求を三密行法《さんみつぎょうほう》によってより純粋なより高度な状態に高めることができると考えている。それが大日経の説く即身成仏《そくしんじょうぶつ》だと感じている。つまり、成仏（悟りの境地に入ること）によって、女の性と自分の性とを抽象化（清浄化）させて、空《くう》の一点で結ばれることが可能だと思っている。だから、論理が複雑で難解な大日経の世界を自分の言葉で自分なりに単純化し、人間の欲望を抑えるのではなく肯定する方法をまとめあげようと思いついた。

けれども、三密行法の具体的な実践方法（修法《しゅほう》）の多くが記号のようなサンスクリット（梵語）で書かれていたため、細部まで理解することができなかった。かくなるうえは入唐《にっとう》してサンスクリットを習い覚え、大日経を知り尽くしている密教の師といえる人物から修法を直《じか》に学ぼうと決意し、今こうしてここにいる。だから、青い目をした若い女たちの肉感的な舞い姿に刺激されながらこう思う。

（三密行法の修法さえよくわかっていれば、この場でこんなに自分の性欲を抑えることをしなくてもいいはず……）

さまざまな情景に刺激されながら城郭内を歩き回った空海は、

（ここにいる人たちは、容貌も肌の色も目の色もならわしもまるでちがう）

これが世界というものか――。

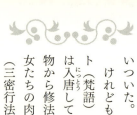

と深い感銘を受けるとともに、

(ここに善道尼さえいれば……老いるまでこの地で暮らしてもいい)

とさえ思う。

この夜、善道尼との歳月が夢となって現われる。だが、夢の中の善道尼は悲しげに微《ほほ》笑《え》んでこういう。

「あなたがいなくなってから、わたくしは次にすすめなくなりました……秘密を守るのはとても孤独ないとなみです。誰かに正直になりたくなります」

さらに、

「人の心は誰に聞けばいいのでしょうか」

とつぶやくようにいいながら姿が消える。夢からさめた空海は善道尼に会いたくて恋しくて、たまらなくなる。まんじりともしないで夜を明かす——。

密教界の高僧・恵果《けいか》の名声

空海の語学能力や力強い筆跡の格調高い文章などの評判は、福州《ふくしゅう》から長安《ちょうあん》の文壇にも伝わっていた。そのため、先方から空海に交渉《こうしょう》(かかわりあい・関係)を求めてくることが少なくなかった。空海は福州のときと同じように長安の高官や文人ら教養ある人々との交流を欠かさなかった。おかげで心を許せる友人もできた。そうした人々からもたされる情報をもとに、空海は毎日のように城郭内を歩き回った。

ある日――。

次々と寺を訪れていた空海は、醴泉寺《れいせんじ》の般若三蔵《はんにゃさんぞう》というインド僧から恵果《けいか》（746～805）という密教界の高僧の話を聞いた。恵果はインド密教を唐に伝えた不空《ふくう》（705～774）の一番弟子で、その教えを今に伝えているという。

（恵果……ッ）

空海は止宿《ししゅく》している西明寺《さいみょうじ》の僧たちからもその名を聞いていた。その後も、新たな人に会うごとにその名を聞いた。

かれらの話によると――。

恵果は長安一の名僧で、密教界の頂点にいる。インド密教の正統を継承して阿闍梨《あじゃり》と呼ばれている。その名声を伝え聞いて国内はもちろん、西域《せいいき》あるいは新羅《しらぎ》（朝鮮）や南《なん》海《かい》あたりからも多くの留学生《るがくしょう》（留学僧）が教えを乞いに、恵果のいる青龍寺《せいりゅうじ》（しょうりゅうじ、とも）に集まってくる。そのため、青龍寺はとても国際色の豊かな密教寺院になったという。

（だからか……）

空海は納得した。青龍寺という大寺院を訪ねたとき、明らかに人種のちがう僧たちがかなり多くいた。

（やはり、恵果というお人は相当のお方だ……）

教えを乞うのは恵果阿闍梨——。

そう、空海は決心した。

だが、すぐに教えを乞いに出向かなかった。まず、サンスクリット（梵語《ぼんご》）を習い覚えることに専念した。それには理由《わけ》がある。古代インドを起源とする密教を唐に伝えた西域出身の不空《ふくう》らは呪文的な語句（真言陀羅尼《しんごんだらに》）を教授するのに、すべてサンスクリットで行なっていた。そのことを空海は聞き知っていたので、不空の弟子である恵果もそうであろうと思った。また、大日経《だいにちきょう》には記号のようなサンスクリットがそのまま出てくる部分があり、理解できなかった。それに、サンスクリットが漢訳されていても原著の本来の意味が欠けているように受け取れるところがあったので、直接、原著にあたりたかった。こうしたことから空海はサンスクリットを身につけてから恵果に教えを乞いに行くことにしたのである。

空海は、

（たしか、あの般若三蔵《はんにゃさんぞう》は恵果阿闍梨とは知り合いといっていた……）

ならば、このうえもなく好都合――。

と、醴泉寺《れいせんじ》のインド僧・般若三蔵《はんにゃさんぞう》および牟尼室利三蔵《むにしりさんぞう》からサンスクリットを習うことに決めた。

＊

阿闍梨《あじゃり》は、密教では広く大日如来・諸仏・菩薩を指しますが、一般には修行と学問にすぐれ、高い徳をもった偉大な師（師匠）のことです。

密教情報の収集

空海は二月末から五月までおよそ三カ月間、インド僧・般若三蔵《はんにゃさんぞう》からサンスクリット（梵語《ぼんご》）を習った。この間《かん》、サンスクリットだけでなく、バラモンの教えも学んでいる。さらに長安《ちょうあん》における仏教、とりわけ密教に関する情報を収集した。

それによると――。

密教には『金剛頂経《こんごうちょうぎょう》』にもとづく密教と、『大日経《だいにちきょう》』にもとづく密教という二つの思想がある。この二つはインドで別々に起こり、成長した。その両方が、玄宗《げんそう》（685～

762）皇帝の治世下、前後して唐に伝えられた。中インド生まれの金剛智《こんごうち》（671？〜741）という僧が金剛頂経を、東インド生まれといわれる善無畏《ぜんむい》（637〜735）という僧が大日経を漢語に翻訳して伝えた。いずれの密教も呪術性の強い雑密《ぞうみつ》（古密教・初期密教）とは違い、体系化されている。金剛智の弟子である不空《ふくう》はみずからも金剛頂経や理趣経《りしゅきょう》など多くの密教経典を漢訳し、金剛智から金剛頂経にもとづく密教を受け継いだ。不空はきわめて修法《しゅほう》にすぐれていたので、玄宗《げんそう》皇帝が帰依《きえ》し、不空を師と仰いだ。だから、その密教は唐王朝の宮廷宗教となり、大いに隆盛を誇った。

不空の一番弟子である恵果《けいか》は金剛頂経にもとづく密教を受け継いだが、善無畏《ぜんむい》の伝えた大日経にもとづく密教も、玄超《げんちょう》という善無畏の弟子からことごとく学んだ。この二つの密教を兼ね備えているのは、インドにも唐にも恵果一人しかいない。恵果は不空《ふくう》亡きあと、金剛頂経にもとづく密教と大日経にもとづく密教とを統合し、新しい密教、瑜伽《ゆが》密教の基礎をつくりあげ、名声をえた。だが、儒教《じゅきょう》・道教《どうきょう》などの影響力や法華経《ほけきょう》を根拠とする天台宗《てんだいしゅう》の勢いの回復などから、瑜伽《ゆが》密教はひところほど盛んではなくなっているが、それでも恵果に教えを乞おうと国内はもちろん各国から学問僧が青龍寺《せいりゅうじ》に集まり、弟子の数は千人にのぼるという。

空海は日本で大日経の独習はしているが、不空訳の金剛頂経《こんごうちょうぎょう》や理趣経《りしゅきょう》については何の

予備知識もない。というのも、不空訳の経典は日本に入ってこなかったからだ。それだけに空海は、

（金剛頂経……理趣経……聞いたことがないぞ）

どんなことが説かれているのだろうか——。

と期待に胸を膨らませた。

初対面で恵果の弟子に

空海はサンスクリット（梵語《ぼんご》）を学習し終えた五月末ごろ、西明寺《さいみょうじ》の五、六人の仲間といっしょに恵果《けいか》を青龍寺《せいりゅうじ》に訪ねた。長安に到着してからすでに半年が経過している。その日、恵果は弟子や各国の留学僧《るがくそう》らを相手に経典を講義していた。だが、初対面の、しかも無名の、日本の若い僧の突然の訪問にもかかわらず、笑みを浮かべてこういう。

「我《われ》、先より汝《なんじ》が来《きた》ることを知りて相待《あい》つこと久し。今日相見《あいまみ》ゆること大《おお》いに好《よ》し、大いに好し」

（わたしはあなたのやってくることを前から知っており、長いあいだずっと待っていた。今日、顔を合わせることができて、とてもよかった、とてもよかった）

と、空海の手をとらんばかりに喜び、ついでこういう。

「報命《ほうみょう》（決定されている現世《げんせ》の寿命）、まさに竭《つ》きなんとするに、付法《ふほう》（弟子に教えを伝えその維持と布教を託すこと）に人なし。必ず須《すべか》らく速《すみ》やかに香花《こうばな》（香と花）を弁じて灌頂壇《かんじょうだん》に入《い》るべし」

（自分のこの世の寿命はまさに尽きようとしているので、新しい密教を伝授して、その維持と布教を託そうにも人がいなかった。まちがいなく、すぐに香花《こうばな》をえりわけて灌頂《かんじょう》壇《だん》に入りなさい）

灌頂《かんじょう》とは、伝法《でんぽう》（仏の教えを師から弟子へと伝えること）や授戒《じゅかい》（戒を授けること）、結縁《けちえん》（仏教と縁を結ぶこと）などのときに、受法者（灌頂を受ける者）の頭に香水《こうずい》を注ぐ密教の儀式のことだ。これは、もともとインドの王が即位するときの儀式で、それを密教が取り入れたものなので、その即位式のように荘厳《しょうごん》（美しく飾ること）され、きわめて華麗なものとなる。その儀式を行なうために設けられた特殊な場所（壇）を灌頂壇という。

恵果は初対面にもかかわらず、空海を新しい密教（瑜伽《ゆが》密教）を伝授すべき弟子として選んだのである。

長安の教養ある人々のあいだでは空海の文才や語学能力はむろん、学習への情熱も評判になっていた。そうした評判を恵果も耳にしていた。また、醴泉寺《れいせんじ》のインド僧・般若《はんにゃ》三蔵《さんぞう》からもサンスクリットを習う空海という日本の若い僧の学習能力の高さや、サンスクリットを習うのは大日経《だいにちきょう》の原著に接して内容を理解するためだということを聞いていた。だから恵果《けいか》は、

(ふむふむ、空海か……いずれ、相見《あいまみ》ゆることになろう)

と空海の来訪を待ち望む気分を高めていたところへ、空海が訪ねてきたのだった。

この年、恵果は六十歳、空海は三十二歳である。恵果は若々しい空海を一目見るなり、その全身から周囲を圧倒するような「気」と「機根《きこん》(仏の教えを聞いて修行しうる能力)」が溢れているのがわかった。むろん、それらは目に見えないものだが、千人からいる弟子を観察してきた恵果ならではの眼力だった。だから、自分の新しい密教のすべてを伝授する決意をしたのである。

*

空海は、唐から日本に帰国するさい、不空《ふくう》訳の密教経典をたくさん持ち帰ってきます。それが空海の密教の特徴といわれます。

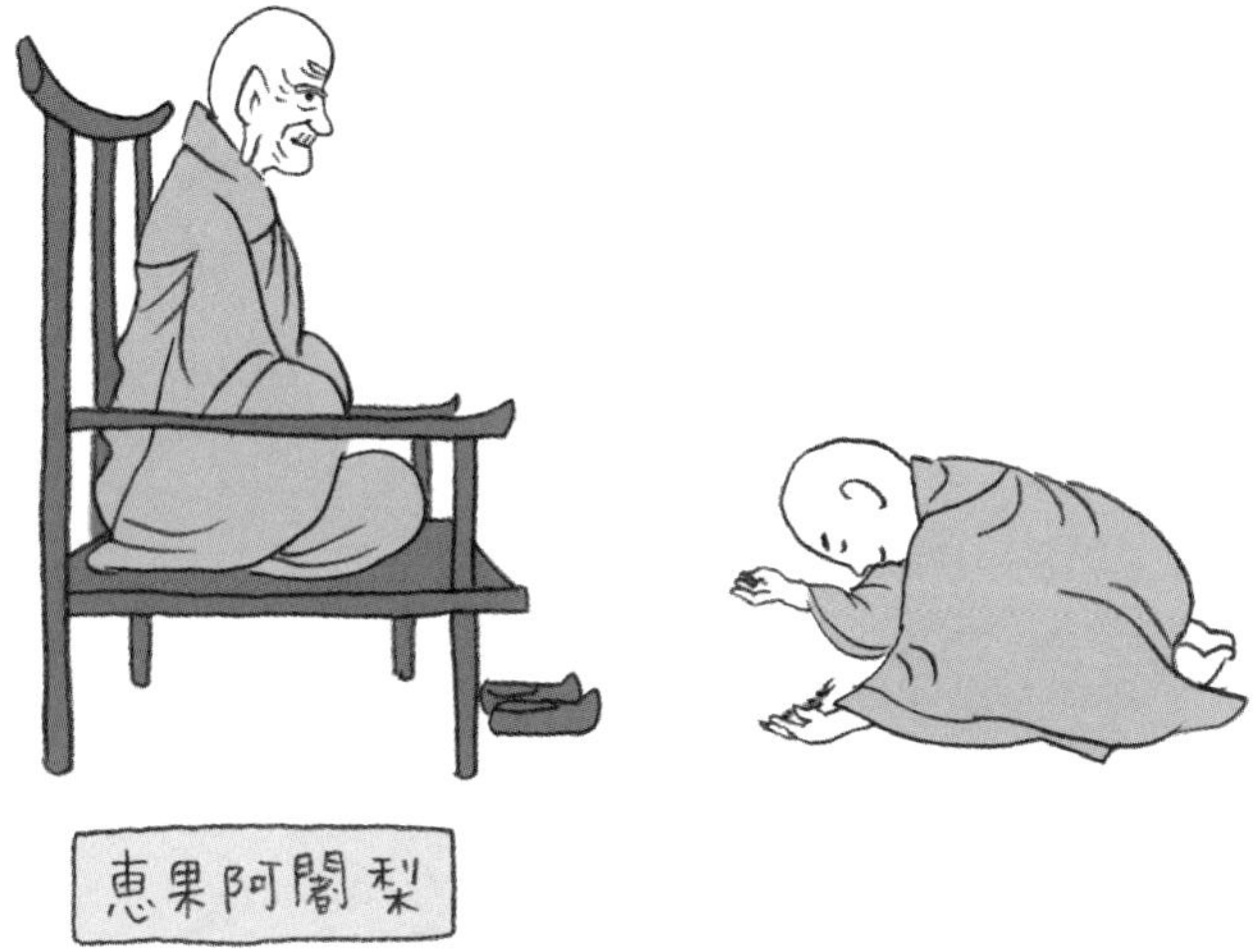

三つの経典が説く密教

恵果《けいか》に話を聞いてみると、これまで耳にしていたとおり密教には二つの体系があった。大日経《だいにちきょう》にもとづく密教（大悲《だいひ》胎蔵法《たいぞうほう》＝胎蔵界《たいぞうかい》）と金剛頂経《こんごうちょうぎょう》にもとづく密教（金剛界法《こんごうかいほう》＝金剛界《こんごうかい》）である。

また、密教とは、大日如来《だいにちにょらい》という永遠の真理そのものをあらわした仏身《ぶっしん》（法身《ほっしん》）が、みずからの悟りのなかで、みずからの悟りを楽しみながら説く、奥深い絶対の真理の教えのことで、たとえば風そのものもその真理の一現象にすぎないという。さらに、密教の代表的な経典にはもう一つ理趣経《りしゅきょう》というのがある。いずれも重要だと恵果はいい、三つの経典が説く内容を空海に教えた。

それによると——。

大日経《だいにちきょう》は、正式には『大毘盧遮那成仏神変加持経《だいびるしゃなじょうぶつじんべんかじきょう》』という。この経は、大日如来《だいにちにょらい》（摩訶毘盧遮那仏《まかびるしゃなぶつ》）を根本最高の仏（万物の慈母《じぼ》・宇宙の本体）とし、その仏が密語《みつご》（真意をわざと隠して説いた言葉や教え）で説法する様子を描いたもので、胎蔵界《たいぞうかい》を説いている。

胎蔵界とは、大日如来を理性《りしょう》（本来的な悟り）の面から見ていう語で、蓮華《れんげ》（ハスの花）や母胎《ぼたい》が種や子を育成するように、大日如来の広大な慈悲（大悲《だいひ》）が、衆生《しゅじょう》（あらゆる人々）の秘めている仏性《ぶっしょう》（仏としての性質・仏となれる性質）を育てて仏とする理《り》法《ほう》（真理そのもの・真実あるいは道理にかなった法則）の世界のこと。その世界を大日経の説くところにもとづいて絵図にしたのが、胎蔵界曼荼羅《たいぞうかいまんだら》（曼陀羅《まんだら》とも）であるという。

それを聞いて空海は、

（マンダラ……ッ）

とつぶやくようにいう。

日本で大日経を読解したとき、その意味がよくわからなかった言葉である。空海のもらした言葉に恵果はこう応える。

「密教では、その深奥を言葉で表わすよりも、図示して人々に感じさせる方法をとる」

だから、胎蔵界曼陀羅は大日如来を中心としてその智慧《ちえ》と大悲《だいひ》によって生まれ出た諸仏・諸菩薩など総数三百九十の尊《そん》（仏・菩薩を数えるのに用いる助数詞）が全宇宙に満ちてゆく様子を細密に描いている。その様子はすなわち悟りへと至る精神の道筋であるという。それを聞いて空海は密教の奥深さに興奮する。

また、大日如来とは永遠の真理そのものとしての仏であると恵果はいう。

（そうか……ッ）

根本最高の仏とは、この世界（宇宙）のありのままの姿（実相）を仏格化したものだったのかと、空海はつくづく身にしみて悟る。さらに、「三句《さんく》の法門《ほうもん》（教え）」について恵果が説いたときには、その内容のおおかたをすでに理解していたが、改めて説明を受けて、仏智《ぶっち》（仏の欠けたところのない智慧《ちえ》）をえるとは大日如来の智慧を獲得することで、それはとりもなおさず大日如来と成《な》ることであり、すなわち成仏《じょうぶつ》ということだったのかと得心する。その具体的な実践方法（修法《しゅほう》）は秘密とされているが、大日経にはそれが明示されているという。

恵果によると――。

人間（修行者）の三業《さんごう》に仏の三密《さんみつ》が相応《あいおう》じて融合《ゆうごう》することで不思議な力が現われ、即《そく》身成仏《しんじょうぶつ》すなわち悟りの境地に入れる。業《ごう》とは、この世での人間のいっさいの行為のこと。三業とは、①人間の身体の行為である身業《しんごう》（動作）、②言語表現である口業《くごう》（言葉）、③心のはたらきである意業《いごう》（意志）の三つのこと。三密とは、仏の身《しん》（身体）・口《く》（言葉）・意《い》（心）によって行なわれる三つの行為のこと。人間の理解を超えていて不思議であることから「密」と称される。また、人間の三業は無相《むそう》の三業といい、仏の三密は有《う》相《そう》の三業という。つまり、人間の三業は仏の三密そのものだという。

（同一……ッ）

驚いている様子の空海に恵果はこういう。

「人間はもともとその本性《ほんしょう》（本来の性質）に、仏性《ぶっしょう》（仏としての性質・仏となれる性質）を秘めている」

だから、修行者が身に印《いん》を結び（身密《しんみつ》）、口に真言《しんごん》を唱え（口密《くみつ》）、心に本尊《ほんぞん》を観ずる（意密《いみつ》）とき、それがそのまま仏の三密と相応じ、仏と一体となれる。これが、三密加《さんみつか》持《じ》であるという。その修法をどのようにして行なうのかをいちばん知りたかった空海は、固唾《かたず》を呑んで恵果を見守る。
　恵果によると——。

　修法とは体を使ってする行法《ぎょうほう》（修行の方法・仕方）のことだという。まず、①壇《だん》を設けて本尊《ほんぞん》（この場合は大日如来）を安置し、それから②護摩《ごま》を焚《た》き、③口に真言《しんごん》を唱《とな》え、④印契《いんげい》を行ない、⑤心に本尊を念じて行なう。祈祷の目的により、それぞれの壇の形や作法が異なる。

　護摩とは、火祭りを意味するサンスクリット（梵語《ぼんご》）の音訳で、護摩木《ごまぎ》（護摩の木）を焚《た》いて祈る儀式のこと。木は人間の欲望など煩悩《ぼんのう》を表わし、火は仏の智慧や真理を表わしている。つまり、護摩木を焚くのは煩悩《ぼんのう》を火中に投げ込んで仏の智慧や真理によって焼き払い、消滅させるためである。これは釈迦の仏教にはないものだった。真言は仏・菩薩の誓いや教えなど、真実を語っている意味の深い呪文的な短い語句のことで、サンスクリット（梵語）のまま唱える。印契《いんげい》とは指を種々のかたちに折り曲げて、仏・菩薩の悟りや力を象徴的に表わすことだという。

　このように、恵果は実践方法（修法）の内容の一々について説明したが、空海がいちばん知りたかった具体的な作法には言及しなかった。それは後日、伝法灌頂《でんぽうかんじょう》を授けてから伝授すると恵果はいい、最後にこういう。

「この修法を完璧に行なえば、大日如来の堅固で欠けたところのない智慧を授かる。それを修行者がはっきり感じて会得すれば、修行者と大日如来とが一体となれる。それはとりもなおさず、その身そのまま大日如来の境地に入ることであり、それは即身成仏であり、この世において悟りが得られるということである」

かしこまって話を聞いていた空海はこっくりうなずき、

「では……金剛頂経《こんごうちょうぎょう》は」

と問いかけようとするが、口をつぐむ。恵果が再び話しはじめたからだ。

金剛頂経《こんごうちょうぎょう》の世界

恵果は開口一番、こういう。

「じつは、大日如来《だいにちにょらい》には二種類ある。大日経《だいにちきょう》にもとづく胎蔵界《たいぞうかい》大日如来と金剛頂経《こんごうちょうぎょう》にもとづく金剛界《こんごうかい》大日如来の二尊である。胎蔵界大日如来は、母胎が子を育むようにあらゆる人々が秘めている仏性《ぶっしょう》を育成するはたらきを表わすが、金剛界大日如来はすべての煩悩《ぼんのう》を打ち砕く強固な力を持つ智《ち》（智慧《ちえ》）のはたらき、すなわち真理を見通す心のはたらきを表わす」

そういってから、

「金剛界とは、金剛頂経で説かれる唯一絶対の実在界《じつざいかい》（心の奥の世界）のことで、金剛界大日如来の智慧の世界、悟りの境地を表わしたものだ。先に触れた胎蔵界は、この金剛界に対する世界のことである」

といい、金剛頂経《こんごうちょうぎょう》について語った。

それによると――。


金剛頂経は、正式には『金剛頂一切如来真実摂大乗現証大教王経《こんごうちょういっさいにょらいしんじつしょうだいじょうげんしょうだいきょうおうきょう》』という。金剛とは、金属中で最も硬い宝石のことで、大日如来の堅固で欠けたところのない智慧の力にたとえられている。その智慧が、すべての煩悩《ぼんのう》を打ち砕くことから金剛界と名づけられた。また、金剛頂《こんごうちょう》とは諸経典のなかの最高峰という意味である。この経は、大日如来がみずからの悟りの内容を明かし、それをえるための独自の方法、すなわち仏（大日如来）の世界に入るための方法を五段階にわけて説いている。

まず、①自分の心の奥底を見つめること、②悟りをえたいと思うこと、③菩提心《ぼだいしん》（悟りを求める心）を起こすこと、④自分の心は仏と同じと思うこと、⑤仏と自分はひとつと思うこと。つまり、観法《かんぽう》（かんぼう、とも）を実践することである。

観法とは、意識を集中させて、特定の対象（この場合は大日如来）を心に思い描くことにより、その教えの真理と現象を直観的に認識、すなわち大日如来との一体化を認識しようとする実践的修行法のこと（特定の対象は修行の種類によって異なる）。この金剛頂経にもとづいて金剛界に至る道筋を描いた絵図が、金剛界曼荼羅《こんごうかいまんだら》である。そこに描かれている諸尊の総数は千四百五十八である。これは胎蔵界曼荼羅に描かれている諸尊の三・七倍以上である――。

そういったあと恵果は、

「いずれにしても、曼荼羅《まんだら》とは大日如来を中心に諸尊を細密に描いた図像や、密教の宇宙観（世界観）を象徴的に表わした記号を特定の形式で配置した絵図のことだ」

といい、口もとに笑みを浮かべてこういう。

「曼荼羅というのは、もとは着色した砂で地面に描いており、儀礼や観法がすむと消されていたんだが、ここ（中国）では布や紙に描くようになったんだよ」

そういってから、

「さてと、次は理趣経《りしゅきょう》だが……」

といい、真顔にもどった恵果はしばし間をおいてから、

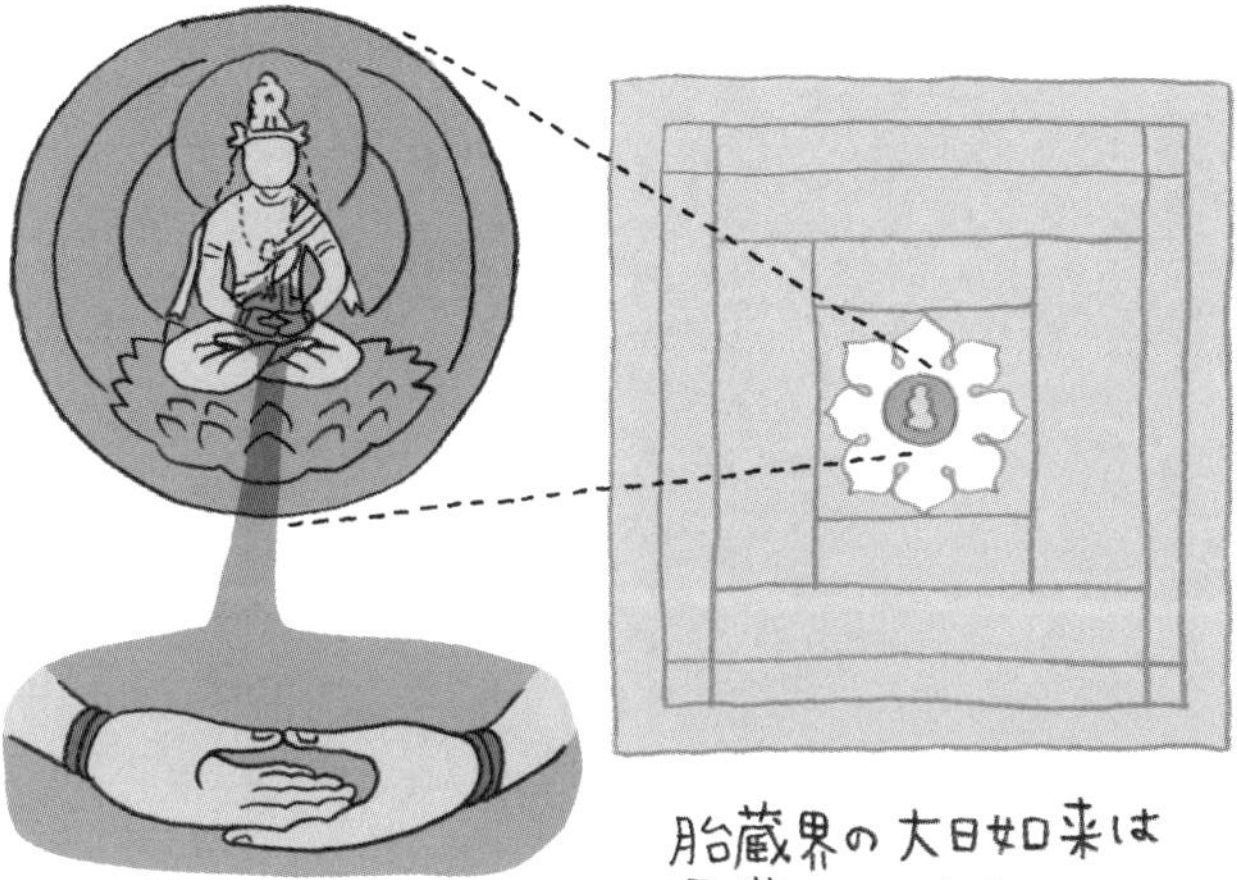

胎蔵界の大日如来は曼荼羅の中央にいる

「この経は、男女の愛欲などの欲望肯定的な傾向が強いものなので、文章の表面的な意味だけを読むと誤解しやすい」

といい、じっと空海を見つめる。その視線を受けとめている空海に向かって恵果は落ちついてゆっくりと口を開く。

それによると——。

愛欲を否定しない「理趣経《りしゅきょう》」

理趣経《りしゅきょう》の正式名称は、『般若波羅蜜《はんにゃはらみっ》多《た》理趣百五十頌《りしゅひゃくごじゅうじゅ》』という。この経を、恵果の師である不空《ふくう》が訳し、解説したものが『理趣釈経《りしゅしゃくきょう》』である。

理趣《りしゅ》とは、物事や行動の一貫した筋道という意味である。頌《じゅ》とは、悟りの境地などの内容を表現する詩句（漢詩）のこと。つまり、理趣経《りしゅきょう》は、人間が物事の本質を見通す深い智慧《ちえ》（叡智《えいち》）、すなわち仏の真実の境地に行き着くための一貫した道筋を詩句で表現している。そのため修法《しゅほう》についてはほとんど触れていない。

何を説いているかといえば、一切万物《いっさいばんぶつ》（宇宙に存在するものすべて）の本体（本質）がもともと清浄《しょうじょう》（清らかで汚れのないこと）であることを強調し、それゆえ煩悩《ぼんのう》（情欲・欲望・愚痴・怒りなど人間の心身を迷わせるもの）に悩まされている人間の心もその本来の姿においては清浄であり、その営みも清浄なものであることを説いている。とりわけ男女の愛欲や欲望をそのままのかたちで汚れないものと肯定する「十七清浄句《じゅうしちしょうじょうく》」という十七の教えを示しているという。

そういってから恵果は息を抜くかのように中空をにらんでしばらく目を閉じていたが、再び視線を空海に戻し、話しはじめる。

それによると——。

十七清浄句の解釈はいろいろあるが、「〇〇清浄《しょうじょう》の句」というのは性的快楽のことをさし、「菩薩《ぼさつ》の位《くらい》」というのは「悟りの境地」のことをさす。つまり、この世においてこの身このままで成仏《じょうぶつ》することであり、即身成仏《そくしんじょうぶつ》の実現ということだ。十七の教えとその大意は次のようなものである。

①「妙適《みょうてき》清浄《しょうじょう》の句、これ菩薩《ぼさつ》の位《くらい》なり」（男女が性交で恍惚となることは清浄であり、そのまま悟りの境地である）

②「欲箭《よくせん》清浄の句、これ菩薩の位なり」（男女が欲望のあまり本能にむかって矢の飛ぶようにあがくことは清浄であり、そのまま悟りの境地である）

③「触《しょく》清浄の句、これ菩薩の位なり」（男女が肉体を触れ合うことは清浄であり、そのまま悟りの境地である）

④「愛縛《あいばく》清浄の句、これ菩薩の位なり」（男女が互いに四肢をもって離れがたく縛り合うことは清浄であり、そのまま悟りの境地である）

⑤「一切自在主《しゅ》清浄の句、これ菩薩の位なり」（男女が抱き合ってその身をすべて任せる心持ちになることは清浄であり、そのまま悟りの境地である）

⑥「見《けん》清浄の句、これ菩薩の位なり」（欲心を持って異性を見ることは清浄であり、そのまま悟りの境地である）

⑦「適悦《てきえつ》清浄の句、これ菩薩の位なり」（男女が性交で悦びを得ることは清浄であり、そ

のまま悟りの境地である）
⑧「愛《あい》清浄の句、これ菩薩の位なり」（男女が互いに恋い慕い合うことは清浄であり、そのまま悟りの境地である）
⑨「慢《まん》清浄の句、これ菩薩の位なり」（愛を誇りおごり高ぶることは清浄であり、そのまま菩薩の境地である）
⑩「荘厳《しょうごん》清浄の句、これ菩薩の位なり」（その身を美しく飾って喜ぶことは清浄であり、そのまま悟りの境地である）
⑪「意滋澤《いしたく》清浄の句、これ菩薩の位なり」（満ち足りて心が潤うことは清浄であり、そのまま悟りの境地である）
⑫「光明《こうみょう》清浄の句、これ菩薩の位なり」（満ち足りて心が光り輝くことは清浄であり、そのまま悟りの境地である）
⑬「身楽《しんらく》清浄の句、これ菩薩の位なり」（満ち足りて充実した身体感覚をもつことは清浄であり、そのまま悟りの境地である）
⑭「色《しょく》清浄の句、これ菩薩の位なり」（男女の情欲に関することは清浄であり、そのまま悟りの境地である）
⑮「声《せい》清浄の句、これ菩薩の位なり」（相手の心地いい声を喜ぶことは清浄であり、その

まま悟りの境地である）
⑯「香《きょう》清浄の句、これ菩薩の位なり」（相手の芳《かんば》しい匂いを喜ぶことは清浄であり、そのまま悟りの境地である）
⑰「味《び》清浄の句、これ菩薩の位なり」（相手の甘美な味わいを喜ぶことは清浄であり、そのまま悟りの境地である）

このように性愛のさまざまな所作をしたときの説明がなされ、それがそのまま悟りの境地であると説き、男女の性行為を否定していないという。

そういってから恵果は一息いれるかのようにしばらく口をつぐみ、それからおもむろに口を開く。

それによると――。

理趣経《りしゅきょう》の特徴は、この世において大いなる楽《らく》を実現することにある。楽《らく》というのは苦《く》の反対である。欲望にとらわれている者が享受する楽は、苦に変わりやすい。だが、仏の享受する楽は、金剛《こんごう》（金属中で最も硬いもの）のごとく永遠に不変で、堅固な真実の境地である。だから、大いなる楽《らく》、すなわち大楽《だいらく》（マハースカ。たいらく、とも）とよぶ。この大楽を象徴するものとして、男女の性的快楽が用いられている。その苦楽を、この世においてこの身このままで超越することが、仏の享受する大楽を実現することである。実現できれば、それはとりもなおさず悟りの境地であり、仏と成《な》るということであり、即身成仏《そくしんじょうぶつ》なのである。

だが、この経の字面《じづら》だけを読んで自分勝手に解釈すれば方向を誤る。たとえば、その行為のさい死んでもいいと思うそのときこそが菩薩の境地、すなわち、すべての煩悩から解放される境地などと解釈するのはとても危険である。したがって、古来、この経の内容は秘密にされている。よく読み込んで表面に現われない重要な意味を悟らなければいけない。この経のきわめて重要な部分は最後の十七段め、「百字の偈《げ》」（百字にまとめた詩）とよばれているところである。そこにはこうある。「人間は煩悩に悩まされて生きているが、人間の行動や考え、営みなどはもともと清浄《しょうじょう》である。だから、小欲《しょうよく》という個人の欲望を越えて慈悲の大欲《たいよく》（大きな望み・大きな欲望）をもち、真理を求めてどこまでも生きてゆくことが大切であり、あらゆる人々の利益《りやく》を願うのが人の務めである」

つまり、釈迦以来の仏教とはまるで違う。仏教は修行によって欲望、いわば小欲をなくすことを悟りとしている。だが、密教は慈悲の大欲をもって生きることをすすめているのだという。

このように恵果は大日経・金剛頂経・理趣経の内容について漢語とサンスクリット（梵語《ぼんご》）を交えながら空海に話して聞かせた。

空海がとりわけ強い関心をよせたのは、理趣経の内容だった。善道尼《ぜんどうに》との出会いによって自分の性欲が完成されたことを実覚《じっかく》している空海は理趣経の内容をもっと詳しく知りたくなった。理趣経にかぎらず、経典というのはサンスクリットを漢語に翻訳したものなので語彙の完全な理解には限界がある。そこで、インド僧からサンスクリットを学んでいた空海はみずから不空訳の理趣《りしゅ》釈経《しゃくきょう》だけでなく、その原著にもあたってみることにした。その結果、男女の生々しい性的情景と実感をよりいっそう味わうことができ、こう思いつく。

（この経《きょう》を、いずれ日本に持ち帰って自分の考えることの核心におこう）

自分勝手に解釈しようとしたのではない。あらゆることにムダというものがなく、そこに存在するものすべてが清浄《しょうじょう》（清らかで汚れのないこと）であるとしてみれば、真理として生きると直感したからである。

いっぽう密教の代表的な三つの経典について空海に話して聞かせた恵果は、ある日、「両部不二《りょうぶふじ》」という言葉を持ちだし、自分が新しい密教（瑜伽《ゆが》密教）の基礎をつくったことを明かした。

両部《りょうぶ》（両界《りょうかい》とも）とは、金剛界《こんごうかい》と胎蔵界《たいぞうかい》をさす。不二とは、二つではなく同一、一体であるということ。つまり、金剛界と胎蔵界の二つは一つのものだということで、金剛頂経にもとづく密教と大日経にもとづく密教とを一つに統合したことを意味する。その新しい密教をすべて伝授しようと恵果はいい、空海に灌頂壇《かんじょうだん》に入ることを促した。

こうして空海は六月・七月・八月と続けざまに灌頂を受けることとなったのである。

＊

理趣経《りしゅきょう》は、のちに空海が開く真言宗では不空《ふくう》訳の『大楽金剛不空真実三摩耶経《たいらくきんこうふこうしんじつさんまやけい》（漢音《かんおん》読み）』（呉音《ごおん》読み＝だいらくこんごうふくうしんじつさんまやきょう）をさします。

大日経《だいにちきょう》や金剛頂経《こんごうちょうぎょう》は、現在でも密教の経典として尊重されていますが、修法用の経典であるため、毎日の勤行《ごんぎょう》や法要のさいにはあまり音読されないそうです。音読用の経典として用いられるのは理趣経《りしゅきょう》で、今でも東大寺や真言宗の寺院で音読されているそうです。けれども、唐音《とうおん》（漢音）であるため、その生々しい性愛の情景を想像せずに聞いていられるそうです。

また、この経には、「人は悪い行ないをしたら、死後、人間界《にんげんかい》に生まれ変わることができず、畜生界《ちくしょうかい》に生まれてしまう。だから、悪行《あくぎょう》（神仏の戒めにそむく悪い行ない）をする前に殺してあげるのが慈悲だ」というようなことも説かれているそうです。ですから、この経は字面《じづら》だけで読み解くと誤解されてしまうといわれます。

恵果による灌頂《かんじょう》

六月上旬、空海はまず受明灌頂《じゅみょうかんじょう》（学法灌頂《がくほうかんじょう》）を受ける壇に入った。これは、いわば入門の儀式である。次に胎蔵界の灌頂を受けるのだが、その前に投華得仏《とうけとくぶつ》という儀式が行なわれる。受者《じゅしゃ》（灌頂を受ける者）は目隠しをされ、手に華《はな》（花）を持たされて灌頂壇に入る。そこに胎蔵界曼荼羅《たいぞうかいまんだら》の絵図が広く敷かれてある。その絵図の上に、目隠しされたまま受者は手に持っている花を投げる。

この儀式を結縁《けちえん》灌頂といい、受者は花が落ちたところに描かれている仏と縁が結ばれるという。これによって受者の念持仏《ねんじぶつ》（生涯、つねに安置し、心にしっかりとどめておく仏）が決まる。

受者である空海が花を投げると、花は胎蔵界曼荼羅の中央に描かれている胎蔵界大日《だいにち》如来《にょらい》の上に落ちた。それを見た恵果は思わず声を呑む。胎蔵界曼荼羅には諸仏・諸菩薩など総数三百九十の諸尊が描かれているのに、花は中央の大日如来の上に落ちたからだ。

「……不思議、不思議ッ」

と恵果は叫んだ。

恵果は自分が十九歳で師の不空《ふくう》から灌頂を受けたさい、自分の投げた花は転法輪菩薩《てんぽうりんぼさつ》の上に落ちたことを思い出していた。転法輪菩薩は密教の八大菩薩の一つだが、大日如来は菩薩の上に存在する根本最高の仏である。その仏と空海は縁を結んだことになるので驚き、

(この男、見込んだとおりの人物……)

と喜んだ。

胎蔵界の灌頂を受けた空海は次の灌頂までのおよそ一カ月間、恵果から直《じか》に三密加持《さんみつかじ》の修法《しゅほう》や胎蔵界の梵字《ぼんじ》、それに多くの儀軌《ぎき》や観法《かんぽう》を学ぶことになった。

三密加持とは、大日経に説かれている密教独自の修法のことだ。梵字とは、サンスクリット(梵語《ぼんご》)の表記に用いられた文字の総称のこと。儀軌《ぎき》とは、諸仏・諸菩薩など諸尊の造像、念誦《ねんず》(ねんじゅ、とも)、供養などに関する密教の儀式規則のこと。念誦とは、心に仏の姿を思い描き、口に仏の名や経文などを唱えること。観法とは、繰り返しになるが、意識を集中させて、特定の対象を心に思い描くことにより、その教えの真理と現象を直感的にとらえようとする実践的修行法のことだ。

恵果は、空海がいちばん知りたかった三密加持の修法を手取り足取りして教えた。そして、おごそかにこういう。

「この修法を完璧に行なえば、この世においてこの身このままで大日如来の世界に入ることができる」

空海は静かにうなずきながら、

（それにしても……）

灌頂儀式といい修法といい、なんと華麗なことよ——。

と感銘を受けている。


ついで七月上旬、空海は金剛界《こんごうかい》の灌頂を受けた。このときも目隠しをされて金剛界曼《まん》荼羅《だら》の上に花を投げた。金剛界曼荼羅には諸仏・諸菩薩など総数千四百五十八の諸尊が描かれている。それなのにまたもや花は金剛界大日如来の上に落ちた。

（やや……ッ）

恵果はまたまた声を呑む。

（やはりこの男、たぐいまれなる人物……仏の申し子か）

いずれにしても新しい密教を伝えるにふさわしい人物——。

と実感し、確信する。

このあと恵果は一カ月ほどかけて、金剛界大日如来を本尊として金剛界曼荼羅の諸尊を供養する修法《しゅほう》（金剛界法《こんごうかいほう》）を空海に伝授した。

このように、空海はこの二カ月間で胎蔵・金剛両界（両部）の大法《だいほう》（密教の修法《しゅほう》のうち最も重んじられる大規模なもの）のほか、五十種からの念誦法《ねんずほう》を伝授された。その間《かん》、空海は自分の語学力、すなわち漢語《かんご》とサンスクリット（梵語《ぼんご》）を駆使して不明な点を恵果に質《ただ》した。たとえば、大日経のなかに出てくる記号のようなサンスクリットの真意とか、真言《しんごん》や印契《いんげい》などについてである。その一々に恵果はていねいに答え、その一々を空海は書き取る。

その質疑応答から、恵果は空海の大日経の読解力の高さを知った。だから、空海にとりわけて教えなければならなかったのは、胎蔵界と金剛界の大法《だいほう》だけだった。口伝《くでん》（口頭で伝授すること）が必要なところは口伝で、また指や体の動きが必要な印契《いんげい》や金属製の法具の取り扱い方などは身振り手振りで教えた。恵果の話す内容は乾いた地面が水を吸収するかのように空海の脳裏に滲み込む。

八月上旬、空海は伝法灌頂《でんぽうかんじょう》を受けた。この灌頂は、阿闍梨位《あじゃりい》を得ようとする者に対して特定の作法によって大日如来の秘法（秘密の修法）を授ける儀式である。阿闍梨位《あじゃりい》と

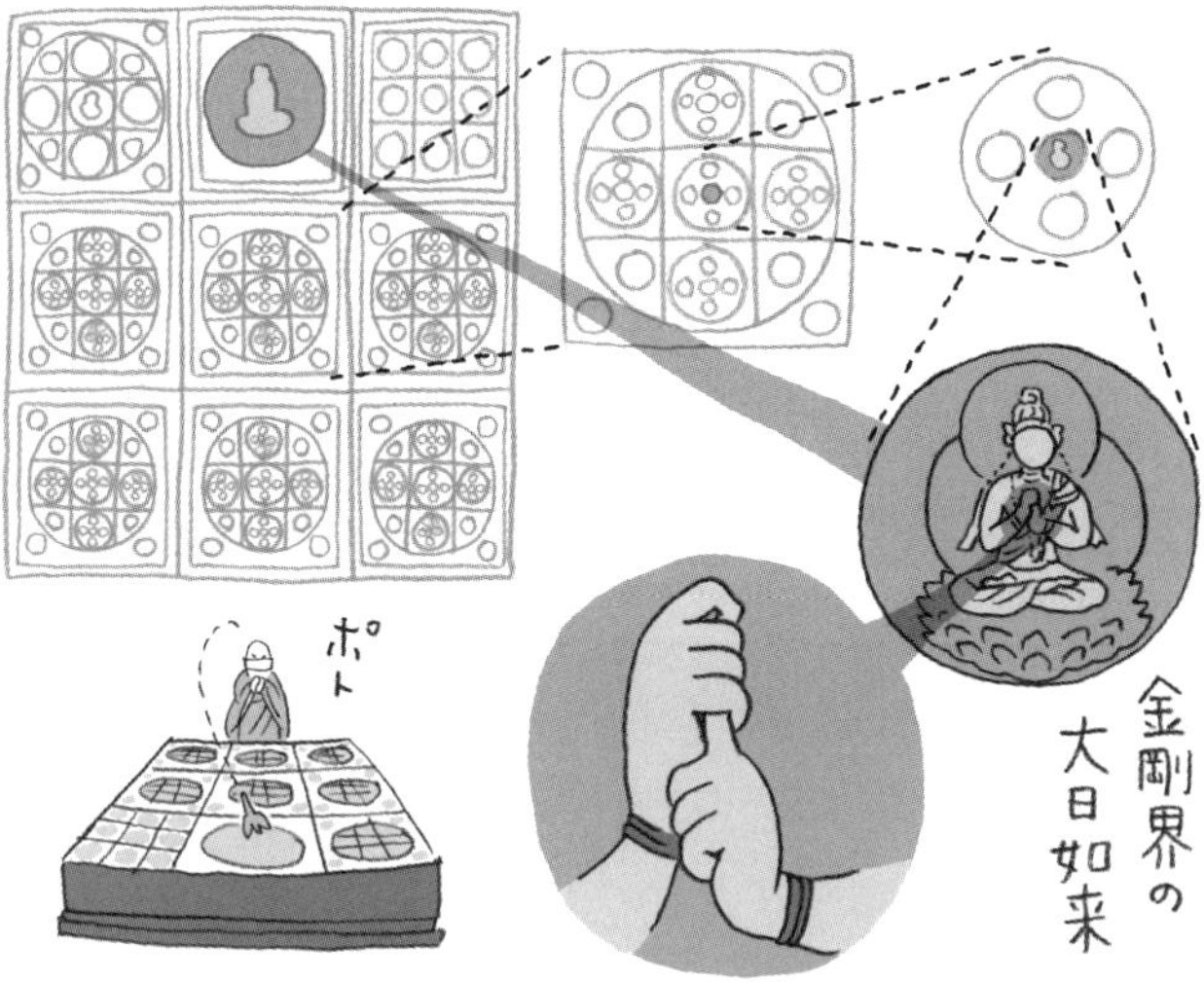

は、弟子を導き、その師となる僧の位のことだ。伝法灌頂を受けたとき、空海は遍照金剛《へんじょうこんごう》という名を贈られた。遍照金剛とは大日如来の別名である。その光明があまねく世界を照らし、その存在は金剛のように不滅であることから、こういう。この名を贈られたのは、投華《とうけ》得仏《とくぶつ》という儀式において、空海が胎蔵・金剛両界（両部）の大日如来と結縁《けちえん》したことに起因している。

　こうして阿《あ》闍梨《じゃり》となった空海は千人からいる恵果の弟子の頂点に立った。同時に恵果の正統の後継者、真言第八祖として新しい密教（瑜《ゆ》伽《が》密教）を授ける立場となった。だが、新しい密教について恵果が書き記したものはなく、すべて口伝《くでん》（口頭で伝授すること）だった。そのため、のちに触れるように空海はそれを自分なりに言語化しようと決意する。

新しい密教を空海に伝授し終えると恵果は魂が抜けた人のようになり、その年の十二月十五日、入滅《にゅうめつ》した。享年六十。出会いから半年後の死だった。恵果は空海に出会ったさい、

「報命《ほうみょう》（決定されている現世の寿命）、まさに竭《つ》きなんとする」

と話しかけたが、まさにその通りになった。

恵果の新しい密教を受け継ぎ、阿闍梨位を授かった者は空海一人となった。もう一人、義明《ぎみょう》という弟子がいたが、すでに亡くなっていたからだ。

翌年の正月十七日、恵果は弟子たちに見守られながら葬られ、碑が建てられた。このとき、空海が恵果を追慕する碑文《ひぶん》を書いた。そのなかで恵果の新しい密教が正統なものであることを示し、同時に恵果から示された言葉として密教と密教以外の仏教、すなわち顕教《けんぎょう》（言葉によって明らかに説き示された仏の教え）との相違を明らかにしている。

また、青龍寺《せいりゅうじ》で恵果から直接聞いた言葉としてこう記している。

「冒地《ぼうぢ》の得難《えがた》きには非《あら》ず此《こ》の法《ほう》に遭《あ》ふことの易《やす》からざる也《なり》」

（悟りをえるのが難しいのではない。密教に遇うことが容易ではないのである）

翌二月はじめ――。

恵果を見送った空海にまったく思いがけない情報がもたらされた。それによると、日本からの遣唐使一行が昨年の十二月末、明州《めいしゅう》に上陸したという。

（なんだと……ッ）

そんなことがあるのか――。

空海は事の意外さに驚く。なにしろ半年余り前に遣唐大使・藤原葛野麻呂《ふじわらのかどのまろ》の一行が日本に帰国したばかりである。降って湧いたような話だった。ただちに空海は情報の真偽を確かめようと走り回る――。

＊

新しい密教（瑜伽《ゆが》密教）は純密《じゅんみつ》とよばれますが、これはまだ体系化されていない雑密《ぞうみつ》（初期の密教・古密教）に対していう語です。また、曼荼羅は曼陀羅とも書かれます。

予期せぬ出来事

当時、一般の商船も日本と唐を行き来している。明州《めいしゅう》に上陸し、そこから都《みやこ》である長《ちょう》安《あん》までは二〇〇〇キロほどあり、遠い。だから、商船や遣唐使船《けんとうしせん》などの入港は伝令《でんれい》や早馬《はやうま》を仕立てて長安に知らせることになっていたという。

空海にもたらされた情報は、本当のことだと判明した。それによると、このたび明州に上陸したのは高階遠成《たかしなのとおなり》（756～818）を遣唐使の判官《はんがん》とする一行で、遣唐使船は一艘《そう》だった。先の遣唐大使・藤原葛野麻呂《ふじわらのかどのまろ》の帰国によって唐の新皇帝・順宗《じゅんそう》の即位を知った日本の朝廷が、その祝賀のために急遽、遠成《とおなり》を派遣したものだった。

（なんだって……ッ）

そういうことなら、その帰り船に便乗して帰国しよう――。

と空海は機転をきかせた。留学期間は二十年と定められているが、もともと二、三年で帰国する腹づもりだったし、すでに新しい密教のすべてを伝授されている。また、恵果から、「早く日本に帰って密教を国家に差し出し、天下に流布して国家と多くの人々の幸福を増せ」といわれている。さらに、語学力（漢語《かんご》）を駆使して仏教徒の学ぶべき五明《ごみょう》（声明《しょうみょう》・工巧明《くぎょうみょう》・医方明《いほうみょう》・因明《いんみょう》・内明《ないみょう》）を改めて長安で学び、新しい知識を吸収している。だから、これ以上、長安にとどまっている理由がなかった。

（これぞ、千載一遇《せんざいいちぐう》ッ）

と、空海は躍り上がらんばかりに喜んだ。また、空海と同じ留学期間二十年の橘《たちばなの》逸勢《はやなり》も、漢語《かんご》（中国語）が苦手なため自由に勉強できないうえ留学資金も乏しかったので、降って湧いたような帰国の機会に飛びついた。

こうして二人は、

（帰りの船が明州を出航するまで半年はかかるだろう……）

とおおよその見当をつけ、帰国準備を整えることにした。

この間《かん》、空海は二十年の留学だからと周囲からかき集めた資金をすべて書物や経典などの購入費にあて、文字どおり散財する。

二月半ば、遣唐判官《けんとうはんがん》・高階遠成《たかしなのとおなり》の一行が長安に着到《ちゃくとう》した。だが、順宗《じゅんそう》皇帝は直前に病没（806・2・11）していた。そのため、唐の朝廷に貢物《こうもつ》（みつぎもの）を差し出した遠成《とおなり》は慶事《けいじ》ではなく弔事《ちょうじ》に参列することになった。その任務を終えて鴻臚寺《こうろじ》（鴻臚《こうろ》館《かん》）の迎賓館《げいひんかん》にいる遠成《とおなり》を通じて、空海らは唐の新皇帝から帰国許可をえる必要があった。

というのは、留学生《るがくしょう》（留《る》学僧《がくそう》）はその国（この場合は日本）が唐の皇帝に委託した存在であり、皇帝の好意で長安に滞在している。そのうえ、食べてゆけるほどの金品ではないが、唐の朝廷からなにがしかの金品が支給されているからだ。留学生の帰国許可はその国を代表する大使が申し出ることになっている。今回は遣唐判官がそれにあたる。

空海はさっそく、留学期間を短縮して帰国する理由を記した文書を書きあげた。その内容は、般若三蔵《はんにゃさんぞう》や恵果《けいか》に会え、さいわいにしてその教えをすべて伝授されて目的を達することができたので、このうえ唐に滞在していたずらに時を過ごすより、師・恵果のいうように一刻も早く帰国して布教し、自分の天命を果たしたい、というものだった。逸勢《はやなり》の帰国理由の文書も空海が代筆した。その内容は、語学ができなくて未だ大学に入れないような状態であり、留学資金も尽きてしまったという正直なものだった。

この二通の文書を、高階遠成《たかしなのとおなり》から唐の朝廷に差し出してもらうことにした。これまでも自分の書き上げた文書によって難関を切り抜けているので、こたびも空海は自信があった。

だが、空海と逸勢《はやなり》の二人には二十年という留学期間が義務づけられている。二年で帰国すれば、「闕期《けつき》の罪《つみ》」に問われかねない。闕期とは、期を闕《か》(欠)くということで、その罪とは、『二十年の期間ということで唐へ留学したが、それを守らずに二年ほどで帰って来た罪』のことだ。その闕期《けっき》の罪《つみ》を遠成《とおなり》に持ちだされて、「そんな身勝手なことは許されない」といわれれば、それっきりになってしまう。だから一抹の不安が生じた。

＊

ていました。

鴻臚寺《こうろじ》（鴻臚館《こうろかん》）は、唐の外務省にあたる建物で、外国使節を接待する迎賓館も備え

帰国を許可された空海と逸勢《はやなり》

空海と橘　逸勢《たちばなのはやなり》は不安を抱きながら鴻臚寺《こうろじ》（鴻臚館《こうろかん》）の迎賓館《げいひんかん》に遣唐判官《けんとうはんがん》・高階遠成《たかしなのとおなり》を訪ねた。そしてこまごまと事情を説明し、戻り船《もどぶね》（帰り船）での帰国を訴えて、唐の朝廷の許可をえてくれるよう頼み込み、書き上げた二通の文書を差し出した。差し出された文書を受け取った遠成《とおなり》は一読するや、

「わかった」

といい、奥の一室へ戻っていく。

（しめたッ……これなら順調に事が運ぶ）

と空海は安堵する。

遠成《とおなり》は仏教や貧乏留学生の現実を理解していた。二通の文書を唐の朝廷に差し出し、るる事情を説明したところ、ほどなくして帰国許可が下りた。新皇帝は長安における空

海の名高い評判、その才華《さいか》（はなやかな才能）を聞き知っており、「帰国しようとするのは道理である」といったという。それを聞いて空海は破顔微笑《はがんみしょう》（心に悟るところがあってにっこり笑うこと）する。

こうして帰国を許可された空海と逸勢《はやなり》は、ただちに日本へ向かう準備をととのえ、三月には遠成《とおなり》の一行とともに長安《ちょうあん》を発《た》って明州《めいしゅう》に行き、そこの船着き場で遣唐使の帰り船を待つということになった。

空海が帰国するという話は、交渉（かかわりあい・関係）のあった長安の僧や文人墨客《ぶんじんぼっかく》ら知人・友人のあいだに広まった。かれらは思ってもみなかった事態に驚き、別離を惜しんで詩や文章、あるいは法帖《ほうじょう》などを空海に贈った。法帖とは、習字の手本や鑑賞用に古人の筆跡を石ずり（拓本）にした折り本のことだ。

いっぽう空海も知人・友人らに返答の詩（漢詩）を贈っている。たとえば、青龍寺《せいりゅうじ》の仲間の一人（僧）に贈った詩のなかにはこうある。

「空に遊ぶ白霧《はくむ》（はくぶ・しらぎり、とも）忽《たちま》ちに岑《みね》に帰る。一生一別《いっしょういちべつ》再び見《まみ》え難《がた》し。夢に非《あら》ず、思中《しちゅう》に数々《しばしば》尋ねん」

空で遊んでいる白い霧は峯《みね》に帰ってゆく（そのように自分も国に帰る）。この一生、ひとたび別れれば、再びお目にかかるのは難しい。（今後は）夢の中ではなく、心の中でしばしばお会いしましょう、という意味のようだ。

ともかく空海らは予定どおり三月、多くの人々に見送られて長安を発《た》った。四十日ほどかけて明州《めいしゅう》の船着き場近くの越州《えつしゅう》（現在の浙江省紹興県）に至った。越州は仏教の盛んな町で、ここでも空海は仏教書などあらゆる種類の書物を収集しようとする。だが、書写する人を十分に雇うだけの金銭的な余裕がもうない。すでに長安で散財しているからだ。そこで、当地の節度使《せつどし》（辺境に置かれた傭兵《ようへい》軍団の総司令官。軍政のほか民政・財政の両権も掌握している地方の長官）に協力を要請する書簡を差し出す。

その内容は――。

自分はもう財が底をつき、書写のための人を雇うこともできない。だが、まだまだ日本に持ち帰りたい文物《ぶんぶつ》がある。三教（仏教・儒教・道教）の中の経律論疏《きょうりつろんしょ》（経典と戒律と論議の注釈書）・伝記ないし漢詩・賦《ふ》（詩の六義《りくぎ》の一つ）・碑銘《ひめい》・卜医《ぼくい》（占いと医学）・五明《ごみょう》などをできるだけ多く日本に伝えたいので、そのことを遠方にまで広く伝えていただきたい、というものだった。

空海は恵果の新しい密教だけでなく、唐の最新の文化に関するものも日本に持ち帰ろうとしていた。そのため節度使の協力のもと、書物の寄贈を受けようと走り回り、みずからも書写に励んだ。目的のためにはどんな労苦もいとわない空海は、書物を求めてあちらこちら駆け回っているとき、ふと長安で聞いた話を思い出す。

（この越州《えっしゅう》には順暁《じゅんぎょう》という密教僧がいるとか……）

すでに触れたように、最澄《さいちょう》は帰国の途次、越州の龍興寺《りゅうこうじ》に順暁《じゅんぎょう》を訪ね、一カ月ほどかけて密教を学んでいる。だが、そのことを空海は知らない。空海は順暁に会ってみたくなり、龍興寺に順暁を訪ねた。すると順暁は、「またもや日本の僧が訪ねてきた」と驚き、こういう。

「一年ほど前に最澄という御坊《ごぼう》がこられて、ひと月ほど滞在した」

（あの最澄が……ッ）

と胸の内でつぶやく空海に、順暁はこういう。

「そのお方に、密教を伝授した」

空海はあわてた。唐において密教を伝授されたのは自分一人と思っていたからだ。しかも最澄は前年の六月、無事に帰国し、翌七月に入京していることを遣唐判官《けんとうはんがん》・高階《たかしなの》遠成《とおなり》から聞いている。

（すでに密教を世の中に弘《ひろ》めているに違いない……ッ）

と色を失いそうになりながら、その内容を順暁に聞いたところ、長安で栄え、流行《はや》っ

た密教ではなかった。恵果《けいか》の新しい密教と比べると完成度の低いものだった。だから、

（このお方は善無畏《ぜんむい》の弟子に師事した密教僧だが、新しい密教の継承者ではない）

とひとまず安堵する。

善無畏《ぜんむい》は大日経《だいにちきょう》を漢訳して唐に伝えた僧である。その直弟子《じきでし》ではなく孫弟子にあたる順暁《じゅんぎょう》から最澄が伝授されたのは、傍流の密教で、しかもその一部分だった。

とはいえ、最澄は日本に密教をもたらした最初の僧として評判をえるのは決まっている。日本では論理が複雑で難解な大日経は流通しなかったので、その実体を会得している者はいない。だから、帰国した空海が、「最澄の密教はその一部分にすぎない。わたしこそ新しい密教の正統の継承者である」と主張しても、無名の僧のいうことが信用されるはずがない。空海はいい知れない気分に沈みながら龍興寺をあとにする。

だが、ふさぎの虫にとりつかれないのも空海。すぐに気をとり直して再び書物などの収集に走り回り、越州には四カ月ほど滞在し、八月下旬、明州の船着き場から逸勢《はやなり》とともに遣唐判官《けんとうはんがん》・高階遠成《たかしなのとおなり》の乗る遣唐使船に便乗して日本へ向かった。

十月初旬、無事に筑紫《つくし》（北九州）の博多津《はかたのつ》（太宰府《だざいふ》の港）に帰着し、大宰府《だざいふ》に入った。

大宰府とは、すでに触れたように役所（地方官庁）のことだ。

こうして空海は念願の帰国を果たすのだが、空海を待っていたのは入京《にゅうきょう》（都《みやこ》に入るこ

と）の不許可だった。そのため、大宰府に足止めを食ってしまう。

いっぽう空海より一年四カ月ほど早く帰国している最澄は、空海の思ったとおり日本に密教をもたらした最初の僧としてほめそやされ、すでに日本天台宗を開いて密教をその一部門としていた。その最澄にも、また空海の足止めにも、深くかかわっているのが天皇家だった。それには事情《わけ》がある——。

第七部

帰国後の最澄と空海と天皇家

最澄と天皇家

入唐《にっとう》した最澄は、日本に伝来していた密教（古密教《こみっきょう》・初期密教＝雑密《ぞうみつ》）がなんとなく不完全であることを感じとっていた。

だから、帰りの遣唐使船《けんとうしせん》の出航準備が整うまで、ついでに密教の付法《ふほう》を受けようと思い立ち、仏教の盛んな町、越州《えっしゅう》（浙江省紹興県）に出向いて龍興寺《りゅうこうじ》（官立寺院）に順暁《じゅんぎょう》を訪ね、一カ月間ほど密教を学んだ。付法とは、師が弟子に教法《きょうほう》（仏の教え）を授けることだ。

最澄は自分が順暁から学んだ密教が傍流のもので、しかもその一部分にすぎないことを知らなかった。そのうえ通訳の僧を介していたので理解が不十分だった。それでも帰国した最澄は新しい仏教思想である密教を身につけた者として厚遇された。それには事《わ》情《け》がある。

密教は古代インドで発生した当初から、その修法《しゅほう》には現世利益《げんせりやく》の効験《こうけん》（しるし・ききめ）があるとされていた。呪術性の強い密教（雑密）に代わる密教（大日経と金剛頂経にもとづく密教）が中国に伝わると、唐《とう》の皇帝は新しい密教を宮廷宗教にした。やがて、その修法の評判が海を渡って日本に伝わってくるのだが、それは最澄や空海が入唐《にっとう》している時期だった。

最澄や空海のいない日本の宮中や朝廷では、

「密教の修法には鎮護《ちんご》国家《こっか》（仏教により国を守り安泰にすること）のほか、災《わざわ》い（天皇や皇族の病《やまい》や怨霊《おんりょう》の祟《たた》りなど）を除去する呪法《じゅほう》としての効験《こうけん》があるそうだ」

と話題になり、その修法を求める気運が高まるが、日本には密教を理解している仏教僧はいなかった。そんな状況下、最澄が唐から密教を持ち帰ってきたので、怨霊《おんりょう》のもたらす祟《たた》りを恐れていた桓武天皇や高位高官らの関心を集め、厚遇されたのである。

すでに触れたように、最澄の存在を桓武天皇に教えたのは今は亡き和気清麻呂《わけのきよまろ》である。その和気氏の氏寺《うじでら》である高雄山寺《たかおさんじ》（現・京都神護寺）の境内に、桓武天皇は灌頂壇《かんじょうだん》（灌頂道場）を建てるよう勅《ちょく》（天皇命令。またそれを伝える文書）をくだした。そして最澄を阿闍梨《あじゃり》として南都仏教界を代表する八名の長老に結縁《けちえん》灌頂を受けさせるよう広世《ひろよ》（故・清麻呂の長男）に命じた。長老たちにすれば、南都仏教を批判し否定する最澄を阿闍梨《あじゃり》として灌頂を受けるのは面白くない。だが、天皇命令には逆らえず、大安寺《だいあんじ》の勤《ごん》操《ぞう》も高齢を押して大和国《やまとのくに》（奈良県）から都《みやこ》（平安京）にのぼった。

こうして、最澄は唐から帰国して三カ月も経っていない九月一日（七日とも）、国費で建てられた日本初の灌頂壇で日本最初の結縁《けちえん》灌頂を行なった。この高雄山寺における灌頂で最澄の評価は一挙に高まる。十二月には宮中に招かれて桓武天皇の病《やまい》など、災《わざわ》いの除去のために種々の修法《しゅほう》を行ない、いっそう評判をとった。

すると最澄はただちに次の一手を打つ――。

公認された最澄の天台宗

翌年一月三日、最澄は天台宗に南都《なんと》（奈良）六宗と同じように年分度者《ねんぶんどしゃ》を置く資格をえたいと上奏《じょうそう》した。

年分度者とは、毎年一定の人数を限り国家が試験によって得度《とくど》させる僧、すなわち国家から度牒《どちょう》（公《おおやけ》に出家・得度したという公認文書）を与えられる官僧《かんそう》のことだ。上奏とは、天皇に意見・事情などを述べること。

これまで南都六宗に置くことが許された年分度者は十数名である。つまり、毎年一宗あたり一人ないし二人しか許されていない。そういうなか、一月二十六日、新興の天台宗に年分度者二名を置くことが許された。これは、最澄が宮中において行なった修法《しゅほう》に対する桓武天皇の返報（返礼）といわれる。

いずれにしても、年分度者を置くことが許された最澄の天台宗は公認を受けたことになり、南都六宗とならぶ宗派となった。次に最澄は得度試験の内容の規定をつくりたいと上奏し、これも許可される。結果、年分度者二名のうち一名は摩訶止観《まかしかん》を学ぶ止観業《しかんごう》（天台宗本来の領域の修行）をする者とされた。摩訶止観とは、雑念を止めて精神をある対象に集中させ、それを観察するという禅定《ぜんじょう》（瞑想法）についての解説書である。もう一名は、大日経《だいにちきょう》を学ぶ遮那業《しゃなごう》（密教的方面の修行）をする者とされた。つまり、密教は天台宗の一部門として扱われることになった。これによって最澄の密教も公認され、最澄はその専門家とされた。

桓武天皇は最澄を、「わが国に唐の天台教学《てんだいきょうがく》（天台宗）と、新しい仏教思想である密教を伝えた第一人者である」と称賛し、公験《くげん》を与えている。公験とは、国家が認めた僧尼に与える身分証明書のことだ。このように桓武天皇は南都《なんと》（奈良）の宗派を批判し否定する最澄に惜しみなく援助を与えた。天皇という最高権力者の支援をえた最澄は法華経《ほけきょう》をよりどころとしながらも密教をその一部門とする日本天台宗（天台法華宗＝天台法華一乗。以下、天台宗とする）を開いた。その最澄に、南都諸大寺の長老たちは神経をとがらせた。というのは、最澄の南都諸宗に対する今後の態度・方針に不安を抱いたからだ。

いっぽう天台宗を開いた最澄は、

(もっと、向こうで密教を学んでくるべきだった……)

と、臍《ほぞ》を噛《か》む思いをした。自分が考えていた以上に密教の修法《しゅほう》が桓武天皇や高位高官らの関心をそそったからだ。

この時期、最澄は自分が順暁《じゅんぎょう》から学んだ密教が傍流のもので、しかもその一部分であることを知らなかったが、密教に対する自分の理解が不十分であることは認識していたので、深奥な秘法(修法)を体得するにはもっと密教を学び、十分に理解する必要があると考えていた。だが、自分の持ち帰ってきた密教の経典類では十分に学べないことがわかっていた。それでも最澄は、

(わが国に初めて密教をもたらしたのは自分であり、ほかの誰でもない。だから自分は先達《せんだつ》……)

と誇りをもち、

(そのうち密教についての知識と理解を充実させ、法華経《ほけきょう》と密教とを融合させて天台宗の強化を図ろう)

と思案をめぐらしながら、桓武天皇の病《やまい》を全快させる修法《しゅほう》を宮中で行なっていた。だが、天台宗が公認されてから一カ月半あまりのちの三月十七日、修法の甲斐なく、桓武天皇は病没する。享年七十。皇太子の安殿《あて》親王（桓武天皇の第一皇子）が即位し、平城《へいぜい》天皇となった。

最澄は桓武天皇という後ろ盾を失ったが、新帝の平城天皇も和気氏も、南都諸宗に批判的・否定的な最澄に好意的だった。だが、高位高官のなかに、南都諸宗に同情的な見方をする者たちが出てきた。そのため、最澄はこれまでのように自分の都合のいいようになかなか動けなくなった。

そのころ、空海は遣唐使の判官《はんがん》・高階《たかしなの》遠成《とおなり》の一行とともに長安《ちょうあん》を発《た》ち、明州《めいしゅう》に向かっていた。だから、自分に入唐《にっとう》の勅《ちょく》を出した桓武天皇の病死や安殿《あて》親王の即位、また最澄の動向など知る由もない。

空海の帰国

高階《たかしなの》遠成《とおなり》の一行とともに明州《めいしゅう》に到着した空海は、同年八月下旬、当地の船着き場から帰りの遣唐使船に乗って日本へ向かい、無事に十月、筑紫《つくし》（北九州）に帰着した。一行は大宰府《だざいふ》の鴻臚館《こうろかん》に入った。鴻臚館とは、外国からの客を宿泊させる施設のことだが、外国への使節団の宿泊にも利用されていた。

高階遠成《たかしなのとおなり》は使節団の一行が帰国したという報告書を書き上げ、急使《きゅうし》（急ぎの使い）に持たせて都《みやこ》（平安京）へ走らせた。それによって朝廷から沙汰《さた》（指示・命令）がくだる。それを待つあいだ、一行は鴻臚館で旅の疲れをとることになる。

その間《かん》、空海は朝廷に差し出す『請来目録《しょうらいもくろく》』を書き上げることにした。これは唐から持ち帰ってきた密教に関する膨大な経典類、経論《きょうろん》（仏の教えを記した経と、経の注釈書である論）、仏画、法具類のほか内外の典籍類などの目録のことで、一覧表のようなものだが、単なる一覧表ではない。留学成果の報告書もかねている。

空海の唐での滞在期間は旅程を入れてもおよそ二年足らず、そのうち世界最大の文化都市・長安で学んだのは一年そこそこだが、恵果《けいか》から新しい密教（瑜伽《ゆが》密教）のすべてを伝授されたし、また知識欲と行動力で多くのものを学んだ。さらに、資金をはたいて唐の最新の文物《ぶんぶつ》（文化に関する一切のもの）を持ち帰ってきた。だから、空海は自信に満ちあふれていたが、一抹の不安をぬぐいきれなかった。「闕期《けっき》の罪《つみ》」に問われかねないからだ。

（どうなるのだろうか……）

空海は自信と不安の入り混じった複雑な気持ちで、えんえん一〇メートルに及ぶ報告書をかねた請来目録を書き上げた。

その内容は――。

まず、「二年ほどで帰ってきた罪は死しても余りある」と謝罪の気持ちを表わしたうえで、「長安一の名僧、恵果《けいか》から新しい密教のすべてを受け継いだので、もう唐にとどまるのは無益だった」と述べ、それゆえに帰国したと訴えている。

また、顕教《けんぎょう》（密教以外の仏教）と密教の勝劣《しょうれつ》（優劣）にも言及し、密教以外の仏教ではほとんど無限といえるほどの長い年月を経《へ》なければ成仏《じょうぶつ》できないとされているが、密教ではこの世においてこの身このままで成仏できるとし、密教のまさっていることを示したうえで、「自分は申し訳ないことをしたが、誰もがすぐにはえられない密教の深密《しんみつ》秘奥《ひおう》の教えを持ち帰ってきた」と訴え、さらに師・恵果から、「一刻も早く密教の教えや修法《しゅほう》を日本に持ち帰って国家に差し出し、国に弘《ひろ》めて人々の幸福につとめよ」といわれたと述べ、最後にこういう。

「学ぶべきものはすべて学んで入唐《にっとう》の目的を果たしたので、師・恵果からいわれたとおり、早く国家と人々のために行なうべきことを行ないたかった。それゆえ期《き》を闕《か》（欠）いてはいたが、帰国した」

この請来目録（十月二十二日付）が書き上がったころ、朝廷から高階遠成《たかしなのとおなり》に「入京《にゅうきょう》（都《みやこ》に入ること）せよ」という沙汰《さた》（指示・命令）がくだり、使節団の一行は十月下旬に大宰府《だざいふ》の鴻臚《こうろ》館《かん》を出ることになった。

だが、その沙汰の文書に橘逸勢《たちばなのはやなり》の名前はあったが、空海の名前はなかった。そのため、空海は入京できないといわれ、後日の沙汰を待てと遠成《とおなり》にいわれる。そこで空海は書き上げた請来目録と多くの経論《きょうろん》を遠成《とおなり》に預け、朝廷に差し出してもらうことにした。

十月下旬に大宰府を出発した使節団の一行が入京したのは、十二月十三日だった。遠《とお》成《なり》は身の回りの整理をし終えてから、自分の報告書とともに空海の書き上げた請来目録などを朝廷に差し出した。

じきに年が明け、たちまち二月になった。

だが、空海に入京の沙汰がくだることはなかった。

（やはり、闕期《けっき》の罪《つみ》が問題になっているのか……）

と、空海は不安な夜を過ごすようになった。

じつは、空海が入唐《にっとう》したあとで、空海が正式の手続きを経ていない私度僧《しどそう》であることに朝廷は気づき、問題にした。だが、いまさら勅命《ちょくめい》（天皇命令）を取り消すこともできなかった。

そうこうするうち翌年の六月、遣唐大使・藤原葛野麻呂《ふじわらのかどのまろ》の一行が最澄《さいちょう》とともに帰国し、翌月、入京した。葛野麻呂《かどのまろ》は朝廷内で空海の僧としての資格が問題にされているのを知ると、空海を援護するため、自分たち第一船の遣唐使一行が唐において空海の語学力や才知・学識にどんなに助けられたか。その異能が長安《ちょうあん》の名士《めいし》（教養ある人々・文化人）にどんなに珍重されたか。また、唐朝（唐の朝廷）が空海を正式の留学生《るがくしょう》と認めたからこそ長安に入れたことなどを、宮中や朝廷で力説して歩いた。

結果、朝廷はとうとう八〇五年九月十一日付で、

「空海は出発直前、八〇四年四月に正式に出家・得度して入唐《にっとう》した。この者に官度《かんど》の認可を与えよ」

という内容の太政官符《だいじょうかんぷ》（公文書）を発令し、同時に得度を証明する度牒官符《どちょうかんぷ》（得度を認めた公文書）を出した。つまり、入唐《にっとう》中の空海に正式な留学生《るがくしょう》（留学僧《るがくそう》）としての資格を与えたのである。

その空海が突如として二十年の留学を二年たらずで切り上げてくるという想定外のことをした。そのため朝廷は空海の取り扱いにとまどった。空海の入唐《にっとう》を許可した桓武《かんむ》天

皇に判断を求めようにも没しているので求められない。

また、唐から帰国した最澄をすでに密教の専門家として厚遇している。そこへもう一人密教を伝える者が現われ、しかもその空海という無名の留学僧は長安一の名僧といわれる恵果《けいか》から新しい密教を受け継いだという。だが、その密教が最澄のそれとどう違うのかをわかる者がいない。

「密教なら、すでに最澄が順暁《じゅんぎょう》という密教僧から受け継いでわが国に持ち帰ってきているではないか……」

という高位高官が少なくなかった。そうしたことから、朝廷はどう対処していいのかわからず、まごついた。

さらに、この時期、空海の後援者の一人である伊予《いよ》親王（桓武天皇の第三皇子）の謀反《むほん》の噂が宮中の女官たちのあいだでまことしやかにささやかれていた。そのため朝廷は、(阿刀大足《あとのおおたり》も関与しているのではないか。もしそうなら、空海も謀反に与《くみ》するのではないか……)

と疑心暗鬼になった。

すでに触れたように大足《おおたり》は空海の母方の叔父であり、伊予《いよ》親王の侍講《じこう》（天皇・皇太子・貴族に学問を教授する者）をつとめている。それで大足《おおたり》と空海も謀反につながる人物と疑われたのである。

　このように、もろもろの事情から朝廷は帰国後の空海の取り扱いにとまどい、入京《にゅうきょう》の沙汰《さた》をくだすことができないでいた。そのため、空海は筑紫《つくし》（北九州）に留め置かれた。

　このときの空海は伊予《いよ》親王の「謀反《むほん》事件」など知る由もない。その謀反事件は、天皇家の醜聞《しゅうぶん》といえるものだが、天皇家の聞き苦しい噂はそれだけではなかった――。

天皇家の醜聞《しゅうぶん》

　桓武天皇の没後、即位した平城《へいぜい》天皇（桓武天皇の第一皇子・安殿《あて》親王）は帰国した空海の取り扱いに対して何の指示も出さなかった。そのため空海は唐から持ち帰ってきた膨大な量の経典類や法具、図像などとともに筑紫《つくし》（北九州）の大宰府《だざいふ》に足止めを食った。

　新帝の平城天皇は空海の差し出した請来目録《しょうらいもくろく》に関心を示さなかった。というより、もっと強く関心のひかれる問題が二つあった。その一つは自分の女性問題で、父・桓武天皇によって追放された藤原薬子《ふじわらのくすこ》という年上の人妻とのこと。もう一つは平安京にただよう不穏な空気、伊予《いよ》親王（平城天皇の異母弟）の謀反《むほん》の噂のことである。

まず、女性問題だが、桓武天皇の生前、こんなことがあった――。

藤原種継《ふじわらのたねつぐ》の暗殺事件に関与したとして捕らえられ、配流《はいる》の途中で絶命した早良《さわら》親王（桓武天皇の同母弟）に代わって皇太子に立てられた安殿《あて》親王（桓武天皇の第一皇子。のちの平城《へいぜい》天皇）は、暗殺された藤原種継の娘である薬子《くすこ》の娘、すなわち種継の孫娘を後宮《こうきゅう》に迎え入れた。このとき、薬子の娘はまだ少女で成熟していなかった。そのため母親の薬子が一緒に入内《じゅだい》し、なにかと世話を焼いていた。薬子は安殿《あて》親王よりかなり年上で、しかも三男二女をなしている。だが、こともあろうに安殿《あて》親王に接近し、さかんに媚《こび》を売った。やがて二人は必然の成り行きのままになり、東宮御所《とうぐうごしょ》（皇太子の居場所である御殿《ごてん》）で人目を忍んで性的関係を結ぶ仲となった。ひとときの逢瀬は次の逢瀬をよぶ。それが繰り返される。やがて、女官たちのあいだでこうささやかれはじめた。

（あのお方は自分の娘を抱いている安殿《あて》親王と関係を結んでいる……）

その聞き苦しい噂が宮中に広まると、東宮御所の長官で、薬子《くすこ》とは縁戚関係にある藤《ふじ》原葛野麻呂《わらのかどのまろ》（のちの遣唐大使）が監視の目を光らせはじめた。その葛野麻呂の口を封じようと、薬子は葛野麻呂とも情を通ずる。このことも噂になり広まった。それらの聞き苦しい噂はついに桓武天皇の耳にも届いた。

（何たるざま……ッ）

醜聞《しゅうぶん》に激怒した桓武天皇は薬子を追放した。また、葛野麻呂の任を解き、筑紫《つくし》（北九州）の大宰府《だざいふ》に左遷《させん》した。

その七年後（八〇六年）、桓武天皇は没し、皇太子の安殿《あて》親王が即位、平城《へいぜい》天皇となった。新帝となるや、薬子を宮中に呼び戻して尚侍《ないしのかみ》（天皇の日常生活に奉仕する内侍《ないしの》司《つかさ》の長官）という官職につけ、手近《てぢか》においた。そのうえ薬子の夫（藤原縄主《ふじわらのただぬし》）を大宰府《だざいふ》に飛ばした。すると薬子《くすこ》は、年上としての、また人妻としての手練手管の限りを尽くして年下の平城《へいぜい》天皇を虜《とりこ》にした。つまり、平城天皇は即位早々、愛欲に溺れ、空海の請来目録に関心を示すどころではなかったのである。それほど薬子は男を甘美な陶酔に浸《ひた》らせる女だった。

もう一つの問題は平安京にただよう不穏な空気、謀反《むほん》の噂である。即位から半年ほど経《た》ったある晩、平城天皇は宮中の女官たちのあいだでささやかれているという噂を、薬子から寝物語に聞いた。それは、伊予《いよ》親王が謀反をすすめているらしいというものだった。これまで異母弟の伊予親王とは良好な関係を続けてきているだけに、平城天皇は「まさか……」という思いが強かった。だが、薬子の忠告にしたがい、警戒を怠らないことにした。

じつは、この謀反の噂は皇位継承にからんだ藤原一族の内部争いから生じた陰謀だった。その陰謀をめぐらしたのは藤原仲成《ふじわらのなかなり》と薬子《くすこ》の兄妹だった。これには事情《わけ》がある。

＊

平城《へいぜい》天皇（安殿《あて》親王）は、病弱で神経症を患《わずら》うような体質であり、そのせいで常に迷いがあり、また癇癪《かんしゃく》を起こしやすい性質だったといわれます。薬子《くすこ》の生年は不詳です。平城天皇は十七歳ごろに実母（藤原乙牟漏《ふじわらのおとむろ》）を亡くしているので、だいぶ年上の薬子を母のように慕うところがあったのかもしれません。

藤原一族の内部争い

当時、藤原一族は四家（南家《なんけ》・北家《ほっけ》・式家《しきけ》・京家《きょうけ》）に分かれ、それぞれが自家の繁栄のためには手段を選ばず、陰謀・密告・謀略・暗殺などを用いて宮中における政治権力を握ろうと激しく争っていた。

だが、桓武《かんむ》天皇の実父である光仁《こうにん》天皇が即位したころから、天皇の外戚《がいせき》（母方の親戚）になるのが繁栄のための手段となった。つまり、天皇や皇太子の後宮《こうきゅう》に自家の娘を入れて夫人《ぶにん》（愛妾・側室）として奉仕させ、皇子をもうけさせて天皇家の外戚となり、宮中の実権を握ろうとしたのである。

　このころ天皇家には亡き桓武天皇の第一皇子（安殿《あて》親王）である平城《へいぜい》天皇のほか、三人の皇子（神野《かみの》親王・伊予《いよ》親王・大伴《おおとも》親王）がいた。平城天皇と神野親王の生母は同じで、藤原乙牟漏《ふじわらのおとむろ》といい、式家《しきけ》の娘だった。伊予親王の生母は藤原吉子《ふじわらのよしこ》といい南家《なんけ》の娘で、大伴親王の生母は藤原旅子《ふじわらのたびこ》といい式家《しきけ》の娘だった。

　平城天皇には二人の子、十五歳の阿保《あぼ》親王と八歳の高岳《たかおか》親王がいた。だが、その生母の身分が低かったので、平城天皇は同母弟の神野《かみの》親王を皇太子に立てた。これは、当時としては順当な人選である。だから、順調に事が運ぶならば、平城天皇から神野親王、神野親王から大伴親王と三代にわたって式家出身の娘を母とする天皇が実現することになり、将来にわたって式家は天皇家の外戚として、その地位が安定する。

　そうなれば、藤原種継が暗殺されてからというもの勢威を衰えさせている式家は再び大いに繁栄し、

（南家を主座から追い落とせる）

　と、ほくそ笑む者がいるいっぽう、

（待てよ、南家出身の吉子《よしこ》とその子・伊予《いよ》がいる限り……）

　順調に事が運ぶことはないかもしれないと、式家の前途を危ぶむ者がいた。それには事情《わけ》がある。

このころの伊予親王は皇族の重鎮《じゅうちん》（重きをなす人物）であるが、幼いころから亡き父・桓武天皇に可愛がられていた。その事実を、宮中の女官や廷臣《ていしん》（朝廷に仕える臣下）たちはみな知っている。いっぽう伊予親王の異母兄である平城天皇は即位後、父・桓武天皇に追放された薬子《くすこ》を呼び戻して再びふしだらな男女関係を続け、薬子は薬子で平城天皇の寵愛を武器に権勢をふるっている。その薬子を、藤原一族と関係のない高位高官たちはみな恐れ、どうしてよいかわからなくて困りはてている。そうした事実を宮中の女官たちで知らない者はいない。

そうしたことから、ひとたび皇位継承をめぐる争いが起きれば、式家は宮中や朝廷の人々を敵にまわすことになるのは明らかだった。そうなれば、南家《なんけ》の娘・吉子《よしこ》を生母とする伊予親王が擁立されるのは間違いない。だから、式家の前途を危ぶむ者がいたのである。それが薬子《くすこ》の兄・藤原仲成《ふじわらのなかなり》だった。仲成は、

（ならば……こちらから仕掛けるに如《し》くは無《な》し）

と、伊予親王とその生母・吉子をこの世から消し去り、南家《なんけ》を追い落とすことを企んだ。この年、四十三歳（異説あり）の仲成は周到な男だった。まず、北家《ほっけ》の二十二歳の藤原宗成《ふじわらのむねなり》を口先でごまかして自分に同調させ、そのうえで平城天皇に寵愛《ちょうあい》されている妹

の薬子《くすこ》を利用して宮中にこんな噂を流させる。

（どうも北家《ほっけ》の藤原宗成《ふじわらのむねなり》が伊予親王に謀反《むほん》をすすめているらしい……）

この噂は薬子の息のかかった女官たちによってささやかれだし、半年も過ぎると女官で知らないものはいなくなった。だが、そのころには噂は、

（伊予親王が謀反をすすめているらしい……）

というものになっていた。その謀反の噂を、平城天皇は薬子から寝物語に聞かされたのである。

謀反への警戒

平城《へいぜい》天皇は藤原薬子《ふじわらのくすこ》からたびたび聞かされる謀反《むほん》の噂をいつも半信半疑で聞いていた。

だがそのうち、

（もし、噂が本当なら……）

と思うようになり、

（ならば、伊予親王の侍講《じこう》をつとめていた阿刀大足《あとのおおたり》も一枚かんでいるのではないか）

と疑いはじめた。そういう状況下、遣唐使の判官《はんがん》・高階遠成《たかしなのとおなり》の帰国の知らせが届いた。

そのなかに留学生《るがくしょう》（留学僧）の空海の名があった。

（空海……あのものは大足《おおたり》の自慢の甥《おい》っ子《こ》ではないか）

何ゆえ突如として留学を二年で切り上げ、帰国したのか。何か事情《わけ》があるのではないかと、平城天皇は疑った。

平城天皇は、異母弟の伊予親王が阿刀大足《あとのおおたり》とのつながりから空海の入唐《にっとう》を実現させようと父・桓武天皇や朝廷にはたらきかけたことを知っている。そういうことができたのも、

（伊予がとりわけ父に可愛がられていたからだ）

と思い返しながら、空海を伊予親王の謀反につながる一人として警戒するようになった。また、空海は唐《とう》の名僧である恵果《けいか》から新しい密教（瑜伽《ゆが》密教）を伝授されたと聞き知って、

（新しい密教……最澄のもたらした密教とは違うのか。もしや魘魅《えんみ》のような呪法《じゅほう》か）

と、愛欲に溺れている平城天皇の脳裏に見当違いの事件が浮かぶ。魘魅とは、幻術《げんじゅつ》（妖術《ようじゅつ》）で人を呪《のろ》い殺すことだ。平城天皇の脳裏に浮かんだのは、祖父の光仁《こうにん》天皇の時代に起きた魘魅大逆《えんみだいぎゃく》（幻術《げんじゅつ》で天皇や親を呪い殺す大罪のこと）事件のことで、井上《いのえ》皇后がわが子・他戸《おさべ》皇太子の即位を願って夫である光仁天皇を呪い殺す祈祷《きとう》を数度にわたっ

て幻術《げんじゅつ》の使える巫女《ふじょ》に行なわせた事件である。

（そんな呪殺《じゅさつ》の修法《しゅほう》を、空海は身につけてきたのではないか……）

と、いっそう空海の取り扱いに対して神経質になり、請来目録《しょうらいもくろく》に関心を示すどころではなかったのである。そのため、すでに新しい年の春が過ぎようとしていたが、朝廷は空海の処遇を決めようにも決められなかった。

いっぽう帰国した空海の請来目録に強い関心を寄せ、空海の入京《にゅうきょう》を心待ちにしている者がいた。最澄である。最澄にはひそかに腹づもりしていることがあった。

最澄の腹づもり

最澄はすでに密教を天台宗の一部門とし、日本で最初の灌頂を行なっている。その最澄が無名の空海の存在を意識したのは、入京《にゅうきょう》した遣唐使の判官《はんがん》・高階 遠成《たかしなのとおなり》からこう聞かされたからだ。

「いっしょに帰国した空海という留学生《るがくしょう》（留学僧）は唐《とう》の都《みやこ》・長安《ちょうあん》で恵果《けいか》という名僧から新しい密教（瑜伽《ゆが》密教）を伝授されたそうだ」

（空海……）

最澄にとって初めて聞く名前だった。恵果という名前は龍興寺《りゅうこうじ》の順暁《じゅんぎょう》から聞いていた。不空《ふくう》の一番弟子で密教の第一人者ということだった。

最澄は自分が学んだ密教が未消化で、理解が不十分であることを認識している。だから、朝廷に差し出された空海の請来目録《しょうらいもくろく》がとても気になった。その目録に目をとおせば、空海の留学成果がわかるからだ。

ある日、最澄は空海の請来目録の披見《ひけん》を朝廷に申し出て許され、目をとおした。

（むむ……ッ）

空海は新しい密教関係の経典類・法具類・曼陀羅《まんだら》のほか、唐の最新の文化に関する書物などを大量に持ち帰ってきていた。持ち帰ってきた経典類のほとんどが、最澄の知らないものばかりだった。

また、報告というかたちで、顕教《けんぎょう》（密教以外の仏教）にまさるものとして唐の都《みやこ》・長《ちょう》安《あん》で盛んに行なわれている新しい密教を、インド密教の正統を学んだ恵果《けいか》からすべて伝授され、理解し習得したと目録に書き込んでいた。さらに、密教の特殊な性質により、この世においてこの身このままで成仏できるという「即身成仏《そくしんじょうぶつ》」論を記していた。

（こ、これはッ……この男）

尋常一様《じんじょういちよう》の留学僧《るがくそう》ではない。並外《なみはず》れの才能の持ち主、と最澄は直感する。このとき初めて自分が順暁《じゅんぎょう》から学んだ密教が傍流のもので、しかもその一部分だということに気づき、愕然とする。

だが、気抜けしたようにぼんやりと手をこまねいている最澄ではない。ならばと、えんえん一〇メートルに及ぶ空海の請来目録を書き写しはじめる。空海の入京しだい、目録に載《の》っている新しい密教関係の書物を借り出して学び、自分の密教の充実につとめようという腹づもりだった。だから、空海の入京を心待ちにしていたのである。

南都《なんと》（奈良）の諸大寺の長老たちも空海の入京を待ち望んでいた。それにも事情《わけ》がある。これまで南都諸宗を批判し否定してきた最澄は、唐から帰国後、密教をその一部門とする天台宗を開いて南都六宗の宗派と並び、きわめて勢いが盛んだった。それだけに、今後、南都諸宗に対してどのような態度をとるのかと長老たちは懸念していた。そんな折り、空海が新しい密教を伝授されて帰国したという情報が入った。長老たちは空海の密教が最澄のそれを越えるものであることを期待した。期待どおりであれば、最澄は空海にやり込められ、勢威を失うことになる。だから、空海の入京を待ち望んでいたのである。大安寺《だいあんじ》の勤操《ごんぞう》もその一人だった。

だが、新しい年を迎え、すでに二月も過ぎようとしていたが、いっこうに空海の入京が実現しそうな様子はなかった。

請来目録《しょうらいもくろく》は、空海の現物は残っていませんが、最澄の書き写したものが、現在、東寺《とうじ》（京都市南区）に所蔵されており、国宝に指定されています。

＊

入京できない空海

筑紫《つくし》（北九州）の大宰府《だざいふ》（北九州の地方官庁）に足止めを食った空海は、唐から持ち帰ってきた膨大な量の経典類を整理することにした。この作業はすこぶる時間と労力を必要とする。その作業をしている空海のもとへ、ある日、大宰府の少弐《しょうに》（次官）を通じて善道尼《ぜんどうに》の書状が届く。帰国後、初めてである。

それには――。

「真魚《まお》さまが帰国なされて大宰府に足止めされていると勤操《ごんぞう》さまからお聞きしました。勤操さまは、もはや現世《げんせ》では会えないと思っていたと、その喜びようは尋常一様ではありませぬ。わたくしとのお約束どおり、二年余りでお帰りになられたのを知って、涙がとまりません。真魚さまとの秘密を守るのは孤独ないとなみで、あなたがいなくなってからというもの、なかなか先にすすめなくなりました。もういらっしゃらないのだと思うと、肌をおおうことなく世間に放り出されたようで、どんなに心細かったことか……。こうして文《ふみ》を書いていても、これは夢か現《うつつ》かと……。伝《つて》をたよって大宰府の少弐《しょうに》を通じてこの書状を差し出すことにいたしました」とあり、「大宰府の少弐である田中というお方《かた》は早良《さわら》親王とつながる人々のお一人で、信頼のおけるお方です」とあった。

また、「在唐中に真魚さまは官度《かんど》の僧（官僧）として認可され、得度《とくど》を証明する度牒《どちょう》官符《かんぷ》（得度を認めた公文書）がくだっています。唐から帰国されて平城《へいぜい》天皇のおそば近くに仕える藤原葛野麻呂《ふじわらのかどのまろ》さまのご尽力があったと聞いております。とにかく早い入京をお待ち申しております」とあり、文末には、「あなたのおそばにいたい。善道尼」とあった。

空海は、自分が官僧としての資格を与えられていると知って、

（あの大使が……約束どおり骨を折ってくれたのか）

と遣唐大使・藤原葛野麻呂《ふじわらのかどのまろ》のこんな言葉を思い出していた。

「福州《ふくしゅう》の赤岸鎮《せきがんちん》に漂着するや危機に直面したが、貴僧の格調高い文章に救われた。長安《ちょうあん》では通訳や代筆で大いに助けられた。帰国したなら、貴僧が唐において正式の留学僧《るがくそう》として取り扱われ、長安に入ったことなどもよくよく報告しておく。励めよ、空海」

これは、帰国する大使一行を長安の東方の郊外まで見送ったとき、大使が空海に語った言葉だった。

（……ならば、もうじき入京の許可が下りるかもしれない）

と思いながら、

（しかし、あの大使は正直すぎて気のきかない官吏《かんり》……だとすれば、わたしの闕期《けっき》の罪《つみ》を許せないのではないか）

と空海は思いなおしたりしていたが、気をとりなおして経典類の整理に専念した。

大宰府は中央官庁の出先機関であり、そこの官吏《かんり》は都《みやこ》（平安京）の噂にたいへん詳しい。帰国後の最澄の動向についても知っている。だから、大宰府の官吏のなかには空海が新しい密教を初めてわが国に持ち帰ったと聞くと、

（はて……）

と疑わしく思う者もいた。密教はすでに最澄が唐から持ち帰り、公認されていたからだ。

空海はこの二月、大宰府の田中次官の亡母のための法会《ほうえ》を行ない、このときみずから絵筆をとって十三尊の菩薩《ぼさつ》の像を描いている。そのうえ『法華経《ほけきょう》』八巻と『般若心経《はんにゃしんぎょう》』二巻を書写して供養している。

じつは、空海がこれほど入念な供養をした理由《わけ》は不詳なのだが、田中次官が新しい密教に理解を示し、いろいろ世話をしたり、最澄の帰国後の動向を空海に詳しく教えたりしたと考えられる。したがって空海は、最澄が勅命《ちょくめい》によって高雄山寺《たかおさんじ》に灌頂壇《かんじょうだん》を開いて南都《なんと》（奈良）諸大寺の長老たちに灌頂を行なったことや、宮中に招かれて桓武天皇の病《やまい》など災《わざわ》いの除去のために種々の修法《しゅほう》を行ない世間の注目をあびたことや、また密教をその一部門とする天台宗を開いたことなどを知っている。だが、最澄の密教が中途半端なものであることに気づいている空海はこう思う。

（おそらく……あのお方は桓武天皇やその周辺の反応をみて、密教も自分の専門とすることにしたのだろう）

しょせん、時勢に迎合したにすぎない――。

そうこうしているうち春も過ぎ、夏を迎えた。

その四月二十九日、「空海をしばらく筑紫《つくし》（北九州）の観世音寺《かんぜおんじ》（福岡県太宰府市）に止住《しじゅう》（仮住まい・居住）させよ」という内容の大宰府牒《だざいふちょう》（大宰府の公文書）が発令された。これまで諸般の事情から空海の取り扱いを決めかねていた朝廷は、ここにきて伊予《いよ》親王の謀反《むほん》の噂の決まりがつくまで空海を筑紫に足止めすることを正式に決めたのである。

大宰府から五、六〇〇メートルほど離れたところにある観世音寺は西国《さいごく》（九州地方）を代表する寺で、南都《なんと》（奈良）六宗の出先機関でもある。だから、南都諸大寺との交流も頻繁で、おのずと平安京や南都の情報が入ってくる。そういう寺に居住することになった空海は、これまで以上に平安京や南都の情報に接することができるようになった。

空海は観世音寺の学問僧たちからも、最澄の密教との違いについて聞かれた。そのたびに自分の持ち帰った新しい密教がどういうものであるのか、その思想、その儀軌《ぎき》（儀式細則）について語り、最澄のそれとはまるで違うことを説いた。理解する者もいればそうでない者もいた。ようやく落ちついた空海は膨大な経典類の整理を続行した。同時に恵果《けいか》から学んだ「両部不二《りょうぶふじ》」という新しい密教（瑜伽《ゆが》密教）の教相《きょうそう》（教義《きょうぎ》の部門＝真理として説く教えの部門）を自分の言葉で一つの体系にまとめあげる作業にとりかかった。

恵果《けいか》はインド密教のすべてを含んでいる新しい密教の基礎をつくりあげたが、「両部不二」を口頭で説き明かしただけで、言葉で論理的にまとめあげること（文章化）はしていない。それどころか、何の書物も書き残していない。恵果によれば、やらなければと思いながら老いてしまった。それゆえ「両部不二」を文章化できるのは空海のほかにいないと、新しい密教のすべてを口伝《くでん》したという。

だから、新しい密教といっても目に見えるものは修法《しゅほう》という華麗な儀式だけだった。新しい密教を新しい仏教として完成させるには、「両部不二」の教えを誰にでもわかるように一つの体系のなかに文章化する必要がある。

すでに触れたように、両部（両界）とは、金剛頂経《こんごうちょうぎょう》にもとづく密教（金剛界）と大日経《だいにちきょう》にもとづく密教（胎蔵界）のことだ。不二とは、二つでなくて、同一・一体であるということ。つまり、金剛界と胎蔵界の二つは、二つでありながら一つのもの（同一・一体）であるということ。だが、金剛界は精神の原理すなわち「智慧《ちえ》の面」を説き、胎蔵界は物質の原理すなわち「理性《りしょう》の面」を説いている。したがって異質な二つのものを論理的に一つに統合しなければならない。また、密教の最終目的である「即身成仏」というものをわかりやすく説かなければならない。さらに、他宗を圧倒するものにしなければならない。そういうわけですこぶる困難をともない、時間と労力がかかる。その作業に空海は着手したのである。

そのころ平安京では――。

伊予《いよ》親王（桓武天皇の第三皇子）の謀反《むほん》の噂が宮中だけでなく、朝廷周辺でもささやかれるようになり、廷臣《ていしん》（朝廷に仕える役人）たちのあいだにも広がっていた。平安京は不穏な空気に包まれた。

謀反の行方と空海

その年の十月、謀反の噂はついに当事者である伊予《いよ》親王の耳にも入った。

(なんだと……ッ)

なぜ、そんな噂が今ごろになって流れるのだと伊予親王は不審に思った。じつは去年《こぞ》の夏のはじめ、北家《ほっけ》の藤原宗成《ふじわらのむねなり》からそれとなく謀反をそそのかされたのは事実だった。

だが、笑って問題にしなかった。異母兄の平城《へいぜい》天皇とは良好な関係を続けていたからだ。

(もしや、まともに相手にしなかった腹いせか)

と懸念した伊予親王は、

(噂が天皇の耳に入るまえに、自分から打ち明けよう)

と謀反をそそのかされた経緯《いきさつ》を平城天皇に報告した。

(これで身の潔白を明らかにすることができた……)

と安堵した伊予親王は、このあとに起こることをまったく予測できなかった。

これまで平城天皇は謀反の噂を半ば信じ半ば疑い、迷っていたが、ここにきて右大臣の藤原内麻呂《ふじわらのうちまろ》（北家）から報告されたり、異母弟の伊予親王からその経緯を聞かされたりしたため、ついに真偽を確かめようとひそかに探索を命じた。

まもなく、謀反を企んでいるのは北家《ほっけ》の藤原宗成《ふじわらのむねなり》であることが判明した。そこで宗成《むねなり》を捕らえて尋問したところ、

「自分が謀反をすすめたのではない。伊予親王こそ謀反の主謀《しゅぼう》（中心人物）であり、皇位を狙っている」

と白状した。これは、式家《しきけ》の藤原仲成《ふじわらのなかなり》（薬子《くすこ》の兄）が手抜かりなく根回しをして、この機会を待って行なった陰謀の仕上げで、讒言《ざんげん》だった。むろん、平城天皇の知るところではない。平城天皇は激怒し、ただちに伊予親王とその母・藤原吉子を捕らえ、大和国《やまとのくに》（奈良県）の川原寺《かわらでら》（奈良県高市郡明日香村）に幽閉した。そして母子に飲食を与えず、餓死を待つ状態においた。母子は懸命に身の潔白を主張するが、聞き入れられなかった。翌十一月十二日、母子は怨《うら》みと憤《いきどお》りのあまり川原寺の一室でそろって毒をあおり、自害してはてた。

また、伊予親王の母方の伯父（藤原吉子《ふじわらのよしこ》の兄）である大納言《だいなごん》の藤原雄友《ふじわらのおとも》は連座《れんざ》して流《る》罪《ざい》となった。連座したのは大納言だけでなく、南家《なんけ》の貴族や公卿《くぎょう》の多くが連座し、流罪や解官《げかん》（官職を解かれること）の処分を受けた。そのため南家の勢力は大幅に後退した。

式家の藤原仲成《ふじわらのなかなり》にまるめ込まれた北家《ほっけ》の藤原宗成《ふじわらのむねなり》は流罪に処されたが、その後、赦免《しゃめん》されて、わずかだが昇進する。

事件後、平城天皇は薬子《くすこ》のはたらき、すなわち謀反の噂をいち早く自分に知らせたことを高く評価し、尚侍《ないしのかみ》という薬子《くすこ》の官職の位階を従五位《じゅごい》から従三位《じゅさんみ》に引き上げた。以後、平城天皇と仲成《なかなり》・薬子《くすこ》兄妹との結びつきはさらに強固なものとなる。

式家の返り咲きをはたした仲成《なかなり》・薬子《くすこ》兄妹はひそかにほくそ笑みながら宮中で勢威をふるうが、三年後、再びとんでもない事件を起こすことになる。それはのちに触れるとして、伊予親王の謀反事件が発覚したのは空海が観世音寺《かんぜおんじ》に移り住んでおよそ半年後の十月だった。その翌月に母子が幽閉先で服毒、自害したということを大宰府《だざいふ》の田中次官から知らされた空海は、時を同じくして観世音寺《かんぜおんじ》の学問僧からも聞かされる。

(なんということだ……ッ)

悲報に接して空海は愕然とする。伊予親王は入唐《にっとう》を強く望んでいる空海のことを知ると、父の桓武天皇や朝廷にそれとなくはたらきかけてくれた。そのことを、空海は入唐《にっとう》前に叔父の阿刀大足《あとのおおたり》から聞いて知っている。また、留学資金も援助されている。その親王が、生母とともに自害してはてたことは大きな衝撃だった。同時に、

(親王の侍講《じこう》だった叔父も、事件に巻き込まれたにちがいない。ならば、自分にもその

影響があるやも……）

入京許可が下りないのはそのせいなのかと、空海は絶望的な気持ちになった。

こうして、この年は暮れていった。

＊

伊予《いよ》親王は、生年不詳です。本書では桓武天皇の第三皇子としていますが、異説もあります。当時、怨《うら》みを残して死んだ人の霊は怨霊《おんりょう》となって祟《たた》り（災厄《さいやく》＝災《わざわ》い・災難）をもたらすと信じられました。ですから、無念の死をとげた伊予親王とその母・吉子も怨《おん》霊《りょう》となって祟《たた》りをなすのではないかと恐れられましたが、伊予親王はおよそ十二年後、無実とされ、母とともにもとの地位に戻されます。これは配流《はいる》の途中で絶命した早良《さわら》親王のときと同じ取り計らいです。

北家《ほっけ》の藤原宗成《ふじわらのむねなり》は、昇進しますが、官吏《かんり》（役人・官僚）社会から見捨てられたような存在となり、貧困のうちに没します。

持ち帰った経典が大評判

新しい年、八〇八年を迎えた。

筑紫《つくし》（北九州）の観世音寺《かんぜおんじ》に居住している空海のもとに、大和国《やまとのくに》（奈良県）の善道尼《ぜんどうに》から書状が届き、大安寺《だいあんじ》の勤操《ごんぞう》はじめ諸大寺の長老たちからえたという情報が寄せられた。

それによると――。

遣唐使の判官《はんがん》・高階《たかしなのとおなり》遠成と留学生《るがくしょう》だった橘《たちばなのはやなり》逸勢は、空海がサンスクリット（梵《ぼん》語《ご》）を習い覚えて長安一《ちょうあんいち》の名僧・恵果《けいか》から新しい密教（瑜伽《ゆが》密教）のすべてを受け継いだことや、膨大な経典類と貴重な文物《ぶんぶつ》を大量に持ち帰ってきたことなどを、宮中や朝廷周辺の人々に話して歩き、空海の入京《にゅうきょう》はわが国のためになると訴えていた。遣唐大使だった藤原葛野麻呂《ふじわらのかどのまろ》は伊予《いよ》親王の謀反《むほん》事件の発覚後、口を閉じていたが、再び口を開きはじめていた。また、請来目録《しょうらいもくろく》を見た高位高官たちのあいだで空海の持ち帰った経典類の評判が日に日に高まっていた。いずれにしても伊予親王の謀反事件が母子の服毒、自害で決着がついたからだが、事件後の阿刀大足《あとのおおたり》の消息は不明だという。最後に、最澄も空海の入京《にゅうきょう》を待ち望んでいるようで、朝廷にはたらきかけているらしいと記されていた。

これらの情報に接した空海は、

（伊予親王は本当に謀反を企んでいたのだろうか……）

と、叔父の大足《おおたり》から聞いていた親王の人柄を思い出し、

（そんな無分別なことをするはずがない……それに）

なぜ、親王の生母まで捕らえて幽閉したのかといぶかり、

（無実の罪をこうむったのではないか……）

ということに思いおよんだ。早良《さわら》親王（桓武天皇の同母弟）は式家《しきけ》の藤原《ふじわらの》種継《たねつぐ》の暗殺事件に関与したとして配流《はいる》となり、その途中で絶命したが、十五年後に無実とされ、名誉を取り戻している。

（だからといって、生き返るわけではないが……）

と空海はやるせない思いに暮れる。

だが、すぐに気を取り直して、自分の

入京を待ち望んでいるという最澄の気持ちを察し、

（おそらく、わたしから経典類を借り出し、おのれの不十分な密教知識を補おうとしているのだろう）

と見ぬき、こうつぶやく。

（だが、密教には文章などでは学べない重要な教えがある。それは師から弟子へ直《じか》に伝授されなければわからないものだ。それゆえどんなに経典類に接しても、その充実をはかることはできないだろう……）

いずれ、わたしのもとに教えを乞いにくることになる――。

密教の伝達というのはインド以来の伝統として書物によるのではなく、師から直《じか》に受け伝えること（師承《ししょう》・師伝《しでん》）とされている。だから、空海は最澄が教えを乞いにくると思ったのだが、師伝という知識を身につけていなかった最澄はのちに触れるように空海を苛立たせることになる。

それはそうとして、空海はこのとき、

（あのお方は内供奉十禅師《ないぐぶじゅうぜんじ》の一人、そういう人が朝廷へはたらきかけたのなら……）

じきに入京の許可がおりるのではないかと安堵し、それを待つことにした。そして再び大量の経典類の整理と、恵果《けいか》から口伝《くでん》された新しい密教を自分の言葉で一つの体系にまとめあげるという困難な作業を開始する。

そんな空海のもとへ、またしても善道尼《ぜんどうに》から情報が寄せられる。

それによると――。

伊予親王の謀反事件は式家《しきけ》の藤原仲成《ふじわらのなかなり》・薬子《くすこ》兄妹の陰謀だった。母子は皇位継承にからんだ藤原一族の内部争いに巻き込まれた。そうとは知らない平城《へいぜい》天皇のもと、仲成・薬子の兄妹はいっそう権勢をふるうようになったという。

（やはり……母子は嵌《は》められたのだッ）

と空海はひどい仕打ちに憤慨する。中央の官吏《かんり》になることを嫌い、大学を飛び出して出家したが、ますます官吏の世界に嫌気を起こした。同時に善道尼がかつてつぶやいたことを思い出す。

「……官吏というのは栄達だけを求める人たちです。けっして真理を明らかにしようなどと考えません。あの人たちは高位高官にのぼることばかりを考えています」

やがて春が過ぎ、夏がきたが、観世音寺《かんぜおんじ》に居住する空海に入京の許可がおりる気配はなかった。

＊

季節は、陰暦で表わしています。春は一・二・三月、夏は四・五・六月となります。

空海がよく訪れたお寺など

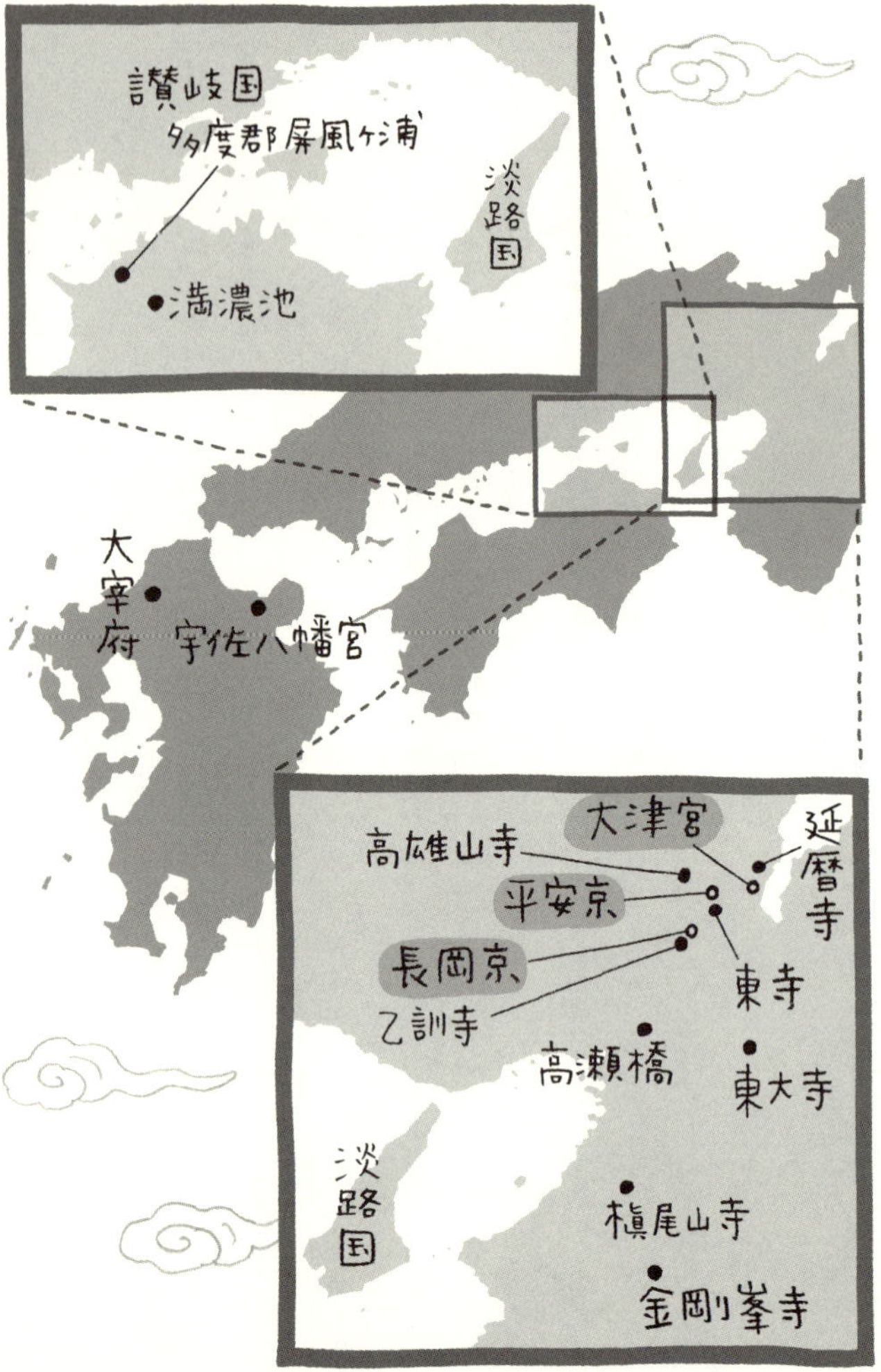

第八部

入京とその後の日々

四年ぶりの再会

この年も入京《にゅうきょう》の許可がおりるのを待っているうちに夏のおわる六月に入った。その半ばもすぎた十九日、筑紫《つくし》の大宰府《だざいふ》に太政官符《だいじょうかんぷ》（公文書）がくだった。だが、入京許可ではなかった。「空海の課役《かやく》（租税＝公租公課）を免ずる」というもので、こんな内容だった。

「僧空海は、八〇五年九月十一日付の太政官符に、さる八〇四年四月、出家《しゅっけ》、入唐《にっとう》した。この者に官度《かんど》の認可を与えよ、とあるので、今夏の課役《かやく》を免ずるよう申し送る」

また、空海を在唐二十年の留学義務から解くよう申し送るともあった。去年《こぞ》の春、善《ぜん》道尼《どうに》から初めて寄せられた情報どおり、在唐ちゅうに官度の僧として認められていた空海はここにきて課役《かやく》が免除され、闕期《けっき》の罪《つみ》も許されることになった。この情報を大宰府《だざいふ》の田中次官から知らされた空海は、

（ならば今度こそ、入京が許可されるだろう。折りをみて上京しよう）

と、膨大な量の経典類や法具・図像など荷物の運搬の準備にとりかかる。

その空海のもとに善道尼から大宰府の次官と同じ情報が寄せられたが、そこには、

「上京の準備が整いしだい観世音寺《かんぜおんじ》を出て、いったん和泉国《いずみのくに》（大阪府南部）の槇尾山寺《まきのおさんじ》（まきおのさんじ・まきおやまでら、とも）に入るように」という指示があり、槇尾山寺には実慧《じちえ》（実恵・じつえ、とも）が向かうと書かれてあった。

実慧は空海と同じ讃岐国《さぬきのくに》（香川県）の出身で、しかも空海の一族（佐伯氏《さえきうじ》）である。空海は大安寺《だいあんじ》に出入りしているときに法相宗《ほっそうしゅう》の教義《きょうぎ》（真理として説く教えの内容）を学んでいる一回り年下の実慧と知り合った。実慧は空海の渡唐《ととう》のさい、勤操《ごんぞう》や善道尼らとともに難波津《なにわづ》で見送っている。その聡明な実慧の顔を思い浮かべながら、

（槇尾山寺《まきのおさんじ》か……）

とつぶやいた。この寺は、大安寺《だいあんじ》の長老、勤操《ごんぞう》が管理している寺である。そのことを知っている空海は勤操の指示だと合点がいく。ひょうひょうとした好人物の勤操をなつかしく思った。

空海は大量の荷物があるため船で瀬戸内海を通って難波津《なにわづ》へ上陸することにした。ここは空海にとって馴染み深い津《つ》（港）である。大和国《やまとのくに》（奈良県）と讃岐国《さぬきのくに》（香川県）を行き来するさいに利用したし、入唐《にっとう》するときにはこの港から出航している。そのとき遣唐使船上で善道尼の姿が見えなくなるまで立ち尽くしていることを思い起こしていると、ふと善道尼の放つ甘い香りの記憶がよみがえる。空海はただちに上京の準備

を整えると観世音寺をあとにして、計画どおり船で難波津《なにわづ》に向かい、指示どおり和泉国《いずみのくに》（大阪府南部）の山中《さんちゅう》にある槇尾山寺《まきのおさんじ》に入った。その空海を、実慧《じちえ》がまっさきに訪ねてくる。以後、実慧はずっと空海に付き従い、のちに後継者の筆頭となって空海の最期を看取ることになる。

それはさておき、ようやく槇尾山寺《まきのおさんじ》に落ちついた空海は、「両部不二《りょうぶふじ》」という新しい密教の教えを自分の言葉で一つの体系のなかに論理化する困難な作業を再開する。

ある日——。

槇尾山寺《まきのおさんじ》にいる空海のもとへ大安寺《だいあんじ》の勤操《ごんぞう》とともに善道尼《ぜんどうに》が訪れてきた。

（……ッ）

およそ四年ぶりの再会である。勤操は五十一歳、空海は三十五歳。空海のそばに侍《じ》す実慧は二十三歳。善道尼は四十歳になっているが、すぐれた容色は変わらず、なつかしい甘い香が漂ってくる。

勤操は再会できた喜びを満面に浮かべ、この世ではもう会えないと思っていたと空海の手をとらんばかりである。その勤操に、空海は二年余りで帰国した事情《わけ》を話し、自分の持ち帰った密教は最澄のそれとはまるで違うことや、長安《ちょうあん》での日々を詳しく語った。

いっぽう勤操は帰国後の最澄の動向を詳しく空海に語り、こういう。

「ますます最澄は諸大寺の長老たちに対して批判的・否定的になり、いまや南都六宗の立場がなくなった」

そういってから、

「最澄の密教より御主《おのし》の持ち帰った密教のほうが正統で新しいと評判が立っておる。それゆえ入京《にゅうきょう》したなら、最澄とその密教を抑《おさ》えてほしいと諸大寺の長老たちの誰もが思っている。それほど最澄はわれわれの反感を買っている」

という。それを聞いて空海は、

（わたしが入京すれば、あのお方は必ず密教経典類の借覧《しゃくらん》を依頼してくる。それを受け入れたら、自分に対する諸大寺の長老たちの気持ちはどうなるのだろうか……）

と懸念し、沈黙する。その空海に勤操はこういう。

「おお、そうだ。僧綱所《そうごうしょ》を動かしてな、御主《おのし》をこの寺に止住《しじゅう》（仮住まい・居住）させるよう手配りしたのじゃ。それゆえ、いずれここ（和泉国）の国司あてに沙汰《さた》がくだるであろう」

僧綱所とは、僧尼の取り締まりや諸大寺の管理・運営にあたる僧の役職（僧綱＝僧正・僧都など）の事務所（役所）のことで、官僧《かんそう》の人事権を握っている。僧綱所の役職についている僧はほとんどが南都諸大寺の僧である。だから、大安寺の長老である勤操は僧綱所を動かすことができた。空海は勤操の尽力に頭を下げる。

二人の話を、そば近くで聞いている善道尼《ぜんどうに》は空海から視線をはずさない。ときおり空海の視線とあい、見つめあうが、それは一瞬で終わる。

(……あのころは見つめあいが一瞬で終わることはなかった)

と善道尼は初めて声をかけられた日の、空海の澄んだ眼に見つめられたときのことや、見つめあいながら夜の営《いとな》みのいちいちをしていたことなどを思いおこし、空海の並外れの情熱と行動力をなつかしく思う。

(……入唐《にっとう》が決まったとき、もう会えないと思ったのは勤操さまだけではない)

自分もそう思い、入唐に助力したことを後悔さえした——。

と胸の内でつぶやきながら、最後の夜を迎えたときの自分たちを思い返している。その夜、善道尼はただただ悲しくて空海を見つめる眼に涙を溢れさせ、涙はぽろぽろと頬に流れ落ちた。その善道尼を見つめて空海はこういった。

「入唐期間は二十年もいらない。だからきっと二、三年で帰ってくる……」

けれども、このことは二人の関係同様、決して他言しないで二人だけの秘密にしておいてほしい——。

だから、勤操にも打ち明けず、秘密を守っている。だが、一人で秘密を守るのがどんなに孤独な営みであり、苦痛なものであるかを思い知った。

その日、勤操と空海は夜のふけるのも忘れたかのように語りあう。

以後、空海はときおり大和国《やまとのくに》（奈良県）に足を運ぶようになる。表向きは大安寺《だいあんじ》の勤操や諸大寺の長老に会うためということにして、じつは善道尼におのれの情熱と行動力を示すために――。

こうして、この年は暮れていった。

嵯峨天皇の誕生

翌八〇九年四月――。

空海に対して冷淡だった平城《へいぜい》天皇（桓武《かんむ》天皇の第一皇子＝安殿《あて》親王）は在位三年、三十六歳という若さで、突如として病弱を理由に退位宣言をし、同母弟の神野《かみの》親王（桓武天皇の第二皇子）に譲位して太上《だいじょう》天皇（上皇《じょうこう》）となった。神野親王が即位して嵯峨《さが》天皇となった。

すでに触れたように、平城天皇は皇太子だった十七歳のころに母を病《やまい》で失い、以後、人妻の藤原薬子《ふじわらのくすこ》との性愛に溺れた。薬子《くすこ》の性的な手練手管《てれんてくだ》に嵌《は》まったからだ。それだけではない。薬子がそばにいると、叔父の早良《さわら》親王（桓武天皇の同母弟）の怨霊《おんりょう》の恐怖から解放されるような心地になれ、母親のような存在に思えたからだ。むろん、男の取り扱い方が巧みな薬子がそう仕向けたのである。したたかな薬子が愛しているのは平城天皇ではなく、天皇のもつ権力と式家《しきけ》だった。だから、伊予《いよ》親王（桓武天皇の第三皇子）とその母を死に追いやったのだが、そうとは知らない平城天皇は母子が服毒、自害した直後から病《やまい》（重い神経症）に冒され、いまだ快復しない。そのため、

（この長患《ながわずら》いも母子の怨霊《おんりょう》がもたらす祟《たた》りではないか……）

と怯《おび》え、

（病《やまい》が癒《い》えないのは自分がまだ皇位についているからで、これ以上皇位についていれば、あのときと同じように自分の身辺に災《わざわ》いがふりかかるのではないか）

と恐れた。

あのときというのは、早良《さわら》親王の怨霊のもたらす災いが祖母（桓武天皇の母）や自分の母など、父（桓武天皇）の身辺にふりかかってきたときのことだ。つまり、平城天皇は伊予《いよ》親王とその母を死に追いやったのは自分だという罪の意識をもっているので、自分の身辺に災いがふりかかるのを避けようと寵愛する薬子《くすこ》の考えも聞かずに譲位を決意

し、突然の退位宣言をしたのである。このとき、

（何ですって……ッ）

と薬子《くすこ》とその兄の仲成《なかなり》は仰天《ぎょうてん》し、狼狽《ろうばい》した。平城天皇の後ろ盾がなくなれば、式家《しきけ》は権力を失う。宮中で専横をきわめていた薬子は兄・仲成《なかなり》とともに翻意をうながしたが、平城天皇の意思は変わらなかった。こうして新帝（嵯峨《さが》天皇）が誕生したことを、槇尾《まきのお》山寺《さんじ》に止住《しじゅう》している空海は善道尼からの書状で知った。

また、それによると――。


新帝は前代の平城《へいぜい》天皇と違って唐《とう》の文化にあこがれが強く、書や詩文（漢詩）に通じ、文字を書くのが巧みである。だから、多くの唐文化を持ち帰っている空海の入京《にゅうきょう》を必ず近いうちに許可する。そのときに止住するのは高雄《たかお》山寺《さんじ》（京都市右京区）だという。

その書状を読み終えた空海はかつて父から聞いた話を思い出す。それは、桓武天皇が同母弟の早良《さわら》親王の怨霊の祟《たた》りに怯《おび》え、ついに怨霊の跋扈《ばっこ》する長岡京を捨てるらしいという話である。だから空海は、

（此度《こたび》は怨霊の祟りに怯えての譲位か……）

天皇家は父子二代にわたって怨霊に悩まされているというわけか。宮中や朝廷の関心

が密教に集中するのもうなずける——。

と合点がいくいっぽう、

(高雄山寺《たかおさんじ》……あそこは最澄《さいちょう》どのが日本で初めての灌頂《かんじょう》を行なったという寺ではないか。しかも勅命《ちょくめい》で……もしや、わたしをあのお方と対決させるつもりなのだろうか)

と、勤操《ごんぞう》はじめ諸大寺の長老たちの思うところが気になり、複雑な表情を浮かべる。

長老たちからすれば、最澄の南都六宗に対する批判・否定といい、勅命による灌頂の強制といい、宮中における修法《しゅほう》といい、さながら最澄は仏教界の大御所としてふるまっているように見える。それだけに反感をそそる最澄とその密教を抑えて、宮中の強い関心をひくことができるのは空海とその新しい密教しかないと長老たちは考え、空海をなるべく平安京に近いところにある大きな寺に止住《しじゅう》させようとした。

だが、平安京は新しく興《おこ》された都《みやこ》で、しかも桓武天皇が南都の諸大寺と距離をおくために遷都したところなので、寺は平安京を鎮護《ちんご》する東寺《とうじ》と西寺《さいじ》しか造営されていなかった。そこで、平安京の西北にそびえる高雄山《たかおさん》を、東北にそびえる最澄の根拠地・比叡山《ひえいざん》に匹敵する山と見なし、その中腹にある大きな高雄山寺《たかおさんじ》(たかおやまでら、とも。現・京都神護寺)を空海の居住先にしたのだった。

高雄山寺は最澄に好意的だった和気清麻呂《わけのきよまろ》の氏寺《うじでら》(私寺《しじ》)である。清麻呂《きよまろ》は最澄が内《ない》供奉十禅師《ぐぶじゅうぜんじ》の一人に選ばれた二年後に病没したが、三人の息子（広世《ひろよ》・真綱《まつな》・仲世《なかよ》）がおり、長男の広世《ひろよ》が父の遺志を継いで高雄山寺に最澄専用の住房《じゅうぼう》（僧が日常生活をする部屋）を用意するなどして、寺を最澄に任せた。その広世も亡くなり、今はその弟の真綱《まつな》・仲世《なかよ》が兄の遺志を継いでいる。だから、最澄は比叡山と高雄山寺とを行き来していた。そのことを知っている諸大寺の長老たちは僧綱所《そうごうしょ》の僧たちを動かし、高雄山寺に空海を居住させてくれるよう和気氏（真綱《まつな》・仲世《なかよ》）に話をもちかけた。また、空海をよく知っている遺唐大使だった藤原葛野麻呂《ふじわらのかどのまろ》が清麻呂《きよまろ》の娘を妻にしていることから葛野麻《かどのま》呂《ろ》にも口添えをたのんだ。

こうして腰をあげた和気氏が最澄に会ってその意向を打診すると、最澄はあっけないほど簡単に高雄山寺を空海に譲ることを了承した。それもそのはず、空海の入京をいちばん待ち望んでいた最澄にしてみれば、比叡山から遠くない高雄山寺に空海が居住することは新しい密教の経典類の借用がしやすくなり、大いに都合がいいからだ。

いっぽう空海は諸大寺の長老たちの思うところが気になった。だが、かれらが最澄と対決させるつもりであっても、最澄の持ち帰ってきた密教の程度を知っている。だから、（またとない、よい折りかもしれない……）

とつぶやくようにいい、

（あのお方が高雄山寺でどんな灌頂《かんじょう》を行なったか知らないが、しょせん傍流の密教）

しかも、その一部分にすぎない。そんな密教の修法《しゅほう》では怨霊退散《おんりょうたいさん》の験力《げんりき》など薄いというよりないに等しい。験力は新しい密教の修法《しゅほう》にこそある——。

と、空海は入京許可のくだる日を今か今かと待つことになった。

空海と最澄の交渉

新帝の嵯峨《さが》天皇が誕生して三カ月も経たない七月十六日、「僧空海を京に止住《しじゅう》させよ」という太政官符《だいじょうかんぷ》が和泉国《いずみのくに》（大阪府南部）の国司《こくし》にくだった。ようやく入京《にゅうきょう》が許可された。帰国からすでに三年が経っている。知らせを受けた空海は、

（善道尼《ぜんどうに》のいうとおり……新帝は冷淡ではなかった）

と頬をゆるめる。同時に善道尼のなつかしい甘い香が漂ってくるように思える。その香のもとを追うかのように空海はただちに槇尾山寺《まきのおさんじ》をあとにして、平安京の西北にそびえる高雄山寺《たかおさんじ》に向かった。

高雄山寺に移り住んでひと月が経つかたたない八月二十四日、空海のもとへ最澄の書

状（手紙）を持った廻使《かいし》（使者）がやってきた。使者は経珍《けいちん》という最澄の弟子で、空海に最澄の書状を手渡した。

最澄から初めてきた書状はきわめてぶっきらぼうなものだった。宛名《あてな》がなく、冒頭に「借請法門事（仏陀《ぶっだ》の教えを説いた本を借用すること）」とあり、あとは密教経典十二部五十三巻の書物の名が書きつらねてあるだけで、末尾に「仏陀の教えを説いた本、伝法《でんぼう》のために借用したい。決して損失することはない」と書かれてあった。

最澄には、密教経典を借用するのは国家が正式に認めた天台宗の伝法のためなのだから応じるのが当たり前という気持ちがあった。伝法とは、師から弟子へと仏の教えを伝えること。文末には「下僧最澄」とあった。最澄は社会的な地位も仏教界における権威もあるのに、一介の留学生《るがくしょう》にすぎない空海に（といっても宛名は書かれていないが）「下僧最澄」というへりくだった態度で密教経典の借用を申し出ていた。その密教経典の書名から、最澄が請来目録《しょうらいもくろく》を読んでいるのは明らかだった。

（ならば……あのお方は自分の学んだ密教が傍流で、しかもその一部分にすぎないということに気づいたはず）

気づいた以上、密教の専門家とされているあのお方は、どんなことをしてでも新しい密教を学ばなければならない。そういう切迫感があるからこそ、借用依頼を拒絶されないようにおのれを下僧などとへりくだったのであろう――。

と見抜いて、さらにこう思う。

（ぶっきらぼうで宛名がないのは、書物さえ借用できればそれでいいという気持ちの表われ……）

それにしてもあのお方は密教を書物から学ぼうとしているのかといぶかり、

（そもそも密教というのは書物から学ぶものではない）

面授《めんじゅ》（＝師伝《しでん》）によらねばならないということを知らないのか、といささか気分がいらつく。面授《めんじゅ》とは、師から弟子へと直接伝授すること、師伝のことだ。

（いずれにしても、あのお方は自分の功名と利益だけを重く見ている）と思い、最澄に軽く見られているようで心が晴れ晴れしない。だが、借用依頼を断るわけにもいかず、空海は応じることにした。

以後、空海は最澄と交渉《こうしょう》（かかわりあい・関係）をもつようになる。ちなみに、最澄が空海に宛てた書状は二十三通が残っている。その最澄の二回目の書状（同八〇九年十月二十六日付のもの。異説あり）には、

「今やりかけていることを成し遂げていないので、お目にかかるわけにはまいりません。いずれきっと教えを授けていただきましょう」

という内容が書かれている。このことから、二回目の空海あての書状は、一回目の密教経典借用依頼の書状に対する空海の返書（この返書は残されていないのでその内容を知ることができない）に答えたものと考えられるという。ちなみに、書状は廻使《かいし》（使者）がそのたびに届け、たいていはその場で返書をもらってから戻る。だから、空海は最澄の初めての借用依頼に応じたさい、その場で返書を書き、「密教というのは書物から学ぶものではなく、面授《めんじゅ》によって学ぶのが正しい」というようなことを述べたようだ。

それに対して最澄が、今はやりかけていることがあるので、面授を受けるわけにはいかないという内容の書状を空海に送ったようだ。

いずれにしても、以後、最澄は伝法《でんぽう》のためと称して多くの密教経典を空海から借り出しては書き写すようになる。最澄の借用依頼は十六回に及ぶ。のちに文末には、「弟子最澄」といった書き方をするのが普通となる。

それはさておき、空海と最澄が書状を介して交渉《こうしょう》（かかわりあい・関係）をもちはじめたころ、平安京には不穏な空気が漂っていた。新帝の嵯峨《さが》天皇（弟）と平城上皇《へいぜいじょうこう》（兄）との対立である。その対立が深まるなか、嵯峨天皇は空海に使いをやり、ある命令をくだす。それが契機となって両者の交渉がはじまるのだが――。

＊

空海は、八〇九年七月に高雄山寺《たかおさんじ》に移り住んでから、八二三年正月に平安京の東寺《とうじ》を預かるまでの十四年間をほとんど高雄山寺で暮らします。この間《かん》、恵果《けいか》から伝授された新しい密教（瑜伽《ゆが》密教）の教えを自分の言葉で一つの体系のなかに論理化するという困難な作業をつづけ、のちにその困難を克服して、二つを一つに統合し、それを空海は「真言密教《しんごんみっきょう》」とよびます。また、多くの論文を執筆するだけでなく、詩文（漢詩）などの著作もし、さらに社会各層の人々との交流も行ない、その行動力は圧倒的です。

空海と嵯峨天皇の交渉

入京《にゅうきょう》した空海と最澄とのあいだで書状のやりとりがはじまったころから、空海の存在が世間の注目をあびるようになり、高雄山寺《たかおさんじ》に来訪者が多くなった。ここは和気氏《わけうじ》の氏寺《うじでら》であるので、和気真綱《わけのまつな》・仲世《なかよ》はたびたび訪れてきたし、また高位高官や儒教《じゅきょう》（儒学《じゅがく》の教え）を専門とする人たち、それに南都《なんと》（奈良）諸大寺の長老たちもやってきた。というのも、空海から世界最大の文化都市・長安《ちょうあん》の様子や新しい密教についての話を聞きたいからだ。これらの来訪者から空海は平城上皇《へいぜいじょうこう》と新帝（嵯峨《さが》天皇）との兄弟対立を耳にする。

かれらの情報によると――。

この年の四月、弟の嵯峨天皇は皇位につくや、兄の平城上皇が天皇のときに新設した観察使《かんさつし》の制度を改変しようとした。観察使とは、国司《こくし》・郡司《ぐんじ》の統治の仕方などを観察する官職のこと。その制度を弟の嵯峨天皇が改変しようとしたため、兄の平城上皇は激怒した。また、皮肉なことに平城上皇は譲位してからその病弱体質が回復し、再び政治に関与する姿勢をみせはじめた。そうしたことから、両者のあいだにさまざまな政治上の対立が生じ、対立はおさまるどころか深まるばかりであるという。

それを知って空海は、

(新帝は唐《とう》の文化にあこがれが強いと聞いていたが……)

上皇との対立が生じているのなら、わたしの持ち帰ってきた多くの唐文化や新しい密教に興味を示すどころではないかもしれない――。

と気落ちするが、すぐに気を取りなおして新しい密教の言語化という困難な作業に没頭した。その空海のもとに八〇九年十月三日、嵯峨天皇の使者(勅使《ちょくし》)がやってきた。その使者を取り次いだのは弟子の実慧《じちえ》だった。天皇の使者と聞いて空海は、

(天皇は上皇との対立で政情が不安定なことを懸念し、安定化させようと新しい密教の修法《しゅほう》を行なうよう求めてきたのではないか……)

ならば、恵果阿闍梨《けいかあじゃり》から新しい密教を伝授されたわたしの値打ちを認めたことになる、と一人ひそかに笑いたい思いだった。だが、使者によると用件は、『世説《せせつ》(世説新語《せせつしんご》)』という五世紀前半に成立した中国の支配階級の逸話集のなかから秀句を任意に抜き出し、屏風《びょうぶ》二帖に揮毫《きごう》(文字や書画を書くこと)して差し出せということだった。

(……ッ)

上皇との深刻な対立のさなか、揮毫を望んで勅命《ちょくめい》をくだしたことに空海は驚くとともに自分のあてがはずれて気抜けする。だが、すぐに気を取りなおし、

（やはり善道尼のいうとおり新帝は唐風《とうふう》文化好みか。それもかなりの……）

とつぶやきながら、使者の持参した新調の屏風に筆を走らせる。

当時、価値の源泉は唐風だった。その唐風文化を好んだ嵯峨天皇は能書《のうしょ》（文字を書くのが上手なこと＝能筆《のうひつ》）に恵まれ、文人肌だった。そのせいで、唐から帰国した空海が持ち帰ってきた唐風文化に強い関心を示した。また、空海の書や詩文（漢詩）が唐《とう》の都《みやこ》・長安《ちょうあん》の文人や名士たち、いわゆる教養ある人々を驚嘆させ、空海は手厚くもてなされたという評判を聞き知って、唐で流行している書体も学んできたという空海に興味をもった。それで、新調の屏風《びょうぶ》二帖に揮毫《きごう》するよう命じたのである。このころ日本でも楷《かい》書《しょ》や行書《ぎょうしょ》は普通に書かれている。だが、書かれた文字を一つの作品として鑑賞するならわしはなかったといわれる。つまり、書体を見てその美しさを味わい、理解して楽しむという文化はなかった。ただ、唐で重んじられる書体だから、あるいは習字の手本だからと、大事にされていたという。

入唐《にっとう》した空海は長安の文化人のあいだで書体を鑑賞するならわしがあることを知った。なかでも草書《そうしょ》という書体が流行の先端をいっていた。草書は最もくずされた書体である。

曲線が多く、筆線の動きを派手に表わすことができる。だが、文字として読むには知識・教養がなければ読みこなせないものだった。また、飛白《ひはく》という書体もあった。これは、箒《ほうき》か刷毛《はけ》で掃《は》いたように墨《すみ》を白くかすれさせて筆勢を躍動させる奇抜な書体である。これは書体というより絵に近いもので、これまで日本にはあまり入っていなかった。空海は草書や飛白を日本に持ち帰って紹介し、書体の鑑賞というものを教えようと思い立ち、みずから学んだ。とはいえ、サンスクリット（梵語《ぼんご》）を学んだときのようにきちんと学んだわけではない。通りすがりにたまたま見たり聞いたりして学びとり、楷書《かいしょ》・行書《ぎょうしょ》・草《そう》書《しょ》・篆書《てんしょ》・隷書《れいしょ》・飛白《ひはく》とすべての書体の書き方を身につけたのである。

帰国した空海が大宰府《だざいふ》の役人たちに、「これが唐の都・長安で流行の書体だ」と紹介したところ、みな、その新感覚に驚き、感心するばかりだった。空海はとりわけ草書にすぐれていたという。のちに空海の詩文集、『遍照発揮性霊集《へんじょうほっきしょうりょうしゅう》（性霊集）』十巻を編んだ真済《しんぜい》という空海の直弟子《じきでし》は、その序のなかで空海をこうほめたたえている。

「吾が師（空海のこと）は、諸芸のなかでもとくに書に秀で、書のなかでも草書が卓抜で、草聖といわれるべき人であった」

空海の形《かた》にはまらない書を礼讃《らいさん》し、その書風を「狂逸」ということばで表わしている。

それはともあれ、長安の新感覚の書体を身につけて帰国した空海の評判は、大宰府の役人の口から広がった。中央では、もと遣唐大使の藤原葛野麻呂《ふじわらのかどのまろ》や橘逸勢《たちばなのはやなり》、それに遣唐使の判官《はんがん》・高階遠成《たかしなのとおなり》の口から広がり、やがて国の最高権力者で文人肌の嵯峨天皇の耳に届いたのである。

この年、空海は三十六歳、嵯峨天皇はまだ二十四歳という若さである。揮毫《きごう》を通じて初めて国の最高権力者と交渉（かかわりあい・関係）をもつことができた空海は、その後、天皇と上皇とのあいだで起きた抗争事件を利用して、みずから天皇の懐に飛び込んでゆく。

天皇と上皇の争い

翌八一〇年の春、平城上皇《へいぜいじょうこう》と藤原薬子《ふじわらのくすこ》との問題にふれた善道尼《ぜんどうに》の書状が高雄山寺《たかおさんじ》の空海のもとに届く。

それによると——。

嵯峨天皇との対立を深めていた平城《へいぜい》上皇は、寵愛《ちょうあい》する薬子《くすこ》とともに頻繁《ひんぱん》に転居を繰り返した。災《わざわ》いを避けるためにする「方違《かたたが》え所《どころ》」である。最終的に旧都《きゅうと》・平城京《へいじょうきょう》に移り住むことになった。だが、そこには上皇が住むような宮殿はない。そのため、上皇は薬子《くすこ》の兄・藤原仲成《ふじわらのなかなり》を呼びだし、宮殿の造営を命じた。それを知って嵯峨天皇は、奈良に再び都《みやこ》を造ろうというのかと、不快な気持ちになった。その宮殿がまだ完成しない去年《こぞ》の十二月四日、平城上皇は薬子《くすこ》らと水路で平安京をくだり、木津川《きづがわ》（京都府南部を流れて淀川《よどがわ》に注ぐ川）から木津（京都府南端）に上陸して旧都・平城京に入り、そこに残されていた大臣の屋敷を仮の御所《ごしょ》として再び政治に関与しだした。この状況を周囲は陰で「二所朝廷《にしょちょうてい》」とよんでいる。兄（平城上皇）と弟（嵯峨天皇）の対立は収まるどころか深まるばかりであり、

（ひょっとしたら戦《いくさ》になるのではないか）

とささやかれている。退位した平城上皇を思いどおりに動かしている薬子《くすこ》が再び事を起こすのではないかと懸念《けねん》でならないという。

そんな情報に接した空海は、

（あの薬子という女は……）

謀反《むほん》を起こして上皇を復位させ、自分は皇后に収まろうとしているのではないかと疑った。

その空海の疑念や善道尼の懸念どおり、薬子《くすこ》は兄の仲成《なかなり》とともに、嵯峨天皇の退位と平城上皇の重祚《ちょうそ》（一度退位した天皇が再び皇位につくこと）、それに旧都《きゅうと》・平城京《へいじょうきょう》への

遷都《せんと》を企んでいたのである。

その日、八一〇年九月六日のことだが、平城上皇は天皇としての命令権を持たないにもかかわらず、「旧都・平城京に遷都する」という内容の詔勅《しょうちょく》（天皇の発する公式文書）を平安京にいる貴族たちに出した。思いもかけない出来事に嵯峨天皇は衝撃を受ける。平城上皇が政権を奪い取ろうとしているのは明らかだった。このときから弟（嵯峨天皇）にとって兄（平城上皇）は共存しえない存在、敵となった。

だが、嵯峨天皇は沈着冷静な行動をとる。ひとまず上皇の詔勅《しょうちょく》に従うとした。また、新しい宮殿の造営にも協力するとした。そのいっぽうで遷都を拒否する決断をし、機敏に立ち回る。側近の坂上田村麻呂《さかのうえのたむらまろ》ら三人を宮殿の造営使《ぞうえいし》（造営の最高責任者）として旧都・平城京に送り込んだ。そのさい勇将といわれる田村麻呂にひそかにこう命じた。

「畿内から東国方面へ抜ける三カ所の関所に兵を配置せよ」

こうして、三カ所の関所を固め終えると——。

九月十日、嵯峨天皇はこんな内容の詔勅《しょうちょく》をくだした。

「藤原仲成《ふじわらのなかなり》を捕らえて監禁のうえ左遷し、薬子《くすこ》の位（従三位《じゅさんみ》）と尚侍《ないしのかみ》を剥奪《はくだつ》する」

これによって平城上皇の寵愛《ちょうあい》する薬子は無位無官の、年嵩《としかさ》のいった、ただの女になりさがった。これは兄（平城上皇）を敵とみなした弟（嵯峨天皇）の、兄への宣戦布告だった。

むろん兄（平城上皇）は弟（嵯峨天皇）の動きを知って激怒する。だが、どうすべきか決断できずに迷った。迷いに迷っている平城上皇に、薬子はこういう。

「東国《あずま》へ行き、兵を集めて戦いましょう」

挙兵をうながされた平城上皇はさんざん迷ったあげく決断し、東国へくだって兵を集めることにした。この時代、戦いに習熟した兵は防人《さきもり》の住む東国にしかいなかった。だから、兵は東国から集めてくるのが順当だった。

だが、平城上皇に東国行きを思いとどまるよう諫言《かんげん》する近臣《きんしん》（そば近くに仕える臣下）がいた。仲成・薬子兄妹と縁戚関係にある中納言《ちゅうなごん》の藤原葛野麻呂《ふじわらのかどのまろ》（もと遣唐大使）である。葛野麻呂《かどのまろ》は薬子も諫《いさ》めたが、平城上皇も薬子も聞き入れなかった。二人は輿《こし》にのって旧都・平城京を脱け出した。だが、すでに旧都の郊外に来ていた坂上田村麻呂の率《ひき》いる軍勢に阻止され、挙兵は失敗する。

嵯峨天皇の発した公式文書どおり、監禁され左遷された薬子の兄・仲成《なかなり》は、この日の夜に射殺《しゃさつ》された。射殺とは、弓で打ち殺すこと。翌十二日、薬子は服毒、自害した。また、仲成・薬子に担《かつ》がれた平城上皇は剃髪《ていはつ》し、出家した。上皇の第三皇子・高岳《たかおか》親王は皇太子を廃された。藤原葛野麻呂《ふじわらのかどのまろ》は上皇を諫《いさ》めたということで罪を免《まぬか》れたが、官職は終生そのまま留め置かれたという。

こうして「薬子《くすこ》の変《へん》」(「平城上皇の変」とも)といわれる天皇と上皇の争いは落着《らくちゃく》した。

この「薬子の変」後、機を見るに敏な空海はみずから嵯峨天皇に接近してゆく。また、恵果《けいか》から学んだ新しい密教の教え、「両部不二《りょうぶふじ》」の教えを誰にでもわかるように自分の言葉で一つの体系のなかにまとめあげるという困難な作業をつづけて、ついにまとめあげ、それを「真言密教《しんごんみっきょう》」とよんだ(以後、新しい密教は真言密教で統一)。

機を見るに敏な空海

高雄山寺《たかおさんじ》に居住する空海は「薬子《くすこ》の変《へん》」のてんまつや、その後の嵯峨《さが》天皇の政治的処理を善道尼《ぜんどうに》からの書状で知る。

それによると——。

嵯峨天皇は、平城上皇《へいぜいじょうこう》に罪はなく罪はその側近にあったとする詔勅《しょうちょく》を出した。だが、処罰は上皇の近臣《きんしん》である数人の高官を左遷しただけで幽閉《ゆうへい》(監禁・閉じ込めること)も死罪もなかった。この騒乱を大事《おおごと》にすると、事後の政治的な反作用の力が大きくなると判断したようだという。また、薬子の兄・仲成《なかなり》に対する弓による処刑は、律《りつ》（刑法）にある斬《ざん》（打ち首）や絞《こう》（絞首）といったものとは異なるうえ、左遷の手続きをしてから行なっている。したがって規定にもとづいた死罪ではなく、嵯峨天皇独自の判断による「私的な制裁」と考えられる。天皇は三年前に起きた伊予《いよ》親王の謀反《むほん》事件も仲成・薬子兄妹の陰謀だと感づいているようで、許せなかったのだろうという。

この書状を読み終えた空海は、嵯峨天皇が仲成に私的な制裁を加えたことに合点がいく。じつは、嵯峨天皇は「薬子の変」が起きる数カ月前、毒をあおり自害して果てた伊《い》予《よ》親王とその母の菩提《ぼだい》を弔《とむら》うために白檀《びゃくだん》（常緑高木）に彫った仏像を建立している。そのとき空海に願文《がんもん》を書くように命じた。空海の叔父・阿刀大足《あとのおおたり》が伊予親王の侍講《じこう》をつとめていた関係からだ。空海は喜んで願文を書きあげた。願文とは、供養や造像・写経などを行なうさい、その趣旨を記し祈願の意を示すための文書のこと。

それほどだから、

（天皇は、仲成を左遷だけですますわけにはいかなかったのであろう……）

と空海は納得がいく。同時に、

（この薬子の変を利用すれば……）

わたしの打ち立てた真言密教《しんごんみっきょう》を広く世の中に知らせるきっかけがつくれる——。

ということに思い及ぶ。

空海の真言密教はまだ世間に広く知られていない。また、国家に公認されていない。いっぽう密教を一部門とする最澄の天台宗は国家に公認され、最澄は密教の専門家とされている。だから、空海は帰国後、最澄の動向を知って、

（このままでは最澄の密教がこの国の密教の正統になり、真言密教は傍流になってしまう）

と危ぶんでいた。だが、最澄のいちばんの保護者だった桓武天皇が没し、また平城天皇も「薬子《くすこ》の変」で没落した今、真言密教こそ正統の密教であることを広く世の中に知らせ、同時に最澄の密教が中途半端なものであることを示すちょうどいい折りだと気づく。

空海は機を見るに敏で応変《おうへん》の人である。好機を見きわめるのがすばやく、その場の状況に応じて適切な処理ができる。「薬子の変」が鎮圧された直後、十月二十七日のことだが、朝廷に上表文《じょうひょうぶん》（請願書）を差し出した。自分から嵯峨天皇の懐《ふところ》に飛び込むことにしたのである。

上表文の要点はこういうものだった。

「一連の政変（伊予《いよ》親王の謀反《むほん》事件や薬子《くすこ》の変）で混乱した国家を鎮《しず》めるための修法《しゅほう》を高雄山寺《たかおさんじ》で行ないたい。ついては修法は来月一日からはじめる。修法が成就するまで六年間は山門を閉じて寺から一歩も出ないので、要《い》らざる妨げがあってほしくない（邪魔をしないでほしい）」

この時期の嵯峨天皇にとっての急務は政情の安定化だった。というのは、「二所朝廷」とささやかれた天皇と上皇との対立・抗争が決着し、平安京は表面的には平静を装っていたが、依然として飢饉《ききん》や怨霊《おんりょう》への恐怖があり、政情は不安定だったからだ。そんなときに、空海から護国経典《ごこくきょうてん》（法華経《ほけきょう》・仁王経《におうきょう》・金光明経《こんこうみょうきょう》など）を読誦《どくじゅ》（読経《どきょう》）し、種々の修法を行なうことで国家の災《わざわ》いを鎮《しず》め、その安全を守りたいという申し出があった。

（あの空海が……ッ）

と嵯峨天皇は強く心を動かされ、ただちに勅許《ちょっきょ》（天皇の許可）した。それだけでなく、空海に修法を行なう費用として綿百屯《とん》と七言八句《しちごんはっく》の詩一首を与えた。七言とは、一句が七文字で構成されている漢詩の句のことだ。

（しめた……ッ）

自分の思惑どおり順調に事が運ぶので、空海は一人ひそかに笑う。

その日、十一月一日のことだが、空海は高雄山寺《たかおさんじ》において弟子たちを率いておごそかに修法を行なった。焚《た》かれている護摩木《ごまぎ》の放つ妖しい火。護摩壇《ごまだん》に飾り立てられた金属の種々の法具類。そのなかで手に印契《いんげい》を結んで真言《しんごん》を唱え、光り輝く法具類を駆使する空海の、神秘かつ華麗な修法に、参列した皇族・貴族らはみな圧倒され、息を呑む。

この修法を、空海は七日間にわたって行なった。この間《かん》、参列した者たちがいくども驚いて息をとめる光景をかいま見た空海は、

（これで最澄との違いがわかり、かつ真言密教の験力《げんりき》を直感したであろう）

とひそかにほくそ笑む。験力とは、災《わざわ》いを鎮めたり祓《はら》ったりする能力（霊験《れいげん》）のこと。

いっぽう空海の行なった修法の神秘さ・華麗さ・見事さを知らされた嵯峨天皇は、

（空海の修法のおかげで、一連の政変で乱れた人々の心が落ち着きを取り戻したようだ）

と、真言密教のもつ威力に期待を寄せるようになる。

こうして空海は嵯峨天皇の保護のもと、高雄山寺《たかおさんじ》を拠点として鎮護国家《ちんごこっか》（仏教＝真言密教により国を守り安泰にすること）だけでなく、天皇や皇族・貴族など上層階級の人々の災《わざわ》いも祓《はら》うことをかかげ、実慧《じちえ》・智泉《ちせん》らの弟子を率いて布教活動に突き進み、全国に真言密教を知らしめることになる。智泉とは、空海の甥っ子で、のちに実慧ともど

も空海の十大弟子の一人となる僧である。

空海は真言密教を布教するにあたって二つのことを目標とした。一つは、上層階級の人々に灌頂《かんじょう》を行なうこと。もう一つは、宮中に道場や灌頂壇を建てることだった。天皇をはじめ上層階級の人々に真言密教が受け入れられれば、名実ともに公認されたことになる。そうなれば、その権力と財力を容赦なく使える。また、容赦なく使えるほどの財力がなければ、道場や灌頂壇、伽藍《がらん》の造営、密教仏の制作、それにおびただしい量の金属を必要とする法具類をととのえたり作ったりすることができない。莫大な経費がかかるからだ。そのため、空海は上層階級の人々をためらうことなく利用することになる。

けれども、かれらに迎合することはない。なぜなら、密教の世界観・宇宙観によって自分を法身大日如来《ほっしんだいにちにょらい》に同一化しているので、自分の存在はかれらよりはるか上だという確信をもっているからだ。

空海、乙訓寺《おとくにでら》の別当《べっとう》になる

唐風《とうふう》文化へのあこがれが強い文人肌《ぶんじんはだ》の嵯峨《さが》天皇は、当初、自分の教養と趣味のために空海を必要としていた。だが、空海の七日間にわたる鎮護国家《ちんごこっか》の修法《しゅほう》の内容を聞き知ってからは、国を守り安泰にするためにも必要な存在であると考えるようになり、以後、両者は積極的に交渉《こうしょう》（かかわりあい・関係）をもつようになる。

たとえば——。

高雄山寺《たかおさんじ》で空海が修法を行なった翌年、八一一年の六月十一日、嵯峨天皇は空海のもとに使いをやり、『劉希夷集《りゅうきいしゅう》』（詩集）・『英傑六言詩《えいけつろくごんし》』・『飛白書《ひはくしょ》』などを書写するよう依頼している。劉希夷は唐初期の詩人である。英傑六言詩とは、唐の貞元期の詩人たちによって作詩された「六言の詩」を集めた書物だ。飛白書は、唐時代にさかんに書かれた「飛白」という書体や墨蹟《ぼくせき》を集めた書である。

空海はそれらをただちに書写し、同月二十七日、弟子の実慧《じちえ》にもたせて嵯峨天皇に差し出した。飛白という書体は、絵に近い。それを上手に書き写した空海の飛白書を見て、嵯峨天皇はその見事さ・美しさに息を呑む。二カ月後の八月、今度は空海が唐で手に入れた『徳宗皇帝真跡《とくそうこうていしんせき》』・『欧陽詢　真跡《おうようじゅんしんせき》』などを書写し、嵯峨天皇に献上している。真跡《しんせき》（真筆）にも関心を寄せていた空海は、それらを日本に持ち帰ってきていたのである。

このように空海と嵯峨天皇との交渉が深まってゆくと、この年の冬、山城国《やましろのくに》（京都府南東部）の国司《こくし》に太政官符《だいじょうかんぷ》（十一月九日付）がくだされた。

その内容は、

「件《くだん》の僧（空海のこと）は山城国高雄山寺に住んでいるが、そこは不便である。よって乙訓寺《おとくにでら》に住まわせる」

というもので、空海はその寺の別当《べっとう》（寺務をつかさどるトップ）に任命された。任期は一年だった。すでに触れたように、空海は「薬子《くすこ》の変《へん》」のあと、国家を鎮《しず》め安泰にするための修法《しゅほう》を六年間の予定で行なうとし、その間《かん》、高雄山寺《たかおさんじ》を出ないので要《い》らざる妨《さまた》げがあってほしくないという上表文《じょうひょうぶん》（請願書）を差し出している。それを、朝廷（嵯峨天皇）は受け入れたにもかかわらず、一年で空海を官寺《かんじ》である乙訓寺《おとくにでら》の別当職に任命した。官寺とは、国家によって維持・経営されている寺のことだ。

乙訓寺《おとくにでら》は二十六年前、皇太子の早良《さわら》親王が藤原種継《ふじわらのたねつぐ》の暗殺事件に関与したとして実兄の桓武《かんむ》天皇によって幽閉された寺である。その後、早良親王は淡路国《あわじのくに》へ配流《はいる》と決まり、押送《おうそう》される途中で絶命したということを、空海は善道尼《ぜんどうに》から聞いて知っている。

（乙訓寺《おとくにでら》にわたしを……なぜ）

という感情にかられるが、すぐに気をとりなおし、

（高雄山寺《たかおさんじ》は平安京から離れすぎている。使者の行き来になにかと不便だからだ）

と空海は自分も不便を感じていたので納得し、

（天皇に他意はなく、単に平安京の南郊にある乙訓寺に転住《てんじゅう》させるのだろう）

それほど天皇にとってわたしは必要な存在ということだ――。

と頬をゆるめる。ただちに転住の準備をととのえ、旧都《きゅうと》・長岡京のあった地域にある乙訓寺《おとくにでら》に向かった。

（やや……ッ）

乙訓寺に入った空海は寺の様子に驚く。ひどく荒れていた。その様子を目にしてこう思う。

（わたしを乙訓寺《おとくにでら》の別当職に任命したのは、ひょっとすると……）

荒れた寺の修理・造営にあたらせ、天皇の叔父にあたる早良《さわら》親王の霊を慰めようとしているのかもしれぬ――。

嵯峨天皇の時代になっても、怨《うら》みを抱いて死んだ人の霊は怨霊《おんりょう》となってこの世に祟《たた》りをもたらすとされ、恐れられている。それだけに、空海は任期の一年をかけて乙訓寺《おとくにでら》の伽藍《がらん》の修理・造営にあたろうと心を決め、さっそく南都《なんと》（奈良）の僧綱所《そうごうしょ》の長老あてに修理・造営依頼の書状をしたため、送った。

また、境内をくまなく見て回ると、柑子《こうじ》（ミカンの一種）の木がたくさん植えられてあった。しかも黄色い実をふんだんにつけている。ひとつもぎとって皮をむいてみる。果肉は淡黄色で、口に含むと酸味が強かった。だが、甘みも多少あって十分に味わえる。さっそくこの実を収穫させて、嵯峨天皇に献上した。

この乙訓寺《おとくにでら》にいた一年間、空海は文物《ぶんぶつ》などを通じて積極的に嵯峨天皇と交渉《こうしょう》（かかわりあい・関係）をもった。

たとえば――。

乙訓寺の柑子《こうじ》を嵯峨天皇に献上した翌年、天皇に乞われて、唐《とう》の都《みやこ》・長安《ちょうあん》で習い覚えた狸《たぬき》の毛《け》でできた筆の製法を筆生《ひっせい》（書き写すことを職業とする者）に教え、その製作を指導しながら作らせ、嵯峨天皇に献上している。空海によると、狸の毛の筆は毛先が硬く、とても弾力に富み、毛先の効きがいいので穂先に力をつけたいときに使われるという。真書《しんしょ》（楷書《かいしょ》）用、行書《ぎょうしょ》用、草書《そうしょ》用、書写《しょしゃ》（書経《しょきょう》）用のものを一本ずつ献上している。

このあと、皇太子（嵯峨天皇の異母弟・大伴《おおとも》親王＝のちの淳和《じゅんな》天皇）からも乞われ、同じく作って献上している。じつは、筆の作り方も長安できちんと学んだわけではない。口伝《くちづた》えに教えられただけだという空海は、書における筆の重要さをこう説いている。

「良い職人は先《ま》ず其《そ》の刀を利《と》くし（研《と》ぐし）、能書《のうしょ》（字を書くのが上手な人）は必ず良い筆を使う」

つまり、弘法筆《こうぼうふで》を択《えら》ばずではなく、筆を択ぶというのである。また、漢字の学習書である『急就章《きゅうしゅうしょう》』や詩集の『王昌齢集《おうしょうれいしゅう》』なども嵯峨天皇に献上している。王昌齢は盛唐《せいとう》期（唐代を四分した第二期）の詩人である。さらに、乙訓寺《おとくにでら》の別当職の任期が切れるこの年の冬にも、境内に実った柑子《こうじ》を献上している。しかも、送るにあたって自分の文章と漢詩も添えている。

このように、この一年で空海は嵯峨天皇との親交を深める。この間《かん》、最澄とも密教経典の借用を依頼する書状を通じて交渉をもつが、直接、顔を合わせるということはなかった。

その最澄が、なんの前触れもなしに乙訓寺《おとくにでら》に空海を訪ねてくる。しかも、突然の来訪は別当職の任期が切れる二日前のことだった。それには最澄のこんな事情があった――。

その後の最澄と空海

最澄は唐《とう》から帰国後、桓武《かんむ》天皇に高く評価された。だが、その評価は天台宗を日本にもたらしたからではない。密教をもたらしたからだった。

その後、空海が唐から帰国してくると、最澄の密教は人々の口《くち》の端《は》にのぼらなくなる。

長安《ちょうあん》の名僧・恵果《けいか》から伝授された密教こそ、正統な新しい密教だと話題になったからだ。最澄も自分の学んだ密教が中途半端なものであることに気づいた。だから、伝法《でんぼう》のためと称して空海から密教経典を借り出しては書き写し、新しい密教を書物から学んで会得して空海との差を埋めようと努めた。また、平城上皇が平安京を出て薬子《くすこ》とともに旧《きゅう》都《と》・平城京《へいじょうきょう》に入った翌年早々、八一〇年正月十九日のことだが、突然、最澄は隠居を宣言した。表向きは心神《しんしん》（精神・心のこと）の不調ということだったが、じつは空海の持ち帰ってきたすべての密教経典の書写に専念するためだった。

最澄は隠居を宣言したさい、「三カ条の起請《きしょう》」をたてた。起請とは、神仏に誓いをたてて、それにそむかないことを宣言することを記した文書のことだ。その第三条で、比叡《ひえい》山寺《さんじ》のいっさいのことは二人の弟子（泰範《たいはん》と経珍《きょうちん》）に任せることを明らかにした。

それによって最澄の愛弟子《まなでし》、泰範は比叡山寺《ひえいさんじ》の座主《ざす》（寺務《じむ》を総括する最高位の僧）となることが決まった。だが、泰範は喜ぶ様子を見せなかった。なにゆえなのかと最澄は不安を抱き、以後、泰範のことが気になって心から離れなくなる。

翌二月十七日、最澄は空海に書状を送り、華厳経《けごんぎょう》の書写が終わらないことや、写し終わった密教経典のことなどを伝えるとともに、空海から借用依頼されていた『摩訶止《まかし》観《かん》』十巻について、「現在、校合《きょうごう》しているので、一巻の校合が終わるたびに送付する」

と約束する。

摩訶止観とは、天台三大部とよばれる三つの仏書の一つで、天台宗の根本的な修行である止観、すなわち瞑想法を体系的に記述したもので、天台宗の究極的世界観・宇宙観を明らかにしている。校合《きょうごう》とは、文字や記載事項を他の本と照らし合わせて訂正したり、相違を書き記したりすることだ。

やがてこの年の九月、「薬子《くすこ》の変《へん》」が起きて世上騒然となった。そのさなか、空海は摩訶止観《まかしかん》を送ってくれた最澄に返礼の書状（九月十一日付）を送った。その内容は、

「自分はいまある願《がん》（願い事）を起こして高雄山寺《たかおさんじ》（京都市右京区）を出ることができません。けれども貧道《ひんどう》（自分のこと）とあなた（最澄のこと）と室生山《むろうざん》（室生寺《むろうじ》）の僧との三人が一堂に会して仏教の将来のことを考え、その根本問題を語り合い、ともに仏の恩徳に報いたいと思う。いちど比叡山《ひえいざん》（京都市の北東方にある山）に登ってあなたにお目にかかりたいが、多忙にとりまぎれているしだいです。望むことができるならば、ご足労ではありますが、この院（高雄山寺）までお出かけいただけますように。どうかどうか――」

というものだった。

この冒頭に、「自分はいまある願《がん》（願い事）を起こして」とあるのは、「薬子《くすこ》の変《へん》」が

鎮圧されたあと、朝廷に差し出した上表文《じょうひょうぶん》（請願書）のなかで、国家を鎮《しず》めるための修《しゅ》法《ほう》が成就するまで高雄山寺を出ないことを神仏に誓ったことをさしている。また、自分は多忙にとりまぎれているので比叡山には行けないといい、逆に高雄山寺へ最澄が来るように促しているのは、校合《きょうごう》のすんだ摩《ま》訶《か》止《し》観《かん》が送られてきたさい、比叡山に来るよう添え書きがしてあったからだ。

だが、最澄は空海の要請に応じられない旨の返書（九月十三日付）を空海に送っている。

最澄あての空海の書状は、高雄山寺への来訪を促した書状を含めて三通が残っているが、いずれも返書である。その一通目（九月十一日付）の書き出しが「風信雲書、天より翔臨す」という文句ではじまることから、書状三通を収めた巻物を総称して「風信《ふうしん》帖《じょう》」（東寺所蔵）といわれている。一通目の九月十一日という日付だが、じつは年号は書かれていない。そのため、八一〇年から八一二年まで諸説ある。本書では、空海が乙《おと》訓寺《くにでら》の別当職に任命される前年、すなわち八一〇年の九月十一日付のものとして扱っている。すでに触れたように、書状（手紙）は廻使《かいし》（使者）がそのたびに届け、たいていはその場で返書をもらってから戻るのがならわしである。

こうして八一〇年は暮れていき、翌八一一年二月十四日、最澄は「遍照一尊《へんじょういっそん》（この内容は不明）」の灌頂《かんじょう》を乞う書状を空海に送る。それに対して空海が、後日にそれを授ける旨の返書を送ると、最澄は後日を期待するという内容の書状を空海に送るが、この授法は実現していない。

ところで、最澄の愛弟子《まなでし》・泰範《たいはん》は比叡山寺《ひえいさんじ》の座主《ざす》となることが決まっていたにもかかわらず、この年のいつごろか不明なのだが、比叡山《ひえいざん》（京都市の北東方にある山）を下りて、琵琶湖西岸の近江国《おうみのくに》高島郡（滋賀県高島市）の自坊《じぼう》（自分の住む寺）に退去してしまう。その泰範が最澄にあてた八月一日付の書状がある。それには、「あなたのおそばに行くことができない」とある。また、「自分の代わりに雑用として使っていただきたい」といって、一人の若い男（俗人）を最澄に差し出している。さらに、「法華《ほっけ》の講会《こうえ》に出られない」ということも書いている。法華の講会とは、法華経《ほけきょう》の講読や説法を中心とする法会《ほうえ》のことだ。泰範はこの法会の講師に任じられていたが、出席できないと辞退した。この書状を見た最澄はただちに慰留する書状を泰範に送るが、泰範は講会《こうえ》に出てこなかった。

いっぽうこの年の冬から空海は高雄山寺《たかおさんじ》を離れて平安京に近い乙訓寺《おとくにでら》に一年間、別当職として移り住むことになるのだが、その間《かん》も最澄は空海だけでなく、比叡山を下りた泰範《たいはん》とも書状のやりとりをしている。たとえば――。

八一二年四月、最澄は自坊《じぼう》に退去してしまった泰範に、「老僧を棄《す》つることなかれ」と比叡山に戻ることを促す内容の書状を書いて、「被棄老」（棄《す》てられた老人）と署名し、送っている。また、翌五月八日、遺言を公表している。これは、健康を害した自分が中途で倒れても弟子が天台宗を受け継ぐことができるようにという配慮だった。その遺言のなかで、最澄は泰範を比叡山寺《ひえいさんじ》の総別当《そうべっとう》に任命するとしている。総別当とは、最澄に次ぐ重職であるのだが、それでも泰範は喜ばなかったどころか、翌六月二十八日に、「謹んで暇を請う」という書状を最澄に送り、訣別を申し出ている。その書状のなかで、「自分は破戒ばかりして清浄の衆を汚している。自分が比叡山にいるのは魚の目玉が青《せい》玉《ぎょく》（青色の鋼玉《こうぎょく》＝サファイア）のなかにまじっているようなものである」といい、だから身を退くと書いて、総別当職を受け入れなかった。これを読んだ最澄は、「書を見て驚き、心が痛む」とか「人の口など気にするな」とか書いてなだめ、末尾に、「ともかく会ってからのことだ」と書き添えて、泰範が比叡山にやってくることを期待する。

泰範が訣別を申し出たのは比叡山寺内の事情にあった。比叡山寺には泰範を嫌い、とやかくいう者が多かったので、泰範の気持ちが冷えたか、あるいは最澄のそばにいるの

がわずらわしくなったといわれる。
いずれにしても、泰範が比叡山に出かけて行くことはなかった。
それはともかく、遺言を公表した最澄はその後、十月二十六日のことだが、金剛頂経《こんごうちょうぎょう》（不空訳）三巻の借用依頼の書状を空海に送った。金剛頂経は大日経《だいにちきょう》と並ぶ密教の根本経典である。それだけに、空海はこの借用依頼には応じがたかった。密教の授法は面授《めんじゅ》（師から弟子へ直接の伝授）でなければならないというインド以来の立場に立つ空海は、その知識もない最澄に苛立ちをおぼえた。その最澄が突然、乙訓寺《おとくにでら》に現われたのである。

予告なしの最澄の来訪

最澄が乙訓寺《おとくにでら》に空海を訪ねてきたのは十月二十七日だった。つまり、空海に金剛《こんごう》頂経《ちょうぎょう》の借用依頼の書状を送った翌日のことで、しかも空海の別当職の任期が切れる二日前だった。

その日――。

最澄は興福寺《こうふくじ》（奈良市）の維摩会《ゆいまえ》（維摩経《ゆいまきょう》を講ずる法会《ほうえ》）に参加し、比叡山《ひえいざん》（京都市の北東方にある山）に帰る途中だった。しかし、光定《こうじょう》という弟子を連れていた最澄の足は比叡山に向かわなかった。道を北に行き、旧都《きゅうと》・長岡京のあった地域に出て桂川《かつらがわ》を渡り、そして乙訓寺に空海を訪ねた。

最澄は空海より七つ年上で、仏教僧としての権威も社会的な地位もある。だが、自分の学んだ密教が中途半端なもので、しかも十分に消化できていないことを痛感している。また、南都《なんと》（奈良）の諸大寺の長老たちから、「最澄の密教は不完全なものだ」と嘲笑されていることも知っている。最澄はまったく行き詰まり、どうにもならなくなった。だから、どんなことをしてでも新しい密教を学んで会得し、空海との差を埋めて、天台宗の密教的側面の充実をはかりたいと意を決した最澄は、居ても立ってもいられなくなり、にわかに出向いて来たのである。

二人は初めて顔を合わせた。

空海は最澄の予告なしの来訪に悪い気はせず、初対面ながら雑談に時を過ごした。だが、とても気がかりなことがあった。筆授《ひつじゅ》（書物による伝授）と面授《めんじゅ》（師から弟子へ直接の伝授）のことである。

これまで最澄へ送った書状のなかで書物による密教の伝授はありえないことを説いたが、それでも最澄は繰り返し密教経典の借用を依頼してきた。現にきのうも、金剛頂《こんごうちょう》経《ぎょう》の借用を依頼してきた。そうしたことから空海は、

（やはり、このお方は面授《めんじゅ》ではなく筆授《ひつじゅ》で密教を身につけようとしている）

と判断し、面と向かっていいきかせようと雑談のころあいをみてこういう。

「ところで、密教の伝授というのはあくまで面授で行なうのが正しいやり方です。というのも、インドにおいて成立した密教はもともと師伝《しでん》（師承《ししょう》＝師から直接、伝授されること）とされています。ですから、唐《とう》に密教をもたらした不空《ふくう》も筆授を否定し、その弟子の恵果《けいか》もそうでした。その恵果から伝授されたわたしも、面授を正道《せいどう》とするのです」

さらに空海は、

「わたしはそろそろ四十になるので寿命も終わりに近づいていています。ですから、これからはどこへも行かず、高雄山寺《たかおさんじ》に住んで念仏《ねんぶつ》（密教の観法）に専念したい」

と語った。

神妙に聞いている最澄にはもともと、仏教や儒教など文化全般は書物を通じて受け入れ、理解されてきたという思いがある。すなわち筆授がわが国の伝統だという気持ちがある。だから密教も筆授で身につけられるという思いがある。けれどもこのころの最澄はまったく行き詰まっていたので、空海の考え方にしたがい面授を受ける気になり、出向いてきたのである。

その最澄に空海は両部《りょうぶ》（金剛界《こんごうかい》と胎蔵界《たいぞうかい》）の曼荼羅《まんだら》を見せた。曼荼羅を見た最澄はその場で空海に、「自分に灌頂を行なってほしい」と乞い願った。空海は驚いた。最澄は唐から帰国して三カ月後にはもう勅命《ちょくめい》で高雄山寺《たかおさんじ》に灌頂壇《かんじょうだん》を開き、日本最初の灌頂を南都《なんと》（奈良）諸大寺の長老たちに行なっている。その最澄が、空海を阿闍梨《あじゃり》（師）として灌頂を受けることを切望したからだ。空海は心地よさをおぼえてこういう。

「高雄山寺《たかおさんじ》に戻ってから、わたしが伝授された真言《しんごん》の法《ほう》（真言密教）をあなたに伝授しましょう。ただ、どうか急いで、今年中に伝受するようにしてください」

このとき空海は、乙訓寺《おとくにでら》を明後日《あさって》に出て高雄山寺に戻ることを最澄に告げた。それを

聞いて最澄は、

（そんなに早くッ。ならば、きっと今年中には真言密教を……）

と期待しながらその日は乙訓寺に泊まり、翌日、寺をあとにした。その翌日の二十九日、空海は乙訓寺を出て高雄山寺に戻った。

ところで、空海はべつに自分の余命がいくばくもないと最澄にいったわけではない。人間の寿命というのはこの世の初め（劫初《ごうしょ》）、はかり知れないほど多いもの（無量《むりょう》）だった。だが時がたつにつれて、生まれ落ちる前に定められた寿命（定命《じょうみょう》）は仏教の開祖・釈迦《しゃか》の入滅《にゅうめつ》した八十歳が限度になったという。だから、その半ばという意味で四十歳が中寿《ちゅうじゅ》（中位《ちゅうい》）となった。当時、四十歳は老いの初めとされ、その年から十年ごとに長寿の祝い（算賀《さんが》）が行なわれた。これは中国伝来の慣習で、奈良時代には導入されていたという。

その中寿に、来年は自分がなってしまうということに空海は気づき、善道尼《ぜんどうに》と出会ったころの自分の心と体の高揚感や山林修行に明け暮れていたころを思い出してはあれこれと物思いにふける日々があった。それゆえ、

（もう、若くはないのだ……）

という気持ちが、「寿命も終わりに近づいている」という言葉になって出てきたのだった。

空海の初めての灌頂《かんじょう》

真言密教の伝授を約束された最澄は、比叡山《ひえいざん》に戻るとさっそく琵琶湖西岸の自坊《じぼう》にいる愛弟子《まなでし》の泰範《たいはん》に書状（十一月五日付）を送り、乙訓寺《おとくにでら》で初めて対面した空海が真言密教の伝授を約束したことや、空海の語った言葉などを伝えた。そのうえで、ともに空海の行なう灌頂を受けて真言密教を伝受しようと誘った。

その後、最澄は灌頂の段取りを決めるべく、十一月十四日、和気氏《わけうじ》（真綱《まつな》・仲世《なかよ》の兄弟）とともに高雄山寺《たかおさんじ》に空海を訪ねた。すると段取りを決めるどころではなかった。急遽、翌十五日に金剛界《こんごうかい》の灌頂を行なうといわれ、驚く最澄に空海が理由《わけ》を告げた。

それによると——。

唐《とう》の恵果《けいか》から授かった灌頂は、それを受けたあと、受者《じゅしゃ》（灌頂を受ける者）は一カ月ほどかけて、仏や菩薩《ぼさつ》の定められている印《いん》の結び方や真言《しんごん》（呪文《じゅもん》）の文句などを学び修めることになっている。だから、今年中に金剛界《こんごうかい》と胎蔵界《たいぞうかい》の灌頂を行なうには、十一月上旬までに金剛界の灌頂をはじめる必要があった。だが、最澄がやって来たのは十一月も半ばなので、すぐにはじめる必要があるという。

それを聞いて最澄は納得し、翌日、高雄山寺において金剛界の灌頂を受けることにした。高雄山寺は最澄に好意的な和気氏の氏寺《うじでら》で、かつては最澄に委ねられていた。そのため、寺には北院《きたいん》とよばれる最澄専用の住房《じゅうぼう》（僧が日常生活をする部屋）がある。そこに急遽、食糧などを運び込む手配をした。灌頂を受けたあと、一カ月ほど修学しなければならないからだ。このとき、最澄は琵琶湖西岸の自坊にいる泰範《たいはん》にも、灌頂が予定より早く行なわれることになったので、高雄山寺にいるあいだの食糧として米を早急に送るように書状で要請している。

翌十五日、金剛界の灌頂が行なわれた。このとき灌頂を受けたのは最澄と和気氏（真綱・仲世の兄弟）の三人だった。

最澄たちが受けた灌頂は仏と縁を結ぶための結縁《けちえん》灌頂だった。

この儀式では、目隠しされた受者《じゅしゃ》が灌頂壇に広く敷かれた金剛界《こんごうかい》（もしくは胎蔵界《たいぞうかい》）の曼荼羅《まんだら》の上に花を投げる（投華得仏《とうけとくぶつ》という儀式）。その花が金剛界（もしくは胎蔵界）の曼荼羅に描かれた諸仏諸尊のいずれかに落ちれば、その仏と縁が結ばれたことになり、阿闍梨（師）が受者の頭頂に水をそそぎ、儀式を終える。

この日に空海から金剛界の結縁灌頂を受けた人の名を書いた「灌頂歴名《かんじょうれきめい》」という空海自筆（異説あり）の手控えの巻物が残っている。

それによると、最澄は金剛因菩薩《こんごういんぼさつ》（菩提金剛菩薩《ぼだいこんごうぼさつ》）という仏と縁を結んでいる。金剛因菩薩は、金剛界の曼荼羅では向かって右にたたずみ、両手とも軽く握り、人差し指をまっすぐ伸ばした形でひざの上に置いている。金剛とは、金属中もっとも硬いもので、きわめて堅固でこわれないもののたとえ。つまり、この菩薩はきわめて堅固で変わらない菩提心《ぼだいしん》（仏の悟りを願い求める心）をもつということだ。

空海は金剛界の結縁灌頂をすますと、一カ月ほどかけて金剛因菩薩の真言《しんごん》、印契《いんげい》、梵字《ぼんじ》、儀軌《ぎき》（儀式規則）などを最澄に伝授した。いわゆる面授《めんじゅ》（師から弟子へ直接の伝授）である。それを終えると翌十二月十四日、胎蔵界の結縁灌頂を行なった。

このとき、空海は最澄の愛弟子・泰範《たいはん》を、泰範は空海を、初めて見る。

というのは、泰範は金剛界の灌頂のときには高雄山寺《たかおさんじ》にやってこなかったが、この胎蔵界の灌頂のときにはやってきたからだ。この年、泰範は三十五歳、空海は三十九歳、最澄は四十六歳である。

胎蔵界の結縁《けちえん》灌頂のときは、金剛界のときとは比較にならないほど多くの人々が灌頂

を受けた。最澄はじめ比叡山の僧（円《えん》澄《ちょう》・光定《こうじょう》・泰範《たいはん》など）や空海の弟子たち、それに南都《なんと》（奈良）諸大寺（東大寺・興福寺・元興寺・大安寺・西大寺など）の高僧や見習い僧の沙弥衆《しゃみしゅう》（童子）、和気氏（真綱・仲世の兄弟）、在家信者、さらに空海が唐から帰国するさいに尽力した遣唐使の判官《はんがん》・高階遠《たかしなのとお》成《なり》のほか朝廷やその周辺の貴族など、僧俗合わせておよそ百数十人が受けた。

　この結縁灌頂で最澄が仏縁を結んだのは、宝幢如来《ほうとうにょらい》という仏だった。この仏は胎蔵界の曼荼羅の東方に位置し、発心《ほっしん》（悟りを開こうとする心を起こすこと）を表わす仏とされ、与願印《よがんいん》を結んでいる。

与願印は、手を下げて手の平を前に向けた印で、人々の願いを聞き入れ、それをかなえることを示すという。座像の場合は手の平を上に向ける場合もあるが、その場合も指先側を下げるように傾けて、手の平が相手に見えるようにする。相手に何かを与える仕草を模したものだという。

胎蔵界の結縁灌頂を終えると、空海は唐《とう》から持ち帰ってきた『法華儀軌《ほっけぎき》』（不空訳）にもとづく一尊法《いっそんぽう》を最澄に伝授することを決める。法華儀軌とは、法華経《ほけきょう》を密教的に解釈した書物である。一尊法とは、観世音菩薩《かんぜおんぼさつ》や薬師如来《やくしにょらい》など、いずれか特定の一尊（一仏）だけの姿を心に思い描き、口に仏の名や経文《きょうもん》などを唱える方法のこと。

法華儀軌《ほっけぎき》には無上菩提《むじょうぼだい》（この上ないすぐれた仏の悟《さと》り）に至るために実践しなければならない条件が書かれているが、ほかにこんなことが書かれている。

「一々の印契《いんげい》、儀軌、真言陀羅尼《しんごんだらに》は、灌頂を受けた師から直接、学ぶこと。もし師に従わず勝手に修法《しゅほう》を行なえば、それは重罪の越法罪《おっぽうざい》となる」

越法罪とは、越三昧耶《おっさんまや》ともいい、三昧耶戒《さんまやかい》（三摩耶戒《さんまやかい》）を破ることによって生じる仏教における罪の一種のことだ。三昧耶《さんまや》とは、サンスクリット（梵語《ぼんご》）で「約束」や「契約」を意味する。だから、三昧耶戒とは、「仏との約束にもとづく戒め」というような意味になる。密教は仏教の流派の一つであるが、密教における三昧耶戒《さんまやかい》とは、伝法灌頂《でんぽうかんじょう》を受ける直前に授けられる戒め・誓約・作法のことで、それを破ること(越法罪)は第一の重罪とされている。

最澄はすでに法華儀軌を空海から借用して書写しているので、その内容を理解している。だから、まだ伝法灌頂を受けていない自分が修法を行なえば、越法罪《おっぽうざい》という重い罪になることを知っている。のちに最澄は、この越法罪をおかすようなことは考えていないという内容の書状を空海に送る事態になる。

それにはむろん、事情《わけ》があるのだが——。

第九部

最澄との訣別

最澄の厚顔《こうがん》

空海は胎蔵界《たいぞうかい》の結縁灌頂《けちえんかんじょう》のあと、法華儀軌《ほっけぎき》にもとづく一尊法《いっそんぼう》を最澄に伝授することを決めた。だが、それを聞いた最澄は、内心、穏やかではいられなかった。

最澄の天台宗は毎年二名の官僧《かんそう》を置くことが許されているが、そのうち一名は「遮那《しゃな》業《ごう》（密教的方面の修行）」を学ぶ者とされている。その官僧を養成する責任上、最澄は自分の学んだ中途半端で不完全な密教を充実させる必要があった。だから、「密教の伝授は面授《めんじゅ》を正道《せいどう》とする」という空海の考えにしたがい、直接、真言《しんごん》の法《ほう》（新しい密教＝真言密教）を学ぼうと高雄山寺《たかおさんじ》にとどまった。最澄はすでに勅命《ちょくめい》（天皇命令）で日本最初の結縁灌頂を行なっているし、天台宗の開祖でもある。そうした最澄の立場を考慮して遮那業の指導者としての資格、阿闍梨《あじゃり》（師）の資格がえられる伝法灌頂《でんぽうかんじょう》を空海が行なってくれるだろうと期待していた。

だが、空海が行なったのは、だれもが受けられる結縁灌頂だった。しかも、いっこうに伝法灌頂を行なう様子が見えない。それゆえ最澄は、

（こうなった以上、どうしても伝法灌頂を受けておかなければ……）

という気持ちが高ぶり、一尊法を授けるという空海にこう尋ねる。

「真言の法のすべてを伝授されるのに、幾月ぐらいかかるのだろうか」

これを聞いて空海は、

(このお方は、わたしが唐の長安において恵果《けいか》から真言の法のすべてを二カ月で授けられたことを知っている)

だから、その程度の時間ですむと思っているようだ——。

と最澄の腹の内を見とおし、

(なんて厚かましいお方だ。たしかにわたしは二カ月ですべての段階の灌頂をすませているが……)

あなたはわたしとは違うッ——。

という感情を抱く。

もともと最澄は密教に思いを寄せていたわけではない。行きがかりに順暁《じゅんぎょう》から傍流の密教の一部分を短期間だけ学んだにすぎない。いっぽうの空海は大学を中途で飛び出し、山林修行に明け暮れてからずっと密教にとらわれている。その真理を探究しようと伝来していた大日経《だいにちきょう》など密教経典を自分一人で習い修め、また漢語や漢音の学習にも努めた。仏教の経典はサンスクリット(梵語《ぼんご》)を漢訳したものだったからだ。結果、空海は密教

について の知識をかなり身につけた。

また、唐《とう》ではサンスクリットを学んでから恵果《けいか》に会いにいき、教えを乞うた。そういう空海を恵果は一目見るなり、真言の法のすべてを伝授するといった。

恵果が生涯で金剛界・胎蔵界のいずれかの伝法灌頂を授けた弟子は六人しかいない。両界（両部）の伝法灌頂を授けた弟子にいたってはたった二人で、早世した一人と空海だけである。そうしたことを意識すればするほど、数カ月で伝法灌頂を受けられると思っている最澄がきわめて厚顔な男に思え、授けようという気持ちがうせてしまった。

だから、最澄の問いに対して空海はこう答える。

「サンスクリットの文字の真言《しんごん》（呪文《じゅもん》）をすすんで学び、真言の法の深秘釈《じんぴしゃく》（秘められた深奥な意味を見いだす解釈）には三年の修学が必要でしょう」

（三年も……ッ）

驚いた最澄は憮然たる面持ちになり、こう言葉を返す。

「もともと三カ月ほどで了《お》わるものと思っていました」

そういう最澄に、

（あなたはわたしとは違う）

といいたかったが、空海は言葉を呑む。

いっぽう三年の修学が必要といわれた最澄は気の張りを失くした。仏教界の大物である最澄は多忙をきわめている。天台宗の体系を整理しなければならないし、止観《しかん》（天台宗の根本的な修行である瞑想法・修養法）を積む必要もあるし、さらに南都《なんと》（奈良）諸大寺の学問僧たちとの争論のこともある。だから、もともと思いを寄せていたわけではない密教の修学のために三年間も高雄山寺《たかおさんじ》に滞在している余裕などなかった。

最澄はだまり込んだ空海にこう申し出る。

「そういうことでしたら、いったん比叡山に引きあげて、後日、再び出向いて伝法灌頂を受けたいが……」

空海はうなずいた。

こうして最澄は法華儀軌《ほっけぎき》にもとづく一尊法《いっそんぽう》を空海から伝受せずに、弟子たちを引き連れて高雄山寺を去った。このとき、自分の意志で高雄山寺に残ったのが、最澄の愛《まな》弟子《でし》・泰範《たいはん》だった。

＊

伝法《でんぽう》は、師が弟子に仏法《ぶっぽう》（仏の説いた教え・仏の悟った真理）を伝授することですが、この場合は真言《しんごん》の法《ほう》を授け伝えることです。

空海、最澄の申し出をのむ

比叡山《ひえいざん》に引きあげた最澄は、高雄山寺《たかおさんじ》にとどまった愛弟子《まなでし》の泰範《たいはん》のことが気にかかってしかたなかった。それで十二月二十三日、泰範に書状を送った。

その書状には、「法華儀軌《ほっけぎき》のことは深くあなた（泰範）の力に期待している。これを学んで長く後世に伝えてくれることを望む」とあり、一尊法《いっそんぽう》の伝受を強くすすめ、伝授されたあとは比叡山の後輩の僧たちに伝授するよう頼んでいる。つまり、暗《あん》に帰山《きさん》を促している内容だった。

翌年正月明け、空海は法華儀軌による一尊法の伝受を呼びかける書状を最澄に送った。すると最澄は一月十八日、断りの返書を送った。そこにはこうあった。「法事と重なったので一尊法の伝受には参加できない」

また、同じ日付（一月十八日）の書状で、最澄は弟子の円澄《えんちょう》と光定《こうじょう》を空海に預けるので、真言《しんごん》の法《ほう》（真言密教）を授けてほしいと依頼し、同時に泰範についても同じように依頼している。さらに、こんなことも述べている。

「自分（最澄）はわが大師《だいし》（空海のこと）の請来目録《しょうらいもくろく》にある密教経典のことごとくを筆

写したい。その仕事を終えれば、そのときには高雄山寺《たかおさんじ》に出向いて疑問に思う箇所をいっぺんに聴いて、学び修めることに励みたい。筆写の仕事は比叡山のほうが都合がよい。高雄山寺の北院《きたいん》は食糧を運び込むのが簡単ではないので、時間のかかる筆写の仕事で長く滞在するには不都合である。どうか、わが大師、疑わないでほしい。よこしまな心でもって書物を写し取って、これでよいとおごり高ぶる心をわたしが起こすなどと疑わないでほしい。法華儀軌に説かれている越法罪《おっぽうざい》をおかすようなことは考えていない」

この言い分だと、経典類の筆写が終わらないうちは面授《めんじゅ》を受けに行かないということで、受けにいく時期をいくらでも引き延ばせる。場合によっては筆写が終われば、あとは筆授《ひつじゅ》で真言の法を身につけるつもりでいる。そういう後ろめたいところがあるから、「どうか、わが大師、疑わないでほしい云々」という文言《もんごん》を入れたのではないかと空海は疑心を抱き、こう思う。

（ひょっとすると、あのお方は三年の修学を必要とすると聞いたとき、このわたしが三年も必要かと勃然《ぼつぜん》と怒りを覚え、けっして面授を受けまいと心に決めたのではないか）

また、最澄はもとから一尊法の伝授を受けないつもりだったから、代わりに泰範に強くすすめたのではないかと思い、

（あのお方は自分の学んだ密教の不完全さを十分に承知している。それを補強して充実

させるにはどうしてもわたしの協力を必要とする。だから自分の代わりに聡明な弟子をわたしに預け、真言の法を学ばせようとするのだろう）

その弟子が比叡山に帰ってくれれば、自分の筆授と弟子の受けた面授とによって天台宗の密教的側面を十分に補強できるし、越法罪《おっぽうざい》をおかさずに修法《しゅほう》を行なえると見当をつけたのだろう。しょせんあの人の密教についての認識はその程度。それゆえ密教においてはもともと面授が正道《せいどう》だということも知らないのだ——。

ということに思い及んだ空海はいつの間にか薄ら笑いを浮かべ、

（あのお方は聡明な弟子をわたしに預けるというが……）

その弟子が物《もの》になれば、比叡山（天台宗）には戻らないだろうに——。

とつぶやくようにいう。それには理由《わけ》がある。真言の法というのは、これを頭で理解し、習い覚えるだけでは足りない。師から面授を受け、学んだことを実地に移して体得しなければ意味がない。その目的は、大日如来《だいにちにょらい》と自分（修行者）との一体化である。つまり、この身このままの自分（生身《なまみ》の自分＝修行者）に大日如来《だいにちにょらい》のもつ属性《ぞくせい》（固有の性質・特徴）を取り入れ、同じ傾向を示すようになることだ。それによって即身成仏《そくしんじょうぶつ》が実現される。実現されれば、他宗には戻りたくなくなるというのが真言の法の本質だった。だから、預かった最澄の弟子が真言の法のすべてを授かって即身成仏を実現すれば、比叡山には戻らないと空海はいうのである。

　空海は最澄の申し出を呑むことにした。

　最澄は空海に弟子を預けたい旨の書状を送ったのと同じ日に、高雄山寺の三綱《さんごう》にも書状を送っている。むろん、空海の耳に入ることを知ってのうえである。三綱とは、寺を管理・運営する役割の三つの僧職のことだ。その三綱に最澄は頼み事をしている。それにはこんな事情《いきさつ》があった——。


　仏教僧としてすでに権威のある最澄が、七つ年下の空海を阿闍梨《あじゃり》（師）として金剛界《こんごうかい》の結縁灌頂《けちえんかんじょう》を受けたことは仏教界だけでなく、朝廷周辺の人々にとっても衝撃的な出来事だった。それが契機となって、朝廷やその周辺の貴族など上層階級の人々が空海に帰《き》依《え》した。帰依とは、神仏や高僧を深く信じてひたすら従い頼ることだ。つまり、空海の真言密教を信仰しはじめたのである。だから、次の胎蔵界《たいぞうかい》の結縁灌頂のときには金剛界のときとは比較にならないほど多くの人々が高雄《たかお》山寺《さんじ》にやってきた。その胎蔵界の結縁灌頂を授け終えてようやく忙殺から解放された空海は、高雄山寺を、灌頂を授ける寺として管理・運営していこうと考え、三綱《さんごう》を定めた。三綱に任命されたのはいずれも空海の弟子で、実慧《じちえ》と甥っ子の智泉《ちせん》、それに杲隣《ごうりん》の三人だった。

いっぽう比叡山に戻った最澄は、高雄山寺《たかおさんじ》の三綱が空海の弟子たちだけで固められたことを知り、気鬱《きうつ》になった。というのも、高雄山寺の管理・運営権を空海に握られたかっこうになったからだ。高雄山寺は和気氏《わけうじ》が最澄に委ねていた寺であり、最澄が住持《じゅうじ》（住職）を兼務していた。だから、北院《きたいん》とよばれる最澄専用の住房《じゅうぼう》（僧が日常生活をする部屋）もある。だが、

（いまや高雄山寺の主《しゅう》は空海になってしまった）

という思いにとらわれ、高雄山寺の空海に書状を送ったのと同じ日に三綱にも書状を送ったのである。その書状には、こんな頼み事が書かれてあった。

「北院にある厨子《ずし》（両開きの扉のついた置き戸棚）は自分（最澄）が和気氏に贈られたもので、その証人もいる。それゆえ、この厨子を南院に留《とど》まっている泰範《たいはん》に貸し与えてほしい。また、北院に残してきた建造物や材木などをみだりに処分しないようにしてほしい」

さらに、こう書き添えている。「自分（最澄）は泰範のために高雄山寺に住房《じゅうぼう》を建ててやりたい」

この書状を実慧《じちえ》から見せられた空海は、

（あのお方は、高雄山寺の主《しゅう》はもともと自分であるということを、それとなくわたしに

示したかったのだろう）

それだけではない。泰範が誰の弟子であるかを、はっきりしておきたかったのだ――。と見抜き、最澄の望み通りにしてやるよう実慧《じちえ》に申しつける。それからほどなくして最澄の弟子である円澄《えんちょう》と光定《こうじょう》が高雄山寺にやってきた。以後、空海は最澄から密教経典の借用依頼があるたびに応じる。それを最澄はことごとく筆写していた。

こうして、この年、八一二年は暮れていった。

空海の野望

最澄の弟子を預かった空海は、翌八一三年の二月から、泰範《たいはん》・円澄《えんちょう》・光定《こうじょう》らに法華《ほっけ》儀《ぎ》軌《き》にもとづく一尊法《いちそんぽう》の伝授を行ない、そのあと一カ月ほどかけて、密教で行なう修法《しゅほう》を授け終えた。ついで三月六日、泰範・円澄・光定などの僧や沙弥《しゃみ》たち十数名に金剛界《こんごうかい》の結縁灌頂《けちえんかんじょう》を行なった。沙弥とは、仏門に入り正式の僧となるための具足戒《ぐそくかい》を受けるために修行している七歳以上、二十歳未満の男の僧のことだ（あるいは剃髪《ていはつ》して僧形《そうぎょう》にありながら妻帯して世俗の生活をしている者）。具足戒とは、僧の守るべき戒律である（男の僧に二五〇戒、尼僧に三四八戒とされる）。

前年の十二月に泰範らが最澄とともに受けたのは胎蔵界《たいぞうかい》の結縁灌頂であり、金剛界の結縁灌頂は受けていなかったからだ。そのあと、一カ月ほどかけて修学し、空海から直接、教えを伝授された円澄・光定の二人は比叡山に戻っていった。

だが、またもや泰範は高雄山寺にとどまった。泰範にしてみれば、比叡山に戻る理由がなかった。高雄山寺に出向いてくる前から比叡山（最澄）を離れ、近江国《おうみのくに》高島郡（滋賀県高島市）の自坊《じぼう》（自分の住んでいる寺）にいたからだ。以後、泰範は高雄山寺に住みついた。その泰範に、最澄は再三再四にわたって帰山《きさん》を促す書状を送るのだが、泰範は応じなかった。

いっぽう空海は高雄山寺を、灌頂を授ける寺として管理・運営していくため、南都《なんと》（奈良）諸大寺の学問僧たちに書簡などを送っては真言密教を宣伝し、売り込んだ。その結果、空海を阿闍梨《あじゃり》として灌頂を受けようとする諸大寺の僧たちが次々と高雄山寺に出向いてきた。たちまち空海と高雄山寺は世間の注目を集め、寺の生活は繁忙をきわめる。だが、空海は苦にならなかった。南都に真言密教が広まっていく手応えがあったからだ。

ところで、空海にとって大安寺《だいあんじ》の勤操《ごんぞう》の存在は大きかった。だから、空海は最澄と違って南都の諸宗を批判・否定せず、諸大寺の長老たちと争うこともない。かれらと上手に交渉（かかわりあい・関係）をもちつつ、同時に全国の神宮寺《じんぐうじ》を密教で一つにまとめて管理することを考えている。

　すでに触れたように、神宮寺とは神社の祭る神を仏の教えによって救うための寺で、密教系の僧や遊行の僧などが神の姿（神像《しんぞう》）として彫り上げた菩薩《ぼさつ》の像を祭っている。九世紀に入ると、地方の有力な豪族たちによって有力な神社の敷地内に神宮寺が次々と建てられていった。空海が高雄山寺で灌頂を行ないだしたころには、寺院には神社（鎮守社）が、神社には神宮寺があるというのが当たり前になっていた。そこに目をつけた空海は、全国の神宮寺を真言密教で統轄することによって日本の仏教全体を密教化するという野望を抱いたのである。

　野望を内に秘めた空海は、最澄の密教経典の借用依頼に応じながら、この年（八一二年）の十一月まで書状を通じて最澄との交渉を続けるのだが、この間《かん》、最澄は密教経典の筆写にはげむだけで、面授を受けに出向いてくる気配を見せなかった。そんな最澄に対して空海は初めて密教経典の借用依頼を拒絶する。それは、八一三年十一月二十五日のことだった。

　それにはこんな経緯《わけ》があった――。

空海、最澄の借用依頼を拒絶

八一三年の六月十九日、最澄は高雄《たかお》山寺《さんじ》の空海のもとに行きっきりになっている泰範《たいはん》に書状を送った。内容は、泰範に預けてある『止観弘決《しかんぐけつ》』という天台宗になくてはならない書物を返還してほしいというもので、「その書物はあなたにはもう用がないだろうが、わが宗門にはとても必要なものなのだ」とあった。

この書状でも、自分のことを「被棄老」と書いている最澄は、棄《す》てられた老人の気分になりながらも、天台宗の教義《きょうぎ》（真理として説く教えの内容）の固有の価値を明らかにしようと筆をとる。そして九月一日、ようやく『依憑《えひょう》天台集《てんだいしゅう》（宗）』一巻を書きあげる。依憑《えひょう》とは、あてにする・たのみにするという意味だ。

この著書で、最澄は天台宗の教義をあげつらい非難する南都の各宗派に反論する。いずれの宗派の祖師（開祖）も天台宗の教義をよりどころにして論をすすめているではないか、と。また、天台宗の教義を中心としてあらゆる宗派の教義を一つにまとめることができると主張した。つまり、天台宗こそすべての宗派の上にあるというのである。さらに、日本に伝来している『大日経疏《だいにちきょうしょ》』（大日経《だいにちきょう》の注釈書＝解説本）からいちいち引用して、大日経の根幹には天台宗の教えが見られることを指摘し、密教と天台宗の教義は一致すると主張した。そのいっぽうで大日経疏《だいにちきょうしょ》を著した一行《いちぎょう》と恵果《けいか》の師である不空《ふくう》を批判し、不空を天台宗の弟子呼ばわりした。

これを知って空海は、ならば恵果もその弟子の自分も天台宗の弟子ということになるではないかと不快感を抱いた。また、恵果から受け継いだ真言《しんごん》の法《ほう》（真言密教）こそ、最澄の天台宗を含めた各宗派の教義を取り込むことができると考えていた空海は、自分と最澄とでは密教に対する扱い方がまるで違うと判断し、

（密教は頭で理解し、習い覚えるだけでは不十分。面授《めんじゅ》を受けて、学んだことを実践して体得しなければ意味がない）

という思いをいっそう深めた。

翌十月、空海は自分の四十歳の初算賀《しょさんが》（最初の長寿の祝い）にあたり、『文殊讃法身《もんじゅさんほっしん》礼《らい》（一百廿礼仏《いちひゃくにじゅうらいぶつ》）幷《ならびに》方円図《ほうえんず》幷《ならびに》註義《ちゅうぎ》』という観法《かんぽう》の新しい手引き書を著した。観法とは、意識を集中させ、特定の対象（この場合は大日如来）を心に思い描くことによってその教えの真理を直観的に認識しようとする修行のことだ。さらに記念として漢詩（『中寿感興詩幷序《ちゅうじゅかんきょうしならびにじょ》』）を作った。ちなみに、その漢詩のなかに「嗟余五八歳」とある。これは「嗟《ああ》、余《われ》、五八《ごはち》の歳《とし》」とよむ。五八《ごはち》は五×八、すなわち四十《しじゅう》のことだ。しかし、

「しじゅう」の音韻《おんいん》を避けて「五八《ごはち》」といったのである。

当時、四十歳は老いの初めとされ、その年から十年ごとに算賀《さんが》（祝賀）が行なわれていた。空海は定命《じょうみょう》（生まれ落ちる前に定められた寿命）の八十歳の半ばという意味で、「中寿」という表現を題名に用いた漢詩（『中寿感興詩并序』）を、翌十一月、最澄ら知己に贈った。

贈られた側は、返礼の詩を作って贈り主に返すのが慣例である。そのさい、相手の漢詩の韻に合わせて詩を作ることになっている。だが、空海から贈られた漢詩の序のなかに、最澄の知らない『文殊讃法身礼《もんじゅさんほっしんらい》（一百廿礼仏《いちひゃくにじゅうらいぶつ》）并方円図并註義《ならびにほうえんずならびにちゅうぎ》』という書物の名があった。空海の漢詩に和《わ》する詩を作るにはその内容を知っておく必要がある。そこで最澄は十一月二十三日、空海に書状を送り、いつものように『文殊讃法身礼《もんじゅさんほっしんらい》（一百《いちひゃく》廿礼仏《にじゅうらいぶつ》）并方円図并註義《ならびにほうえんずならびにちゅうぎ》』と『理趣釈経《りしゅしゃくきょう》』の借用を依頼した。理趣釈経とは、『理趣《りしゅ》経《きょう》』の注釈書である。

すでに触れたように、理趣経は「十七清浄句《じゅうしちしょうじょうく》」という十七の欲望を肯定する教えを説いていて、とても誤解されやすい経《きょう》である。その理趣経に、恵果の師・不空が密教的に深い解釈、自分の見方・考え方を加えたものが理趣釈経で、密教の奥義を含んでいる。この経を、空海は自分の打ち立てた真言密教の核心において秘奥の経典としている。

いっぽう具足戒を受けている最澄は戒律順守、禁欲を旨として男女の交わりを不浄と否定している。その最澄が理趣釈経の借用依頼の書状の余白にこう書き添えていた。

「あなたの弟子（最澄自身のこと）であるわたしに、そむこうとする心がまったくないのは諸仏の知るところであり、お見すてないようにお願い申しあげます」

これを読んだ空海は、

（なんだって……そんな言い草は通用しないッ）

と、ただちに理趣釈経の貸し出しを断る理由をえんえんと書き、返書として最澄に送った。

最澄はこの一年ちかく、しきりに密教経典を借り出しては筆写するだけで面授を受けにくる気配さえ見せなかった。此度《こたび》も曲解されやすい理趣経を面授ではなく、理趣釈経を読むだけで学ぼうとしている。しかも理趣釈経は恵果《けいか》の師である不空《ふくう》の並々ならぬ努力があってできあがったもの。その不空を、つい三カ月ほど前、依憑《えひょう》天台集《てんだいしゅう》のなかで批判したあげく天台宗の弟子呼ばわりしている。だから、空海はこれまで抑えてきたものを我慢しきれなくなり、初めて最澄の借用依頼を拒絶する返書を送ったのだが、これは相手をはげしくののしる内容のうえ、すこぶるあくの強いものだった。

＊

『依憑《えひょう》天台集《てんだいしゅう》（宗）』を書きあげた最澄は、のちに南都《なんと》（奈良）の諸宗、とりわけ法相宗《ほっそうしゅう》と対立することになります。

空海、最澄を痛罵《つうば》

理趣《りしゅ》釈経《しゃくきょう》の貸し出しを断る空海の返書はこういう内容だった——。

まず、「お手紙を受け取り安堵しております。雪の降る寒い季節となりましたが、お変わりもなく、わたくし空海、安心いたしました」などと丁寧に記したうえで、「天台宗はあなたでなければこの国に伝わらない。真言《しんごん》の法《ほう》（真言密教）はわたしが伝えると誓うものです。あなたとわたくしは互いにそれぞれの仏法を守り伝えてゆくことに忙しく、談話しているいとまもありません」などと述べて、「両者は道を異にするものだ」と強調し、それから本題に入ってゆく。

「ただ今、書状の封を開いてすぐに理趣釈経をお求めになっていることがわかりました。しかしながら、どうも納得しがたいのです。理趣《りしゅ》（真理に至るための道筋・道理）には多々あります。あなたがお求めになっているのはどの理趣なのでしょうか」と問いかけ、「そもそも理趣経というのは広大です。そのため、そのなかの一句や一偈《げ》（経文《きょうもん》で仏の

徳をたたえ教理を説く詩。多くは四句からなる）の意味すら書き尽くすことは誰にもできません」と説いてから、こういう。

「自分は才知・才能に乏しいが、自分が師（恵果）から直《じか》に教わった理趣の教えを以下に示そう。だから、汝《なんじ》、よく聴《き》け」

ついさっきまで、空海は最澄を「公《きみ》」（あなた）という尊称でよんでいたが、もろもろの感情が高まってきたのか、途中から「汝《なんじ》」（おまえ）という対等かそれ以下の人間に対して用いられる二人称を使いだし、こう説きはじめる。

「おまえ、よく聴《き》け。理趣《りしゅ》の妙句《みょうく》（巧

みな言い回し）を、その枝葉を捨てて根本においてとらえると、まず三種に分けられる。一には可聞《かもん》の理趣《りしゅ》（聞くべき理趣）。二には、可見《かけん》の理趣《りしゅ》（見るべき理趣）。三には可念《かねん》の理趣《りしゅ》（念《おも》うべき理趣）である」

つづけて、

「もし可聞《かもん》の理趣《りしゅ》（聞くべき理趣）を求めるのであれば、聞かなければならないのは、おまえの声がそれだ。おまえが口で説くことばがそれだ。決して他人の口中に求めてはならない。可見《かけん》の理趣《りしゅ》（見るべき理趣）を求めるのであれば、見なくてはならないのは目に映ずる物質としての存在である。おまえの身体を構成している四大《しだい》（物質界を構成する四つの元素＝地・水・火・風）がそれだ。すなわち、おまえ自身の肉体を見ればいい。決して他者の身辺に求めてはならない。可念《かねん》の理趣《りしゅ》（念《おも》うべき理趣）を求めるのであれば、それはもともとおまえの一瞬ごとの心の中に備えもっている。さらに他人の心の中にまで求めてはならない」

といい、こうつづける。

「別の三種もある。心の理趣・仏の理趣・衆生《しゅじょう》の理趣である。理趣はすべておまえの心の中にある。他人の心の中にまで求めてはならない」

その上に、こう説く。

「別の二種もある。おまえの理趣《りしゅ》（真理に至るための道筋・道理）とわたしの理趣がそれだ。もし、おまえの理趣を、おまえ自身が求めようとするなら、それはおまえの身辺にある。わたし（空海）の身辺に求めてはならない。わたしの理趣を求めるのであれば、そのわたしとは何か。わたしには二種類の我《が》がある。一つは五蘊《ごうん》（諸存在を構成する物質的・精神的五つの要素＝色《しき》・受《じゅ》・想《そう》・行《ぎょう》・識《しき》）の認識作用からなる我《が》である。だが、これは仮《かり》の我《が》（仮我《けが》＝原因と条件とによって生じている存在）である。もう一つは、無我《むが》による大我《たいが》（悟りによって得られる絶対に自由自在な境地。宇宙と一体化した我）である。仮の我に理趣を求めるのであれば、もともと仮の我であるのだから実体がない。実体がないのに、どうやって求められるだろうか。求められるわけがない。無我による大我に理趣を求めるのであれば、遮那《しゃな》（毘盧遮那仏《びるしゃなぶつ》＝大日如来《だいにちにょらい》）の三密《さんみつ》がそれである。大日如来の三密はいたるところにあまねく満ちている。すなわち、おまえの三密がそれなのだ。外に求めてはいけない」

つまり、宇宙の実相を体現している大日如来の三密と人間の三業《さんごう》は本質として同じであり、行法《ぎょうほう》しだいで自分自身の三業を大日如来の三密に一体化することができると空海はいうのである。すでに触れたように、三密とは、密教で、仏の身《しん》・口《く》（言葉）・意《い》（心）の三つの行為のことだ。三業とは、身体の行為である身業《しんごう》、言語表現である口業《くごう》、心のはたらきである意業《いごう》の三つのこと。

　高まっていた感情が収まってきたのか、このあとは最澄を「汝《なんじ》」（おまえ）ではなく、再び「公《きみ》」（あなた）とよんでこう問いかける。

「わたしは、いまだわからない。あなたは仏の化身《けしん》なのか。それともただの凡夫《ぼんぷ》（凡人）と判断していいのでしょうか。もし仏の化身なら、仏の智慧《ちえ》は完全に備わっている。何が欠けているといってさらに求めることがあるのでしょうか」

　加えて、こういう。

「密教の教えを求めているのなら、仏の説いた教えに従ってもらわなければならない。すなわち、教えをみだりに伝授することを禁じた三昧耶戒《さんまやかい》を守ってもらいたい。この戒を破れば、教えを伝えるほうも受けるほうも罪を犯したことになり、どちらにも利益はない」

　密教の伝授は伝法の師の面授を受けた者から直接、されなければならない。それを正道とする、と空海はくりかえし述べてきた。にもかかわらず、最澄はいろいろ理由を挙げて密教経典の借用を依頼してきた。そのやり方は三昧耶戒違反すなわち越三昧耶《おつさんまや》という重罪を犯すことになるというのである。その上で、「密教の興廃をになっているのはおまえとわたしだけではないか」といい、またまた「汝」を使う。そして筆授ですまそうとしている最澄が態度をあらためるのを待ち望んでいるような気持ちを示してこういう。

「密教の奥旨《おうし》（奥義《おうぎ》）は文章により頭で理解するものではない。ひたすら心から心へ伝えるものである」

また、こういう。

「文は糟粕《そうはく》（のこりかす）、文は瓦礫《がりゃく》（がれき）。そのような糟粕瓦礫《そうはくがりゃく》の文を受けとれば、物事の粋実《すいじつ》・至実《しいじつ》（純粋な実質・本質）を失う。真（本物）を捨てて、偽（偽物）を拾うのは愚か者のすることである。愚か者のすることにおまえは従ってはいけない。また、求めてはいけない」

さらに、孔子《こうし》の『論語《ろんご》』にある「道聴塗説《どうちょうとせつ》」という言葉を引き合いに出してこういう。

「昔の人は道のために道を求める。今の人は名利《みょうり》（名誉と利益）のために道を求める。名利のために道を求めるのは、道を求めようという志《こころざし》ではない。道を求めようとする志は、己を忘れて求めるものなのだ。おまえのように途《みち》に聞いて途に説こうとする者は、孔子《こうし》もこれを許さなかった」

道聴塗説《どうちょうとせつ》とは、道ばたで聞きかじったことをそのますぐに道ばたで自分の説のように他人に話すという意味で、受け売りすることだ。空海の返書では「途聞途説」と書かれている。

さらには、

「たとえ千年の間、薬学書や医学書を読んでも、それだけで人間の身体が病んだときどうして治すことができるのか。できはしない」とか、「百年の間、あらゆる教えを記した経典を論議しても、それだけで三毒《さんどく》（人の心を毒する三つの根本的な煩悩《ぼんのう》＝貪欲・嗔恚《しんい》・愚痴）を取り除くことができるだろうか。できはしない」

といい、

「まず、信ぜよ。いくら学んでも、信じ修行しなければ役に立たない」

と述べている。

密教というのは大日如来《だいにちにょらい》がみずからの悟りのなかで、みずからの悟りを楽しみながら説く奥深い絶対の真理の教えである。だから、密教における師弟の関係は顕教《けんぎょう》（密教以外の仏教）とは異なり、弟子にとって師というのは仏陀《ブッダ》（釈迦の尊称）ではなく大日如来である。そのように弟子が信じ込まなければ密教における師弟関係は成り立たない。だから、「まず、信ぜよ」と空海はいうのである。

密教の世界は、精神や万物の本体（移り変わる現象の根底にある不変の実体）など形があるわけではなく、通常の事物や現象のような感覚的経験を超えた世界である。いっさいが修行者のその身そのものにあり、また修行者の経験そのものにある。いまの日本国において、真言《しんごん》の法《ほう》の修行者は空海以外にはいない。だから、密教経典をしきりに書き写して溜め込んでいる最澄に、「面授でなければ伝えられない。筆授ではどうにもならない」といいたかったようで、こんな皮肉をいう。

「たとえ妙薬が箱に詰まっていても、それを飲まなければ何の役にも立たない」

そういってから、空海は阿難陀《あなんだ》（阿難とも）という仏陀《ブッダ》（釈迦の尊称）の十大弟子の一人を持ち出してきてこういう。「阿難陀《あなんだ》は仏陀の話をだれよりも多く聞いていたはずだが、仏陀の教えの実践ということでは不十分だった。仏陀は実践によく励んだので、お手本は阿難陀自身の身近にあったのに」

つまり、あなた（最澄）の身近にはわたし（空海）という手本があるのに、なぜ直接、わたしから学ぼうとしないのか、というのである。

釈迦以来の仏教には、「究極の真理は言葉やその言葉を書き記した文字では伝えられない」という原則がある。不完全で誤解も起こるし、時間もかかるからだ。密教の真理はそれ以上に経典や注釈書を読むだけではえられない。経典に明示されている儀式の規則どおりに梵字《ぼんじ》の真言《しんごん》を唱えたり、仏像を祭ったり、曼荼羅《まんだら》を飾ったり、金属の法具類を並べたりして修法を実践しなければならない。だから面授が必要となる。それを受けようとしない最澄に空海はついに我慢しきれなくなり、借用依頼を断る返書を送ったのである。

だが、この返書の末尾には、「考え方を改めれば、どんな密教の秘法でもただちに授けましょう、むろん理趣釈経の貸し出しも惜しまない」と書き添え、結びには、「努力自愛せよ」と記している。したがって、この返書は最澄を痛罵《つうば》しているが、絶縁状ではなかった。

いっぽう返書を読んだ最澄は、

(そこまで面授にこだわるのか……筆授がわが国の伝統ではないか)

と、どうしても納得がいかない。それだけ密教についての理解が足りず、空海の心情を察することができなかったといえる。

それはさておき、この年、四十七歳の最澄は初めて空海に理趣釈経と文殊讃法身礼《もんじゅさんほっしんらい》(一百廿礼仏《いちひゃくにじゅうらいぶつ》)并《ならびに》方円図并註義《ほうえんずならびにちゅうぎ》の借用を断られた。そのうえ厳しく教えさとされ、侮辱もされた。それでも、返礼の漢詩を作って空海に贈りたかった。だから、空海のもとに行きっきりになっている泰範《たいはん》に、こんな内容の書状(十一月二十五日付)を送る。

「大阿闍梨《だいあじゃり》(空海)から贈られた漢詩の序のなかに、文殊讃法身礼《もんじゅさんほっしんらい》(一百廿礼仏《いちひゃくにじゅうらいぶつ》)并《ならびに》方円図并註義《ほうえんずならびにちゅうぎ》という自分の知らない書物の名がある。大阿闍梨の漢詩の韻《いん》に合わせて返礼の詩（漢詩）を作るには、この書物の内容を知っておく必要がある。だから、どうかこのことを大阿闍梨に伝え、この書物の大体の意味を聞いてわたしに知らせてほしい」

また、「法華梵本《ほっけぼんほん》（梵字《ぼんじ》の法華経《ほけきょう》）を手に入れたので来月上旬に持参のうえ、大阿闍梨に御覧いただきたいので都合を聞かせてほしい」ということを書き添えている。この書状の冒頭には「久隔清音（久しく清音を隔つ＝久しくご無沙汰を）」とあり、まず音信のまったくない泰範に思いを告げている。それでこの書状は「久隔帖《きゅうかくじょう》」とよばれている。

それはともかく、泰範は最澄の要請に応じたのだろう。最澄は翌十二月、空海に返礼の漢詩を書状とともに送っている。その書状には、「大阿闍梨の漢詩を再三、詠《よ》んだり吟《ぎん》じたりして、目がひらかれ、心がみがかれました」とあり、「ところで、またちょうどよいついでがありましたら、金玉《きんぎょく》（書状）を下さいませ」と書き添えている。そういう最澄に、空海はむろん礼状（十二月十六日付）を送っている。

こうして、この年、八一三年は暮れていった。

＊

「久隔帖《きゅうかくじょう》」は、最澄が泰範《たいはん》にあてた唯一の真筆書状といわれます。また、空海を大阿闍《だいあじゃ》梨《り》とよぶなど、礼をつくした書き方をしています。

その後の空海

空海と最澄の書状を通じての交渉（かかわりあい・関係）は、八一三年の十二月まであったが、その後しだいに疎遠になっていく。そして、あるときあることをきっかけとして、二人は関係を断ち切る。

そのきっかけはおよそ二年半後、八一六年の五月に生じる。この間《かん》、空海の身の回りにはさまざまな事柄が起きている。それを明らかにしておきたい。

最澄との交渉は理趣《りしゅ》釈経《しゃくきょう》の借用依頼を断ってから途絶えがちになったが、嵯峨《さが》天皇との交渉は保たれていた。最澄に漢詩の礼状を送った翌年、八一四年の春三月、空海は嵯峨天皇から綿百屯と七言《しちごん》の詩（漢詩）をたまわる。それに対して空海は奉謝《ほうしゃ》（御礼を申し上げること）の詩（漢詩）を作り、献上している。四カ月後の七月二十八日には、梵字帖《ぼんじじょう》ならびに雑文を差し出している。また、同じ日に元興寺《がんごうじ》の僧・中璟《ちゅうけい》の罪が許されることを請《こ》う文書を朝廷に差し出している。その文中で、釈尊《しゃくそん》（釈迦《しゃか》の尊称）の弟子が美女を見て俗世間の欲を起こして誘惑される例をあげ、「戒行《かいぎょう》を護《まも》らず。国典《こくてん》（国家の法典）を慎まず」とある。戒行とは、戒律を守って修行することだ。このことから、中《ちゅう》璟《けい》が女性問題を引き起こしたことが考えられ、その罪を許すよう空海が願い出ていることがわかる。

このころの空海は高雄山寺《たかおさんじ》で著作に時間をかけていた。そのため、唐から持ち帰ってきた厖大《ぼうだい》な密教経典類の書写は知り合いに依頼したり、紙や筆などの入手については知人に書状を送って協力を求めたりしている。そんな空海の書状がいくつか残っているが、年月日や宛名がない。だが、その内容から八一四年ごろのものと考えられているものがある。その一つはこんな内容である。

「大宰府《だざいふ》（北九州の地方官庁）でお会いして以来、七年経っていますが、なつかしい限りです。風のたよりに、あなたはこのごろ都《みやこ》（平安京）にお住まいと聞いております。すぐにでもお目にかかりたいのですが、やらねばならぬことがあり、この山寺（高雄山寺）を出ることができません。高雄山寺の庫裏《くり》（台所）は食べ物など不足がちですので、できましたら米や油を送っていただければと思います。また、唐から持ち帰った経典や論書などを書写し、世に流布したいと思っておりますので、紙や筆などもお願いいたします」

別の内容のものもある。

「秋も深まり冷《すず》しくなりました。私が唐から持ち帰った経典や論書はかなりの数ですが、そのなかのいくつかを書写して広く人々に読んでもらいたいと思っています。太宰府在住のおりに、紙や筆のご協力をお願いしたのですが、まだご返事がないのは残念です。お忙しいので忘れてしまわれたと存じますが、よろしくお願いします」

こういった願いが受け入れられたのか、「二千帳の紙、四十管《かん》の筆、廿挺《にじゅっちょう》の墨《すみ》をお送りいただき、ありがとう」という内容の礼状も残っている。唐から帰国して八年ちかくが経っているが、まだ書写の作業が続いている。いかに厖大な密教経典類を持ち帰って来たかがわかる。

空海は嵯峨天皇や南都《なんと》（奈良）諸大寺との交渉（かかわりあい・関係）を維持しながら、また著作に励みながら、方々へ書写や寄進を要請する書状を書き送るという生活を送っていた。

こうして、この年、八一四年は暮れていった。

真言宗成立への第一歩

翌八一五年四月一日、空海は唐から持ち帰ってきた密教経典（三十五巻）を書写したものに勧縁疏《かんえんのしょ》（書写を勧《すす》める勧進文《かんじんぶん》）をつけて弟子たちに持たせ、畿内《きない》（京都周辺の国々）はもちろん、西国《さいこく》の筑紫《つくし》（北九州）などの有力な寺の僧や国司《こくし》（中央から派遣された地方官・長官）、それに有力な地方豪族たちのもとへ差し向けた。

時を同じくして、東国《あずま》（関東）の有力な地方豪族や常陸《ひたち》（茨城県北東部）にいる法相《ほっそう》宗《しゅう》の僧・徳一《とくいち》、下野《しもつけ》（栃木県）にいる天台宗の僧・広智《こうち》などのところにも弟子を差し向け、密教経典の書写と布教などの協力を要請した。徳一は、このころ東国地方一帯で絶対的な力をふるっていた。その徳一には密教経典と勧進文のほか、経典の書写を請う依頼状に「名香《めいこう》」ひと包みをそえている。名香とは、名高い香の香木《こうぼく》のことだ。つまり、南都《なんと》（奈良）の高僧に気を使ったのである。

これまで日本に伝来していなかった密教経典の書写の協力を全国に広げたのは、多くの道俗《どうぞく》（出家した人と在家の人）に書き写されることによって真言密教が世の中に広まることを期待したからだ。真言教団（真言宗）の成立に向けて第一歩を踏み出したといえる。

だから、空海の弟子たちはどんな遠国《おんごく》であろうと厭《いと》わなかった。かれらは山林修行の経験者であり、あちこち駆けまわることは苦にならない。すでに触れたように、密教（雑密）系の山林修行者は山から下りると菩薩《ぼさつ》の像を彫り上げて神像《しんぞう》とし、それを安置するよう有力な地方の豪族にすすめていた。その結果、九世紀に入ると、地方豪族たちによって神社の祭る神を仏の教えで救うための神宮寺《じんぐうじ》が全国の有力な神社の敷地内に次々と建てられていった。その神宮寺を新しい密教で統轄し、日本の仏教をすべて密教化しようという野望が空海にはある。その野望を実現するにはまず真言宗を成立させ、つぎに国家に認めさせること（公認）だった。

だから、弟子たちに持たせた勧進文で空海はこう述べている。

「唐から帰国して多年を経たけれども、まだ密教は世間に弘まっていない。もともと、その教えに関する書物も少ない。そこで、弟子たちを全国へ差し向けて密教の教えを世の中に伝え、弘《ひろ》めたい」

そう述べたうえで、顕教《けんぎょう》（密教以外の仏教）と密教とを比較して次の四点を強調している。

①顕教は報身《ほうじん》と応身《おうじん》の教義《きょうぎ》であり、密教は法身如来《ほっしんにょらい》（大日如来《だいにちにょらい》）の教義である。報身とは永劫《えいごう》にわたる修行（生死《しょうじ》を繰り返しながら修行すること・輪廻《りんね》転生《てんしょう》）によって真理を悟り、仏となった身体のこと。応身とは応化身《おうげしん》とも現身《うつしみ》ともいい、この世において悟り、人々を救済するために姿を現わした仏のことで、歴史上の人物として現われた釈迦《しゃか》など人の目に見ることのできる仏のこと。法身《ほっしん》（法身仏《ほっしんぶつ》とも）とは永遠の真理（真如《しんにょ》）そのものとしての仏の姿、すなわち理念としての仏（大日如来）のこと。②顕教は菩薩《ぼさつ》

行《ぎょう》を説くが、密教は本来もっている三密《さんみつ》、身《しん》（身体）・口《く》（言葉）・意《い》（心）の三つの行為の修行を説く。菩薩行とは、菩薩としてなすべき実践のこと。とりわけ他者に対する慈悲を重視し、最高の悟りの境地に入ろうとする宗教的実践のこと。③顕教は人々を教化・救済するために用いるさまざまな方法の教えを説くが、密教は他の助けを借りずに自分の心のうちで悟りを開くことを説く、真実の教えである。④顕教は三劫成仏《さんごうじょうぶつ》を説くが、密教は即身成仏《そくしんじょうぶつ》を説く。劫《こう》（カルパ）とは、古代インドの最長の時間単位で、ほとんど無限ともいえるほどの長い時間の単位のこと。だから、この世においては不可能な成仏のことを三劫成仏とよんだ。即身成仏とは、この世においてこの身このままで成仏することだ。

この勧進文のなかで空海が主張したのは密教の優位性と、顕教である天台宗は密教を伝えることができないということだった。つまり、自分の考えを世に問うことをした空海は、以後、南都《なんと》（奈良）仏教界との関係を密《みつ》にしてゆく。真言宗を成立させ、宗派として国家に認めさせるには、南都諸宗の反対を招かないようにすることが最重要と考えたからだ。

こうして空海は修法《しゅほう》を旨《むね》とする真言宗の成立に向けて突き進んでゆく。いっぽう空海の勧進文の内容を知った最澄は空海との交渉をいっそうひかえるようになる。だが、あるときあることをきっかけに両者の交渉は崩壊してしまう。あるときとは、八一六年五月一日のこと。あることとは、空海の一世一代の演技といえる「代筆行為」のことである。それには事情《わけ》がある――。

＊

釈迦《しゃか》は、真埋を悟ったので「ブッダ（目覚めた人の意）」、「真理を悟った者」となったといわれます。

空海、泰範《たいはん》の返書の代筆を決意

その日、八一六年五月一日のことだが、高雄山寺《たかおさんじ》の空海のもとに行きっきりになっている泰範《たいはん》に比叡山《ひえいざん》の最澄から書状が届いた。泰範は高雄山寺に入ってすでに四年以上も空海のもとにいる。この間にも、最澄は棄《す》てられた老人のような気持ちになりながら泰範に帰山《きさん》を促す書状や頼みごとの書状を送っている。

また、空海から理趣釈経《りしゅしゃくきょう》の借用を拒絶されて四カ月後、八一四年の春には、西国《さいこく》の筑紫《つくし》（北九州）にまで旅をし、天台宗は南都《なんと》（奈良）六宗とは異質なものであることを当地の観世音寺《かんぜおんじ》を中心にその地方の有力な寺院に説いてまわり、同時に比叡山に大乗戒《だいじょうかい》壇《だん》（大乗戒を授ける壇）を設けることに理解をえようとしている。大乗戒は、菩提心《ぼだいしん》（悟りを願い求める心）や仏性《ぶっしょう》（あらゆる人々がもっている仏となれる性質）にもとづくものとされ、形式よりも動機や心を重視する傾向があり、自己の悪を抑え、善を修め、あらゆる人々のために尽くすという三つの面をもつ。じつは、最澄は唐から帰国してからずっと、

「釈迦の説いた教えは大乗仏教、ゆえに戒律も大乗戒でなければならない」

と主張しており、比叡山に大乗戒壇《だいじょうかいだん》を設けることを国家に認めさせようとしていたが、いまだ実現できていなかった。

当時、戒壇（授戒の儀式を行なう壇）を設けているのは南都《なんと》（奈良）の東大寺、下野《しもつけ》（栃木県）の薬師寺《やくしじ》、筑紫《つくし》（北九州）の観世音寺《かんぜおんじ》という三つの大官寺《だいかんじ》だけで、そのいずれかで官僧は受戒する決まりだった。しかも、それらの大官寺が設けているのは大乗戒を授ける壇ではなく、インド以来の小乗戒《しょうじょうかい》（小乗仏教の戒律＝具足戒《ぐそくかい》）を授ける壇だった。具足戒は戒律の数が大乗戒よりはるかに多く、男僧に二五〇戒（尼僧に三四八戒）がある。その具足戒を、最澄も十九歳のとき東大寺で受けている。したがって最澄の大乗戒壇設置の主張は、具足戒を捨てるということであり、ひいては南都仏教から独立するということだった。

つまり、最澄は三つの大官寺に対立する戒壇を比叡山に設けようと有力な寺院の理解と協力を求めて西国へ出向き、その旅を終えて比叡山に戻ってきてから、いまだ高雄山寺の空海のもとにとどまっている泰範に書状を書き送ったのである。

その書状の内容は、

「老僧最澄は五十歳、もう長くはない。にもかかわらず唐から持ち帰ってきた天台宗の整備がまだできておらず、ひとり天台宗を物売りのように背負って世間をうろつきまわっている。それでもいいのだが、遺憾なのはあなたと別居していることだ」

などと、泰範が帰山しなかったことが心残りだといい、それからこう問いかけている。

「劣《おと》っているものを捨てて、優《まさ》(勝《まさ》)っているものを取るのが世の中のきまりであると思う。しかしながら天台《てんだい》(天台宗)も真言《しんごん》(真言密教)も同じ一乗《いちじょう》の立場をとっているのだから、天台と真言に優劣があるだろうか」

優劣はない、対等なのだから協力していけると最澄はいうのである。

乗《じょう》とは、乗り物の意。その乗り物で、人々を悟りの世界へ運ぶことから、乗り物は悟りの世界に導く仏の教えにたとえられている。一乗とは、人々を悟りの境地に導く真実の教えは唯《ただ》一つであるとする教えのこと。それによってすべての人が成仏《じょうぶつ》(仏と成《な》ること=悟りをえること)できると説く立場である。当時、南都《なんと》(奈良)六宗の一つ、法相《ほっそう》宗《しゅう》は、三乗《さんじょう》（声聞乗《しょうもんじょう》・縁覚乗《えんがくじょう》・菩薩乗《ぼさつじょう》）があると説いていたが、最澄と空海は一乗の立場をとっていた。三乗とは、煩悩《ぼんのう》の世界から悟りの境地に入るための三種の教えのこと。
声聞乗《しょうもんじょう》とは、仏の教えは聞くが、自分の悟りを開くことだけを目的として修行する者に説かれた仏の教えのこと。縁覚乗《えんがくじょう》とは、仏の教えによらず、自分一人で悟りを開こうとする修行者の立場の仏の教えのこと。菩薩乗《ぼさつじょう》とは、自分だけでなく、すべての人を悟りの世界に導こうとする立場（菩薩）の仏の教えのことだ。

最澄は書状の最後で、

「天台と真言に優劣はないのだから、ともに天台を学んで、ともに日本を遍歴して正しい仏法《ぶっぽう》（仏の悟った真理・仏の教え）を世の中に弘めよう」

と、泰範にそれとなく比叡山に戻ってくるよう促していた。

泰範はこれまでもたびたび最澄から書状を受け取っているが、帰山《きさん》の話には応じなかった。心はすでに空海に移っていたからだ。このたびの書状はしかし、天台宗と真言密教の優劣に言及し、優劣があるだろうかと問いかけてきた。また、書状には茶十斤が添えられていた。茶は当時、金粉《きんこ》（きんぷん）のように高価なもの。だから、泰範はせめて礼状を書こうとしたのだが、書きにくい。とうとうどうしていいのかわからなくなり、空海に最澄の書状の内容を打ち明けたところ、

（なに……ッ）

と空海は怒りをあらわにする。

これまでに空海が受け取った最澄の書状の内容は、ひたすら教えを乞うという謙虚な態度のものだった。だが、最澄は面授《めんじゅ》を受けにくる様子を見せなかった。そうした最澄の態度に空海は我慢できなくなり、理趣釈経《りしゅしゃくきょう》の借用依頼を拒絶したのだが、そのときには「考え方を改めれば、貸すことを惜しまない」と含みのある言葉を断り状に書き添えた。それからおよそ二年半、最澄は考え方を改める様子を見せなかった。その最澄が、今度は天台宗と真言密教は対等、優劣はないと主張していた。最澄の天台宗は法華経《ほけきょう》をよりどころとする顕教《けんぎょう》でありながら密教を天台宗の一部門として位置づけている。にもかかわらず、天台宗と真言密教は対等の立場にあるという。その主張は納得のいかないものだった。また、空海は密教と顕教の区別を重視し、真言密教を最もすぐれている教えとし、仏教思想の頂点に位置づけている。だから、天台宗と対等に扱われるのはきわめて不快だった。とうとう怒り心頭に発する。空海は真言密教の立場を鮮明にすることを決意し、泰範にこうもちかける。

「返事を書きにくいのなら、わたしが代わりに書いてやる」

泰範はこくりとうなずく。

こうして、空海が泰範になりすまして手厳しい皮肉に満ちた返書を書くことになったのである。

手厳しい皮肉に満ちた返書

空海の代筆した返書の冒頭には、「泰範言《たいはんもう》す」とあり、そのあとに形式的な言葉づかいがつづき、ついでこんな内容の前置きがある。

「わたしは今月の九日、但馬《たじま》（兵庫県北部）から帰りました。その帰路、乙訓寺《おとくにでら》に立ち寄ったところ、そこ（北院《きたいん》）に最澄さまがお出《い》でになっていると聞いていたのに、あいにく比叡山《ひえいざん》へお帰りになったあとでした。あとを追ってお目にかかろうかと思いましたが、疲れていて果たせませんでした」

また、ともに天台宗を学んでともに日本を遍歴して正しい仏法《ぶっぽう》を世の中に弘《ひろ》めようという最澄の誘いに対して、こんなことをいう。

「まことに慈悲深いお約束の言葉をいただいて、躍りあがるほど喜んでおります。わたしはまことにつまらない人間でございますが、和尚《わじょう》（最澄のこと）のあとに付き従っていることによって名をあげ、また和尚の鳳凰《ほうおう》のごとき翼《つばさ》によりかかることによってわたしの業績をあらわすことになれば、蚊《か》のようなわたしでも天《あま》の河《がわ》までのぼることができ、みみずのようなわたしでも清泉《せいせん》を呑むことができましょう。ですが、見識が浅薄なわたしにとって、望みはそのお心だけで十分でございまして、これ以上、望むことはございません」

ここから先、いおうとすることはいっぺんに変わる。泰範になりすまして書いている空海はこんなようなことをいう。

「優劣と申されても、このわたしは豆と麦の区別もつかないほどの愚か者でございます。いわんや玉石《ぎょくせき》を見分けられるわけがありません。ですから、ご質問を受けてどうしてよいかわからなくてとまどっているのですが、天台宗と真言密教に優劣があるだろうかというご質問を、そのままにしておくわけにも参りませんので、思いきって取るに足らないわたしの考えを申し上げます」

この書状は空海が泰範に代わって書いたものだ。つまり、空海が泰範の役を受け持って書いている。だから、泰範というより空海はこういう。

「だいたい、優劣などはむずかしいものでございます。釈迦《しゃか》は聴《き》く人の素質や能力に応じて教えを説かれました。衆生《しゅじょう》（あらゆる人々）は、もともと性質や望みをそれぞれ異にしています。したがいまして医者が症状や状況に応じて薬を投じるように、人々に与える教えも千差万別で、導く方法もさまざまでございます。仏法《ぶっぽう》（仏の説いた教え）においても、大乗《だいじょう》の教えと小乗《しょうじょう》の教えとが共存しております。また、一乗《いちじょう》と三乗《さんじょう》の教えも仏法のなかで競い合っております。いずれが方便《ほうべん》（目的を達するため便宜的に用いられる手段）による権《ごん》の教え（仮《かり》の教え）なのか、実《じつ》の教え（究極的真理の教え）なのか、区別しがたいところです。そういうことで申しますと、顕教《けんぎょう》と密教の区別も、ともすれば乱れがちです。いずれが権《ごん》か実《じつ》か、それは仏法のすべてを知った者でなければ、たやすく区別がつくものではありません」

顕教とは、釈迦などこの世において悟った者（覚者《かくしゃ》）がわかりやすい言葉で顕《あきらか》に説き示した教えのことで、秘密の部分をもたない教えであり、密教以外の仏教の教えをさす。いっぽう密教とは大日如来《だいにちにょらい》によって秘密に説かれた深遠な教えのことで、奥深い絶対の真理の教え、究極の教えをさす。密教では、大日如来を永遠の昔から悟りを開いている根本最高の仏（本仏《ほんぶつ》＝ほんものの仏）としている。

それはそうとして、泰範の代筆をしている空海はさらにこういう。

「しかしながら、法身《ほっしん》（大日如来）と、その法身が姿を変えて現われる応身《おうじん》（たとえば釈迦）との区別は厳然としてあるのです。密教は法身に根拠をおき、顕教は人の目に見える応身に根拠をおいているのです。ですから、顕教と密教とでは、その説くところを異にしております。顕教は人々を仏の教えに導くために方便として受け入れやすい仮《かり》の教え（権《ごん》の教え）を説き、密教は究極的真理の教え（実《じつ》の教え）を説くのでございます。わたしは実《じつ》の教えである真言密教の醍醐味にとらわれて夢中になっておりますので、方便としての教えである天台宗をいまだ賞味するいとまがございません」

つまり、仏の姿（仏身《ぶっしん》）には優劣があるから、説いている内容にも浅深《せんしん》の差別を認めなくてはならないと空海は泰範になりすましていい、顕教と密教の立場の違いを明らかにしたうえで、自分は今、真言密教の極上の味に耽《ふけ》っているので、それよりまずい天台宗を楽しみ味わう暇はないという。さらにまた、

「和尚《わじょう》（最澄のこと）はわたしに、ともに人々を救済《きゅうさい》しようとおっしゃいますが、その実践となると、とても大変なことでございます。そのためにも、まずみずから修行を積むことだと思います。修行するにも儀軌《ぎき》（儀式規則）がございます。また、人々を教え導くにも、それが可能になるための位階（資格）がございます。儀式規則を踏み、資格をえなければ、人々を教え導くことなどとてもかないません。この泰範、まだまだ六根《ろっこん》の執着を断ちきれず、清浄《しょうじょう》な精神を所有できておりません。それゆえ他者を救うことなど、とてもできる存在ではありません。利他《りた》のこと（他者を救済すること）はすべて大《だい》

師《し》（最澄）にお譲りいたします」

といい、最澄の誘いを断っている。六根《ろっこん》とは、五感と、それに第六感ともいえる意識の根幹のことだ。すなわち眼根《げんこん》（視覚）・耳根《にこん》（聴覚）・鼻根《びこん》（嗅覚）・舌根《ぜっこん》（味覚）・身根《しんこん》（触覚）・意根《いこん》（意識）の総称である。修行することによってこの六根が清浄になると霊妙な術が身につくという。


この書状はやがて結論に入っていく。泰範になりすましている空海はこういう。

「和尚《わじょう》（最澄のこと）は前に志《こころざし》を立て、天台宗を確立してその体系を大切に尊敬いたしたいと心に誓いなさいました。ところが今では和尚の志を諸仏が守り助け、国主《こくしゅ》（天皇のこと）もまた天台宗を尊び敬い、百官《ひゃっかん》（数多くの官吏《かんり》）もこれを尊び、僧尼《そうに》も在家の信者もこの教えに心から喜んでおります。まことに喜ばしく、まことに目出度《めでた》いことです」

そういってから、

「ところが、この泰範《たいはん》のことでございます。わたしは自分の修行がまだ達成の域に達しておりません。そのため日夜、励んでおります。もし、わたしが執着する真言密教に対して和尚《わじょう》がお責めにならなければ、もうそれだけでわたしは満足いたします。わたしは山林（高雄山寺《たかおさんじ》）に身をおき、修行に励んでおりますが、あなたに対する恩義や真心を忘れることはございません」

というような内容を述べて、書状を結んでいる。この代筆行為は空海の一世《いっせ》一代《いちだい》の演技といえる。この書状を受け取った最澄はしばし呆然とする。

すでに触れたように、前年の四月、空海は密教経典の書写をすすめる勧縁疏《かんえんのしょ》（勧進文）を作成し、これを弟子たちに持たせて畿内はもちろん、東国や西国の有力な僧や地方官のもとに差し向けている。その勧進文にも、この書状と同趣旨のものが書かれている。だから、勧進文を目にしていた最澄は、この書状が空海の手になるものだと気づいて、もはや泰範は自分と行動をともにすることはないと判断し、泰範とのつながりを切った。同時に空海との足掛け七年におよぶ交渉（かかわりあい・関係）が崩壊する。

＊

泰範《たいはん》に逃げられた最澄は、のちに弟子が他宗に流れることを防ぐ諸規則・諸制度をつくります。南都《なんと》（奈良）仏教には六宗ありますが、宗というより仏教の一部門と考えられていたので、互いに宗派の壁を設けることがなく、僧は自由に他宗を行ったり来たりして学んでいました。けれども最澄が壁を設けると、それにならって諸宗も僧の流出を防ぐ制度を設けだしたので、以後、日本の宗派は他宗派に対して閉鎖的にならざるをえなかったといわれます。

第十部

高野山（金剛峯《こんごうぶ》寺《じ》）の開創と終焉

上表文《じょうひょうぶん》(請願書)の提出

泰範《たいはん》になりすまして書きあげた手厳しい皮肉に満ちた返書を最澄に送った空海は、本格的に真言教団（真言宗）の成立を目ざす。弟子の養成に必要な根本道場の建立を決意して上表文《じょうひょうぶん》（請願書）を書きあげ、八一六年六月十九日、朝廷に差し出した。その内容は、「禅定《ぜんじょう》を修行する道場を建立したいので紀《き》伊国《いのくに》の南山《なんざん》（高野《たかの》の山地《さんち》のこと。和歌山県北部、紀の川の南にある山地）を与えていただきたい」というものだった。禅定とは、精神をある対象に集中させ、密教的な精神状態に入ることだ。

その請願書のなかで、次のようなことを述べている。

「密教の諸経典の説くところでは人里離れた幽玄閑寂《ゆうげんかんじゃく》（神秘的で奥深くもの静か）な山《さん》地《ち》が最も禅定《ぜんじょう》を修行するにはよいとされている。貧道《ひんどう》（自分のこと）は若いころ、山水《さんすい》を好んで歩いていたが、吉野《よしの》（奈良県吉野郡）から南に行くこと一日、さらに西に向かって二日ほど行くと、平原の幽地《ゆうち》（奥深く静かな土地）がある。ここは紀《き》伊国《いのくに》（和歌山県と三重県南部）伊《い》都郡《とのこおり》の南にあたり、名づけて高野《たかの》という」

このことから空海は若いころ、南都《なんと》（奈良）の南にある桜で有名な吉野山《よしのやま》から大峯《おおみね》・

葛城《かつらぎ》の両山に囲まれた長峯山系《ながみねさんけい》の山々に踏み入り、そこから南へ行き、さらに進路を西に変えて高野《たかの》の山地《さんち》に登っていたことがわかる。その山地について空海は、「ここは四《し》面高嶺《めんたかね》にして人跡稀《じんせきまれ》な場所である」と述べて、こういう。「わが国には寺院が多いが、いずれの寺院も高山深嶺《こうざんしんれい》（奥深い山や谷）にはないため、ここで禅定《ぜんじょう》の修行に入る者が少なく、はなはだ残念である」

さらに、インドと中国の山上の寺院の例をもちだして、禅定《ぜんじょう》の修行には高野《たかの》の山地《さんち》が必要であると説き、

「そこに、上は国家のために、下はもろもろの修行者のために、禅定を修行する一院を建立したい」

ついては開創《かいそう》（寺を開くこと）にあたり、この地を与えていただきたいと述べ、こんな内容の添え状をつけている。

「唐から帰国するとき、しばしば海上で漂流の難にあったので、わたしは一つの願い事をたてた。無事に帰国の日には、必ず諸天《しょてん》（仏法《ぶっぽう》を守護する神々）の威光の増益《ぞうえき》、国界《こっかい》（国境）の擁護、人々の利益《りやく》のために修禅《しゅぜん》（禅定の修行）の一院を建立して修行すると誓った。その誓いにもかかわらず、帰国してたちまち十年が経っているのに、いまだあのときの願い事をやり終えていない。ぜひ、これを果たしたいと思う」

機を見るに敏な空海は、六年前に「薬子《くすこ》の変《へん》」が鎮圧された直後、国家を鎮《しず》める修法《しゅほう》を行ないたいと請願書を差し出している。そのときすぐに勅許《ちょっきょ》がおりた。そういうことがあったので、仏教（密教）の効験《こうけん》（ききめ・効果）を信じることのできる嵯峨天皇を意識して、この添え状をつけたといえる。

こうして空海は本格的に真言教団（真言宗）の成立に向けて動きはじめる。

これまで空海は天皇や貴族・官吏《かんり》（役人・官僚）といった上層階級の人々に灌頂《かんじょう》を行なっているが、かれらを布教のために利用することはあっても、かれらにおもねることはなかった。先の請願書にもおもねる様子は見られない。権力者におもねることがないのには理由《わけ》がある。密教というのは経典を学んで理解して身につけるものではない。禅《ぜん》定《じょう》の修行を実践し、その教えを体得する仏教である。つまり、精神を大日如来《だいにちにょらい》という対象に集中させ、この世においてこの身このまま大日如来と一体化する精神状態に入ることを目標としている。それによって絶対の真理の教えを直感し、体得すれば、即身成仏がかなう。すでに教えを体得し、自分を抽象化している空海は、自分の存在はかれらより上だと意識している。だから天皇といえどもおもねることはなかったのである。

　それはさておき、紀の川の南にある高野《たかの》の山地《さんち》は空海の請願書にある言葉どおり、周囲を海抜千メートル級の八つの峰に囲まれた標高約八〇〇メートルの山である。山上は南北約二キロ、東西約六キロにわたって平らで、広々としている。そこは人の住む場所から遠く離れていて不便な土地だったが、熊野《くまの》（和歌山県・三重県にまたがる熊野川流域）にも吉野《よしの》（奈良県吉野郡）にも近い。また、旧都《きゅうと》（平城京と長岡京）からも新都《しんと》（平安京）からもほどよい遠さである。旧都に近いと南都《なんと》（奈良）の諸宗に近づきすぎて具合がよくないし、新都に近いと政界の争いに巻き込まれやすいからだ。また、山地《さんち》のいたるところに清流が走っているので生活に必要な水には困らない。つまり、そこは禅定を修行する根本道場を建てるには絶好の土地であり、環境だった。

　空海が請願書を差し出した八日後、六月二十七日のことだが、高雄《たかお》山寺《さんじ》にいる空海のもとに嵯峨天皇の使者が五彩《ごさい》の呉織《くれはとり》（織物）と、錦《にしき》の縁《ふち》の五尺の屛風《びょうぶ》四帖を届けにやってきた。使者によれば、その屛風に古今の詩人の秀句を書いて差し出すようにということだった。それを聞いて空海は、

（これで、高野《たかの》の山地《さんち》を下賜《かし》されるのは間違いない……）

　と確信し、さっそく旧都《きゅうと》（平城京）の大安寺《だいあんじ》ちかくの庵《いおり》に住む善道尼《ぜんどうに》に書状をやって、修行する根本道場が建てられること、それに合わせて山麓《さんろく》に政所《まんどころ》（寺の雑務を取り扱う

所＝寺務所）を建てて、根本道場にやって来る人たちの宿所《しゅくしょ》ならびに冬期の避寒修行の場にすることなどを知らせる。空海の書状を届けた廻使《かいし》が持ち帰ってきた善道尼の返書には、こんなことが書かれてある。

「わたくしは女ゆえ山には入れませんが、山麓の政所《まんどころ》にて近事《ごんじ》としてあなた様のお世話をいたしとうございます」

じつは人の往来もまれな神秘的で奥深くもの静かな高野《たかの》の山地《さんち》一帯は、古来、神の住む霊山《れいざん》（信仰の対象となる山）として人々から崇《あが》められていた。つまり、山の神が祭られている。山の神というのは生と死をつかさどる女神《めがみ》として理解され、そのため嫉妬心から同性の入山を嫌うとされた。人々は山の神を怒らせたらどんな災禍を被《こうむ》るかと畏《おそ》れていた。そういうわけで、善道尼は女ゆえ高野《たかの》の山地《さんち》には入れないと記したのである。

翌月の七月八日、案の定、高野《たかの》の山地《さんち》を空海に与えるという太政《だいじょう》官符《かんぷ》（公文書）が紀伊国《きいのくに》（和歌山県と三重県南部）の国司《こくし》にくだった。

空海は翌年から高野山《こうやさん》（金剛峯寺《こんごうぶじ》）の開創《かいそう》に着手する。この開創は、これまでの寺院の在り方とはまったく違う新しい寺院の在り方を示すことになった。つまり、南都《なんと》（奈良）の諸宗のように都《みやこ》ちかくの平地に絢爛豪華な七堂伽藍《しちどうがらん》を築くのではなく、都の喧騒《けんそう》を避けて奥深い山のなかに伽藍を築いて、学問仏教ではない実践する仏教を目ざすことを明らかにした。

空海は先に嵯峨天皇から届けられた五尺の屏風《びょうぶ》四帖に古今の詩人の秀句を揮毫《きごう》し、八月十五日、差し出した。その二カ月後、嵯峨天皇の側近である藤原三守《ふじわらのみもり》から乞われて、十月八日から十四日まで七日間、病床に伏せた天皇のために厄《やく》を祓《はら》う修法《しゅほう》を行なった。

こうして、この年、八一六年は暮れていった。

＊

高野山《こうやさん》は、地名ではありません。金剛峯寺《こんごうぶじ》の山号《さんごう》（寺の名の上につく称号）です。ですから、高野山という名の山は存在しません。

開創に着手

翌八一七年、空海は一番弟子の実慧《じちえ》のほか泰範《たいはん》・円明《えんみょう》らを高野《たかの》の山地《さんち》に派遣して下見させ、高野山《こうやさん》の開創に着手する。同時に、政所《まんどころ》（寺の雑務を取り扱う所＝寺務所）の建立にもとりかかる。開創に従事したのは実慧や泰範のほか、真然《しんねん》（のちに高野山第二世の座につく）や智泉《ちせん》（空海の甥）らだった。山上は広々とした平地で、原生林におおわれている。その山上の平地を、空海は胎蔵界曼陀羅《たいぞうかいまんだら》の中央部、中台八葉院《ちゅうだいはちよういん》にたとえた。

そこには大日如来《だいにちにょらい》を中心にして八葉《はちよう》(蓮華状《れんげじょう》に東西南北に四仏、そのあいだに四菩薩)が座している。空海の構想した伽藍配置は、大日経《だいにちきょう》と金剛頂経《こんごうちょうぎょう》の世界を山上の平地に再現するというものだった。つまり、胎蔵界《たいぞうかい》を象徴する大塔《だいとう》と金剛界《こんごうかい》を象徴する西塔《さいとう》を相対させるという雄大な構想である。伽藍とは、仏塔を中心とした寺院の主要な建造物のことだ。

実慧・泰範らは地元の豪族の援助のもと、まず原生林におおわれた原野を切り開くことからはじめた。

いっぽう空海はかれらに「自分も来年の秋には近事《ごんじ》とともに出かけてゆく」と告げて高雄《たかお》山寺《さんじ》にとどまり、著作に励みながら天皇や皇族・貴族ら、上層階級の人々を相手に宮中で種々の修法《しゅほう》を行なう日々を送った。

翌八一八年の冬十一月、空海は高雄《たかお》山寺《さんじ》を退去し、初めて高野《たかの》の山地《さんち》に登り、完成していた二、三の建物の一つ、草庵に居住した。この年の冬を乗り越えて翌年、八一九年の五月、山上に伽藍《がらん》を造営するため、空海は高野《たかの》の山地《さんち》の七里(約二七・五キロ)四方を結界《けっかい》し、修法のための壇を建てた。結界とは、一定の修法の場所(壇場)を限って、印を結び真言を唱えて護《まも》り浄《きよ》めることだ。その壇場で、空海らは七日七夜《なのかななや》にわたる修法を行なった。そして、最初に明神社《みょうじんしゃ》(鎮守社《ちんじゅしゃ》)という社《やしろ》を建てた。

当時、寺院を開くにあたり、その敷地内に社《やしろ》を建てて土地の神の分霊《ぶんれい》を迎え、寺院を鎮守する神として祭るのがならわしだった。それで、空海も山麓の丹生都比売神社《にうつひめじんじゃ》の祭る丹生《にう》の神《かみ》（女神）の分霊を迎えて祭るため、まず山上に明神社を建てたのである。ついで伽藍の建立に着手することになったが、空海の構想した伽藍配置を山上に実現するとなると、資材の確保はもちろん、工事に従事する者たちの調達、資材の運搬および食糧の確保など、いずれも容易ではなかった。そのうえ莫大な造営資金が必要だった。官寺《かんじ》ではなく私寺《しじ》の造営であるため、国から一銭たりとも出ない。造営資金は寄進に頼るほかなかった。その援助をしたのが、主に近隣の有力な地方豪族たちである。すでに触れたように、かれらは山から下りた密教（雑密）系の僧たちにすすめられて有力な神社の祭る神を仏の教えで救うための寺（神宮寺《じんぐうじ》）を建て、菩薩《ぼさつ》の像を神像《しんぞう》として安置している。空海はかれらに、「伏して、乞う。仏の教えを護持せんがために……」という書状を書いては送り、喜捨《きしゃ》（寄付）を求めた。そのなかには、「釘《くぎ》がないから大工の仕事に差し支えている。どうか早く釘の恵みを与えてくれますように」と、釘の寄付まで乞い願う書状もある。また、工事に従事する者たちの食糧にも事欠く様子を伝えているものもある。米と油を恵んでくれた人にはこんな内容の礼状を書いている。

「貧道《ひんどう》（自分のこと）、黙念《もくねん》せんがために、去月《きょげつ》十六日（八一八年十一月十六日のこと）、この峯《みね》に来て住んでいます。山高く、雪深く、人の往来は難しい。そういうことで、すっかりご無沙汰してすみません。米・油などの物を恵んでいただきありがたい。一喜一躍。雪深し、そちらはお元気ですか」

また、空海はいくどとなく勧進《かんじん》を行なっている。勧進とは、寄付集めに歩き回ることだ。そうしなければならないほど資金繰りが苦しかった。そのうえ奥深い山のなかのため、伽藍《がらん》の造営工事はなかなかはかどらなかった。このころ、世の中は毎年、旱魃《かんばつ》（日照り）や洪水などの自然災害を受けていて、農業生産力がきわめて落ちていた。そのため、朝廷の財政はかなり厳しかった。嵯峨天皇は宮廷費の削減のために皇子・皇女を臣《しん》籍《せき》に降下させている。そういうわけで、空海は嵯峨天皇を利用しようにも利用することができなかった。

とはいえ、高野山の開創が資金的にも環境的にも厳しいことは端《はな》からわかっていたはず。それでも開創を断行したのは、密教経典に説かれている「人里離れた幽玄閑寂《ゆうげんかんじゃく》の地」であったということのほか、もう一つ理由《わけ》があったと考えられる。

古来、高野《たかの》の山地《さんち》周辺には辰砂《しんしゃ》（水銀の硫化鉱物＝水銀の原料）や鉛丹《えんたん》（酸化鉛）を含む赤い土（丹《に》）を採掘することを生業《なりわい》としている者たちがいる。水銀は辰砂を焼いてつくる。その水銀は、鉄を除く金・銀・銅など多くの金属と合金をつくるのに使われる。

また、朱《しゅ》（赤色の顔料）の製造にも用いられる。丹《に》は朱《しゅ》として使われる。奈良・平安時代になると、寺社の建物や鳥居を丹《に》で塗《ぬ》るようになり（丹塗り）、また漆器・絵具・印肉などにも使われだし、水銀は「みずがね」といって、合金の製造やメッキに使われだした。いずれも経済的価値が高いもので貴重だった。地名として各地に存在している丹生《にう》は、丹《に》を産出する場所、もしくはその取引が行なわれる場所だった。そういう場所が高野《たかの》の山地《さんち》周辺にはたくさんあった。そこを押さえているのが、周辺の有力な地方豪族だった。

空海は、

（ここに寺院を開くことにすれば、造営資金の援助を求めるにも勧進するにも都合がいい）

と山地《さんち》周辺の環境に目をつける。それだけではない。すでに触れたように空海は仏教僧の学問である五明《ごみょう》（医学・薬学・工学・数学・暦学など）を修めている。だから、

（自分は赤い土の採掘工法や薬の調合などを、採掘を生業《なりわい》としている者たちに助言したり教えたりすることができる。場合によっては自分で人夫を雇って採掘し、水銀や朱《しゅ》を作りだすこともできないことではない……）

ということに思い及ぶ。つまり、資金的に苦しいことはわかっていたが、水銀や朱《しゅ》の

権利とそれによって生じる経済的価値を利用すれば、なんとか資金を稼ぎだせると見当をつけ、開創に踏みきったと思われる。

いずれにしても、ようやく根本道場が建立されると空海は金剛峯寺《こんごうぶじ》と名づけた。この名は、『金剛峯楼閣一切瑜伽瑜祇経《こんごうぶろうかくいっさいゆがゆぎきょう》』という経典名にもとづいてつけられたという。瑜《ゆ》伽瑜祇《がゆぎ》の瑜伽《ゆが》とは、心を統一することによって絶対者（大日如来《だいにちにょらい》）と融合して一つとなった境地のことで、その修行する者を瑜祇《ゆぎ》という。つまり、金剛峯寺は瑜伽《ゆが》の修行をする者が居住する寺ということだ。正式名称は高野山金剛峯寺《こうやさんこんごうぶじ》（以後、高野山）という。

空海は、この高野《たかの》の山地《さんち》を「法身《ほっしん》の里《さと》」とよんだ。法身とは、永遠の真理そのものとしての仏、大日如来のことだ。したがって、ここで修行すれば、必ず大日如来に出会え、融合して一つとなって悟りの境地に達することができるという意味が込められている。

この法身の里で、空海は密教関係の著作に専念することになるのだが、それに触れるまえに高雄山寺《たかおさんじ》で書きあげた『弁顕密二教論《べんけんみつにきょうろん》』について触れておくことにする。

『弁顕密二教論《べんけんみつにきょうろん》』

空海は、密教について書くときにはいつも顕密《けんみつ》（顕教《けんぎょう》と密教《みっきょう》）という仏教における二つの流れの浅深優劣《せんしんゆうれつ》を比較する。そして密教だけがもつ特殊な性質、即身成仏《そくしんじょうぶつ》（真言密教の優位性）と真言密教の真理性（正当性）を明らかにし、顕密の弁別《べんべつ》、すなわち両者の違いを見分けて区別する。それは大宰府《だざいふ》（北九州の地方官庁）で書きあげた「請来目録《しょうらいもくろく》」でも、高雄山寺《たかおさんじ》で書きあげた『弁顕密二教論《べんけんみつにきょうろん》』（二巻）でも同じである。

この弁顕密二教論《べんけんみつにきょうろん》を書きあげたのは、泰範《たいはん》になりすまして最澄あての皮肉な書状を書いた直後（八一六年五月〜八月ごろ）といわれる（異説あり）。この書で、空海は顕密《けんみつ》の相違を次の四点としている。

①顕密それぞれの仏の相違、②それぞれの教えの内容の相違、③成仏の遅速の相違、④教えによってうることのできる利益の相違。この四点において密教は顕教《けんぎょう》よりすぐれていることを、さまざまな経論《きょうろん》（仏教経典とその注釈である論）を引用しながら詳しく述べている。

たとえば、①の仏の相違の場合——。顕教の仏（応身《おうじん》＝歴史上の人物としてこの世に出現した釈迦《しゃか》など）は衆生《しゅじょう》（あらゆる人々）の能力に合わせて教えを説くが、密教の仏は永遠の真理そのものとしての仏、法身《ほっしん》（大日如来《だいにちにょらい》＝理念としての仏）がみずからの悟りのなかで、みずからの悟りを楽しみながら説くと述べている。だが、理念としての仏はかたちもなく、目で見ることができない。その仏が、教えを説くなど顕教では考えられない。それゆえ顕教のがわから、「そもそも悟りというのは言葉の絶えた境地ではないか」と、悟りを言葉にして説くことに疑問が出た。それに対して空海は、「さまざまな経論《きょうろん》のなかに法身《ほっしん》の説法はある。ただ、気づかないだけだ」と、経論からその部分を引用しながら説き、こう述べる。

「悟りを言葉にできない顕教《けんぎょう》に比べて、密教は法性仏《ほっしょうぶつ》（万物の実体・永遠の真理そのものとしての仏＝法身仏《ほっしんぶつ》）が、みずからのうちに体得された悟り（真実）をみずから味わうことの智慧《ちえ》を語る。だから、密教は顕教よりすぐれている」

このように、空海は自分の教相判釈《きょうそうはんじゃく》（仏教経典の解釈）をはっきり示す。だが、経論からの引用はその権威をあてにして引用しているのではなく、自分の主張にうまく合うように引用しているといわれる。つまり、切り張りである。だから、経論からの引用文の順序が原文と違っていたり、強引に論理を飛び越えるところがあったりする。だが、そうすることで空海独自の独創的な思想になっているといわれる。

また、空海はより深い教えのことを「秘密」とし、それには「衆生《しゅじょう》の秘密」と「如来《にょらい》の秘密」の二つがあるという。

衆生の秘密とは、衆生は煩悩《ぼんのう》で目がくらんでいるので目の前に真理があっても気づくことができないため、隠されているように見えてしまう秘密のこと。如来の秘密とは、密教は複雑で深遠な教えなので理解力の足りない者に対して意図的に隠されている秘密のこと。理解力の足りない者は教えを誤解してしまうので意図的に隠されるというのである。

それはさておき、空海は弁顕密二教論《べんけんみつにきょうろん》を書きあげたあと、高雄山寺《たかおさんじ》を出て高野《たかの》の山地《さんち》に移り住み、密教関係の著作に専念することになる。

ところで、空海が泰範《たいはん》になりすまして書いた皮肉な返書を受け取った最澄の、その後の動向について少し触れておくことにする。

＊

空海の著作は、密教に関係するものにとどまりません。文学・芸術・語学・辞典にまでおよんでいて、まさに仏教僧の枠におさまらない卓越した才能を示しています。たとえば、弘仁《こうにん》年間（810年〜823年）の成立といわれる『文鏡秘府論《ぶんきょうひふろん》』（六巻）は、中国の六朝《りくちょう》時代から唐までの漢詩文を取りまとめてつくった漢詩文創作の理論書です。また、成立年代は八三〇年以降と推測される日本最古の漢字字書、『篆隷万象名義《てんれいばんしょうみょうぎ》』（六帖三十巻）も、空海の編著（編集と著作）です。

その後の最澄と空海

八一六年五月、空海が代筆した泰範《たいはん》の返書を受け取った最澄は、そのあくの強い仕打ちにしばし呆然とするが、その後、気を取り直して三年前に書きあらわした『依憑《えひょう》天台集《だいしゅう》』に序文を書き加え、そこにこういう一文を記す。

「新来《しんらい》の真言家《しんごんか》は則《すなわ》ち筆授《ひつじゅ》の相承《そうじょう》を泯《みん》す」

筆授とは、書物によって学ぶことだ。相承とは、学問・法・技芸などを次々に伝え受け継いでいくこと。泯は、ほろびること・尽きてなくなることだ。つまり、新しくやって来た真言密教家（空海のこと）が、書物によって学んだことを次々に伝え受け継いでいく伝統を滅ぼすというのである。これは面授《めんじゅ》を重んじる空海を批判したもので、空海との訣別を意識した一文といえる。こうして空海との足掛け七年におよぶ交渉は崩壊する。このあと、最澄は弟子を連れて東国《あずま》（関東）へ旅立ち、この八一六年という年は暮れてゆく。

東国を訪れた最澄は、下野《しもつけ》（栃木県）の薬師寺《やくしじ》を中心に有力な寺院を巡り歩いて、「天台宗は南都《なんと》（奈良）諸宗とは異質なものである」と説き、理解をえようと努める。

また、これまでのように最澄は、「どのような人でも最終的には仏の悟りをえられる」と説いて歩いた。このころ、会津《あいづ》(福島県西部、会津盆地を中心とする地域)には南都仏教界を代表する法相宗《ほっそうしゅう》の僧・徳一《とくいち》が滞在していた。徳一は最澄が東国を訪れたことを知るや、『仏性抄《ぶっしょうしょう》』を書きあげ、そのなかで「悟りには段階があり、どのような人でも成仏できるわけではない」と述べて、最澄を批判した。以後、最澄と徳一とのあいだで「三一権実論争《さんいちごんじつろんそう》」(権実論争とも)がはじまる。三一とは、三乗《さんじょう》と一乗《いちじょう》の教えのことだ。

すでに触れたように、一乗とは、人々を悟りの境地に導く真実の教えは唯《ただ》一つであるとする教えのこと。三乗とは、煩悩の世界から悟りの境地に入るための三種の教えのこと。この三種の教えを重んじ、それぞれ悟りの境地が違うと説くのが徳一だった。権実《ごんじつ》論争《ろんそう》とは、一乗と三乗のどちらが「権《ごん》」(方便=真実を理解させるための手がかりとなる仮の考え)で、どちらが「実《じつ》」(真実の考え)であるかの論争のこと。この論争は、両者が対面して激論を交わしたわけではない。互いの著述での争いだった。

翌八一七年二月、最澄は『照権実鏡《しょうごんじっきょう》』(一巻)を書きあげて、徳一の『仏性抄《ぶっしょうしょう》』に反論する。その後、比叡山に戻った最澄は、翌八一八年五月から十月まで『山家学生式《さんげがくしょうしき》』三部の著述に専念する。これは、比叡山の山家《さんげ》学生《がくしょう》すなわち天台宗の僧侶のために書いた修行規則だが、その根本は大乗戒壇《だいじょうかいだん》の設置を主張するものだった。その山家学生式《さんげがくしょうしき》を書きあげると、朝廷（嵯峨天皇）に差し出した。それを知った南都仏教界は激しく反発する。以後、最澄は徳一だけでなく、南都諸宗の高僧たちとも論争をはじめ、対立を深めてゆく。

翌八一九年、最澄は大乗戒壇の設置を願う上表文《じょうひょうぶん》（請願書）を朝廷に差し出し、その翌年、八二〇年には大乗戒壇の正当性と大乗戒の本旨を説いた『顕戒論《けんかいろん》』三巻を書きあげ、朝廷に差し出す。だが、いずれも法相宗《ほっそうしゅう》の僧・護命《ごみょう》ら南都仏教界の高僧たちの強い反対にあって、大乗戒壇の設置は実現しない。また、徳一など南都諸宗の高僧との論争はその後もずっとつづき、最澄が亡くなるまで行なわれた。最澄は、八二二年六月四日、入滅。享年五十六。

このように、最澄の後半生というのはめぐまれていない。空海のもたらした新しい密教（瑜伽《ゆが》密教）、真言の法（真言密教）に押され、南都仏教には激しく非難され、死ぬまで論争しつづけ、しかも自分の開いた日本天台宗の体系を完成させることができなかった。

だが、最澄の悲願ともいえる大乗戒壇の設置はその死から七日後に許可された。嵯峨天皇の信頼の厚い廷臣《ていしん》・藤原冬嗣《ふじわらのふゆつぐ》らの取りはからいによるといわれる。

いずれにしても、比叡山寺《ひえいさんじ》に大乗戒壇の設置が許可されたことによって、東大寺に出向かずとも出家得度できるようになり、最澄の天台宗は南都仏教から完全に独立した。

翌八二三年、最澄に師事していた義真《ぎしん》がわが国で初めて正式の大乗戒の授戒を行なった。また、比叡山寺は平安京を守護する寺院として朝廷から延暦寺《えんりゃくじ》の寺号をたまわった。その延暦寺の初代の天台座主《てんだいざす》（寺務を統括する最高位の僧）に義真が就任した。ちなみに、義真は最澄の入唐求法《にっとうぐほう》のさいに同行して通訳をつとめた僧である。

それはさておき、最澄が山家学生式《さんげがくしょうしき》を書きあげるころ、空海は高雄山寺《たかおさんじ》から高野《たかの》の山地《さんち》に移り住む準備を終えていた。

ある日、空海は久方ぶりに善道尼の庵《いおり》を訪ね、高野《たかの》の山地《さんち》に移ることを告げたうえでこういう。

「自分は黙念《もくねん》せんがために高野《たかの》の山地《さんち》に登るのであり、けっしてあなたのことを忘れることはない」

さらに、根本道場の建立に合わせて必ず山麓に政所《まんどころ》（寺の雑務を取り扱う所＝寺務所）を建てると約し、だからそこへ移ってきてほしいという。善道尼はうなずく。

その夜、空海と善道尼は若いころと同じように寝物語で朝を迎える――。

明くる日、高雄山寺《たかおさんじ》に戻った空海に、藤原葛野麻呂《ふじわらのかどのまろ》（もと遣唐大使）の訃報《ふほう》が飛び込んでくる。十一月十日に没したという。享年六十四。平城上皇《へいぜいじょうこう》の側近だった葛野麻呂《かどのまろ》は

「薬子《くすこ》の変《へん》」後、出世しなかった。そんな境遇の葛野麻呂《かどのまろ》を空海はずっと気遣ってきた。在唐中や帰国後に受けた恩恵や親交を忘れなかったからだ。それだけに、種々さまざまな出来事が心に浮かぶ。その思い出を胸に秘めながら、空海は十一月中旬、近事男《ごんじなん》とともに住みなれた高雄山寺《たかおさんじ》を去り、高野《たかの》の山地《さんち》に向かった。

この年、空海は四十五歳である。山上に行き着いて見渡せば、

（むむ……ッ）

若いころ山林修行に励んだ吉野《よしの》の山々が続いている。吉野から高野《たかの》の山地《さんち》を駆け歩いていた若いころの体力はもうない。また、当たりまえだった性への欲求も今はもう激しさがない。そんな自分を、空海は吉野の山々を見渡しながら見つめている。山上はじきに雪のくるのを思わせる寒さである。雪がくれば一帯は雪におおわれてしまい、登るのにとても難儀する。だから、十一月中旬の高雄山寺の退去はぎりぎりのところだった。

以後、空海は山上に建てられた居住用の建物の一つ、草庵《そうあん》で著作に打ち込むことになる。ここでの生活を空海はこんなふうに述べている。

「閑静を貪《むさぼ》らんがため暫《しばら》くこの南山《なんざん》に移住し（中略）、三時《さんじ》に持念《じねん》して事毎《ことごと》に福《ふく》を廻《めぐ》らす」

南山とは、京都の南で高野《たかの》の山地《さんち》をさす。三時とは、朝・昼・晩の三つの時、すなわ

ち一日中の意。持念とは、仏の正しい教えを忘れることなく常に心に保つこと、また念ずること・祈ることだ。事毎とは、何かあるたび・何かにつけていつでもということ。福とは、神仏などが与える恵み・さいわいのことである。

著作に打ち込む空海

高野《たかの》の山地《さんち》を法身《ほっしん》の里《さと》とよんだ空海は、山上の草庵《そうあん》にこもって真言密教の教義《きょうぎ》（真理として説く教えの内容）の基礎を固めることに没頭する。そうして最初に書きあげたのが、『即身成仏義《そくしんじょうぶつぎ》』（一巻）である。

空海は『弁顕密二教論《べんけんみつにきょうろん》』において、成仏《じょうぶつ》（悟りを開くこと）の遅速の相違については速疾成仏《そくしつじょうぶつ》という密教の考え方を述べ、「即身成仏とは速やかに成仏すること、あるいは成仏を時間的に前倒しすること」と説いた。だが、この説明だけでは法相宗《ほっそうしゅう》の僧・徳一《とくいち》はじめ、南都《なんと》（奈良）諸宗の人々に即身成仏を納得させることができなかった。かれらにしてみれば、成仏は三劫成仏《さんごうじょうぶつ》（はかりしれない長い年月をかけてやっと成仏すること＝歴劫成仏《りゃっこうじょうぶつ》とも）が当たり前である。だから疑いを抱いた。そこで、空海は即身成仏を詳しく説き明かすことに専念し、できあがったのが即身成仏義《そくしんじょうぶつぎ》だった。これは、大日《だいにち》経《きょう》と金剛頂経《こんごうちょうぎょう》の二つの経典と菩提心論《ぼだいしんろん》（発《ほっ》菩提心論とも）のなかから引用して空海独自の解釈と独特の論理手法で即身成仏をこう説いている。「父母から生まれた現在の肉身のまま、ただちに成仏できること（悟りを開けること）」

菩提心論《ぼだいしんろん》とは、発菩提心《ほつぼだいしん》（菩提心を起こすこと＝悟りを求めようと決心すること）に密教的な根拠を与え、禅定《ぜんじょう》（精神をある対象に集中させ密教的な精神状態に入ること）による即身成仏を解説している書物のことで、インドの龍樹《りゅうじゅ》の著として伝えられている。

また、空海は即身成仏義と切り離せない関係にある『声字実相義《しょうじじっそうぎ》』・『吽字義《うんじぎ》』も、このころ書きはじめている。声字実相義は、この宇宙全体が大日如来《だいにちにょらい》の言語の現われであるとし、それを理解して大日如来と一体化する道を示している。吽字義は、梵字《ぼんじ》の「吽」という字の、字相《じそう》（文字の表面上の形・様子）と字義《じぎ》（文字の真実の意味）を解釈している。

さらに、『秘密曼荼羅教付法伝《ひみつまんだらきょうふほうでん》』（略称『広付法伝《こうふほうでん》』）も書きはじめている。これは、真言密教の起源と「付法《ふほう》（師が弟子に仏の教えを授けること）の七祖《しちそ》」と「伝持《でんじ》（仏の教えを相伝して護持してゆくこと）の七祖」の伝記や、付法の系譜を記したものだ。七祖（真言七祖）とは、①大日如来、②金剛薩埵《こんごうさった》、③竜猛《りゅうみょう》、④竜智《りゅうち》、⑤金剛智《こんごうち》、⑥不空《ふくう》、⑦恵果《けいか》の七人のことである。

即身成仏義・声字実相義・吽字義の三部作を書きあげたのは、八一九年七月ごろといわれる。ついで翌八二〇年五月、『文筆眼心抄《ぶんぴつがんしんしょう》』一巻を作成している。これは、先に書きあげた詩文創作の理論書『文鏡秘府論《ぶんきょうひふろん》』（六巻）を縮約したもので、「格調高い文章を書くことで人間の心も高まり、それによってさらに格調高い文章が書ける」ということを述べている。翌八二一年ごろには、秘密曼荼羅教付法伝（広付法伝）を書きあげている。

こうして、真言密教の教義の基礎固めは一応の区切りがついて、空海は本格的に真言教団（真言宗）の成立を目ざすことになる。

この間《かん》、八一九年の春、すなわち空海が高野《たかの》の山地《さんち》に入った翌年の春ごろ、善道尼《ぜんどうに》は山麓に造営された政所《まんどころ》に移り住む。だが、その数カ月後の七月、空海は高野山《こうやさん》の開創の仕事を弟子たちに託して山をおりることになる。というのも、勅命《ちょくめい》（天皇命令）により八月から宮中の中務省《なかつかさしょう》に入ることになったからだ。そのため、住居を再び高雄山寺《たかおさんじ》に移すことになった空海は山麓の政所《まんどころ》に住む善道尼に会いにいき、こういう。

「開創の仕事をすすめようとしていた矢先、官職に任ぜられてしまい、都《みやこ》（平安京）へ戻らなくてはならなくなった。必ず帰山するし、逐一、様子を知らせる。しばしの辛抱を……」

ようやくかなった逢瀬が、その喜びが、数カ月で失われてしまう。その日、まんじりともしないで夜を明かした善道尼は、早朝、山頂へ戻る空海を見送る――。

空海が入ることになった中務省《なかつかさしょう》は、詔勅《しょうちょく》（天皇の発する公式文書）の文案や上奏《じょうそう》（天皇に意見・事情などを述べること）など、天皇側近の事務を担当する部署である。このような官職に任じられたのは、空海の文章力に圧倒された嵯峨天皇が官吏《かんり》（役人・官僚）の文章作成の指導や代筆を空海に求めたからだろう。空海は詩文創作の理論書を縮約した『文筆眼心抄《ぶんぴつがんしんしょう》』一巻を作成しているが、天皇の要請に応えるためだったと考えられる。

いずれにしても空海は詔勅の代筆のほか、南都《なんと》諸宗の高僧らの上奏の代筆もしばしば行なうようになり、以後、高雄山寺《たかおさんじ》と高野山金剛峯寺《こうやさんこんごうぶじ》を行き来する生活を送るようになる。

また、八二〇年十月二十日、空海は初めて伝燈大法師位《でんとうだいほっしい》（三位《さんみ》の位階に相当する僧位）を授かる。四十七歳だった。最澄は四十四歳のときに授けられた伝燈法師位（四位《しい》相当）のままだったので、空海の僧位は最澄のそれを越えたことになる。ちなみに、最澄が空海と同じ伝燈大法師位を授けられるのは空海から遅れること二年後だが、その四カ月後に入滅している。

伝燈大法師《でんとうだいほっし》位《い》を与えられた空海は、翌年、八二一年五月二十七日のことだが、故郷の讃岐国《さぬきのくに》（香川県）の農業用の溜め池、満濃池《まんのういけ》（周囲二一キロ。貯水量一五四〇万トン。灌漑面積三二三九ヘクタール）の修築の別当《べっとう》（土木工事の統轄・監督にあたる職）に任じられる。ただちに空海は故郷へ帰って改修工事にとりかかり、アーチ型堤防など最新工法を駆使して九月ごろには工事を完成に導き、面目躍如たる別当ぶりを見せる。

その満濃池の改修工事にはこんな経緯《いきさつ》があった――。

空海の面目躍如（満濃池《まんのういけ》の改修工事）

高野《こうや》山《さん》の開創に着手したころ、毎年のように旱魃《かんばつ》（日照り）や洪水が続いており、農民らは苦しんでいた。朝廷は農民救済のために、各地で溜め池を築くなどの事業を行なった。そのさなか、八一八年、空海の故郷である讃岐国《さぬきのくに》でも満濃池《まんのういけ》が洪水で決壊し、北方一面の田畑や人家が流された。ついで翌八一九年には大旱魃に見舞われた。国司《こくし》は打ちつづく災禍《さいか》（自然災害）のたびに満濃池の改修工事をしていたが、雨期になると決壊していた。

このころ中務省《なかつかさしょう》に出入りしていた空海の名声、とりわけ密教の華麗な修法《しゅほう》の評判は、それに接した者たちから次々に広がり、讃岐にも届いていた。それゆえ讃岐の人々は空海の修法の威力に期待をよせ、満濃池の改修工事の別当に空海をあててほしいと国司に嘆願した。それを受けて国司が上表文《じょうひょうぶん》（請願書）を朝廷に差し出したところ、八二一年五月末、こんな内容の太政官符《だいじょうかんぷ》（公文書）がくだった。「僧空海を讃岐国の溜め池である満濃池《まんのういけ》の改修工事の別当に任じる。ついては沙弥《しゃみ》一人と童子《どうじ》四人を従者としてつけ、讃岐に下向《げこう》させよ」

下向とは、都《みやこ》から地方へ行くことだ（京下りとも）。僧である空海にとって利他《りた》（人々に功徳《くどく》・利益《りやく》を施して救済すること）は理想である。だから、満濃池の改修工事を完成に導くことは自分の意にかなう。こうして満濃池の土木工事を監督・指揮するために、空海は一人の沙弥《しゃみ》（二十歳未満の若い僧）と四人の童子を引き連れて故郷へ向かった。

京から讃岐国《さぬきのくに》（香川県）に行くには、まず大和国《やまとのくに》（奈良県）へくだる。ついで河内国《かわちのくに》（大阪府南東部）を通って和泉国《いずみのくに》（大阪府南部）に入り、摂津国《せっつのくに》（大阪府西部と兵庫県南東部）の難波津《なにわづ》（瀬戸内海航路の拠点・難波江＝大阪湾の入り江の港）から海路で淡路国《あわじのくに》（淡路島）へ渡る。そこからさらに海を渡って阿波国《あわのくに》（徳島県）に上陸し、あとは陸路で讃岐へ入る、と考えられる。

いずれにしても、讃岐に到着したのは六月十日ごろだった。空海は満濃池《まんのういけ》に突き出た大きな岩の上に壇を設けて護摩《ごま》を焚《た》き、改修工事の安全・成就を願う修法《しゅほう》を行ない、加護を祈ってから、渡来人の技術者や多くの人夫《にんぷ》を使って改修工事にとりかかった。

このときに空海が用いた「余水吐《よすいは》き（余水路）」の仕組みは、現代のダムにも採用されているという。「余水吐《よすいは》き」とは、余分な水を流下《りゅうか》させるためにダム本体に設ける水路口のこと。すでに触れたように、空海は僧の学芸である「五明《ごみょう》」をきっちり学んでいる。そのなかの「工巧明《くぎょうみょう》」、すなわち工学・数学などの知識を身につけている空海は唐の先進技術に接したさい、最新の土木技術に目を見はり、その高度の知識と技術も学んだ。その経験があったので渡来人出身の技術者たちを思うままに動かすことができ、六月にはじめた改修工事を三カ月で完成に導いた。九月六日には平安京へ帰着している。

讃岐から高雄山寺に戻ってくると、唐から持ち帰ってきた大曼荼羅《だいまんだら》や諸尊の図像、祖師の影像などの破損の修復が完成していたので、翌日、九月七日に、両部《りょうぶ》（金剛界と胎蔵界）の大曼荼羅の供養を行なっている。また、もと遣唐大使の藤原葛野麻呂《ふじわらのかどのまろ》の三回忌の願文《がんもん》を書いている。

こうして、この年、八二一年は暮れていった。翌八二二年二月、空海は予期せぬ朗報に接する。

＊曼荼羅《まんだら》は、修法《しゅほう》を行なうたびに使用するもの。ですからその破損は空海が帰国後いくども修法を行なったことの証《あかし》といえます。

東大寺に灌頂《かんじょう》道場

『日本後記《にほんこうき》』二十九の逸文《いつぶん》によると、八二一年の冬十月に、

「この秋は雨が多く、全国的に不作であるゆえ税を免じ、難民救済を行なうべし」

という勅命《ちょくめい》（天皇命令）が出た。『日本後紀』とは、嵯峨《さが》天皇の命令で藤原冬嗣《ふじわらのふゆつぐ》らが八一九年から編集に着手し、平安前期（桓武天皇・平城天皇・嵯峨天皇・淳和天皇までの四代）を編年体で著した歴史書のこと。


翌八二二年の二月、太政官符《だいじょうかんぷ》（公文書）がくだる。そこにはこうあった。

「昨冬、雷《かみなり》があったのは流行病《はやりやまい》や洪水の予兆であろうから、空海に鎮護国家《ちんごこっか》のための灌《かん》頂《じょう》道場（真言密教の修法所。のちの真言院）を東大寺に建立させ、夏中および三長斎《さんちょうさい》（三斎月《さんさいがつ》）に息災《そくさい》・増益《ぞうえき》の修法《しゅほう》を行なわせるように」

息災の修法（息災法《そくさいほう》）とは、災害や病気などの災厄《さいやく》を除いて無事息災を祈るために行

なう修法のこと。増益法とは、世俗的なさまざまの恩恵を増やすために行なう修法のこと。三長斎《さんちょうさい》（山斎月《さんさいがつ》）とは、一カ月間、八斎戒《はっさいかい》（八戒とも）を守り、心身を清浄にして精進すべき正月・五月・九月の三カ月のこと。八斎戒とは、在家の男女が、一日だけ出家生活にならって守る八つの戒のことで、五戒（不殺生《ふせっしょう》・不偸盗《ふちゅうとう》・不邪淫《ふじゃいん》・不妄語《ふもうご》・不飲酒《ふおんじゅ》）の不邪淫戒を不淫戒にし、さらに三つの戒（P.39参照）を加えたものだ。

それはさておき、東大寺は南都《なんと》（奈良）を代表する官立の大寺院であり、諸国の国分寺《こくぶんじ》の総本山である。そこに灌頂道場を設置できるということは、空海の打ち立てた真言密教が国家に認められたということだ。また、そこで種々の修法《しゅほう》を行なえば真言密教はあまねく知れわたることになる。さらに、東大寺を密教化することができる。だから空海は、

（これで、目ざしてきたことが実現するッ）

と心に悟るところがあってにっこり笑う。

すでに触れたように、空海は全国の神宮寺《じんぐうじ》を真言密教で統轄することによって日本の仏教全体を密教化するという野望を抱いている。だから、わが国の一等の官寺である東大寺を密教化できれば、全国の国分寺の密教化もすすみ、ひいては全国の神宮寺の密教化がはかどる。そう直感的に理解し、破顔微笑《はがんみしょう》したのである。

空海はさっそく東大寺に真言密教の修法所を設けて、息災・増益の修法を行なった。修法とは、繰り返しになるが、本尊を安置し、護摩《ごま》を焚《た》き、口に真言を唱え、手で印を結び、心に本尊を念じて行なう加持祈祷のことだ。祈願の目的により、それぞれ護摩壇の形や作法が異なる。

その修法を行なって間もなく、二カ月後の四月のことだが、空海は東大寺の灌頂道場において平城上皇《へいぜいじょうこう》（太上天皇《だいじょうてんのう》）に三摩耶戒《さんまやかい》（三昧耶戒《さんまやかい》とも）という真言密教の戒を授け、灌頂を行なった。平城上皇は十二年前に寵愛《ちょうあい》する薬子《くすこ》とともに謀反《むほん》を起こし、実弟の嵯峨天皇に鎮圧され、剃髪して仏門に入っている。ここにきて菩提心《ぼだいしん》（仏としての悟りを願い求める心）を起こしたといえる。三摩耶戒《さんまやかい》とは、菩提心を起こした最初から心と仏と衆生《しゅじょう》の三つは平等一如であると信じて忘れないという戒のことで、灌頂が行なわれる直前に授けられる。この灌頂を行なったとき、空海は『太上天皇灌頂文《だいじょうてんのうかんじょうもん》（平城上皇灌頂文）』を書いている。そのなかで、南都《なんと》（奈良）の法相宗・三論宗・華厳宗、最澄の天台宗、それに声聞乗《しょうもんじょう》と縁覚乗《えんがくじょう》の、それぞれの教えの概略を述べたうえで、そのすべてを批判し、真言密教の優位性を明らかにしている。声聞乗とは、仏の教えを聞くが、自分の悟りを開くことだけを目的とする修行者のために説かれた教えのこと。縁覚乗とは、仏の教えによらず自分一人で悟りを開き、それを他人に説こうとしない修行者（縁覚）

がみずからの立場とする教えのことだ。この平城上皇灌頂文で主張したことをさらに詳しく述べたものが、のちに触れる空海の晩年の著作、『秘密曼荼《ひみつまんだ》（陀《だ》）羅十住心論《らじゅうじゅうしんろん》』とその要約本の『秘蔵宝鑰《ひぞうほうやく》』である。

平城上皇に灌頂が行なわれた二カ月後（六月四日）、最澄が入滅する。最澄の死で、南都仏教に代わる平安仏教の担い手は空海ひとりだけとなった。以後、空海は東大寺の灌頂道場で鎮護国家の修法をたびたび行なうようになる。その空海にまたしても勅命《ちょくめい》がくだる。平安京にある東寺《とうじ》（京都府京都市）を空海に預けるというものだった。

＊

三摩耶戒《さんまやかい》は、菩提心《ぼだいしん》を捨てないことを旨とするので「菩提心戒」ともいいいます。

東寺の真言密教化

東寺《とうじ》を空海に給預《きゅうよ》するという勅命《ちょくめい》がくだったのは、平城《へいぜい》上皇に潅頂《かんじょう》を行なった翌年早々、八二三年一月十九日である。

東寺というのは、平安京の中央を南北に走る朱雀大路《すざくおおじ》（大通り）のいちばん南端にある羅城門《らじょうもん》（羅生門《らしょうもん》）の東（左京）にある。西（右京）には西寺《さいじ》がある。両寺は平安京に遷都した二年後、国家を鎮護《ちんご》する寺として建立された。すでに触れたように、南都《なんと》（奈良）の仏教勢力が政治に関与してさんざん弊害をもたらすのを見てきた桓武《かんむ》天皇は、仏教勢力から距離を置くために遷都を決意している。だから、平安京の中には寺を建てず、いちばん南端のはずれに東寺と西寺を建てたのだった。

東寺・西寺は、当時、鴻臚館《こうろかん》とよばれ、大陸からの賓客《ひんきゃく》を宿泊させていた。というのも、寺というのはもともと中国で使われていた言葉で、外国からの使節を宿泊させる役所を鴻臚寺《こうろじ》というように賓客《ひんきゃく》を接待する役割があったからだ。西寺は整備され、僧綱所《そうごうしょ》が置かれていた。僧綱所とは、すでに触れたように僧尼の取り締まりや諸大寺の管理・運営にあたる僧の役職（僧綱《そうごう》＝僧正《そうじょう》・僧都《そうず》など）の事務所（役所）のことだ。いっぽう東寺は整備がすすまず、このころできあがっていたのは薬師《やくし》如来像《にょらいぞう》を本尊とする金堂《こんどう》（本堂）だけだった。それで、

（空海に東寺を預けて管理・運営を任せれば整備がすすむだろうし、高雄山寺《たかおさんじ》にいる空海を平安京に迎えやすい）

ということに気づいた嵯峨天皇は、さらにこう思う。

（高野山《こうやさん》の開創の資金を援助するのは財政的に厳しいので難しいが、東寺を空海の思いのままにさせるのは容易《たやすい》。それに、空海は入唐《にっとう》経験があり、渡来人の知り合いも多く、

語学力にもすぐれている。大陸からの賓客《ひんきゃく》をもてなすのに打ってつけだ）

いっぽう空海は前年の二月から東大寺の灌頂道場（真言密教の修法所）で国家を鎮護するための修法を行なっているが、わが国の一等の大寺院だけになかなか自分の思いどおりに振る舞うことができないでいた。だから、当初もくろんだ東大寺の密教化もすすんでいなかった。そうしたことから、

（高野山の開創も、東大寺の密教化もすすんでいない。ならば、東寺長者《とうじちょうじゃ》となって東寺を真言密教の根本道場にし、真言密教を真言宗として独立させよう）

と目論《もくろ》む。東寺長者とは、東寺の管理者・長官のことだ。

密教というのはどんな宗派よりも経費がかかる。その教えを彫刻（諸仏・諸菩薩・諸天などの像）と絵図（曼荼羅《まんだら》）で表わすうえ、修法を行なうさい金属の法具類を必要とするからだ。だが、東寺長者《とうじちょうじゃ》となれば、官費《かんぴ》を使って東寺を真言密教の根本道場にすることができる。そう考えて東寺長者となる意志を固めた空海は、唐から持ち帰ってきたいっさいの仏像・経典・曼荼羅・法具類などを高雄山寺《たかおさんじ》から東寺の経蔵《きょうぞう》（経堂。経典を納める建物）に移すことにした。

こうして東寺に移り住んだ空海は、まず堂塔《どうとう》（仏堂と仏塔）を整えることにした。また、東寺は国家を鎮護する寺として建立されたものなので、その目的を自分の打ち立て

た真言密教の威力によってやりとげようと考え、想を練るうちに密教の宇宙観を表わしている絵図、曼荼羅に注目する。曼荼羅には宇宙のすべてが描かれ、諸仏の本質的な意味が表現されている。

（そうか……ッ）

空海の脳裏に立体曼荼羅というものが浮かんだ。立体曼荼羅はインドや唐においても存在しない。だから、東寺に新しい講堂を建立して、そこに立体曼荼羅の世界を展開すれば、真言密教はインドや唐の密教を乗り越えるものになると空海は一人ひそかに笑った。

いっぽう東寺を空海の思いのままにさせるという配慮を見せた嵯峨天皇は、その三カ月後の四月十六日、同い年（三十八歳）の異母弟・大伴《おおとも》親王（桓武天皇の第四皇子）に譲位し、上皇《じょうこう》（太上天皇）となった。大伴親王は即位して淳和《じゅんな》天皇となった。

ところで空海の思いついた立体曼荼羅だが、これは五仏（大日如来とその四方にいる四仏）・五大菩薩・五大明王・六天（二天と四神）の、合わせて二十一尊の仏像をつくり、それらを新しい講堂に立体的に展開するというものだった。五仏とは、大日如来など真理そのものの仏の、五つの姿（像）のこと。五大菩薩とは、五仏が慈悲にもとづいて活動するときの五つの姿のこと。五大明王とは、慈悲だけでは救済できない強情な人を強制力で救うときの五つの姿のこと。二天とは、梵天《ぼんてん》と帝釈天《たいしゃくてん》のこと。四神は四天王のことで、仏法《ぶっぽう》（仏の教え）を守護する四つの善神《ぜんしん》（護《ご》法神《ほうじん》）のことである。空海はこれら二十一尊の仏像を立体的に展開するための新しい講堂の建立を朝廷に請願し、許可がおりるのを待つことにした。

その後、八二三年の十月十日のことだが、空海は「東寺では他宗の僧の雑住《ざつじゅう》（混在して住むこと）を禁止すること」を朝廷に請願し、同時に真言密教を学ぶ僧がどのような経律論《きょうりつろん》（経典と戒律と論議）を学ぶべきかの目録、『真言所学経律論目録《しんごんしょがくきょうりつろんもくろく》』（別名「三《さん》学録《がくろく》」）を差し出した。朝廷はこの請願を即座に受け入れて同日付の太政官符《だいじょうかんぷ》をくだし、東寺に真言僧五十人を住まわせるとした。その三日後（十月十三日）、空海は皇后院《こうごういん》（皇后の御所）において三日三晩、息災法《そくさいほう》を行なった。その一カ月半後、太政官符（十二月二日付）により、五十人の真言僧を率いて東寺で転禍脩福《てんかしゅうふく》と国家の鎮護《ちんご》を祈願する修《しゅ》法《ほう》を行なった。転禍脩福《てんかしゅうふく》とは、禍《わざわい》を転じて福となすということ。さらに、十二月二十三日には、清涼殿《せいりょうでん》（天皇の日常の居所）で懺悔《さんげ》滅罪《めつざい》を祈るための修法を行なった。懺悔滅罪とは、懺悔の功《く》徳《どく》によって、それまでに犯した一切の罪を消滅させることだ。

このように空海が次から次に修法を行なえたのは、真言密教の威力が受け入れられたからである。

いっぽうこれまで空海と表立って対立することのなかった南都《なんと》（奈良）仏教界は、空海が僧の雑住を禁止したことを知るや、騒然となった。というのも、寺というのは他宗に対していつも開かれていて、各宗の僧が入り混じって住み、自由に学んでいるのが普通だったからだ。泰範《たいはん》に逃げられた最澄はのちに規則を作成して壁を設けたが、その比《ひ》叡山《えいざん》でさえ四宗を兼学する道場としてあり、僧は混在していた。だから、騒然となるのは当然のことだったが、さいわいなことに対立しあうまでにはいたらなかった。なぜなら、空海は密教を内《ない》（密教の立場をとる教え）とし、顕教を外《げ》（密教以外の立場をとる教え）とし、必ず内《ない》・外《げ》（密教と顕教）兼学すべきだと説いて、上手にいいくるめたからである。

こうして、この年、八二三年は暮れていった。

この時代、旱魃《かんばつ》（日照り）や洪水《こうずい》あるいは流行病《はやりやまい》（疫病《えきびょう》）などの災禍《さいか》に襲われるたびに人々は怨霊《おんりょう》の祟《たた》りではないかと怯《おび》えた。仏教僧の使命は、国家の鎮護と天皇はじめ皇族・貴族など上層階級の人々の現世利益《げんせりやく》（この世で受けるさまざまの恵み）を願うことだった。だから、災禍のたびに仏事《ぶつじ》（説法・読経・修法など）が行なわれた。もともと密教（雑密）の修法には呪力《じゅりょく》や利益《りやく》があると信じられていたが、空海の真言密教が弘《ひろ》まったのでなおさらその威力が信じられた。

八二四年二月、空海は平安京の大内裏《だいだいり》の南にある庭園、神泉苑《しんせんえん》で、初めての祈雨《きう》（雨乞い）の修法を行なった（伝説とも）。前年の秋の農作物のできが旱魃《かんばつ》のためにきわめて悪かったので、免税、課役免除などの処置をとった朝廷が、「今年は旱魃が起きないように」と空海に雨乞いを行なわせたという。このとき空海は、「秋の日、神泉苑を観る」「雨を喜ぶ詩」などを作詩したり、万民の悪業《あくごう》（悪い行ない）が日照りの遠因であるとして作善《さぜん》（仏事・供養を営むこと・善根《ぜんこん》を積むこと）を説いたりしたという。善根とは、よい報いを受ける原因となる行ないのことだ。翌三月二日には、南都《なんと》の東大寺で三宝供養《さんぼうくよう》の法会《ほうえ》を行なっている。三宝とは、仏・法（仏の教え）・僧（教えを弘める僧）のことだ。

同月二十六日、空海は少僧都《しょうそうず》に任ぜられた。少僧都《しょうそうず》とは、僧綱《そうごう》という僧の役職で四階級（僧正・大僧都・少僧都・律師）のなかの一つであり、僧尼の統轄や諸大寺の管理・運営を行なう立場の官職である。つまり僧綱所《そうごうしょ》の一員となったのであるが、翌月、空海は辞退を申し出ている。東寺を真言密教の根本道場とするとともに国家を鎮護する寺として繁栄させようとしていたし、また真言密教を真言宗として独立させせ、その開祖として基礎の確立を目ざしていたので、官職につく余裕などなかったからだ。だが、辞退は受け入れられなかった。

その二カ月後、六月十六日のことだが、空海は東寺長者《とうじちょうじゃ》（東寺の管理者・長官）に任ぜられる。以後、空海は当初の目論見《もくろみ》どおり官費で東寺を真言密教の根本道場として整備・造営してゆくことになる。

空海が東寺長者に任じられた翌七月、嵯峨上皇の実兄・平城上皇が没した。享年五十一。この二カ月後の九月二十七日、空海によって整備・運営されていた高雄山寺《たかおさんじ》が官寺《かんじ》に準じる寺、定額寺《じょうがくじ》となった。特典を与えられ、官稲《かんとう》（官有の稲）などを支給される寺となり、寺名は神護寺《じんごじ》（神護国祚真言寺《じんごこくそしんごんじ》の略称）と改称された。

こうして、この年、八二四年は暮れていった。

その後の足跡

東寺に移り住んだ空海は八三二年に高野山《こうやさん》に戻ることになるが、その間《かん》、生涯のうちで最も活動する。その足跡を空海周辺の人々の動静とともにみておくことにする——。

東寺長者《とうじちょうじゃ》に任命された翌年、八二五年の春、宮中で『仁王般若経《にんのうはんにゃきょう》』を講ずる法会《ほうえ》が開かれた。この法会は当時、年中行事化されていた。なぜなら、この経を講ずれば、災難を滅し、国家の安泰をえることができるとされていたからだ。

この法会で空海は講師を務め、国家安泰の願文《がんもん》を書いた。そのなかで、淳和《じゅんな》天皇を「百億人中で第一の人」と持ち上げ、その徳や慈悲や人民救済の労を称えている。さらに皇位が長く続くことや、天皇の身体が頑健であることなどを祈願している。空海はおもねることはないが、布教のためには何でも利用する。また、集まった人々には「仏教のありがたい話」ばかりをしている。そうなったわけは、仏教僧の使命は鎮護国家《ちんごこっか》（仏教により国を護り安泰にすること）と天皇・皇族・貴族など上層階級の人々の無病息災や五穀豊穣を願うことだったからだ。つまり、仏教には呪力《じゅりょく》というか験力《げんりき》というか、その効験《こうけん》があるとされたので、そういうありがたい話ばかりをして帰依《きえ》する者を増やそうとしていたと考えられる。

いずれにしても、宮中での法会を終えて東寺《とうじ》に戻った空海のもとに高野山《こうやさん》から悲報が届く。これまで八年間、一日も休まず開創にたずさわってきた弟子の一人、甥《おい》っ子《こ》の智《ち》泉《せん》が倒れたという。智泉は空海の最初の弟子である。ただちに空海は高野山に駆けつけるが、智泉は命を引き取る。二月十四日のことだった。享年三十七。その瞬間、空海は絞り出すようにこうつぶやく。

（哀《あわ》れなるかな哀れなるかな……）

空海は亡き智泉を供養するため法要をいとなみ、「達嚫《たっしん》の文《もん》」（願文《がんもん》の意・追悼文の意）を書く。そこに、自分の深い悲しみをこんなふうに表わしている。

「哀れなるかな哀れなるかな哀中《あいちゅう》の哀なり、悲しいかな悲しいかな悲中《ひちゅう》の悲なり。大海《おおうな》原《ばら》を半ば渡ったところでたちまちのうちに片方の柁《かじ》が折れ、大空を渡りきらないのにたちまちのうちに片方の羽がくだかれたようである。哀れなるかな、哀れなるかな、復《また》哀れなるかな、悲しいかな、悲しいかな、重ねて悲しいかな。悟りを開いた日には（場合には）、この世の悲しみ驚きはすべて迷いが生み出す幻にすぎないというといえども、あなたとの別れにはわたしは涙を流さずにはいられない――」

この年、空海は五十二歳。その後、五十九歳で高野山に隠棲するまで、東寺を真言密教の根本道場にすべく管理・運営に励むことになる。

亡き智泉の法要からおよそ二カ月後、四月二十日、ようやく東寺の新しい講堂の建立許可がおりた。さっそく空海は講堂の建立に着手するとともに、二十一尊の仏像を立体的に展開するための準備にとりかかる。また、大和国《やまとのくに》（奈良県）の益田池《ますだいけ》の灌漑用水の開発にもかかわる。故郷の満濃池《まんのういけ》の難工事で経験した方法を当地の人々に教えるためである。その難工事が完成すると「益田池碑銘」を書いている。

翌八二六年の十一月、東寺の五重塔の造営に着手する（完成は空海没後の八八三年）。

翌八二七年五月八日、大安寺《だいあんじ》の僧・勤操《ごんぞう》が没する。享年七十。このころ勤操は僧綱所《そうごうしょ》の最上位、大僧都《だいそうず》となっていた。当時、僧綱《そうごう》（僧の役職）の任命は欠員が生じたとき、補充のために行なわれた。勤操が没したので、後任として、五月二十八日、空海が大僧都に任命された。その二カ月後、七月二十四日、最澄の大乗戒壇設立の悲願に尽力した藤原冬継《ふじわらのふゆつぐ》の一年忌《いちねんき》（一周忌）がいとなまれ、空海が願文《がんもん》を書いた。その二カ月後の九月、空海など二十人の僧が宮中に招かれ、淳和《じゅんな》天皇（嵯峨天皇の異母弟）の異母兄にあたる故・伊予《いよ》親王（桓武天皇の第三皇子）の追善供養《ついぜんくよう》が行なわれ、空海が願文を書いた。空海の母方の叔父・阿刀大足《あとのおおたり》が伊予親王の侍講《じこう》を務めていた関係からだ。すでに触れたように、伊予親王は讒言《ざんげん》によって謀反《むほん》の首謀者とされ、母・藤原吉子《ふじわらのよしこ》（南家《なんけ》の娘）とともに幽閉されたが、母子ともに毒を飲んで自害した。その十二年後、八一九年に無実が明らかとなり、母子とも復位していた。

伊予親王の追善供養の二カ月後、十一月のことだが、空海は南都《なんと》（奈良）の法相宗《ほっそうしゅう》きっての学問僧である護命《ごみょう》を元興寺《がんごうじ》の法務《ほうむ》（寺務をつかさどる僧職）にすることを朝廷

（淳和天皇）に願い出ている。これは大僧都《だいそうず》となった空海の、南都仏教界に対するそつのない配慮といえる。

翌八二八年四月十三日、空海は前年に没した勤操《ごんぞう》の菩提《ぼだい》を弔うために、梵網経《ぼんもうきょう》（仏性《ぶっしょう》の自覚にもとづく大乗仏教独自の戒律を説いたもの）を講じる。仏性とは、仏としての性質・仏となれる能力のこと。また、勤操の弟子たちに請われて勤操の影像に讃詞《さんし》（賛辞）を寄せている。七月には、文殊会《もんじゅえ》（智慧《ちえ》をつかさどる文殊菩薩《ぼさつ》を供養する法会《ほうえ》）を開き、道俗《どうぞく》（僧と俗世間の人）を相手に教えを説いている。その五カ月後の十二月十五日、空海は『綜藝種智院式并序《しゅげいしゅちいんしきならびにじょ》』を書きあげる。これは、綜藝種智院という日本最初の私学校を設立した経緯と理念、規則を述べたもの。「式」とは、一定の体裁・決まったやり方のことだ。

空海が私学校を設立したのには事情《わけ》がある。

当時、文化の担い手といえば寺院の僧侶と国政を担当する中央の官吏《かんり》（役人・官僚）だった。だが、寺院はいわゆる学問仏教の場であり、僧尼は仏教経典の翻訳や研究に没頭するかたわら鎮護国家などの祈願を行なうだけで、儒教・道教など世俗の学問を幅広く学ぶということがない。いっぽう国政を担当する中央の官吏は都《みやこ》に一つしかない大学に入って儒教を中心に学び、それ以外の仏教や道教などの思想・学芸を深く学ぶということがない。地方の国ごとにある国学も官吏養成が目的のため、学ぶのは儒教である。さらに、大学も国学も入学を許されるのは一定の階級にある者たちだけである。つまり、教育は一部の特権階級の子弟に限られていた。だから空海は、

（能力の差は身分で決まるものではないだろうに……）

これではわが国の文化の担い手は育たないと思い、

（育たなければ、国の文化を高めることはできない）

とつねづね意識していたところ、国際的な文化都市・長安《ちょうあん》で目にしたのが官吏養成を目的としない学校だった。そこでは庶民も含めたあらゆる階級の人々が教育を受け、世俗の学問などを学んでいた。

（これだ……ッ）

国の文化を高めるにはあらゆる人々に学問を学ぶ機会を与えることだと空海は認識を新たにして帰国し、いずれ庶民教育や各種学芸の総合的教育をする学校を設立しようと意思を固めた。それで、東寺《とうじ》の東がわ（京都九条）にある藤原三守《ふじわらのみもり》（南家）の土地・建物を寄進された空海は、そこに念願の私学校を設立したのである。

翌八二九年の九月、空海は法相宗《ほっそうしゅう》の僧・護命《ごみょう》の八十歳を祝賀し、二十三日にその長寿を讃える詩文（漢詩）を書いて贈っている。護命に限らず、南都《なんと》（奈良）諸宗の高僧た

ちとの交渉《こうしょう》（かかわりあい・関係）を絶つことはなかった。十一月五日、空海は南都の大安寺《だいあんじ》の別当《べっとう》（寺務を総裁する者・寺の役僧のトップ）に任じられた。さらにこの年、五十六歳の空海は和気氏《わけうじ》に高雄山寺《たかおさんじ》を託されている。

このように、空海の晩年はきわめて多忙な毎日がつづく。それでも空海は東寺におい て、『秘密曼荼羅十住心論《ひみつまんだらじゅうじゅうしんろん》』や『秘蔵宝鑰《ひぞうほうやく》』などの著作にも励む。その空海に、真言密教を真言宗として位置づける好機が到来する。

＊

綜藝種智《しゅげいしゅち》ということばは、大日経《だいにちきょう》をよりどころとしています。あらゆる学問芸術はことごとく種智《しゅち》、すなわち法身《ほっしん》（永遠の真理そのものとしての仏）である大日如来の智《ち》の現われであり、そうした一切の学芸の総合的教育をするという意味をもっています。しかも、誰もが儒教・道教・仏教を学べる学校で、授業料は無料、そのうえ学問に専念できるよう全学生・教師に食糧が給付されました。千二百年ちかい昔に、空海は教育の理想とされることをしていたのです。けれども綜藝種智院《しゅげいしゅちいん》は空海の死後、十年ほどで廃絶しました。現在は種智院大学および高野山大学がその流れを受け継いでいるそうです。

晩年の著作『秘密曼荼羅十住心論《ひみつまんだらじゅうじゅうしんろん》』

この年、八三〇年のことだが、朝廷は南都《なんと》（奈良）の各宗派に対して、その中心となる教え（真理として説く教え＝教義《きょうぎ》）の要旨（主な内容＝綱要《こうよう》）を書き上げて差し出すよう勅《ちょく》（天皇の命令）をくだした。これを知った空海は、

（今こそ真言密教を真言宗として位置づけるまたとないよいおり……ッ）

ととらえ、すでに書き終えていた真言密教の体系を述べた『秘密曼荼羅十住心論《ひみつまんだらじゅうじゅうしんろん》』十巻と、それを簡略化した『秘蔵宝鑰《ひぞうほうやく》』三巻を朝廷に差し出すことにした。

その秘密曼荼羅十住心論（以下、十住心論）の序文に、空海は大日経《だいにちきょう》から引用してこんなことを記している。「大日如来《だいにちにょらい》は弟子の金剛薩埵《こんごうさった》に、如来（仏教上の最高の状態にある存在＝仏）の仏智《ぶっち》（仏の欠けたところのない智慧《ちえ》）とはどのようなものかと問われてこういう。菩提心《ぼだいしん》を因《いん》（原因）とし、大悲《だいひ》（広大な慈悲の心）を根《ね》（もと）とし、方便《ほうべん》を究竟《くきょう》（絶対で最上であること）とす。その菩提心すなわち修行を積みかさね煩悩《ぼんのう》を断ち切って到達する悟りの境地に向かわんとする心には、十の住心《じゅうしん》（十の人間の心）がある。その人間の心のなかには生まれつき曼荼羅《まんだら》がそれぞれの心のありようとして秘密

裏にそなわっている。ゆえにこの表題をつけた」

そう述べてからこういう。「曼荼羅は、釈迦《しゃか》の見出した究極の真理を象徴する絵図（図像）ではない。人間の心にかかわる形象である」

つまり、曼荼羅は密教の考える世界そのものであり、大日如来が形やものとして現わし出す宇宙にあるすべてのもの（人間を含む数限りない全宇宙そのもの）である。だから仏教だけでなくバラモン教や儒教までとり込んで、人間の心（住心）のあり方（心の発達の順序・心の向上の順序）を第一段階（凡夫《ぼんぷ》＝動物的な心のあり方）から十段階（曼荼羅世界＝密教の教えに至る心のあり方）に分け、それぞれに代表的な宗派の教えを振り当てたという。そして、「いずれの宗も密教にはるかに及ばない。ただ華厳経《けごんぎょう》だけが、今一歩のところで密教に近づいている」と述べている。

空海は人間の心のあり方の発達の順序（第一段階から第十段階まで）に四字の熟語からなる名称を与えている。たとえば、第一段階の人間の心は「異生羝羊《いしょうていよう》」の心、第二段階は「愚童持斎《ぐどうじさい》」の心、第三段階は「嬰童無畏《ようどうむい》」の心という具合である。そうやって人間の心が段階的に発達してゆくことを説き明かしている。第一段階の「異生羝羊《いしょうていよう》」（異生は煩悩《ぼんのう》に支配されている人間＝凡夫《ぼんぷ》のこと。羝羊は牡羊《おひつじ》のこと）の心のあり方は、こう説き明かされている。

「これすなわち凡夫《ぼんぷ》狂酔して吾《わ》（われ）が非を悟らず。但《ただ》し、淫食《いんじき》を念ずること彼《か》の牡羊《おひつじ》の如し」

（煩悩に支配されている者は狂酔して自分自身のあやまり＝欲望・執着・迷い＝を自覚していない。しかしながら、性欲と食欲を思いつづけることはあの牡羊のようである）

これは、煩悩《ぼんのう》に支配されて生きている人間の心のあり方で、動物的な心の段階（倫理以前の段階）を説いている。

第二段階の「愚童持斎《ぐどうじさい》」（愚童は童蒙《どうもう》のことで幼くて物の道理のわからない者＝子ども。持斎は戒を守って行ないを正しくすること）の心のあり方は、

「これすなわち外の因縁《いんねん》に由《よ》って忽《たちま》ちに節食《せつじき》（食をひかえめにすること）を思う。施心（施しの心）萌動《ほうどう》して穀の縁に遭《あ》うが如し」

（幼くて物の道理のわからない子どもでも、導くものがあれば、すぐさま節食して他の者に施す思いやりの心がきざしてくる。穀物が発芽するようなものである）

これは、煩悩に支配されて生きている人間の心が儒教や仏教の道徳的、倫理的な心に目覚める段階を説いている。

第三段階の「嬰童無畏《ようどうむい》」（嬰童は幼児のこと。無畏は怖れのないこと・安心している状態のこと）の心のあり方は、

「これすなわち外道《げどう》（仏教以外の教え）天に生《しょう》じて暫《しばら》く蘇息《そそく》（安心すること）を得《う》。彼《か》の嬰童《ようどう》と犢子《とくし》（牛の子）との母に随《したが》うが如し」

（仏教以外の教えは天上の世界に生まれてしばらく安らぎの状態にある。だが、それはあの幼児と牛の子とがしばらく母親の意のままになるようなものである）

　これは、人間の心が儒教や仏教の倫理道徳以外の、道教・バラモン教・ヒンズー教（インド哲学）などに目覚める心の段階を説いている。この第三段階までは、普通の人間の心が到達することのできる範囲だと空海はいう。第四と第五の段階は小乗《しょうじょう》仏教の心のあり方で、自分だけの悟りを求める心のあり方だと説く。第六段階から大乗《だいじょう》仏教の心のあり方で、第六は法相宗《ほっそうしゅう》、第七は三論宗《さんろんしゅう》で、ともに自他の区別なく救済を目ざす心のあり方であると説く。第八が天台宗《てんだいしゅう》、第九が華厳宗《けごんしゅう》であり、ともに顕教《けんぎょう》（密教以外の仏教）の最高レベルの心のあり方だと説く。そして最後の第十段階が、「秘密荘厳《ひみつしょうごん》」という心のあり方である。なぜ「秘密」かというと、言語、分別を超えた密教の究極の境地であるからだといい、秘密荘厳心《ひみつしょうごんしん》は曼荼羅の世界であり、絶対で最上であると述べてから、こう説く。

「秘密荘厳心とは、すなわちこれ自心（自分の心）の源底を覚知《かくち》（悟り知ること・気づくこと）し、実《じつ》のごとく（ありのまま）自身（自分の身体）の数量を証悟《しょうご》（修行によって真理を体得すること）することとなり」（秘密荘厳の心とは、自分の心を奥底まで知り、ありのままの自分の身体を通じて修行によって真理を体得することである）

これは、真言の秘密の真理の教え、すなわち真言密教の教えを悟る心のあり方を説いている。つまり、真言密教の教えを最後の第十段階（仏教の最上位）に置いて、その教えによって修行してこそ、この世において仏（大日如来）と人間（修行者）との心が一体化し、人間の心は究竟《くきょう》の境地（絶対で最上である境地＝悟りの境地）に達すること（即身成仏）ができると説いている。

空海は二十四歳のときに『三教指帰《さんごうしいき》』を書きあらわし、仏教が儒教・道教よりすぐれていることを明らかにした。また、唐から帰国後に書きあげた『弁顕密二教論《べんけんみつにきょうろん》』では、言語によって明らかに説き示された仏教の教え（顕教《けんぎょう》）より密教がすぐれていることを主張した。この十住心論《じゅうじゅうしんろん》では、仏教のなかで小乗よりも大乗がすぐれ、大乗のなかでも密教が一番すぐれている、最上位であると主張している。また、すべての仏教を包含しているのは密教であり、密教こそ現実を超越できると説いている。いっぽうで、「これまでの仏教は密教に至るまでの、いわば土台である。その土台があったからこそ密教というものができあがった」

と論じて、かつての最澄のように南都《なんと》（奈良）諸宗を批判・否定せず巧みにこなし、諸宗との関係を険悪な雰囲気にさせることはなかった。この十住心論《じゅうじゅうしんろん》を簡略化した秘《ひ》蔵宝鑰《ぞうほうやく》の序文には、こう記している。

「（略）顕薬《けんやく》（顕教《けんぎょう》のこと）、塵《ちり》を払い、真言《しんごん》（密教のこと）、庫《くら》（ものごとの本質）を開く。秘宝忽《たちま》ちに陳《ちん》して、万徳《まんどく》すなわち証《しょう》す」

（顕教《けんぎょう》はものごとの塵を払い、密教はものごとの本質の扉を開く。ゆえに扉の中の秘宝はたちまちに現われて、あらゆる価値が実現される）

つまり、密教というのはものごとの本質に自分から向かっていき、真理を直接、自分で見る教えだという。また、こんなようなことも述べている。「三界《さんがい》（迷いの世界・この世）で正気を失っている人たちは、自分が正気を失っていることがわからない。迷いの世界で何も見えていない人たちは、自分が何も見えていないことに気づかない」

そう述べてから、

「生まれ生まれ生まれ生まれて生の始めに暗く、死に死に死に死んで死の終はりに昏《くら》し」

とつづけている。つまり、わたしたちは生まれ生まれ生まれ生まれて、生まれてきたはじめがわからない。死に死に死に死んで、死の終わりを知らないのだという。さらに秘密荘厳心《ひみつしょうごんしん》について触れ、こう述べている。「ここにおいて心の及ばないところ（心《しん》外《げ》）に付着していた汚れ《けが》れ（礦垢《こうこう》）はすべてなくなり、ようやく荘厳《しょうごん》な曼荼羅《まんだら》世界が開示される」

この秘蔵宝鑰《ひぞうほうやく》には、「十四問答《じゅうしもんどう》」という問答が挿入されている。問答を交わすのは、これで戯《おど》け芝居《しばい》に出てきそうな「憂国の公子《ゆうこくのこうし》」と「玄関法師《げんかんほうし》」という名の二人である。これで思い出すのは、『三教指帰《さんごうしいき》』に登場した面白い持ち味の人物たちだ。空海はやはり、根が明るい男性《ひと》のように思える。それはともかく、憂国の公子は嵯峨《さが》上皇あるいは淳和《じゅんな》天皇、また玄関法師は空海自身といわれる。憂国の公子の質問に対して玄関法師が答えるという形式である。この二人の問答で、密教（真言密教）に国家を鎮護《ちんご》する効験《こうけん》のあることを訴え、それを国家に認めさせようとしている。いずれの問答も含蓄のあるものだが、紙幅に限りがあるので数例を挙げておく。たとえば、問一では、憂国の公子が玄関法師にこんな質問をする。

「仏教は、国家を鎮護《ちんご》し衆生《しゅじょう》（あらゆる人々）を救済《きゅうさい》すべきであるのに、多くの僧侶は頭髪《とうはつ》を剃《そ》っても欲を剃らない。衣《ころも》を墨染《すみぞ》めにしても心を善法《ぜんぽう》（善《よ》い教え）に染めることを知らない。だから、旱魃《かんばつ》（日照り）や洪水《こうずい》がしきりに起こり、疫病《えきびょう》が年ごとに流行し天下が乱れる。仏教なんていらないのではないか」

すでに触れたように、嵯峨《さが》天皇（のち上皇）の時代になっても僧尼の腐敗・堕落はやむことがなく、破戒行為が横行している。また災禍に見舞われるたび、国は僧尼の使命である除災《じょさい》祈願を行なわせたが、いっこうに効《き》き目がない。効き目がないのはかれらの日頃の破戒・乱行のせいではないかと嵯峨上皇（あるいは淳和天皇）は怒りをおぼえている。空海も若いころ、長岡京や平安京で私利私欲に腐心する世俗化した僧尼を見て知っている。だから、機を見るに敏な空海は上皇の感情を受けとめるかのように仏教非難の質問を設けたと考えられる。だが、のちに触れる問十三では玄関法師にこんなこともいわせている。

「疫病や洪水などの災禍は僧尼の非法《ひほう》（仏の教えにそむくこと）によると思うのはまちがっている。中国に仏教のなかった時代、つまり僧尼のいなかった時代の災禍は、それでは説明できないからだ。災禍には三つの原因がある。一には時運、二には天罰、三に悪業《あくごう》（悪い報いをもたらす悪い行ない）の報《むく》いである」

それはそうとして、憂国公子の仏教なんていらないのではないかという質問に対して玄関法師はこう答える。

「麒麟《きりん》や鸞鳳《らんほう》がひとたび世に出れば、天下は太平であり、如意《にょい》宝珠《ほうじゅ》や金剛石《こんごうせき》がひとたび世に現われれば、人の願いのままに種々な宝を降らす。しかし、麒麟や鸞鳳が現われないからといって、禽獣《きんじゅう》の族（仲間）を絶滅してはならないし、如意宝珠が得られないからといって、金玉《きんぎょく》の類《たぐい》を捨てるべきではないだろう」

麒麟《きりん》と鸞鳳《らんほう》は想像上の獣と鳥で、すぐれた人物や君子のたとえだ。如意宝珠《にょいほうじゅ》とは、すべての物事を思うとおりにかなえてくれるという珠《たま》（摩尼宝珠《まにほうじゅ》とも）のこと。金玉《きんぎょく》とは、金と玉のことで、貴重なものとして大切にすべきもののこと。つまり、いまの世に聖人《しょうにん》が見つからないといって、すぐに仏法《ぶっぽう》（仏の教え＝仏教）を捨てるべきではないというのである。このように、問一から問五までは憂国の公子の仏教非難とそれについて玄関法師が説明し、相手の理解を求めるというもの。問六以下の問答では、「僧尼と仏法の存在」と「国家」との問題を論じている。たとえば、問六では、憂国の公子がこう問う。「仏法は紙魚《しみ》が紙を食べるように国を蝕《むしば》み、僧尼は蚕《かいこ》のように桑の葉を食い尽くす。仏法の利益はどこにあるのか」

つまり、仏法は国費を浪費し、国家に保護されている僧尼は働かずに食うことばかりしているのに、どこに利益があるのかというのである。これに対して玄関法師は僧俗《そうぞく》（僧侶と俗人）の損益を比較し、こう弁明する。「どちらにも非法《ひほう》（仏の教えにそむくこと）の過《あやま》ちはあるのであって、儒教を学ぶ百官《ひゃっかん》（数多くの役人・官僚）の邪悪浪費を指摘せずに、僧尼だけを、なんのかのと責めるべきではない」

問十では、憂国公子がこう問う。「十悪《じゅうあく》（十の大罪）や五逆《ごぎゃく》（父や母を殺すことなど五つの最も重い罪）を犯した者が地獄に堕《お》ちるのは当然であるが、人を謗《そし》り仏の教えを謗ったら、どうして地獄に堕ちるのか」

これに対して玄関法師はこう答える。「病気を治すには、病人が医者を信じ、その処方する薬を信じて服用すればよくなる。衆生《しゅじょう》の心の病を治すのもこれと同じで、法《ほう》（教え・真理）を説く如来《にょらい》と法を信じなければ、心の病を除くことはできない。如来は医王であり、法は妙薬である。そして、法は人によって弘《ひろ》まり、人は法によって悟ることができる。人と法とは一体であり、離すことができない。したがって、人を謗《そし》れば法を謗ることになり、法を謗れば人を謗ることになる。だから、人を謗り、仏の教えを謗れば無間地獄《むげんじごく》に堕《お》ち、たやすく脱け出すことができない」

問十三では、仏法《ぶっぽう》（仏の教え）と王法《おうぼう》（国法・現世の法律）との問答で、憂国の公子はこう問う。

「世間には国家の賦役《ふえき》（税と労働提供の義務）から逃れんとして勝手に出家する僧（私度僧）や、邪淫《じゃいん》や盗みを行なう破戒の僧尼も多い。いかに賞罰すべきであるか」

これに対して玄関法師はこう答える。

「病気がなければ薬はいらない。煩悩《ぼんのう》は障《さわ》り（さしつかえ）があるから仏法《ぶっぽう》がある。妙薬は病気を悲しんで生まれ、仏法は迷妄《めいもう》の障りを哀れんで現われた。仏法は国法と相通ずるところがある。大悲《だいひ》（広大な慈悲の心＝寛容）と大智《だいち》（大いなる智慧《ちえ》＝非寛容）である。大悲だけを前面に押し出すと人は罪を恐れなくなるし、大智だけでいこうとすると、人は希望や意欲を失う。したがって、いずれにも偏《かたよ》らないようにすれば、利益は多い。だが、そこをわきまえず、愛憎にまかせて人を浮沈させたり、貴賤《きせん》にまかせて罪の軽重を定めたりすれば、その報《むく》いをまぬがれない。だから、国法を適用する場合には、大智（非寛容）と大悲（寛容）の両面からそれぞれの事情を汲みとって、あるときは厳しく、あるときは緩《ゆる》やかに適用すべきである」

そう述べて、次に仏教は国家にとって利益があるかどうかについてこういう。

「衆生《しゅじょう》の重い心の病は仏法によってはじめて除かれる。その仏教を修する者に在家と出家がある。かれらは断悪《だんあく》（悪い行ないを断つこと）し、善行《ぜんこう》を積んで果報を手に入れる。賢愚因縁経《けんぐいんねんきょう》によれば、国王が人民を、父母がわが子を出家させれば、得るところの功徳《くどく》は無量無辺であるという。僧尼あるがゆえに仏法たえず、仏法存《そん》して人は心眼を開く。また、仏法の存するところには諸仏諸天の守護があるという。国家にとって仏教の利益は数えきれないものがある」

賢愚因縁経《けんぐいんねんきょう》とは、賢者・愚者に関する因縁話を六十九編おさめている経典のことだ。

さて、最後の問十四では、憂国公子がこう問う。

「なにゆえに、非法の僧尼が多いのか」

この問いに対して玄関法師はまず、「物の道理として、美女のところには招かずとも好醜《こうしゅ》（好ましい姿のものと醜いもの・美醜）の男が争って訪れるし、医師の門には招かずとも病人が集まる」などと述べてから、こういう。

「釈尊《しゃくそん》（釈迦の尊称）の弟子のなかにも非法の比丘《びく》（男僧）がいた。善と悪とが雑然と入り交じっているが如くに行なわれているのであるから、僧尼のなかに非法乱行の者があるのは物の道理というべきである」

この秘蔵宝鑰《ひぞうほうやく》を、空海はどうしても天皇や朝廷周辺の人々に読んでもらいたかった。だから、かれらの関心を引こうとあれこれ苦心し、十四の問答をはさみこんだ。それだけでなく表題も、「秘密の蔵《くら》の宝の鑰《かぎ》（鍵）」という人の心をくすぐるものにしたといわれる。結果、空海の目論見《もくろみ》どおり天皇および朝廷周辺の人々は秘蔵宝鑰を読み、空海の幅広い物の見方や考え方に驚いたり感心したりしたのだろう。真言密教は南都《なんと》（奈良）の諸宗より断然、優位であるという結論が引き出される。

以後、空海の野望どおり、日本の仏教全体が真言密教化する方向へと進んでゆく。

その後の空海と善道尼

空海は高野山《こうやさん》の開創と同時に山麓《さんろく》に政所《まんどころ》（寺のいろいろな雑務を取り扱う所＝寺務所）の建立をすすめた。すでに触れたように、空海が初めて高野《たかの》の山地《さんち》に登った翌年、八一九年の春三月、善道尼《ぜんどうに》は南都《なんと》（奈良）の大安寺《だいあんじ》ちかくの庵《いおり》にいる自分を捨てて、その山麓の政所に向かった。

その日――。

山麓の政所に下りてきた空海とともに見上げた夜空には、幼なじみの月が煌煌《こうこう》と輝いていた。この年、空海は四十六歳。善道尼は五十一歳となっている。以後、善道尼はこの政所に住み、近事女《ごんじにょ》として空海の世話をする。空海も山の神のもたらす災禍《さいか》をあやぶみ、善道尼を山上に誘わない。そのかわり、ひと月に何度も山道を下って政所に善道尼を訪ね、翌朝、山上に戻ることを繰り返す。そのたびに善道尼は若いころの空海との日々を思いおこしてはやさしく微笑《みしょう》する、という日々がつづく。

空海は唐から帰国後、不空訳の理趣経《りしゅきょう》および不空の理趣釈経を自分の座右に備えている。理趣経は、一切万物《いっさいばんぶつ》（宇宙に存在するものすべて）の本質はもともと清浄《しょうじょう》（清らかで汚れのないこと）であることを強調し、性愛は自然そのものであるとして否定せず、性的快楽を菩薩《ぼさつ》の位《くらい》（悟りの境地）であるとしている。これに出会ったとき、空海はあらゆることに徒《むだ》というものはなく、そこに存在するものすべてが清浄《しょうじょう》であるとしてみれば、この経の説く内容は真理として生きると直感した。だから、自分の考えることの核心においている。

また、密教で行なう護摩《ごま》（護摩木《ごまぎ》を焚《た》いて祈る修法《しゅほう》）から、護摩木という具体的なものを焚いて観念のなかで煩悩《ぼんのう》（情欲・欲望・愚痴・怒りなど人の心身を悩ませ迷わせるもの）を清浄化（清浄という抽象化）させるという方法を思いつき、護摩を内護摩《ないごま》と外護摩《ごま》にわけた。火を焚いて次々と護摩木を投げ込んでいっさいの煩悩《ぼんのう》を焼き滅ぼすという従来の修法を外護摩《げごま》とし、護摩木を焚いて観念のなかで煩悩を清浄化させる修法を内《ない》護摩《ごま》とした。だから、空海は善道尼に対してその感情（情欲）を覚えても恥じず、恥ずべきことは情欲を観念のなかで清浄化できないことだと考えている。つまり、情欲を宇宙的な機能の一つの表現と感じる限りにおいて密教という仏教の教えに少しも反しないと考えている。

だが、山上にいる空海と山麓の政所《まんどころ》にいる善道尼との逢瀬は数カ月しかつづかなかった。その年の七月、空海は勅命《ちょくめい》により宮中の中務省《なかつかさしょう》に入ることになり、山を下りて再び高雄山寺《たかおさんじ》に居住することになったからだ。

それはそうと、山麓に建てられた政所だが、今は慈尊院《じそんいん》（和歌山県伊都郡九度山町）とよばれている。その名称が文献に現われるのは十二世紀になってからだという。

一説によると、高齢となった空海の生母が息子の開いた高野山《こうやさん》をひとめ見ようとやって来た。だが、高野《たかの》の山地《さんち》は神聖な山、霊山《れいざん》である。女人《にょにん》が足を踏み入れるのはタブーとされている。そこで、生母を山麓にある政所に住まわせた。生母は弥勒菩薩《みろくぼさつ》を信仰していたので、その尊称の慈尊《じそん》から、のちに政所は慈尊院と呼ばれるようになった。また、空海は生母に会うため、ひと月に九度（それだけ頻繁にということのたとえ）も山を下りて政所の生母を訪ねた。だから、このあたりに九度山《くどやま》という地名が付けられたという。生母（生年不詳）は八三五年二月に死去したといわれるが、その翌月に、空海は六十二歳で入滅している。ともかく、生母が弥勒菩薩を信仰していたため、死んで弥勒菩薩に化身《けしん》したという信仰がさかんになり、政所は女人結縁《にょにんけちえん》の寺として知られるようになった。そして女人の高野山参りはここでということになり、慈尊院は女人高野《にょにんこうや》とよばれるようになったという。

高野山《こうやさん》金剛峯寺《こんごうぶじ》が平安時代から女人の参詣を拒んでいたのは事実である。だが、このころはまだ「女人禁制《にょにんきんせい》」という言葉はなかった。この言葉が使われるのはもっとずっとあとのことで、それには事情《わけ》があるという。それによると——。

出家して正式の僧尼となった男女は具足戒《ぐそくかい》（小乗戒）といわれる数多くの戒律を守らなければならない。なかでも不邪淫戒《ふじゃいんかい》は夫または妻以外の異性との性交渉を禁ずる戒律である。そういう性交渉は、「女犯《にょぼん》（不淫戒《ふいんかい》を破り女性と交わること）」とされた。だが、男の僧たちにとって女性との性交渉を断ち切るのは難しいものだった。仏教を鎮護国家《ちんごこっか》（仏教により国を守り安泰にすること）の手段としている律令国家は女犯《にょぼん》を防ごうと、僧尼《そうに》令《りょう》という僧尼を統制する法令を奈良時代初期に定めた。たとえば、僧が僧房《そうぼう》（寺院内の僧侶の住む建物）に女性を、尼僧が尼房《にぼう》（寺院内の尼僧の住む建物）に男性を宿泊させることを禁じた。これに違反した者は最低でも十日間の労役《ろうえき》（肉体を使ってする仕事）を強いられた。また、僧が尼寺を、尼僧が僧の寺院を軽々しく訪ねることも禁じた。これらの禁則が行き着いた先が「女人禁制」という言葉であり、その言葉が使われだしたのは室町時代以降のことだったという。

したがって、「女人禁制」という言葉を平安時代初期に生きた空海が知る由もない。また、仏の教えに女人を拒むものはない。だから、生母あるいは善道尼を山上に招かなかったのは空海の自主規制といえる。仏教僧であっても法衣《ほうえ》の下の、意識せざる意識のなかには日本古来の山の神に対する信仰が伝承されていたといえる。

それはさておき、山を下りて再び高雄山寺《たかおさんじ》に居住することになった空海は、その後、東大寺に灌頂道場を創設したり、東寺を預かったりときわめて多忙の身となり、善道尼との逢瀬もままならない。だが、多忙でもわずかな暇はあるもので、そんなときは無性に善道尼に会いたくなる。空海は十住心論《じゅうじゅうしんろん》と秘蔵宝鑰《ひぞうほうやく》を朝廷に差し出した翌八三一年、そろそろ高野山《こうやさん》に帰ろうと思う。思っているうちに、その夏五月、悪瘡《あくそう》（悪質なできもの・腫れ物）を病《や》んでしまう。それに、肝臓障害らしき症状にも悩まされたという。一説によると、水銀中毒だった。仏像の制作や寺院の造営には多くの水銀が使われる。その水銀によって徐々に体が蝕まれていたという。

翌六月十四日、空海は病《やまい》を理由に、四年前に任じられた大僧都《だいそうず》を辞することを朝廷に願い出る。だが、淳和《じゅんな》天皇に慰留されて高野山に戻ることができない。引きつづき東寺を拠点として多忙な生活を送ることになる。

三カ月余りのち、九月二十五日のことだが、比叡山延暦寺《ひえいざんえんりゃくじ》の僧・円澄《えんちょう》ら十数名の僧が、師・最澄《さいちょう》の遺志を汲みとり真言の法（真言密教）の受法を乞い願ってくる。空海は快く受け入れる。その結果、真言・天台の二宗はともに平安文化の中心になったといわれる。また、この年、高野山金剛峯寺《こうやさんこんごうぶじ》の金堂《こんどう》と諸仏が完成する。

こうして、八三一年は暮れていった。

翌八三二年は高野山の開創にとりかかってから十五年め、弟子・智泉《ちせん》の死から七年めにあたる。この年の八月二十二日、空海は完成した金堂で初めての法会《ほうえ》、「万燈万華会《まんどうまんげえ》(万燈万華の法会)」をいとなむ。一万もの灯明《とうみょう》と一万もの華《はな》(花)を供えて伽藍《がらん》の完成と衆生《しゅじょう》(あらゆる人々)の悟りを祈願した。原生林にかこまれた山上の周囲は漆黒の闇である。それだけに、その光景の華やかさや美しさを想像するのはたやすい。この時代、一般の人々が夜間に灯《ひ》をともすということはまずない。油が高価だったからだ。つまり、この法会には油代や華(花)代などの莫大な費用がかかっている。そうした法会を行なうことができたのは、天皇や皇族・貴族、それに周辺の地方豪族などからの寄進があったからだ。

このときに空海が書いた願文《がんもん》(八月二十二日付)は、「黒暗《こくあん》は生死《しょうじ》の源《みなもと》、遍明《へんみょう》は円寂《えんじゃく》の本《もと》なり」という言葉からはじまる。黒暗は迷いの闇のこと。遍明はあまねく照らす仏の光(智慧《ちえ》)のこと。円寂は涅槃《ねはん》、また涅槃に入ること。涅槃とは、あらゆる煩悩が消滅し、苦しみを離れた安らぎの境地、悟りの世界のことだ。つまり、「迷いの闇は生・老・病・死の生と死の源であり、あまねく照らす仏の光(智慧《ちえ》)は、苦しみを離れた安らぎの境地のもとになっている」ということだ。それから自分の決意をこう記している。

「虚空《こくう》尽き、衆生《しゅじょう》尽き、涅槃《ねはん》尽きなば、我が願《がん》も尽きなん」

虚空とは、諸事物の存在する場としての空間、大空・宇宙のこと。つまり、「宇宙がなくならない限り、あらゆる人々がいなくならない限り、悟りの境地がなくならない限り、わたしの願いも尽きることはないだろう」というのである。これは、「迷う人が一人でもいるうちは、自分一人の悟りの世界にはけっして旅立たない」という決意表明といわれる。

この法会を終えると、まだ病《やまい》が全快していないにもかかわらず空海は東寺《とうじ》に戻るのだが、その三カ月後、冬十一月、ついに東寺を去り、高野《たかの》の山地《さんち》に隠棲《いんせい》する。この年、空海は五十九歳。

これまで、空海は出家・在家に関係なく多くの男女に結縁灌頂《けちえんかんじょう》を行なってきた。そのことを弟子の実慧《じちえ》がこんなふうに記録している。「道俗《どうぞく》（出家した人と在家の人）の男女、尊卑《そんぴ》を論ぜず灌頂に預かるもの、けだし万をもって数う――」

空海が万燈万華会を行なった翌年、八三三年の二月、淳和《じゅんな》天皇（桓武天皇の第四皇子・嵯峨天皇の異母弟）は譲位し、仁明《にんみょう》天皇（嵯峨天皇の第二皇子）が即位した。

高野《たかの》の山地《さんち》に戻った空海は真言教団（真言宗）の行く末について考えた結果、高野山《こうやさん》金剛峯寺《こんごうぶじ》を真然《しんぜん》（しんねん、とも）に任せることにし、東寺《とうじ》を任せている実慧《じちえ》に後見させることにした。また、東大寺の灌頂道場《かんじょう》（真言密教の修法所。のちの真言院）や東寺の経蔵《きょうぞう》（経典を納める建物＝経堂）は弟の真雅《しんが》に託した。そして、自分自身は禅定《ぜんじょう》の日々を送りながら、ときおり山麓《さんろく》の政所《まんどころ》に善道尼《ぜんどうに》を訪ねては若いころのように寝物語に夜を明かす——。

翌年、八三四年の八月二十三日、空海は高野山に塔《とう》（供養・祈願・報恩のために建てられる多層の建造物）を建立するための勧進文《かんじんぶん》（寄付を集めるための文章）を書きあげる。また、十二月十九日には、毎年正月に宮中で真言密教僧による天皇の息災と国家護持の修法《しゅほう》を行ないたいと上奏《じょうそう》する。上奏とは、天皇（この場合は仁明天皇）に意見・事情などを申し述べることだ。それを記した文書を奏状《そうじょう》というが、そのなかで空海はこのようなことを述べている。「恒例の御斎会《ごさいえ》（国家護持・五穀成就の祈願をする法会《ほうえ》）で、顕教《けんぎょう》（密教以外の仏教）の僧たちが行なう経典の解説は本を見ながら病源を論じているようなもの。それでは病《やまい》を治せない。病《やまい》を治すには、薬を調合して実際に服用させなければならない。それと同じように、顕教の僧らの解説だけの方法ではなく、真言密教僧の行なう修法《しゅほう》なら必ず威力を発揮する」

十二月二十四日、太政官符《だいじょうかんぷ》（公文書）がくだされ、東寺《とうじ》に三綱《さんごう》（三種の役職の僧）を置くことが許可される。すでに空海は東寺を実慧《じちえ》に、高雄山寺《たかおさんじ》（神護寺《じんごじ》）を真済《しんぜい》に任せることを決めていたので、実慧を東寺の三綱のトップに置くことにした。また、十九日に上奏したことが、新帝（仁明天皇）に理解され、二十九日に勅許《ちょっきょ》された。これによって、毎年正月八日から十四日までの七日間にわたって南都《なんと》（奈良）諸大寺の高僧らが行なう御斎会《ごさいえ》と並行して、真言密教僧十四人が鎮護国家の修法を行なうことになった。そのため、宮中の別の一室を荘厳《しょうごん》（美しく飾ること）して諸尊の像を安置し、法具類を並べて修法道場（のちの真言院）とし、そこに金剛界と胎蔵界の曼荼羅《まんだら》とそれに対応する二つの壇を設置することになった。

こうして、この年、八三四年は暮れていった。

翌八三五年正月八日から十四日まで、宮中の修法道場で空海率《ひき》いる真言密教僧十四人による贅《ぜい》を尽くした華麗な修法《しゅほう》（のちの後七日御修法《ごしちにちみしほ》）が行なわれた。このあと、正月二十二日のことだが、空海が真言宗に年分度者《ねんぶんどしゃ》三名を置くことを請うと、翌日に許可された。最澄の天台宗に年分度者二名を置くことが許されたのは、最澄が唐から帰国して半年あまりのちだったことを考えると、空海の真言宗に許されたのはずいぶん遅い。だが、これによって東寺は南都（奈良）の東大寺に匹敵する大寺《だいじ》となった。

その年の一月末、宮中での華麗な修法をやりおえた空海は高野《たかの》の山地《さんち》に戻った。翌二月三十日、高野山《こうやさん》金剛峯寺《こんごうぶじ》は定額寺《じょうがくじ》に列せられた。定額寺とは、官寺《かんじ》に準じて特典を与えられ、官稲《かんとう》（官有の稲）などを支給される私寺《しじ》のこと。つまり、経済的に保護されることになったのである。

以後、空海は自分の死期を察して穀味《こくみ》（米麦などの五穀）を断ち、水しか飲まなくなる。道教《どうきょう》について学んでいる空海は、その教えにある辟穀《へきこく》（五穀を断つ）という不老長寿の養生術を知っている。だが、不老は信じていない。ただ、きれいな死に方、自然な死に方をしたいと思う。五穀を食べず、水だけを飲んでいれば腸内は空っぽになり、排泄は水分だけになる。それでも人は死なない。その間《かん》、肉体はなだらかに衰えてゆく。衰えは自然である。自然に肉体を衰えさせながら、その肉体から自分（霊魂）を遊離させ、自由に天空にのぼりたい。肉体を生かしているのは霊魂だという日本古来の感念（感じ方・考え方）が意識せざる意識のなかに伝承されており、死とは霊魂が肉体から遊離して戻ってこないことだと信じられたからだ。

その後、一カ月も経たない三月二十一日、空海は心に悟るところがあってにっこり笑うかのような表情を見せながら、静かに息をひきとる。享年六十二。

「空海阿闍梨《あじゃり》、入滅ッ」

その悲報に、山麓《さんろく》の政所《まんどころ》にいる善道尼は思わず山上の天空を見上げて合掌し、時をわすれて立ち尽くす――。

＊

空海が八二六年の十一月に着手した東寺《とうじ》（教王護国寺）の五重塔が完成するのは、空海没後、四十八年を経た八八三年です。その後、落雷などによって四度消失、現在のものは一六四四年に再建された五代めにあたります。

真然《しんぜん》（804～891）は、俗姓は佐伯氏で、讃岐国《さぬきのくに》多度郡の出身。空海の甥《おい》と伝えられています。実慧《じちえ》（生年不詳～847）は、唐から帰国した空海の最初の弟子で、讃岐国の出身で空海の一族です。真雅《しんが》（801～879）は、十六歳で兄・空海の弟子となっています。このとき空海は四十三歳です。真済《しんぜい》（800～860）は詩文にもすぐれ、空海の詩文を集めた『性霊集《しょうりょうしゅう》』を編集しています。

（了）

○主な参考文献
『空海　真言密教の扉を開いた傑僧』別冊太陽　日本のこころ187（平凡社）『空海入門』加藤精一（角川ソフィア文庫／KADOKAWA）『沙門空海』渡辺照宏・宮坂宥勝（ちくま学芸文庫／筑摩書房）『空海』上山春平（朝日選書／朝日新聞社）『今こそ知りたい！空海と高野山の謎』『歴史読本』編集部編（新人物文庫／KADOKAWA）『空海「三教指帰」』加藤純隆・加藤精一訳（角川ソフィア文庫／KADOKAWA）『古代仏教における山林修行とその意義』薗田香融（吉川弘文館「空海」所収）『日本名僧論集　第3巻　空海』和多秀乗／高木訷元編（吉川弘文館）『密教』松長有慶（岩波新書／岩波書店）『日本宗教への視角』岡田重精編（東方出版）『私度僧　空海』宮崎忍勝（河出書房新社）『空海』高村薫（新潮社）『空海の風景』司馬遼太郎（中公文庫上・下／中央公論新社）『神と仏の対話』西田正好（工作舎）『日本の神々と仏』岩井宏實監修（青春新書／青春出版社）『弘法大師空海読本』本田不二雄（原書房）『歴代天皇・女帝早わかり手帖』黒塚信一郎／瀧浪貞子監修（知的生きかた文庫／三笠書房）『空海「性霊集」抄』加藤精一訳（角川ソフィア文庫／KADOKAWA）『空海「秘蔵宝鑰」』加藤純隆・加藤精一訳（角川ソフィア文庫／KADOKAWA）『空海「即身成仏義」「声字実相義」「吽字義」』加藤精一編（角川ソフィア文庫／KADOKAWA）『空海　生涯とその周辺』高木訷元（吉川弘文館）『空海と錬金術』佐藤任（東京書籍）

構成　株式会社万有社

本書は、本文庫のために書き下ろされたものです。

眠《ねむ》れないほど面白《おもしろ》い　空海《くうかい》の生涯《しょうがい》

著　者　由良弥生（ゆら・やよい）
発行者　押鐘太陽
発行所　株式会社三笠書房
〒102-0072　東京都千代田区飯田橋3-3-1
https://www.mikasashobo.co.jp
印　刷　誠宏印刷
製　本　ナショナル製本

ISBN978-4-8379-6885-6　C0190

本書へのご意見やご感想、お問い合わせは、QR コード、
または下記 URL より弊社公式ウェブサイトまでお寄せください。
https://www.mikasashobo.co.jp/c/inquiry/index.html

王様文庫